JN251785

堤中納言物語の言語空間

織りなされる言葉と時代

井上新子
Inoue Shinko

翰林書房

堤中納言物語の言語空間——織りなされる言葉と時代——◎目次

はじめに

一　『源氏物語』以降の物語群と『堤中納言物語』

平安時代中期の『源氏物語』の出現は、物語文学史を大きく塗りかえることとなった。この豊饒で希有な達成ののち、『源氏物語』に多大な影響を受けた物語群が生まれてくる。平安後期物語群は、圧倒的存在である『源氏物語』を讃仰・憧憬しつつも、一方でその『源氏物語』をある部分において乗り越えようとする野心を内包した作品群であったと言える。

『狭衣物語』は、引用を駆使する表現の華麗さ、構成の巧みさもさることながら、主人公が至高の位にのぼりつつも憂愁の思いに囚われ続ける姿を美的に語りとり、救済から遠く離れた人間の生を主題化した。『夜の寝覚』は、あまたの苦難の運命に翻弄される一人の女君の内面を、無意識世界までも視野に入れ執拗に掘り下げた点に、物語としての深化を見ることができる。『浜松中納言物語』は、夢と転生を方法化し唐土までも舞台を広げ、物語内で射程とする生の時間と空間とを飛躍的に拡大させ、人間の抱く不変の思いを形象化した点に、固有の物語性が認められよう。さらに平安末期には、異性装によってジェンダーとしての「女」・「男」を対象化した『とりかへばや』等が出現した。これらの物語は、『源氏物語』の設定や表現を貪欲に取り込みつつも、各物語独自の視点や方法を用いながら、『源氏物語』とは異質な物語世界を構築しようとしたと捉えることができる。

こうした先鋭的な試みを行った『源氏物語』以降の物語群の中に、『堤中納言物語』もある。所収されている十の短編物語の成立は、正確には不明である。しかし作品内外の徴証から、概ね平安後期から末期あたりにおのおの制作されたものと考えられる。[1]平安時代には多くの短編物語が制作され享受されていたと推定されるが、『堤中納言物語』所収の十作品のみが散逸をまぬがれて現代まで伝わっている。所収作品は、平安朝の短編物語の性格を解明する上でも貴重な存在である。

二　伝本の現況と注釈的研究

『堤中納言物語』の伝本は六十余本を数え、書写年次が近世初期を遡るものはない。書写年次や伝本間の異同の状況から、現存伝本は近世初期あるいはこれに近い以前に同一祖本から派生した同系の写本であると考えられている。[2]

『堤中納言物語』の研究は江戸時代にはじまる。写本への書き入れや著述の一部においての言及等による、典拠・本文・成立をめぐる比較的断片的な考察が主であった。[3]明治に入り活字出版され、研究が格段にすすんでいったのは昭和に入ってからである。昭和初期に、『堤中納言物語』の最初の単行本である久松潜一氏の『校註堤中納言物語』〈明治書院　一九二八年〉が刊行され、そのおよそ十年後『堤中納言物語』の成立を考える上で極めて重要な発見があった。陽明文庫蔵廿巻本『類聚歌合』所収の「六条斎院禖子内親王物語歌合」〈天喜三年〉の記載を根拠に、所収作品の一つ『逢坂越えぬ権中納言』の成立が明らかにされたのである。[4]以後、『堤中納言物語』はおのおの成立を異にする作品がある時期編者の手により「集」としてまとめられたものと推定されるようになった。

昭和二十年代に入り注釈的研究が盛んになり、続々と注釈書が刊行された。なかでも山岸徳平氏の『堤中納言物語評解』〈有精堂　一九五四年。のち、増補改訂版として『堤中納言物語全註解』〈有精堂　一九六二年〉が刊行された〉は、本文の復原的批判に重きを置いていて、特色ある注釈書となっている。以後も注釈書は続々と上梓され、それらの蓄積は作品理解のために大きく寄与していくことになった。難解箇所をめぐる新見に溢れる稲賀敬二氏の日本古典文学全集『堤中納言物語』（小学館　一九七二年。後年、改訂版として新編日本古典文学全集『堤中納言物語』〈小学館　二〇〇〇年〉が刊行された）、丹念に用例を博捜する土岐武治氏の『堤中納言物語の注釈的研究』（風間書房　一九七六年）、全編にわたる注釈は収載されていないものの本文の解釈だけでなく鑑賞の領域にも大きく踏み込んだ三谷榮一氏の鑑賞日本古典文学『堤中納言物語』（角川書店　一九七六年）、散逸物語をも視野に入れた物語文学の世界を対置し解説をほどこす三角洋一氏の講談社学術文庫『堤中納言物語』（講談社　一九八一年）、言語映像の解析を推し進めた塚原鉄雄氏の新潮日本古典集成『堤中納言物語』（新潮社　一九八三年）他、多様な読みを導く斬新な試みが行われている。

また、後藤康文氏が世に問うた、本文の難解箇所に積極的な復原的批判を加え本文整定を行う一連の論考も、(5)『堤中納言物語』の現存伝本の読みの一方向性を大胆に示していて、注目される。

こうした本文校訂及びこれに立脚した注釈的研究は、大きくは同系統に属し同一箇所の損傷が激しく解釈の難解な部分を多く含む『堤中納言物語』を読むために、これからもさまざまな角度から検討を重ねていかなければならない必須の分野である。

三　成立・編者・書名の由来をめぐる研究

本文をめぐる基礎的研究の一方で、早くから行われてきたもう一つの研究の柱が、成立と編者、書名の由来をめぐる研究である。

先に触れた天喜三年（一〇五五）の「物語歌合」をめぐる発見以後、それまで一部に疑義が挟まれていたものの概ね一般的であった十編の同一成立・同一作者説が修正されることとなった。個別に制作されたものが後世に「集」

として編纂されたと見なされるようになったのである。そして、一方で異論も提出されているものの[6]、各所収作品はおおよそ平安後期から院政期、くだっても鎌倉初期あたりまでに成立したと考えるのが、今日一般的となっている。また、文永八年（一二七一）成立の『風葉和歌集』に所収作品中五編（『花桜折る少将』・『逢坂越えぬ権中納言』・『はいずみ』・『ほどほどの懸想』・『貝合』）の作中歌が採られていることも、「集」としての成立の問題を考える際の一つの目安となっている。ただし、この事実からは『風葉集』の以前・以降両方の説が成立する可能性が存する。その他、上賀茂神社所蔵三手文庫本の奥書に見える「堤中納言十巻以藤原為氏卿自筆之本」[7]という記載や、静嘉堂文庫蔵大野広城自筆本及び内閣文庫蔵本の奥書に見える「元中二年三月書写」[8]という記載からも成立の下限を推定することができるが、前者についてはその信憑性を疑う向きも多い。

こうした基礎的資料と作品内外の状況とを勘案し、成立と編者、書名の由来をめぐり様々な仮説が提出されてきた。すでに、市田瑛子氏[9]や鈴木一雄氏[10]、三谷邦明氏[11]らによって諸説の一覧・整理が行われているので、あらためてここに列挙することは避ける。近年新しく、種々の構成を保有する諸編を包括統合する作品であることを示唆した命名と見る説（神尾暢子氏・保科恵氏[12]）、「嚢」中に納められた十の短編物語（とひとつの断章）を発見した人物が「堤中納言兼輔」への連想をも響かせ〈ことば遊び〉によって命名したと見る説（後藤康文氏[13]）が加わった。

新資料が発見されない限り、「集」としての成立をめぐる謎が解き明かされることはない。今後もさまざまな観点から考究されなければならないだろう。

四　作品論・短編物語論（上）――「をかし」の美学・後期物語論・テクスト論・享受論――

『堤中納言物語』の「集」としての成立の経緯、時期、編者をめぐる問題はいまだ解決されていない。とは言え、所収作品数編に共通する要素も見出されることから、『堤中納言物語』の特質を追究する営みが一方で積み重ねられてきた。その多くは、唯一成立の判明している『逢坂越えぬ権中納言』[14]を考慮し、所収作品をおおよそ平安後期からくだっても鎌倉初期の成立と捉え、平安後期短編物語の特質を解明するという営みともなっている。

所収作品すべてに通う性質として、客観的な作風、「をかし」の美学を掲げたのが、工藤進思郎氏である。[15]工藤氏は、物語において「あはれ」の世界をとりあげてもそれは常に「をかし」の観点からであることを分析し、対象から隔絶した作者の客観的態度を抽出している。作品の理念を追究する論の一方で、物語の叙述の形式・構成に着目し、物語史における位置を捉えようとする論も提出されている。『堤中納言物語』全体を対象にしてはいないものの、玉上琢彌氏の「昔物語」についての見解[16]は、当該物語の特質を論じる上で先駆的な問題提起となった。玉上氏は『逢坂越えぬ権中納言』や『花桜折る少将』をとりあげ、「ねらいを一つにきめ、（略）できるだけ経済的な書き方をする」短編小説とは異なる短編物語の性質を論じ、「自然そのままの構成」・「原生動物のように四方に触手をのばし、どこが中心かということさえはっきりしにくい」と形容した。『堤中納言物語』所収作品の構成は、短編物語の世界では昔から一般的であったと捉えた。これに対し鈴木一雄氏は、『逢坂越えぬ権中納言』や『花桜折る少将』等に見える冒頭描写のありようや主人公の描出は、『源氏物語』の影響を受けて出現したものであり、『源氏物語』以前には遡り得ないと主張した。[17]現在、所収作品をめぐり、『源氏物語』をはじめとする先行物語をいかに活用変形し物語を形成したのかについて、より詳細な検討が積み重ねられている。鈴木氏の論は、『源氏物語』をはじめとする先行物語の影響を探り、所収作品を物語史の中に位置づけることを目指す一連の研究の一つの出発点としても捉えられる。なお当該の論を含む鈴木氏の『堤中納言物語』に関する諸論は、のちに『堤中納言物語序説』（桜楓社　一九八〇年）にまとめられた。

昭和五十年代に入り、『堤中納言物語』所収各編の本文と先行文学との関係性をテクスト論的視座から分析する論が現れる。高橋亨氏は、先行文学の「パロディ」・「もどき」という観点から諸編を論じ、『堤中納言物語』について「母胎としてのそれら長編物語を対象化し、解体することによって、構成的凝縮の諸相がなしとげられた」と説いた。(18) 三谷邦明氏も、〈前本文《プレテクスト》〉と本文《テクスト》との関係構造の分析を行い、『堤中納言物語』を「〈引用〉のモザイク」・「パロディの文学」と位置づけ、所収諸編の特性について「物語性を解体化し、それを視線の一致等の手法で断片化しながら、一方では解体化する以前の〈前本文《プレテクスト》〉を想像させる表現を文脈の中に鏤めることで、本文《テクスト》の厚みを獲得している」と説いた。(19) また三谷氏は、『堤中納言物語』の主題を「〈合せ〉〈くらべ〉」と捉え、そこに見える「〈をかし〉の批評精神」、「対象を相対的に把握する意識」が短編性の問題とも密接に関わることを論じている。

一方、『堤中納言物語』の諸編の特色を、当時の制作と享受の形態から捉えようとする論も提出されている。昭和四十年代からはじまる稲賀敬二氏の一連の論考である。(20) 物語にほどこされた仕掛けを「クイズ的」享受形態を念頭に置くことで説明する稲賀氏の論は、当該物語の特質を追究する上で新しく有効な視点を提供した。

五　作品論・短編物語論（下）——固有性の追究——

昭和五十年代中頃以降、前掲の先行研究の成果を踏まえながら、あるいは批判的に継承しながら、より多様な視点で『堤中納言物語』の特質を捉えようとする動きが現れる。(21) こうした動きは、従来指摘されてきた「をかし」の理念やパロディ性、読者へのクイズといった問題の内実を、個々の所収物語の固有性に眼を向けながら丹念に問うことで、さらに『堤中納言物語』の研究を深化させようという営みであったと言える。

特異な物語世界の解析を行ったものとして、長谷川政春氏や神田龍身氏の論考がある。長谷川氏は、〈夜〉を中心に展開される恋物語を主要とする平安物語をもどいたのが『堤中納言物語』諸編の〈物語の昼〉の世界であると捉え、そこに「をかし」・「をこ」の精神を見出している。[22]神田龍身氏は、長編物語と短編物語との差異に言及しつつ、所収各編の「周縁性、異端性」を指摘することで、『堤中納言物語』を物語文学史上に位置づけた。[23]

引用をめぐる問題、もどき・パロディの様相の検討にとりわけ重点を置いた論として、阿部好臣氏や小島雪子氏、竹村信治氏の各論考があげられる。阿部氏の一連の論考は、古代性や歌物語との距離、引用構造、時代の磁場との関わりなど多角的な視点から考察がなされ、[24]プレテクストの広汎な追跡がその特色としてあげられる。一方、小島氏は一連の論考において、個々のプレテクストの掲出に重点を置くのではなく、引用という営為を多用する物語の語りの特質の解析に力を注ぐ。『花桜折る少将』について、「物語を語るということそれ自体に読者の関心を向けさせ、その仮構性に気づかせるしくみをもっている」とし、「様式化した物語の語り性／騙り性を問題化することをねらいの一つとした物語である」と指摘している。[25]竹村氏は、プレテクストとの対話のありようを丹念に追跡することによって、『はいずみ』を「女たちの哀しみを基底に男たちの愚かさを戯画的に描く物語」と捉え、こうした『はいずみ』の〈女の物語〉としての性格が他の所収作品にも通じるという見通しを示すとともに、生成基盤である後宮サロンとの関わりを指摘している。[26]

先行作品の利用の方法を分析の中心に据えるものの、むしろそれを踏まえ個々の物語の本質の解明に力を注ぐのが、下鳥朝代氏の一連の論考である。[27]各物語の固有性を指摘しつつ、その先に平安後期物語としての性格、短編性を問題としながら、所収作品の本質を見極めることを目指している。下鳥氏には、物語の享受のあり方と物語本文とを結びつける『はなだの女御』に関する論もある。[28]従来のパロディとしての理解に再考を促す、陣野英則氏の論考もある。[29]陣野氏は『はいずみ』前半の表現を丹念に追跡し、「パスティーシュとしてのおかしみ」を読みとり、そうした傾向は『堤中納言物語』全体にも及ぶという見通しを示している。他に、末法という時代意識と数編に見られる性質との相関関係へ着目する等、数編に共通する特質を追究する大倉比呂志氏の論もある。[30]

ところで、『堤中納言物語』の所収作品を「集」という形態から切り離し、平安時代後期の短編物語世界の展望といった視座から個々の物語の固有性を見つめる、神野藤昭夫氏の論[31]がある。また、所収作品全てを短編物語として理解することに疑問を投げかける中野幸一氏の論もある。[32]両者とも、『堤中納言物語』論の基盤そのものの危うさについて、おのおのの立場から問題提起を行っている。また先に言及した、本文整定と解釈という基礎的問題を核に各編についての考究を重ねる後藤康文氏の一連の論考も、作品論を展開する上で前提となる本文に関しての根本的な問題提起を行っている。これらの問題の存することを肝に銘じつつ、一方で集を貫く性質の解明にのぞむ必要があるだろう。

以上のような研究の多様化の中で、保科恵氏の『堤中納言物語の形成』（新典社　一九九六年）がまとめられた。土岐武治氏の『堤中納言物語の研究』（風間書房　一九六七年）、鈴木一雄氏の前掲『堤中納言物語序説』に次ぐ、『堤中納言物語』を主な研究対象とする研究書である。『堤中納言物語』の表現形成の方法について、全編を見わたした考究がなされている。[33]

六　本研究の視点

パロディ・もどき、クイズ効果といった物語の本質をめぐる理解の大きな枠組みが提起されたのち、その様相の丹念な追究や各編の固有性と共通性の解明等、さらなる研究がおしすすめられた平成のはじめ頃から、筆者は『堤中納言物語』の研究に取り組んできた。各編の、ひいてはそれらの集合体としての『堤中納言物語』の特質の解明を目指してきたが、その際着目した事象をどのように理解し位置づけるのかについて、模索を繰り返しながら歩んできた。

筆者の考える「特質」とは、その作品固有の手触りのようなものである。ただし、この「手触り」は、作品を享受する読者の別によって大きく異なってくる可能性が存する。筆者はこの「手触り」の根拠を、各編が制作され享受されたと考えられる平安朝の文化的歴史的空間に求めた。現代から遠く隔たった場所を正確に把握することは厳密に言えば不可能であるけれども、残されている資料を手がかりに、各編の文学的形象が作品外の言葉や観念をいかに取り込み、いかなる仕掛け・趣向によって物語が形成されているのかを追究した。その先に、各編の特質の解明や王朝物語史上の位置づけを目指した。

作品を囲繞する文化的歴史的空間を構成するものとして、本書では以下の三つの要素を考えた。第一に同じジャンルである王朝物語を含む物語文学の世界、第二に平安文学全体に大きな影響を及ぼした和歌・漢詩文の世界、そして第三に物語の制作と享受の場を囲繞する歴史的時空である。これら三者は、現実には複雑に絡み合いながら物語の生成に関与したと考えられる。大枠として三つの柱を掲げ、それらがいかなるかたちで取り込まれ、物語世界が構築されているのか、その交渉の具体相を記述、考察した（本書ⅠⅡⅢ。なおⅢには、『堤中納言物語』所収の一編『逢坂越えぬ権中納言』が提出された催しとして注目される「物語合」に関する論考もおさめた）。

先に述べたように、『堤中納言物語』所収各編はおのおの成立を異にし、各編と「冬ごもる」断章とが「集」としてまとめられた時期もまた異なる。この点を考慮し、「集」をめぐる考察を別に設けた（本書Ⅳ）。断章の問題や『堤中納言物語』の享受をめぐる問題を扱った。

「愛すべくも輝やかしい真珠の頸飾」(34)と形容される『堤中納言物語』。小品ながら王朝物語群の中で特異な光を放つ、その魅力の機構を解き明かすべく、以下において論述する。

注

(1)『花桜折る少将』の成立を十世紀後半とする稲賀敬二氏の説（新編日本古典文学全集『堤中納言物語』〈小学館　二〇〇〇年〉解説）や、『思はぬ方にとまりする少将』の成立を嘉元元年（一三〇三）以降とする新美哲彦氏の説（『堤中納言物語』の編纂時期――「思はぬ方にとまりする少将」の成立から――」〈田中隆昭編『日本古代文学と東アジア』勉誠出版　二〇〇四年〉）等があり、各編の成立を平安後期から末期とする理解に異論が出されていないわけではないが、筆者は、本書の中で述べるように後期から末期成立と見る立場をとる。

(2) 松村誠一氏（「堤中納言物語伝本考（一～五）」「高知大学学術研究報告」一巻二号　一九五二年七月～六巻九号　一九五七年一〇月）・土岐武治氏（『堤中納言物語の研究』風間書房　一九六七年）・鈴木一雄氏（『堤中納言物語序説』桜楓社　一九八〇年）他により、伝本の整理が行われている。

(3) その具体的様相については、土岐武治『旧註集成堤中納言物語』（地人書房　一九五八年）、同『堤中納言物語の研究』（風間書房　一九六七年）他に詳しい。

(4) 池田亀鑑「古歌合巻とその学術的価値」（「短歌研究」八巻二号　一九三九年二月）、萩谷朴「廿巻本「類聚歌合巻」の研究」（同上）、鹿嶋（堀部）正二「堤中納言物語成立私考」（「文学」七巻二号　一九三九年二月）。

(5) 後藤康文「『ほどほどの懸想』試論――頭中将は後悔したか――」（「国語国文」六二巻七号　一九九三年七月。のち、王朝物語研究会編『研究講座　堤中納言物語の視界』新典社　一九九八年　再録）、「『花桜折る少将』本文整定試案」（「中古文学」五五号　一九九五年五月）、他。

(6) 注（1）参照。

(7) 影印校注古典叢書『堤中納言物語　下』（新典社）に拠る。

(8) 注（3）の土岐前掲書（後者）に拠る。

(9) 市田瑛子「堤中納言物語概説」（松尾聰『堤中納言物語全釈』笠間書院　一九七一年）。

(10) 注（2）の鈴木前掲書。

(11) 三谷邦明「堤中納言物語」（三谷榮一編　体系物語文学史　第三巻『物語文学の系譜Ⅰ　平安後期』有精堂　一九八三

年)。

(12)　神尾暢子「範疇語彙の史的推移——堤中納言の基本品詞——」(『王朝語彙の表現機構』新典社　一九八五年)、保科恵「序説　文学表現の形成方法」(『堤中納言物語の形成』新典社　一九九六年)。

(13)　後藤康文「『堤中納言物語』書名試論」(王朝物語研究会編『研究講座　堤中納言物語の視界』新典社　一九九八年)。

(14)　厳密に言えば、「平安後期」・「平安末期」という区分がなされるべきである。実際、所収作品の中から数編をとりあげ「平安末期」という語を冠しその特質を論じたものも見られる(稲賀敬二「平安末期物語の遊戯性——短編物語クイズ論——」〈三谷榮一編　鑑賞日本古典文学『堤中納言物語』角川書店　一九七六年〉他)。ただし、各編の成立時期を正確に把握しえない現状では、「後期」・「末期」という区分をはじめから個々の作品に与えることは一部の作品をのぞいて困難であると思われる。本書では、『源氏物語』以降の平安朝の物語といった意味合いで、「平安後期物語」と呼称する(例えば中野幸一氏は、「平安後期物語の方法と特質」〈三谷榮一編　鑑賞日本古典文学『堤中納言物語』〉において、『源氏物語』以降の平安時代の物語を「平安後期物語」と呼称している)。「末期」と特に推定される場合にはそのように明記する。

(15)　工藤進思郎「堤中納言物語の様式」(「文芸研究」四四集　一九六三年七月)。「をかし」の観点から把握する論として、はやく大原一輝「堤中納言物語の世界」(「文芸研究」二〇集　一九五五年六月)がある。「をかし」の美学への着目は、のちに高橋亨氏によるこの物語のパロディ性を指摘する論(「堤中納言物語の世界——短編性について——」〈三谷榮一編　鑑賞日本古典文学『堤中納言物語』角川書店　一九七六年〉)へも繋がった。高橋氏は、「〈あはれ〉を中心に成長した王朝作り物語史の末期に、〈をこ＝をかし〉の醒めたまなざしが、これらの物語を生み出した」と説明し、物語史における所収作品の位置づけを行っている。

(16)　玉上琢彌「昔物語の構成」(「国語国文」一三巻六、八、九号　一九四三年六、八、九号。『源氏物語研究』一九六六年所収)。玉上氏は、『源氏物語』以前の物語を「昔物語」と定義している。

(17)　鈴木一雄「堤中納言物語の作風とその成因をめぐって」(「東京教育大学文学部紀要」Ⅶ　一九五六年二月)。

(18)　注(15)の高橋前掲論文。

（19） 三谷邦明「解説 落窪物語・堤中納言物語研究の展望」（日本文学研究資料叢書『平安朝物語Ⅲ』有精堂 一九七九年）、「堤中納言物語の方法――〈短篇性〉あるいは〈前本文《プレテクスト》〉の解体化――」（「早稲田大学高等学院研究年誌」二四号 一九八〇年三月。のち、『物語文学の方法Ⅱ』有精堂 一九八九年 所収）、他。なお、「」内の文章は後者から引用した。

（20） 稲賀敬二「『花桜折る少将』の光遠・季光・光季――勝手な読みの功罪――」（「年報」〈広島県高等学校教育研究会国語部会〉一一号 一九七〇年三月）、「『逢坂越えぬ権中納言』と『琵琶行』――その作為についての臆説――」（「国文学攷」五三号 一九七〇年六月）、「堤中納言物語における二、三の問題――物語享受の一形態・仮説――」（「広島大学文学部紀要」三〇巻 一九七一年三月）、他。これらの説は、のちに『源氏物語の研究――物語流通機構論――』（笠間書院 一九九三年）の「堤中納言をめぐる二、三の問題――物語享受の一形態・仮説――」におさめられている。

（21） 昭和五十年代の終わりに、『堤中納言物語』と所収各編おのおのについての先行研究の整理と考察とをおさめる、三谷榮一編 体系物語文学史 第三巻『物語文学の系譜Ⅰ 平安後期』（有精堂 一九八三年）が刊行されたことも、研究の裾野が広がり多様化した原動力となった。また平成十年にも、昭和五十年代以降の研究論文数編と書き下ろしの論文、「研究の現在と展望」とをおさめる、王朝物語研究会編『研究講座 堤中納言物語の視界』（新典社 一九九八年）が刊行され、研究の指針となっている。

（22） 長谷川政春「物語の夜・物語の昼――『堤中納言物語』序説――」（「東横国文学」二一号 一九八九年三月。のち、叢刊・日本の文学7『〈境界〉からの発想――旅の文学・恋の文学』新典社 一九八九年 所収）。

（23） 神田龍身「ミニチュアと短篇物語」（『物語文学、その解体――『源氏物語』「宇治十帖」以降――』有精堂 一九九二年）。なお同論の礎稿は、一九七九年から一九八八年にかけて発表された四つの論文である。また神田氏には他に、「『思はぬ方にとまりする少将』――短篇物語の終焉――」（「早稲田大学高等学院研究年誌」二九号 一九八五年三月）がある。

（24） 阿部好臣「『はなだの女御』と『伊勢物語』初段――短篇物語論への一視点として――」（「語文」四四輯 一九七

八年三月)、「引用のモザイクからの挑戦――花桜折る少将と王権物語――」(王朝物語研究会編『研究講座　堤中納言物語の視界』新典社　一九九八年)、他。

(25) 小島雪子「「ほどほどの懸想」論――物語に言及する物語――」(「宮城教育大学国語国文」二一号　一九九三年一〇月。のち、王朝物語研究会編『研究講座　堤中納言物語の視界』再録)、「「花桜折る少将」論――ちぐはぐさと過剰さと――」(「日本文学」四七巻九号　一九九八年九月)、他。なお、「」内の文章は後者の論文より引用した。

(26) 竹村信治「『はいずみ』考――『堤中納言物語』私注(一)――」(「古典研究」一　一九九二年一二月)。

(27) 下鳥朝代「「虫めづる姫君」と『源氏物語』北山の垣間見」(「国語国文研究」九四号　一九九三年七月)、「「このついで」論――「巡る」物語――」(「国語国文研究」九九号　一九九五年三月)、他。

(28) 下鳥朝代「『はなだの女御』論――「読者」参加の物語――」(「国語国文研究」九一号　一九九二年一一月)。

(29) 陣野英則「『堤中納言物語』「はいずみ」前半部の機知と諧謔」(久下裕利編　考えるシリーズ4『源氏以後の物語を考える――継承の構図』武蔵野書院　二〇一二年)。なお陣野氏は近年、所収作品の形態や享受をめぐる問題についても、根本的な問題提起を続けている(『堤中納言物語』「よしなしごと」と「冬ごもる……」――その形態・享受に関する試論――」〈『古代中世文学論考』第二十集　新典社　二〇〇七年〉他)。

(30) 大倉比呂志「〈末法〉への挑戦――『更級日記』と『堤中納言物語』の場合――」(「日本文学」四九巻七号　二〇〇〇年七月)、他。

(31) 神野藤昭夫「『堤中納言物語』と短編物語の世界」(『散逸した物語世界と物語史』若草書房　一九九八年)。

(32) 中野幸一「『堤中納言物語』をめぐっての試論――はたして短編物語集か――」(「早稲田大学教育学部　学術研究」(国語・国文学編)四三号　一九九五年二月)。

(33) 保科氏は以後も、解釈の再検討等、続々と論考を提出している。

(34) 注(4)の鹿嶋(堀部)前掲論文。

＊『堤中納言物語』の本文は、宮内庁書陵部蔵本（『影印本堤中納言』笠間書院）を底本とし、他本により私に校訂したものを用いる。なお、引用本文には適宜傍線を付す。

I

物語文学史の変容

第一章「人に『すみつく』かほのけしきは」——平中の妻と『はいずみ』の女——

はじめに

平中墨塗り譚は、現在、『古本説話集』[1]や『源氏物語』末摘花巻の光源氏の言葉に注を付した『源氏物語』古注釈により知られる。『源氏物語』の古注では、平安末期成立の『源氏物語釈』にすでに見えることから[2]、平安末期以前には流布していた話であると考えられる。平中墨塗り譚は、載せられている文献によってその姿が多少異なるものの、概ね——平中が女の前で愛情のあるところを見せようと硯瓶の中に水を入れて持ち歩き「そら泣き」をしていた、そのことを知った平中の妻が硯瓶の水を墨と入れ替えたために、知らずに「そら泣き」をした平中の顔が真っ黒になった[3]——という話である。

『源氏物語』の古注釈に梗概の記された平中墨塗り譚は著名であるけれども、この話の末尾に見える平中の妻の歌はあまり注目されていない。

むらさきのうへにはなへにつけてみせ給所。御すゝりかめの水にかみをぬらしてのこひ給へは、平中かやうにいろとりかえ給なとあるは、

平中みる女ことになくけしきを見せんとて、すゝりかめにみつをいれてくして、めをぬらしけるを、女こゝろえて、そのかめにすみをすりていれたりけるを、しらて、れいのやうにしてかへりけるみて、女

われにこそつらさを君かみすれとも人にすみつくかほのけしきは[4]

（前田家本『源氏物語釈』[5]）

この「われにこそ」の歌は、「私には薄情な態度しかあなたは見せてくれないけれど、他の女に住みついて彼女には愛情があることを示す涙を見せているのね、あなたの顔に墨がついているのを見ればわかるのよ[6]」といった意である。ここに、「二人妻」の設定があること、そして、第四句の「すみつく」に「住みつく」・「墨つく」が掛けられていること、以上の二点にまず注目したい。

この「住み」・「墨」の掛詞が、『はいずみ』前半・後半の「住み」と「墨」の対照に活用されたのではなかろうかというのが、本論の目標とする論旨である。平中墨塗り譚と『はいずみ』の関わりについては以前から指摘があり、顔に墨を塗るという趣向の共通性から『はいずみ』後半部とのつながりが論じられてきた。筆者は、この平中墨塗り譚が、先に述べたような掛詞を利用した手法によって、後半だけでなく前半にも大きく関わり、前半と後半を結ぶ、言わば蝶番の役割を果たしているのではないかと考えている。本章では、このように平中の妻の詠歌の意味を重視することにより、二人妻説話の新しい展開を考えてみたいと思う。

一　二人妻説話の系譜と趣向

『はいずみ』は、二人妻説話の系譜にある物語であり、古妻への男の回帰が描かれた前半と、今妻への男の愛想づかしが描かれた後半とから成っている。『はいずみ』作者の構想の内実を探るにあたり、これから『はいずみ』において注目する事柄が、二人妻説話の中ではどのような様相を呈しているのかという点について、まず確認しておきたい。なお、二人妻説話と『はいずみ』の諸要素の比較に関しては、すでに神尾暢子氏[7]・竹村信治氏[8]に論がある。が、拙論はそれらの先行研究とはやや視点を異にすると思われるので、私に注目する観点を表にして示した。

		危機的状況	危機脱出のきっかけ	古妻の歌	今妻を厭うようになる理由
①	『伊勢物語』二三段	男に新しい通い所ができる	垣間見	風吹けば沖つしら浪たつた山夜半にや君がひとりこゆらむ	いまはうちとけて、手づから飯匙とりて、笥子のうつはものにもりけるを見て、心憂がりて、いかずなりにけり。（君があたり――）（君来むと――）
	『大和物語』一四九段	男に新しい通い所ができる	垣間見	風吹けば沖つしらなみたつた山夜半にや君がひとりこゆらむ	いとあやしきさまなる衣を着て、大櫛を面櫛にさしかけてをり、手づから飯もりをりける。いといみじと思ひて、来にけるままに、いかずなりにけり。
②	『大和物語』一五七段	男、今妻の所に家財道具一切を持って去る	童の活躍	ふねもいぬまかぢも見えじ今日よりはうき世の中をいかでわたらむ	
	『今昔物語集』巻三〇ノ一〇	男、今妻の所に家財道具一切を持って去る	童の活躍	フネモコジマカヂモコジナケフヨリハウキ世ノナカヲイカデワタラム	
③	『大和物語』一五八段	古妻、今妻と同居する	男、壁を隔てて聞く	われもしかなきてぞ人に恋ひられし今こそよそに声をのみ聞け	
	『今昔物語集』巻三〇ノ一二	古妻、今妻と家を並べて住む	男、直接聞く	ワレモシカナキテゾキミニコヒラレシイマコソコヱヲヨソニノミキケ	今ノ妻ノ云ツル事（「煎物ニテモ甘シ、焼物ニテモ美キ奴ゾカシ」）思ヒ被合テ、今ノ妻ノ志失ニケレバ、京ニ送テケリ。

④	『今昔物語集』巻三〇ノ一一	男、今妻の所に去る	童の活躍	アマノツトオモハヌカタニアリケレバミルカヒナクモカヘシツルカナ	今ノ妻ノ、「貝ハ焼テ食テマシ、海松ハ酢ニ入レテ食テマシ」ト云シ事思ヒ被合テ、忽ニ心替テ、「本ノ所ニ行ナム」ト思フ心付ニケレバ、ヤガテ其ノ蛤ヲ打具シテ行ニケリ。

①他に、『古今和歌集』九九四番左注・『十訓抄』第八に見える。
③他に、『十訓抄』第八・『沙石集』巻第七に見える。
なお、①から④の引用は、すべて新編日本古典文学全集（小学館）に拠った。

二人妻説話の系譜につらなる話としては、表に記した作品群が指摘できる。同話関係にあるものは、同じ数字の見出しのもとに分類した。これら、『はいずみ』も含めた二人妻説話の範疇にある話は、大筋としては、――長年仲睦まじかった夫婦が今妻の出現によって危機に陥るものの、古妻の詠んだ歌に男が心動かされ夫婦がもとの鞘に収まる――という点で一致するが、それぞれの作品に固有の要素も有している。そうした相違点のどこに着目するのかを、その理由とともに以下述べる。

二人妻説話の枠組みを持つ話の場合、古妻は今妻への男の懸想を知った後も、その苦衷を表に出そうとはしない。古妻の普段は隠された心情が、どんなかたちで男に明らかにされるのかが、二人妻説話の一つの大きなポイントのように思われる。そして、このような趣向の核に位置づけられるのが、古妻の詠歌であると言えよう。こうした、古妻への男の回帰と、これを背後から援護する今妻への男の愛想づかし、それぞれの事情をいかに独自に工夫するのかが各話の腕の見せどころの一つであったのではないかと考える。したがって、これらの趣向について古妻の詠歌を核としつつ検討したい。そのため、注目する項目として、趣向の出発点である危機的状況がどのようにつくられているのか、危機脱出のきっかけ――これは、具体的には、男が古妻の歌をどのようにして知るのかということである――となったのは何なのか、物語の設定をふまえて古妻の歌がどのように仕立てられているのか、そして、今妻を男が厭うようになる理由としてどんな設定がされているのか、といった点をとりあげた。

①の「沖つ白波」の話の場合、今妻への男の通いが危機的状況として設定されている。その危機を救うきっかけが、男による古妻の垣間見である。古妻はその時、「風吹けば沖つしら浪たつた山夜半にや君がひとりこゆらむ」という、男の「高安」通いを気遣う歌を詠み、男の翻意が実現する。『伊勢物語』には見られないものの、『古今和歌集』では「月のおもしろかりける夜」[9]、『大和物語』においては「月のいといみじうおもしろきに」とあるように、美しい「月」のもとでの垣間見が設定されている。これは他の二人妻説話には見られず、『古今和歌集』・『大和物語』に記された「沖つ白波」の話に特有の要素であると言えるだろう。『大和物語』における古妻の描写は、雅な詠歌の場面の後に、「この女、うち泣きてふして、かなまりに水を入れて、胸になむすゑたりける。あやし、いかにするにかあらむとて、なほ見る。さればこの水、熱湯にたぎりぬれば、湯ふてつ。また水を入る」という胸のうちの情念の炎をほとばしらせた、ややもするとグロテスクともなりかねない情景をつなげていて、これもまた、二人妻説話の中では異色である。以上の二点から、『大和物語』は、『はいずみ』に直接結実していく萌芽を内包しているのではなかろうかと考えている。この点については、のちに展開する『はいずみ』の趣向の検討もふまえた上で、もう一度触れたい。男が今妻を厭うようになる理由は、『伊勢物語』と『大和物語』とでは若干異なるものの、「手づから飯匙とりて」や「大櫛を面櫛にさしかけてをり」等から、今妻の粗野な属性のためと考えてよいだろう。

②の場合、男が家財道具一切とともに今妻の許へ去ってしまうという危機的状況が設定されている。ただ一つ古妻の手元に残ったのは「馬ぶね」のみで、それさえも男の従者である「まかぢ」という童が取りにやって来る。この童に託した古妻の歌、「ふねもいぬまかぢも見えじ今日よりはうき世の中をいかでわたらむ」が男の心を動かし

た。

③では、男が今妻を家に連れて来て、古妻は今妻と「壁をへだてて」住む、あるいは「家ヲ並ベテ」住むという危機的状況がつくられている。「鹿」の鳴き声に対して、古妻が「われもしかなきてぞ人に恋ひられし今こそよそに声をのみ聞け」という歌を詠んだことにより、男は彼女の風雅な心に感じ入り愛情が甦る。『今昔物語集』の方では、風流よりも食い気に走る今妻の発言が、男が今妻を厭うようになった理由として記されている。

④の話の場合、危機的状況として、男が今妻の許へ去ってしまうということが設定されている。誤って古妻のところに届けられた「蛤」・「海松」を、取り返しにやって来た童に託した古妻の歌、「アマノツトオモハヌカタニアリケレバミルカヒナクモカヘシツルカナ」が男の心を打った。この古妻の風流の心に対して、今妻の食い気が③と同様に設定され、男が今妻を厭う理由となっている。

以上、歌を中心に、古妻への男の回帰・今妻への男の愛想づかしの事情を記すに際しての、それぞれの話の趣向を一覧した。古妻の詠歌に関してまとめれば、①の「沖つ白波」の話を除く②③④の話の場合、「ふね」・「まかぢ」等の具象的素材を詠み込んでいるということが、注目される。これらは、言わば現実密着型の詠歌であり、非和歌的である。これらに対して「沖つ白波」の方は、和歌としての叙情を十分に湛えている。そうした意味で他の②③④とは異質である。この点に着目すると、『はいずみ』に立ち現れた世界は、二人妻説話の中では「沖つ白波」の話に近接していると感じられる。詳しいことは、以下の検討に譲りたい。

二 『はいずみ』前半の趣向

次に、『はいずみ』において、どのような趣向が凝らされ、それがいかに詠歌に結実しているのかを、見てみたい。

『はいずみ』で設定された古妻の危機は、彼女が長年住み慣れた家を出て行かなくてはならなくなる、という状況である。

「(略)世の人々は、『妻すゑたまへる人を。思ふと、さ言ふとも、家にすゑたる人こそ、やごとなく思ふにあらめ』など言ふも安からず。げに、さることに侍る」（『はいずみ』）

として、今妻の親は娘と男との同居を迫った。こうした圧力によって自身の愛情の深さが試されている男は、なかば強がりから今妻を自分の家へ迎えることを宣言する。そして、男はためらいつつも、今妻が家にやって来ることを古妻に打ち明けることになった。

「(略)かしこに、『土犯すべきを、ここに渡せ』となむ言ふを。いかが思す。ほかへや往なむと思す。何かは苦しからむ、かくながら、端つかたにおはせよかし。忍びて、たちまちに、いづちかはおはせむ」（『はいずみ』）

男は、「向こうでは、土忌みをしなくてはならないので、ここへ移せ、と言うのですが――」として、今妻が移って来ることはほんの一時的なことだと嘘をつく。しかし、古妻は、

「ここに迎へむとて言ふなめり。(略)」（『はいずみ』）

と男の言葉の裏を察して、自分から家を出て行く決心をすることになる。

　このような切迫した危機的状況を救う、古妻への男の回帰の過程に、『はいずみ』では四首の和歌が配されている。

①男（略）、今、ここへ忍びて来ぬ。女、待つとて端に居たり。月の明きに、泣くこと限りなし。
　わが身かくかけ離れむと思ひきや月だに宿をすみはつる世に
と言ひて、泣くほどに、来れば、さりげなくて、うちそばむきて居たり。
②「『いづこにかとまらせたまひぬ』など、仰せ候はば、いかが申さむずる」と言へば、泣く泣く、「かやうに申せ」とて、
　いづこにか送りはせしと人問はば心はゆかぬ涙川まで
と言ふを聞きて、童も泣く泣く馬にうち乗りて、ほどもなく来つきぬ。（略）ありつる歌を語るに、男もいと悲しくて、うち泣かれぬ。
③男、うちおどろきて見れば、月もやうやう山の端近くなりにたり。「あやしく遅く帰るものかな。遠きところへ行きけるにこそ」と思ふも、いとあはれなれば、
　すみなれし宿を見捨てて行く月の影におほせて恋ふるわざかな
と言ふにぞ、童帰りたる。
④男「明けぬさきに」とて、この童、供にて、いととく行きつきぬ。げに、いと小さくあばれたる家なり。見るより悲しくて、打ち叩けば、この女は来つきにしより、さらに泣き臥したるほどにて、「誰そ」と問はすれば、この男の声にて、

涙川そことも知らずつらき瀬を行きかへりつつながれ来にけり

と言ふを、女、「いと思はずに似たる声かな」とまで、あさましうおぼゆ。（『はいずみ』）

①の引用。古妻の行く先は大原と決まった。今妻を明日渡そうという日、古妻がとうとう住み慣れた我が家を出発しようとしていた時に、男は女を見送ろうと家にやって来た。「男（略）、今、ここへ忍びて来ぬ。女、待つとて端に居たり。月の明きに、泣くこと限りなし」。この語りの展開は、普段はおくびにも出さなかった苦しい胸のうちを吐露した女の詠歌と彼女の哀しみの涙を、男がついに垣間見するのではないかという期待を、享受者に生じさせる。しかも、月光のもとでの垣間見は、前述したように「沖つ白波」の話（『古今和歌集』・『大和物語』）にもあり、いやがうえにもその期待は高まるだろう。この箇所は、物語において一つのクライマックスとなっているのである。しかし、その垣間見は、「と言ひて、泣くほどに、来れば、さりげなくて、うちそばむきて居たり」ということで、実際には実現しない。歌の検討に入ろう。「私の身がこのように懸け離れてしまうことになろうと以前は思っただろうか、月さえもこの住み慣れた宿を住処として澄みわたる世に」。傍線部「すみ」には、「住み」と「澄み」が掛けられている。古妻の危機は、長年住み慣れた我が家を離れて行かなくてはならなくなるということであったので、この「住み」は、古妻の物語の中で主題的な位相を占める語であると言える。勿論、他の二人妻説話中の詠歌においては、見られない表現である[10]。したがって、ここに『はいずみ』独自の趣向を認めることができるだろう。

この古妻の歌を耳にすることがなかったにもかかわらず、男は女が出て行った後、ひとり物思いに耽って③の歌を詠む。「この住み慣れた宿を見捨てて山の端に移っていく、澄んだあの月影を恋う心にかこつけて、この宿を去って行ったあの人を恋しく思うことだなあ」。この男の詠は、①で掲げた古妻の詠に呼応するような歌のつくりになっている。「月」が、「住み」・「澄み」という掛詞を導いていて、別々に詠まれた独詠歌どうしを結びつけている。離れていても寄り添いあう二人の心を、印象的に描出している箇所であると言える。いったんは別離の道を選ぶものの、このように二人の心は実際の二人を隔てる距離を越えて呼びあう。

そして、この、古妻への思慕の情をつのらせる男の心を激しく揺さぶり、本格的な翻意へと導くはたらきをするのが、②に掲げた古妻の詠である。古妻は、自身を大原まで送ってくれた童に歌を託す。二人妻説話の伝統の中で、童の存在を確認してみよう。「沖つ白波」の話の場合、『伊勢物語』・『古今和歌集』の左注には見られないけれども、『大和物語』には「使ふ人の前なりけるにいひける」として童に類する人物の存在が認められる。『はいずみ』のように、古妻の歌を男に伝える役目を担う童としては、「馬槽」の話の童や「海草」の話の童が想起される。『はいずみ』は、こうした二人妻説話の伝統をうまく活用していると言えるだろう。歌を見てみる。「どこまで送ったのかとあの人が尋ねたら、こう伝えて下さい、心の晴れる間とてない涙川まで行きました、この身は行きましたが、心はあなたのもとを離れないでしょう」。男はこの歌によってはじめて、古妻が哀しみの涙を流していたことを知り、激しく心を動かされる。すぐさま、古妻を連れ戻しに行くことを決心し、童に案内されて大原の女のもとへ到着した。

この、古妻の「いづこにか」の歌をうけて女へ呼びかけたのが、④の男の歌である。「あなたの行く先がまさかそんなところとも知らず、あなたが私に本当のことを薄情にも言ってくれなかったのを恨みながら、行きつ戻りつして泣きながらやって来ました」。古妻の哀しみの涙は男の心を揺さぶり、男にも涙を催させた。両者のあふれる涙は、夫婦を再び結びつける役割を担っていると言えよう。この「涙」も、「住み」同様、他の二人妻説話の中では詠歌の素材として用いられていない(11)。

以上、古妻への男の回帰を記す際の『はいずみ』の趣向を、核となる歌を中心に辿った。二人妻説話の伝統の中では古妻の独詠歌のみが記されていた。しかし『はいずみ』においては、贈答歌的な結びつきを見せる四首の和歌が配されているのが特徴的である。古妻の歌二首は夫と離れて長年住み慣れた家を去らねばならぬ女の哀しみを、そして男の歌二首は古妻への断ち切れぬ男の慕情をしっとりと刻んでいて、叙情的・詩的であると言ってよく、その点で『はいずみ』は「沖つ白波」の話の系譜に位置すると捉えることができるだろう。

三　『はいずみ』後半の趣向

次に、今妻への男の愛想づかしを記す際の『はいずみ』の趣向を見てみる。

「いづら、いづこにぞ」と言ひて、櫛の箱を取り寄せて、白き物をつくると思ひたれば、取りたがへて、はい墨入りたる畳紙を取り出でて、鏡も見ず、うちさうぞきて、女は、「『そこにて、しばし。な入りたまひそ』と言へ」とて、是非も知らず、きしつくるほどに、男、「いととくも疎みたまふかな」とて、簾をかきあげて入りぬれば、畳紙を隠して、おろおろにならして、うち口おほひて、優まくれに、したてたりと思ひて、まだらに指形につけて、目のきろきろとして、またたき居たり。（『はいずみ』）

突然の男の来訪に、今妻は慌てふためき、身づくろいに無我夢中となった。その際、おしろいと間違えて「はい墨」を顔に塗りつけてしまい、今妻の顔は黒くまだらになる。それを見た男は、

男、見るに、あさましう、めづらかに思ひて、いかにせむと恐ろしければ、近くも寄らで、「よし、今しばしありて参らむ」とて、しばし見るも、むくつけければ、往ぬ。（『はいずみ』）

とあるように、嫌悪というよりもむしろ恐怖を感じて帰って行った。こうした平中墨塗り譚を用いた幕切れは、今妻への男の愛想づかしを語る、先に見た二人妻説話の中でも、その極端さにおいて他に類を見ない。

ところで、顔に墨を塗った今妻に驚き恐怖したのは男だけにとどまらず、男の早々の辞去の後、不満げに女の部屋にやって来た彼女の両親も巻き込んで、家中大変な騒ぎとなった。のちには陰陽師に祈祷をたのむほどの大騒ぎの中、今妻が「いかになりたるぞや、いかになりたるぞや」と泣きじゃくっていると、その涙のこぼれた後から普通の肌が顔を出した。そして、物語は

かかりけるものを、「いたづらになりたまへる」とて、騒ぎけるこそ、かへすがへすをかしけれ。（『はいずみ』）

という語り手の言葉とともに幕を閉じる。

ここで、今妻の造型について触れておこう。今妻は、その心情について深く掘り下げられない。全編を通して、男へのはたらきかけは彼女の両親が常に前面に出ておこなっている。例えば、男が古妻のところにばかりいるようになってからも、彼女の哀しみは一切語られず、物語は以下のように述べる。


ただここにのみありければ、父母思ひなげく。（『はいずみ』）

今妻は、言わば、面影の見えない女として造型されていると言えよう。それは、享受者の感情移入を拒み、そして同情を退けているかのようである。今妻は、あくまで滑稽な存在として物語の中に位置しているのである。

このように、享受者と隔たった距離にある今妻は、ややもするとグロテスクともとられかねない騒動を巻き起こ

すという点で、前述したように『大和物語』の女にその淵源が求められる。『大和物語』の古妻の場合は、嫉妬の炎を燃やす姿に男が心を動かされ夫婦の縁が再び強く結び合わされる。が、彼女の行動そのものに焦点をあててみると、非日常的な極端さという点では『はいずみ』の今妻の行動と類似していると言える。二人妻説話の展開を考えてみるとき、『はいずみ』は、こうしたいくらか怪奇的な要素を『大和物語』から受け継ぎ平中墨塗り譚を用いて大がかりな騒動を演出している。もっとも、嫉妬という問題に関しては、隠微な表現をとっていて、複雑な相を見せている。黒くなった今妻の顔を見て、彼女の家の人々は

「これをば思ひ疎みたまひぬべきことをのみ、かしこにはしはべるなるに、おはしたれば、御顔のかくなりにたる」（『はいずみ』）

として、古妻による嫉妬にその原因を求めている。そして、例の陰陽師を呼ぶ騒ぎとなるのである。勿論、実際には、古妻の嫉妬のために今妻が「いたづら」になったのではないのであって、その勘違い振りが皮肉な笑いを誘う。『はいずみ』においては、嫉妬心の戯画化がおこなわれたと言えるだろう。当然のことながら、これらの趣向の核に位置するのが、「（はい）墨」である。

四　蝶番としての「すみ（住み・墨）」と平中墨塗り譚

こうした『はいずみ』の趣向は、物語の前半部分と後半部分における、哀愁漂う古妻と滑稽味溢れる今妻との対照的な造型を実現させているだけでなく、以下述べるレベルにおける対照をも意図しているのではないかと考えて

いる。(12)

まず第一に、「すみ」という語の対応が指摘できる。前半部分では、「すみ」は「住み」・「澄み」の両義に用いられ、特に「住み」の方は、古妻が長年住み慣れた家を去らねばならないという問題を物語の中で展開するにあたり、重要な核となる言葉であった。これに対して、後半部分の「すみ」は今妻が間違って顔に塗ってしまう「(はい)墨」である。同じ音を持つ言葉を前半後半の重要なポイントに用い、その多義性を利用して、前半部分と後半部分の言葉の対応を楽しませるという対照が仕組まれていると言えるだろう。

もう一つ、「涙」も両者の対照を支えているものである。前半の「涙」は古妻の哀しみを背負った「涙」であり、やがては彼女を幸福へと導く「涙」であった。後半の「涙」は自らの異様な姿を鏡で見た今妻の驚きの「涙」であり、彼女の顔をもとに戻す役割を担っている。前者は深刻な人間ドラマを背負った「涙」、後者はどこか滑稽さを醸し出す「涙」ということで、そのはたらきの面で対照的であると言ってよいだろう。

このように、両者の対照はより技巧的に仕組まれていると言える。そして、はじめに述べたごとく、この前半と後半の対照を支えているのが平中墨塗り譚であろうと考えている。平中の妻の詠歌を、もう一度引用しよう。

われにこそつらさを君かみすれとも人にすみつくかほのけしきは　（前田家本『源氏物語釈』）

第四句「すみつく」には、「住みつく」・「墨つく」が掛けられている。この「住み」・「墨」の掛詞が、『はいずみ』前半・後半の「住み」と「墨」の対照に活用されているのである。

また、平中の「そら泣き」の涙は、『はいずみ』において、前半の古妻の深刻な「涙」と後半の今妻の滑稽な「涙」に姿を変えたとも見ることができる。平中墨塗り譚を核として、古妻と今妻の物語を対照的に形成したところに、『はいずみ』の工夫が見てとれよう。そう考えると、従来は、物語の後半部分のみをうけた命名であると捉えられていた「はいずみ」という題号も、これまでとは違った様相を呈してくる(13)。つまり、「はいずみ」の「すみ」には、前半の「すみ」も響かせてあるのではないかと考えられるのである。

最後に、二人妻説話の流れの中で見る『はいずみ』の達成について言及し、結びとしたい。

『はいずみ』は、「月」という素材の採用・雅で叙情的な四首の和歌の存在・使用人の介在・非日常的怪奇的な趣向の採用といった点で、二人妻説話の中でも「沖つ白波」の話の『大和物語』の系譜を受け継ぎ、独自の趣向を凝らした物語であると言えよう。そして、この創造の営みには、平中墨塗り譚が大きく関与している。そのため、『はいずみ』は二人妻説話の流れにおいて、新しい展開を示すこととなった。

一つには、今妻への男の愛想づかしを他の二人妻説話にくらべて、よりはっきりとしたかたちで行ったことがあげられる。顔の黒くなった今妻に対して、男は恐怖してそそくさと帰ってしまったという明確な幕切れになっていて、そこには滑稽という要素も見てとれる。この滑稽さを強調したことは、今妻が男に捨てられるという悲劇を別の角度から切り取り、悲劇を喜劇によって薄め、一編を締めくくったとも言えるだろう(14)。

またもう一つ、前半と後半の結びつきの実現がなされたことがあげられる。従来の二人妻説話では、後半（後半と言ってしまうにはあまりに比重が軽いけれども）の今妻に関する記述は後日談といった趣が強く、やや付け足し的で、その前に繰り広げられた古妻の物語とはどこかそぐわないような印象があった。そういった古妻と今妻の話、つまり前半と後半の有機的な結びつきの実現を先に指摘したような対照によって試みたのが、『はいずみ』という物語ではなかったかと考えている。

ではなぜ、こうしたかたちをとって両者の結びつきが実現されたのだろうか。この問題は、『はいずみ』の主題にも大きく関わってくるように思われる。もう一度、今妻の喜劇に眼を向けてみよう。彼女が男から厭われる原因となる墨塗りの失敗は、他の二人妻説話における今妻たちの失敗と、その質において微妙に異なっている。すでに見たように、他の二人妻説話では、今妻の劣った性質にその失敗の要因が積極的に求められている。「沖つ白波」の話の場合、それは彼女の粗野な属性であり、「鹿」の話・「海草」の話の場合、それは彼女の風流心の無さであった。つまり、今妻の根本的な性質の問題に帰するのである。これに対して『はいずみ』における今妻の失敗というのは、どちらかと言うと、偶発的突発的なものである。彼女が昼間くつろいでいた時、男が突然に来訪した。慌てて男のために身づくろいをしようとした女の失敗なのである。[15] それを、彼女の心理に深く入りこまず、現象を周囲の人々の驚き慌てふためく様子を中心に喜劇として語っている。したがって、もっと今妻に寄り添う視点をとるなら、これは悲劇にもなりかねないと言えるだろう。『はいずみ』においては、つまるところ、悲劇も喜劇も登場人物と語り手との距離によって決められているのである。ということは、悲劇的な語られ方がされている古妻と、喜劇的な語られ方がされている今妻とでは、両者の立場はあくまで流動的なものであると捉えることができるのではないか。そして、そういった二つの立場の可逆性を表現の上で保障しているのが、蝶番としての機能を有する「すみ（住み・墨）」であると思われる。

『はいずみ』は、二人妻説話の話型にのっとりつつも、古妻の哀愁と今妻の滑稽とをより強調して、両者の対照を際やかに語った。のみならず、この両極端な二人を結ぶ表現構造をそなえ、全く接点がないはずの女たちに繋がりを与えた。それは、女の普遍的な運命を凝視しようとした作者の営みであったと言えよう。

注

（1）『古本説話集』に載る平中墨塗り譚は、前半に『大和物語』六四段とほとんど同文の話が記されている。これらと『はいずみ』との関係も考えねばならない一つの視点であると思うけれども、それぞれの作品の成立とも関わり、相互の影響関係は微妙な問題となってくるので、今回は触れ得なかった。

（2）他に、『源氏物語奥入』（平中の妻の歌のみ）・『異本紫明抄』・『河海抄』等に見える。

（3）『源氏物語』古注釈に引かれた平中墨塗り譚は、墨を入れた人物と歌を詠んだ人物について、組み合わせとして四通りの解釈（女—女、女—妻、妻—女、妻—妻）が可能である。本来なら、この点について一つ一つ検討を加えるべきであるけれども、今回問題にする詠歌中の「すみつく」には直接関わってこないので、続稿に譲ることとした。ここに記した梗概は、『古本説話集』との関係も考えた上で、もっとも自然ではなかろうかと判断したものである。なお、『平中全講』（赤堤居私家版　一九五九年）において、萩谷朴氏は、「それ等註釈書（私注、『源氏物語』古注釈諸書）に引かれた平中墨塗り譚においては、硯瓶の中に墨をすり入れたのは、平中の本妻ではなく、通う先の女となっている」と述べる。先に記したように、論者は他の解釈も一応可能であろうと考えている。

（4）書陵部本『源氏物語釈』では、第五句が「かほのけしきよ」となっている。こちらの方が一首の意味としては通りやすいだろう。後で試みた解釈も、この本文に従った。

（5）源氏物語大成　第十三冊（中央公論社）に拠る。なお、表記は一部改めた。

（6）先に注（3）で述べたように、墨を入れた人物—妻・歌を詠んだ人物—妻として、解釈した。

（7）神尾暢子「掃墨物語の源流素材——堤中納言と伝承説話——」（「大阪教育大学紀要」Ⅰ部門二七巻一・二号　一九七八年一二月）。

（8）竹村信治「『はいずみ』考——『堤中納言物語』私注（一）——」（「古典研究」一　一九九二年一二月）。

（9）新編国歌大観（角川書店）に拠る。

（10）勿論、地の文には、「むかし、大和の国、葛城の郡にすむ男女ありけり。この女、顔かたちいと清らなり。年ごろ思ひかはしてすむに」（『大和物語』一四九段）といった例は散見する。しかし、これらの例と今問題にしている『はいずみ』の和歌中の「住み」とでは、明らかにレベルが異なるだろう。

（11）「涙」も、「住み」と同様（注（10）参照）に判断した。

（12）この問題については、「いたづら」（室城秀之「物語の視界50選　はいずみ」「解釈と鑑賞」四六巻一一号　一九八一年一一月・小嶋菜温子「はいずみ物語」『体系物語文学史』第三巻　有精堂　一九八三年)、「涙」(稲賀敬二校注・訳　日本古典文学全集『堤中納言物語』小学館　一九七二年)の対照が指摘されている。

(13) 作者が『はいずみ』という題号をつけたのか、後人が命名したのかは、わからない。

(14) 稲賀敬二氏は注(12)の前掲書において、「『はいずみ』では、その新しい女と縁が切れる結末をきわだたせる代わりに、滑稽な笑いに紛らせて、一編を深刻な人間世界の物語とはせずに終わっている」と指摘している。

(15) 竹村信治氏は注(8)の前掲論文において、「その意味で、墨塗り譚は男を思う思いの深さが招いた不幸な出来事とも見られよう。(略)もちろん今妻を描く語りの戯画性は否定すべくもない。けれどもそれが戯画的であればあるほど、〝化粧〟する今妻の、女の哀しみは際立ってこよう」と述べている。

補注　『はいずみ』後半の今妻が顔に「はい墨」を塗るくだりに、「きしつくる」という表現が出てくる。今妻が必死で塗りつけている動作を表したものかと解されるものの、他の用例が未見で本文的に問題の存する箇所である。後藤康文氏が、この「きしつくる」を「すみつくる」へと改変する新案を提出していて、注目される(「『はいずみ』覚書」「北大文学部紀要」四六—三　一九九八年三月)。本論の立場からはとりわけ魅力的な説であるけれども、当該部分の本文改変の問題については、今少し検討を続けたい。

第二章　『はいずみ』の散文世界――二人妻説話の変質――

はじめに

『はいずみ』は、歌徳説話的な趣きのある物語であるとも、また二人妻説話の系譜にある物語であるとも言われている。[1] ゆえに、そうした物語の伝統の中での比較を行うことによって、『はいずみ』の物語としての本質を見きわめようとする試みがなされてきた。

近年、竹村信治氏は、『堤中納言物語』中の諸作品の引用の分析の帰結がパロディとして一括されることに警鐘を鳴らし、そうした方法論に到達する前に物語の中に展開された「他者との対話」に耳を傾ける必要性を説いた。[2] 竹村氏は、他の二人妻説話の系譜にある物語等との比較の結果、『はいずみ』に「男の〝情〟から女の哀しみへの視線のずらし」を見いだし、この物語を「女たちの哀しみを基底に男たちの愚かさを戯画的に描く物語」として位置づけた。蓋し卓見であろう。

ただし、竹村氏はこの「女たちの哀しみ」（特に古妻の哀しみ）について、「この古妻の哀しみは、〈二人妻説話〉類型諸話で一話に〈歌徳説話〉性を付与する古妻詠、或いは古妻・男の親に追い出された今妻詠に込められた女たちの哀しみに通い合う」とも、「物語は古妻の哀しみの深まりを軸に、この哀しみを男が自らのものとしていく過程として展開している」とも述べている。男と古妻の心を叙す部分が増加し、より記述が複雑になったとも言える『はいずみ』が、果たして従来の二人妻説話の系譜にある物語と同様の「女たちの哀しみ」を現出させていると言えるだろうか。また、その「哀しみ」を「男が自らのものとし」たという点についても、若干の疑問を抱く。結論から言えば、『はいずみ』における古妻や男の心理的側面への掘り下げは、先に紹介した竹村氏の説くところとは別の意味でも、彼らの人物像、ひいてはそれらを包含する物語世界に、従来の二人妻説話の型を踏襲する物語からの変質をもたらしたのではないかと考えている。

本章は、一方で二人妻説話の世界を見すえつつ、主に彼らの心理の呟きに注目することによって、『はいずみ』という物語の特質の解明を目指すものである。

一　『はいずみ』の素材、趣向、語り

『はいずみ』において語られた、女そして男の心のありようの分析に入る前に、この物語が主に二人妻説話の伝統や他の文学的形象の中からとりいれた素材や趣向、[3]物語をおおう語りについていささか触れておく。

『はいずみ』は、二人妻説話の系譜につらなる物語に見られた様々な要素をそのままに、あるいは変形を加えて自らの物語を構成している。すでに論じたところであるけれども、[4]『はいずみ』の場合、そうした二人妻説話関連の趣向と平中墨塗り譚のそれとがともに活用されるかたちで一編が成り立っている。具体的には、平中墨塗り譚に見える平中の妻の歌の中の「すみつく（住みつく・墨つく）」が、『はいずみ』の前半と後半の対照に大きく関与しているのではないかと考える。物語は、前半部に哀愁漂う古妻を、後半部に滑稽味溢れる今妻を記す。彼女たちの流す「涙」の意味も、対照的になるよう仕組まれている。平中墨塗り譚が、両者の蝶番となる趣向がとられているのである。

さらに、そうした眼で見ると、前半に語られた古妻の一時的な大原行きは、次に掲げたような「炭」を焼く地と

しての同所のイメージを背景に、やはり同音の「すみ」が響かせてあったと考えられるのではないだろうか。

大原に住みはじめけるころ、俊綱朝臣のもとへいひつかはしける　　良暹法師

大原やまだすみがまもならはねばわが宿のみぞけぶりたえたる

（『詞花和歌集』巻第十・雑下・三六七番[5]）

大原の地に埋もれ「炭つく」かに見えた古妻は、すんでのところで男の翻意によって救われ、あらためて男の許に「住みつく」ことができ、逆に今妻は男の許に「住みつく」ことかなわず、顔に「墨つく」という事態となった。掛詞の妙である。

また、特に『伊勢物語』二三段との関わりを見るなら、今妻の「化粧」をする（実際はおしろいと間違えて掃墨を塗ってしまうけれども）姿は、『伊勢物語』の古妻の「いとよう化粧じて」の姿の反転と見ることもできる。「化粧」によって明暗をわけた二人の女。『はいずみ』は、『伊勢物語』との対照も仕掛けていると言えよう。

ところで、『はいずみ』において、古妻と今妻（今妻の場合は、彼女とその周辺と言うべきか）を語る視線は大きく異なる。語り手は、古妻に緊密に寄り添い、今妻を突き放して語る。対照は、こうした側面にも及んでいる。古妻に寄り添う語りは、彼女の心理もまたとらえたのである。

二　二人妻説話における古妻の心をめぐる叙述

『はいずみ』における古妻と男の心の呟きを辿る前に、従来の二人妻説話の系譜にある物語の場合をまず確認し

ておく。先にも触れたように、従来の伝統の中では古妻の心はそれほどあらわにされていない。『伊勢物語』二三段を見る。

さりけれど、このもとの女、あしと思へるけしきもなくて、いだしやりければ、男、こと心ありてかかるにやあらむと思ひうたがひて、前栽のなかにかくれゐて、河内へいぬるかほにて見れば、この女、いとよう化粧じて、うちながめて、

風吹けば沖つしら浪たつた山夜半にや君がひとりこゆらむ

とよみけるを聞きて、かぎりなくかなしと思ひて、河内へもいかずなりにけり。

（『伊勢物語』二三段(6)）

女は、おのれの苦悩をおもてに出さない。唯一、「化粧」をして「風吹けば」の歌を詠ずるのみである。彼女の中に湧いたかもしれぬ嫉みや恨み、葛藤は、男への一途な愛情に昇華されて物語の表現の中に立ち現れる。『伊勢物語』において二人妻説話は、愛と忍耐の美しい物語として形象化されている。

『大和物語』一四九段にも同話があるものの、『伊勢物語』と比べるとこちらはいくらか説明的になっていて、女の深い嫉妬の情が語られる。

この女、いとわろげにてゐて、かくほかにありけど、さらにねたげにも見えずなどあれば、いとあはれと思ひけり。心地にはかぎりなくねたく心憂く思ふを、しのぶるになむありける。（略）この女、うち泣きてふして、かなまりに水を入れて、胸になむすゑたりける。あやし、いかにするにかあらむとて、なほ見る。さればこの水、熱湯にたぎりぬれば、湯ふてつ。また水を入る。

（『大和物語』一四九段(7)）

他の、例えば「馬槽」の話の『大和物語』一五七段（『今昔物語集』巻三〇ノ一〇にも同話が見える）における「心憂しと思へど、なほまかせて見けり」や、「鹿」の話の『大和物語』一五八段（『今昔物語集』巻三〇ノ一二にも同話が見える）における「いと憂しと思へど、さらにいひもねたまず」という女の心についてのわずかな叙述を思うと、『大和物語』における女の激しい嫉妬心の叙述は二人妻説話の系譜の中でも異色なものであろう。

水が熱湯に変わるほどの激しい思いを記したという点では、この『大和物語』一四九段の記述にまさるものはない。しかし、局面局面での本音の吐露という点から見ると、『はいずみ』のそれに並ぶものはない。

三　『はいずみ』に語られた古妻の心

『はいずみ』の古妻の心理を追おう。長年連れ添った男が彼の知り合いの娘に思いをかけ、ついに親公認のかたちでその女の許へ通うようになった、という事態を聞くに及んで、『はいずみ』の古妻は苦悩し続ける。

もとの人聞きて、「今は限りなめり。通はせてなども、よもあらせじ」と思ひ渡る。「行くべきところもがな。つらくなりはてぬさきに、離れなむ」と思ふ。（『はいずみ』）

他の女への夫の心変わりに対する深い哀しみがその基底にあるとはいえ、『はいずみ』の古妻の苦悩は、『大和物語』一四九段に記されたような嫉妬の炎に焼き焦がれるといった類のものではなく、これから生ずるであろう不幸な運命を予感して我が身の行く末を思案するというものであった。そして、この身の振り方への不安は以後語られる彼女の哀しみの大方を占めるものとなる。

男が今妻の近々の来訪を告白した場面。

女、「ここに迎へむとて言ふなめり。これは親などあれば、ここに住まずともありなむかし。年ごろ行くかたもなしと見る見る、かく言ふよ」と、心憂しと思へど、つれなくいらふ。（『はいずみ』）

ここでも、経済的な頼りなさを背景に移り住むあてさえない我が身をかえりみ、相手の女が引っ越して来る必要もないのにやって来ると、つらく思っている。

しかし、こうした苦悩を古妻は一切おもてに出さない。彼女の不安、哀しみは男のいないところでしばしば「涙」となって溢れだした。「女、使ふ者とさし向ひて、泣き暮す」等。もとの女の「いづこにか」の歌を小舎人童から受け取った男は、女を連れ戻そうと決心し大原へ向かう。男は、女を尋ね歌を詠みかける。対する女は、

「いと思はずに似たる声かな」とまで、あさましうおぼゆ。（『はいずみ』）

といった状態。その後、「泣くこと限りなし」であった。男に連れ戻される帰途も、以下のように、

女、いとあさましく、いかに思ひなりぬるにかと、あきれて行きつきぬ。（『はいずみ』）

呆然としていた。男の愛の復活への歓喜よりも、まず事態への非常な驚きと正直な困惑をこそ、『はいずみ』は語った。なお、二人妻説話の伝統の中では、この時点での古妻の心理はもちろん語られていない。男が心変わりし

たために起こる、身寄りのない妻の生きてゆくことに根差した不安と、男の翻意の後の驚きと茫然自失。二人妻の悲劇が古妻にもたらす、夫への愛情だけでは説明しえぬその時々の心のひだと呟きとを、『はいずみ』という物語はひろいあつめた。忍耐と夫への一途な愛情の美徳によって再び幸福をえる古妻の美しい物語が、本来抱え持つ、古妻の本音という言わば闇の部分に、『はいずみ』はささやかではあるものの、光をあてている。

四　『はいずみ』の男が見た古妻

こうした苦悩する内面を抱え持つ古妻を前にした男の心を、次に辿る。男の眼は、彼女の心の奥底まで見とおしえない。今妻の両親にせきたてられてやむをえない状況に立たされたためとはいえ、男の行動はいくらか戯画的である。今妻が移り住むので古妻に家を去って欲しい旨を言い出せない男は、

「かしこに、『土犯すべきを、ここに渡せ』となむ言ふを。いかが思す。ほかへや往なむと思す。何かは苦しからむ、かくながら、端つかたにおはせよかし。忍びて、たちまちに、いづちかはおはせむ」（『はいずみ』）

と誘導尋問にも似たかたちで、古妻に退去を納得させる。男の身勝手さがちらりとのぞく。古妻の「涙」を知らぬ彼は、いよいよ彼女が家をあとにする事態に及んでも古妻の美を再発見するという次元であった。

そんな男であったものの、古妻の「いづこにか」の歌を知ると彼女の哀しみに衝撃を受け、すぐに彼女を連れ戻しに急ぐ。先に触れたように、思いがけず現れた男に古妻は困惑の体であった。彼女の涙にくれるさまを目撃した彼は、ひたすら詫び言を述べ、とにかく共に帰宅する。

よろづに言ひ慰めて、「今よりは、さらにかしこへまからじ。かく思しける」とて、またなく思ひて、
（『はいずみ』）

男は、古妻の流した涙を見て、「かく思しける」――こんなにあなたが私のことを思ってくれたのだから、[8]と口にしている。古妻の涙がこれまで自らの運命への不安と哀しみから流されたものであったことを思うと、大原で流し続けた彼女の涙も男への愛情が流させた涙だと単純に言い切ることはできまい。古妻の心の中には複雑な思いが渦巻いていたに違いないのである。それを簡単に都合よく受け取ってしまった男。結局、男と古妻は元の鞘におさまってめでたしめでたしとなる。しかし、事態を好転させたこの二人をめぐる小さな誤解とすれ違いは、興味深い。『はいずみ』では、古妻の実像と男の眼から見た古妻の像とが微妙にずらされている。二人妻説話をもとに物語を構成するにあたって、そうしたずれを現出させた点にこそ、この物語の特性を見ることができると考える。

五　『はいずみ』の世界

彼女の哀しみに緊密に寄り添う語りによって、本音の呟きが記された『はいずみ』前半の古妻に比して、後半の今妻への物語の視線はかなり冷ややかなものである。

彼女の心はほとんど物語の中に語られることはない。男と古妻が縒りを戻したために、いっこうに男が彼女の許へ通って来ないという事態に直面した時にも、「父母思ひなげく」とあるのみである。墨塗りの失敗をした時も、男がさっさと帰ってしまったことに心を痛めるのではなく、当然のことかも知れないものの、おのれの不気味な姿に衝撃を受け右往左往するのみであった。もちろん男は、今妻の不気味な変身の原因が何かつきとめる余裕もなく、

ただただ恐怖するのみでそそくさと帰ってしまった。ここでも男は戯画的に描かれている。

一体に、この今妻は心底男を愛しているのか。彼女には、例えば『伊勢物語』二三段の見捨てられてもなお男を待ち続けた哀れな今妻のイメージはない。翻ってみれば、『はいずみ』の古妻も、男を愛するあまり激しい嫉妬にかられる古妻のイメージとはほど遠い。それは、彼女たちが女の哀しみを背負っていない、あるいは我々に感じさせない、と言っているのではない。古妻は経済力の欠如のために生きることそのものに困難を感じる状況にあるし、一方、今妻は両親の存在にからめとられるように生きている。『はいずみ』の古妻と今妻は、二人妻説話の伝統が奏でるような男と女の純化された愛の世界ではなく、もう少し雑多な問題の渦巻く世界の住人として物語の中に登場している。そんな二人の女の間を、『はいずみ』の男は行ったり来たりしているのである。

おわりに

それまでの二人妻説話の系譜につらなる話ではやや紋切り型にすまされていた男と女の心理が、『はいずみ』ではかなりことこまかに語られていることに注目し、分析を加えた。とりわけ、古妻の呟きと苦悩から微妙にずれてゆく男の認識は、この物語でつきつめられたとはとても言い難いものの、二人妻説話の話型が隠蔽する闇の部分――人間の本音――を物語の中に顕在化させたと言えよう。あくまで愛と忍耐と風流、そしてそれを解する男といった世界の美学を追求した『伊勢物語』に代表される従来の二人妻の世界と、それはある意味で対極にあるのではないか。二人妻説話の伝統への小さな反乱の物語として、『はいずみ』を位置づけてみたい。

注

（1）例えば、神尾暢子「掃墨物語の源流素材——堤中納言と伝承説話——」（「大阪教育大学紀要」Ⅰ部門二七巻一・二号　一九七八年一二月）、竹村信治「『はいずみ』考——『堤中納言物語』私注（一）——」（「古典研究」一　一九九二年一二月）、他。
（2）注（1）の竹村前掲論文。
（3）平中説話を中心とした論考に、妹尾好信「『はいずみ』小考——典拠としての平中説話を中心に——」（「国語の研究」一九号　一九九三年九月）がある。
（4）本書Ⅰ第一章。
（5）『詞花和歌集』の引用は、新日本古典文学大系（岩波書店）に拠る。
（6）『伊勢物語』の引用は、新編日本古典文学全集（小学館）に拠る。
（7）『大和物語』の引用は、新編日本古典文学全集（小学館）に拠る。
（8）山岸徳平訳注　角川文庫『堤中納言物語』（角川書店　一九六三年）、松尾聰『堤中納言物語全釈』（笠間書院　一九七一年）、稲賀敬二校注・訳　日本古典文学全集『堤中納言物語』（小学館　一九七二年）、塚原鉄雄校注　新潮日本古典集成『堤中納言物語』（新潮社　一九八三年）、池田利夫訳注　対訳古典シリーズ『堤中納言物語』（旺文社　一九八八年）、大槻修校注　新日本古典文学大系『堤中納言物語』（岩波書店　一九九二年）、他。「あなたがこんなに悲しい思いをしたのだから」（寺本直彦校注　日本古典文学大系『堤中納言物語』〈岩波書店　一九五七年〉、三角洋一全訳注　講談社学術文庫『堤中納言物語』〈講談社　一九八一年〉、他）とする解釈もある。

第三章　『このついで』の美的世界――部分映像の交錯と重層化――

はじめに

春雨の降る午後の後宮、宰相中将の持って来た薫物を契機として后妃の前で三つの話が語られる。その物語の場を作品化したのが、『このついで』である。

三つの話は、それぞれ、歌物語的・日記文学的・長編物語的であると言われている。(1)この『このついで』の先行作品の取り込み方について、すでに森正人氏(2)・三谷邦明氏(3)に論考がある。両氏とも平安後期短編物語の特質という問題を見据えて論じ、森氏は「さまざまの変形がほどこされて、いわば作品が作品化されている」と、また三谷氏は「三話が各ジャンルをパロディ化したものである」と評している。こうした見解は、『このついで』の性格を端的に示したものだと言えるだろう。がしかし、そういった変形やパロディ化を通じて、物語が何を創り出そうとしたのかという、言わば変形やパロディ化の先にあるものを追究することが、次なる課題として出てくるのではないか。(4)本章は、この点を解明すべく記述するものである。

考察は、先行作品を取り込み各話を形成する上での『このついで』の叙述態度と、その意味するものを中心に行う。どのようなことを記し、どのようなことを記さないのか、またどう記すのかといったことを検討し、個々の事象を総合的に捉えなおすことによって、そうした形象化の方向を志向した『このついで』の物語としての特質の解明を目指す。その際、三つの話がそのまま存在しているのではなく、語られる場が設定されている点にも留意し、三つの話と物語の場との関係についても考察を加え、解明の一助としたい。

なお、煩雑になるのを避けるため、后妃の前で語られた三つの話には「話」という語を、「話」が語られた場には「物語の場」という語を、そして、「物語の場」が作品化されたもの、つまり『このついで』という作品には「物語」という語を、それぞれ便宜上用いることとする。

一　物語の場の表現形成

まず、三つの話が語られる物語の場について考察を行う。

春のものとて、ながめさせたまふ昼つかた、台盤所なる人々、「宰相中将こそ、参りたまふなれ。例の御にほひ、いとしるく」など言ふほどに、つい居たまひて、「昨晩より、殿に候ひしほどに、やがて御使になむ。『東の対の紅梅の下に、埋ませたまひし薫物、今日のつれづれにこころみさせたまへ』とてなむ」とて、えならぬ枝に、白銀の壺二つ付けたまへり。中納言の君の、御帳のうちに参らせたまひて、御火取あまたして、若き人々やがてこころみさせたまひて、少しさしのぞかせたまひて、御帳のそばの御座にかたはら臥させたまへり。紅梅の織物の御衣に、たたなはりたる御髪の、すそばかり見えたるに、これかれ、そこはかとなき物語、忍びやかにして、しばし候ひたまふ。（『このついで』）

この冒頭部分は、『源氏物語』梅枝巻に拠っている。(5) しかし、それは設定の上で大枠のみを踏まえてあるというだけで、物語の内実に深く関わっていくレベルのものではない。つまり、后妃・宰相中将・殿に、明石の姫君・夕霧・光源氏の面影をかすかに宿しはするものの、当該の典拠がそれらの人物造型やその後の物語の展開に深く関与していくという体のものではないのである。

また、「紅梅の織物の御衣」を着用していることから后妃を若い女性であると推定し、后妃・宰相中将・殿に史上の藤原定子・伊周・道隆の関係等が想起されるとする指摘もある。(6)この面影も、先の『源氏物語』梅枝巻と同様、設定にごく補助的に関わったものと言えるだろう。さて、これまで筆者は、「春のものとて、ながめさせたまふ」主体を「后妃」と記してきた。この人物は先行研究によって、中宮であるとも(7)女御であるとも(8)言われている。「させたまふ」という二重敬語がついていることから中宮と解することもできるものの、それが決定的な根拠とはなりえない。したがって本章では、「后妃」とのみ記すこととする。

この后妃が「春のものとて、ながめ」ている。この表現は周知のように、『伊勢物語』・『古今和歌集』等に載る、以下に掲げた和歌を踏まえたものである。

むかし、男ありけり。奈良の京ははなれ、この京は人の家まだ定まらざりける時に、西の京に女ありけり。その女、世人にはまされりけり。その人、かたちよりは心なむまさりたりける。ひとりのみもあらざりけらし。それをかのまめ男、うち物語らひて、かへり来て、いかが思ひけむ、時は三月のついたち、雨そほふるにやりける。

おきもせず寝もせで夜を明かしては春のものとてながめくらしつ

（『伊勢物語』二段）(9)

『伊勢物語』の地の文を見ると、「うち物語らひて」とあり、前夜男が女に逢ったことがわかる。(10)逢いはしたものの、女にはもうすでに別の男がいる、ということから生じた男の「ながめ」なのであろう。『古今和歌集』の詞書にも、

「しのびに人にものらいひてのちに」[11]とあり、忍ぶ恋に煩悶する男の姿が思い浮かべられる。このような「ながめ」の世界を暗示させる表現を后妃の心理を表す言葉として引用しつつ、『このついで』冒頭は成立している。ただし、ここで示した『伊勢物語』や『古今和歌集』における「ながめ」の内実を、直接后妃の心情にあてはめることはできないだろう。和泉式部の歌に、

つれづれとふるはなみだの雨なるを春のものとや人の見るらん
（『宸翰本和泉式部集』一三八番[12]）

とある。この歌も「おきもせず」の歌を引用していて、直接「ながめ」の語は使用されていないものの、事実上「ながめ」の状態が詠み込まれていると言ってよい。集の中では、

人とものがたりして侍りしほどに、また人の来たりしかば、誰も帰りにし朝に、言ひつかはしし
中空にひとりありあけの月を見てのこるくまなく身をぞ知りぬる
（『宸翰本和泉式部集』一三七番）

の次に位置していて、ここで詠み込まれている「ながめ」は、恋の気分を漂わせつつも、そこから生じる無常な世に対する「ながめ」であるように思われる。「ながめ」の直接の原因が恋の苦悶であるとしても、もとにした『伊勢物語』の具体的状況まで重ねて読むことはできないだろう。こうした用例を考えあわせると、『このついで』冒頭における后妃の「ながめ」の内実がいかなるものであったのかを特定することは、困難であると思う。

后妃の心理状態について手がかりとなる表現が、物語の中にもう一箇所見つかる。

おとなだつ宰相の君、「何事にか侍らむ。つれづれに思し召されてはべるに、申させたまへ」とそそのかせば、
（『このついで』）

年長株の女房である宰相の君が后妃の心理を付度し、「つれづれ」の状態にあると規定している。この語は、冒頭における宰相中将の発言の中にも引かれた、殿の言葉の中にも登場した。

「東の対の紅梅の下に、埋ませたまひし薫物、今日のつれづれにこころみさせたまへ」
（『このついで』）

よって、「つれづれ」の思いに取り憑かれているのは、后妃一人ではないことになる。春雨が間断なく降る日の倦怠、憂鬱が、「つれづれ」に表出されているのであろう。小松英雄氏は「つれづれ」という語について、「すっきりしない、さっぱりしない、あるいは、さばさばしない心理状態を表している」[13]と述べている。『このついで』の「つれづれ」も、そうした言葉として捉えるべきであろう。物語の中ではこれらの箇所以外に后妃の心情を叙した部分がなく、春雨を一つの契機として「ながめ」・「つれづれ」の状態にあるということはわかるものの、その奥にある原因や程度（一過性の軽いものなのか、人間の生の根幹に関わるような深刻なものなのか）については知るすべがない。物語はただ、春雨を前に物思いに沈む物言わぬ后妃の映像をかたどる。そこでは、漠としたアンニュイの気分が世界を支配している。

このように、人物の設定や心情に関して、『このついで』はほとんど筆を費やさず、曖昧なままで物語が進行する。そして、こうしたこととは対照的に、場面そのものをより緻密に描くことに努力が払われている。「東の対の紅梅」・「白銀の壺二つ」・「紅梅の織物の御衣」等の細かい道具立てが、そのことを証している。つまり、『このつ

いで』という物語は、生身の人間の行動や心理の総体を追っていく物語として存在しているのではなく、場面ごとのイメージ世界、言わば〈部分映像〉を創ることに重きを置いているのである。[14] そして、この部分映像の物語的情趣を盛り上げているのが、かすかに投影される、先に触れた『源氏物語』梅枝巻や史実における定子等の面影であろう。

二　第一話の表現形成

こうした物語の場において、三つの話が語られる。まず、第一話を見てみよう。第一話は、『伊勢物語』一二三段（『大和物語』一四九段にもある）や『源氏物語』帚木巻の頭中将が語る常夏の女の話等の影響のもとに成立した話で、歌物語的であると言われている。先行作品と『このついで』の間には、二人の妻の対立と一方の女の詠歌に対する男の感動が話の中核になっているという、内容上の類似が基本的に認められるものの、その描写において若干の違いが見られる。

女の身分について、『伊勢物語』は「ゐなかわたらひしける人の子ども」と記す。これと同話を載せる『大和物語』の中でも「葛城の郡にすむ男女[15]」とあり、都の外に居住する身分の低い人々の話として語られていることがわかる。「きびしき片つ方」（『源氏物語』では、頭中将の北の方である右大臣の四の君がこれに相当する）や子どもの存在がある点で、『このついで』により近いところに位置していると考えられる『源氏物語』常夏の女は下の品（実は中の品）であり、この話もまたどちらかと言うと、身分の低い女の物語として設定されている。一方、『このついで』における第一話の女に関する描写を見てみると、「ある君達」からは上流貴族の娘[16]であることが、また「思ひきこえながら」という敬語の使用からは本来男が敬意をもって扱わねばならないくらいの身分の高い女性であることがうかがえる。女の像として、高貴な姫君の面影が彷彿とする。

さて、この高貴な姫君に対して、男は「きびしき片つ方やありけむ、絶え間がちにてあるほどに」といった状態である。このことから、彼女の立場の弱さが推察される。その原因として、両親との死別や経済的不如意が考えられる。しかし、物語はそういった事情を一切記そうとしない。

また、女の心情についても、『このついで』の言及はごく控えめである。語りの部分では「いと心苦しげに見送りて」のみであり、本格的な表出は彼女の詠歌によるだけとなっている。これに対して、『源氏物語』帚木巻の常夏の女の場合は、

・うち頼める気色も見えき。
・見知らぬやうにて、久しきとだえをも、かうたまさかなる人とも思ひたらず、ただ、朝夕にもてつけたらむありさまに見えて、
・親もなく、いと心細げにて、さらばこの人こそはと事にふれて思へるさまもらうたげなりき。
・むげに思ひしをれて、心細かりければ、幼き者などもありしに思ひわづらひて、

（『源氏物語』帚木巻　①八一〜八二頁）[17]

等の叙述があり、『このついで』と比較するとかなり詳細である。『伊勢物語』では全体に抑えた表現になっていて、女の心情への直接的な言及は「あしと思へるけしきもなくて」のみにとどまる。『大和物語』においては、

・心地にはかぎりなくねたく心憂く思ふを、しのぶるになむありける。

・いといたううち嘆きてながめければ、
・この女、うち泣きてふして、かなまりに水を入れて、胸になむすゑたりける。あやし、いかにするにかあらむとて、なほ見る。さればこの水、熱湯にたぎりぬれば、湯ふてつ。また水を入る。

（『大和物語』一四九段）

とあり、三角関係に苦悩し嫉妬の炎を燃やす女のありさまが、かなり激しい動作をともなって克明に記されている。『このついで』は、こうした言わば情念の世界から隔絶されていると言えよう。

このような物語叙述の態度は、先に検討した物語の場における叙述の仕方と一致する。第一話は、「この御火取のついでに、あはれと思ひて人の語りしことこそ、思ひ出でられはべれ」として、語られた。「あはれ」の世界を叙しているのである。描写は、その「あはれ」の情趣を醸成するために重ねられるのであって、現象の背後に存する原因、つまり、現実の生に影を落としているものを追究するような、生の問題へと向かうものではない。したがって、高貴な姫君の零落の理由や苦慮の心中も、殊更に詳しく記されないのであろう。「あはれ」の世界を形成する要素が断片的に紡ぎ出されれば、それで十分だったのである。

男が子どもを連れて立ち去ろうとする時、女は前にあった「火取」をまさぐりながら、

こだにかくあくがれ出でば薫物のひとりやいとど思ひこがれむ

（『このついで』）

という歌を詠んだ。たちのぼる「火取」の煙と、「火取」を眼前にしての詠歌に託された女の心情とは、見事に融合している。「火取」の煙と思い焦がれる女の心理とが渾然一体となって、「あはれ」の世界をかたちづくっている。そして、この形象された「あはれ」の世界は、それを生み出した物語の場を浸食するはたらきを有する。話の中の

「前なる火取を手まさぐりにして」という表現によって、話中の女と物語の場の「火取」を目の前にした后妃とが、二重うつしになるからである。むろん、話は、物語の場の「火取」を契機として始められたものなので、話と物語の場とが「火取」によって繋がるのは当然のことである。がしかし、前掲の表現が選択され、両者の映像が重なるように描かれていることは、注目すべきことであろう。また、その際、話中の女性を高貴な姫君に設定したことが、この〈映像の重層化〉に有効に機能していると言えるのではないか。

第一話は、『伊勢物語』二三段の女や『源氏物語』の常夏の女等の面影を宿す、零落した高貴な姫君の物語であり、その姿が物語の場の后妃とも重なるように仕組まれている。何層もの映像を重ねることによって、『このついで』独自の「あはれ」の美の世界を創出していると言えよう。

三　第二話の表現形成

第二話は『和泉式部日記』等の影響のもとに成立した話で、日記文学的であると言われている。第一話の「あはれ」の世界を引き継ぎ、展開させている。時は秋の夕暮れ、清水を舞台とする。激しい風のためにほろほろと零れ散る木の葉を眺めながら、女が厭世的な歌を詠むのを、隣の局に居た中納言の君がたまたま聴いた、という話である。

風に散る木の葉に「あはれ」を感じるという発想は、『和泉式部日記』のほか、『枕草子』等にも見られる。

・風の音、木の葉の残りあるまじげに吹きたる、つねよりもものあはれにおぼゆ。（『和泉式部日記』四九頁）[18]

・その夜の時雨、つねよりも木々の木の葉残りありげもなく聞こゆるに、目をさまして、「風の前なる」などひ

とりごちて、
（『和泉式部日記』六五頁）

・九月つごもり、十月のころ、空うち曇りて、風のいとさわがしく吹きて、黄なる葉どもの、ほろほろとこぼれ落つる、いとあはれなり。桜の葉、椋の葉こそいととくは落つれ。
（『枕草子』一八八段「風は」三三七頁）(19)

・明日出でなむとての夕つ方、風いと荒らかに吹きて、木の葉ほろほろと、滝のかたざまにくづれ、色濃きもみぢなど、局の前にはひまなく散り敷きたるを、
（『このついで』）

風に散る木の葉は、当時、「あはれ」の情趣を醸し出す典型的な情景の一つであったのだろう。

この景色を眼前に、女は「ながめ」ている。しかし、「ながめ」の内実は明らかにされない。それは、物語の場で后妃の「ながめ」の理由がつまびらかにされなかったことや、第一話の女の零落の原因が語られなかったことと同次元の、『このついで』の物語の叙述態度によるものと考えてよいだろう。「あはれ」の世界を支える表現を断片的に掻き集めれば、それで十分だったのである。木の葉の散る場面の描写を『和泉式部日記』や『枕草子』のものと比較してみると、『このついで』の緻密さが群を抜いていることに気づかされる。『このついで』は、女のなまなましい苦悩の現実より、イメージを喚起する舞台背景の方に重点を置いて描写を行っているのである。

この第二話の登場人物として設定されている女は、「にほひいとをかしう」という表現から、教養の高い高貴な姫君であると考えられる。その姫君が、「人少ななるけはひして、をりをりうち泣くけはひなどしつつおこなふ」とあるので、何らかの事情で今は沈淪の身の上にあることがわかる。この沈淪の高貴な姫君という像は、第一話の主人公とも通じあっている。

さて、こうした第二話の「あはれ」の世界は、第一話同様、物語の場と結ばれている。話中の「ここにも、ながめはべりしかば」は、中納言の君と傍らの局の女の双方ともが、「ながめ」ていたことを示す。ところが、この第

二話を聴いている后妃もまた、冒頭に「春のものとて、ながめさせたまふ」とあり、「ながめ」の状態にあった。したがって、これは后妃をも貫く表現になっていると考えられる。つまり、「ここにも、ながめはべりしかば」によって、秋の夕暮れ風に舞い散る木の葉を眺めて愁いに沈む女と、春の午後そぼ降る雨を見つめて物思いに耽る后妃の姿とが、響きあい二重うつしになるのである。「あはれ」の話の世界と物語の場とが、「ながめ」により融合している。ただし、これも第一話同様、物語の場の状況から話題が選択されているので、「ながめ」が共通して記されていても不思議はないとする見方もあるだろう。しかしながら、やはり、両者の面影が重なるような表現がとられていることは、『このついで』の描写の特色として注目すべき点なのではないかと考える。

第二話は、沈淪の高貴な姫君の清水参籠の物語である。彼女の物思う姿には、日記文学の中の苦悩する女の面影が宿っていて、彼女と物語の場の后妃とが重なるような趣向がとられている。幾つもの面影を〈交錯〉させ、イメージ世界を膨らませていると言えよう。

四　第三話の表現形成

第三話は、『源氏物語』宇治十帖の大君・中の君の物語や手習巻の浮舟の出家等の影響のもとに成立した話で、長編物語的であると言われている。この話も、特定の何かを典拠としたわけではなく、複数の面影を喚起するようなつくりになっていて、第一話・第二話と続いてきた「あはれ」の世界を受け継ぎ、形象化している。

話中の姫君出家の場面について、特に『源氏物語』手習巻の浮舟出家の場面との類似が、これまでたびたび指摘されてきた。その共通部分からは、言われているように両者の関係の緊密さをうかがうことができる。しかし一方で、両者の叙述態度の違いも同時に看取できる。

『このついで』においては、第一話・第二話同様、姫君出家の背景にあるものについての説明が、一切なされていない。それは、『源氏物語』が、出家を懇願する浮舟とその願いを最後には聞き入れることになる僧都との緊迫したやり取りを詳細に記すのに対して、『このついで』が、「何事ならむと、聞きわくべきほどにもあらねど」・「法師やすらふけしきなれど、なほなほせちに言ふめれば」とあるごとく簡単に叙述していることとも、軌を一にしているのであろう。

また、出家する姫君の心情に関しても、『このついで』はほとんど立ち入らない。『源氏物語』手習巻において、

・恥づかしうとも、あひて、尼になしたまひてよと言はん、さかしら人すくなくてよきをりにこそと思へば、

・髪は尼君のみ梳りたまふを、別人に手触れさせせんもうたておぼゆるに、手づから、はた、えせぬことなれば、ただすこしとき下して、親にいま一たびかうながらのさまを見えずなりなむこそ、人やりならずいと悲しけれ。

（『源氏物語』手習巻　⑥三三三頁）

・とみにせさすべくもなく、みな言ひ知らせたまへることを、うれしくもしつるかなと、これのみぞ生けるしるしありておぼえたまひける。

（『源氏物語』手習巻　⑥三三九〜三四〇頁）

等の詳しい描写が行われているのと比べると、その違いは明らかである。『このついで』は、出家をめぐる人間の苦悩の実際を語ろうとはしなかった。

こうした描写を省略する一方で、『このついで』は、場面の「あはれ」なイメージを支える細部の叙述に力を注いでいる。『源氏物語』において、

几帳の帷子の綻びより、御髪をかき出だしたまへるが、いとあたらしくをかしげなるになむ、しばし鋏をもてやすらひける。

（『源氏物語』手習巻　⑥三三八頁）

とだけ語られた髪の形容が、『このついで』では、

法師やすらふけしきなれど、なほなほせちに言ふめれば、（略）几帳のほころびより、櫛の箱の蓋に、たけに一尺ばかりあまりたるにやと見ゆる髪の、筋、すそつき、いみじううつくしきを、わげ入れて押し出す。

（『このついで』）

と格段にこまやかになっている。また『このついで』は、『源氏物語』に比べて、出家の姫君の側に控えていた人々の様子をも詳細に語り、場面に精彩を添えている。

かたはらの、いま少し若やかなる人の、十四五ばかりにやとぞ見ゆる、髪たけに四五寸ばかりあまりて見ゆる、薄色のこまやかなる一襲、掻練などひき重ねて、顔に袖をおしあてて、いみじう泣く、おととなるべしとぞおしはかられはべりし。また、若き人々二三人ばかり、薄色の裳ひきかけつつ居たるも、いみじうせきあへぬけしきなり。

（『このついで』）

さて、この出家の姫君は、第一話・第二話以上にその高貴な出自が話の中で強調されている。

・いたうくちをしからぬ人々のけはひ、あまたしはべりしを、
・隔ててのけはひの、いとけだかう、ただ人とはおぼえはべらざりしに、
（『このついで』）

そして、そうすればそうするほど、若くして出家する姫君の姿は、美しく哀しい。このように三話に共通して、零落の高貴な姫君の面影を宿した点は注意される。さらに、第一話・第二話と同様、第三話で形成された「あはれ」の世界も物語の場と結ばれている。話中の姫君は、「いみじくをかしげなりし人、几帳のつらに添ひ臥して」と描写された。物語の場の后妃も「御帳のそばの御座にかたはら臥させたまへり」という姿態であり、両者の映像が重なる。また、先に注目したように、第三話では姫君の髪の印象的な描出があった。物語の場の后妃も「たたなはりたる御髪の、すそばかり見えたるに」とかたどられていて、両者は呼応している。加えて、側近の人々に関する記述をめぐっては、第三話では「若き人々二三人ばかり」、物語の場では「若き人々」とあり、共通する表現が選びとられている。

第三話は、不幸な運命に翻弄されてか訳あって出家する、若く高貴な姫君の物語である。出家する姫君とその妹の姿には、『源氏物語』宇治十帖の大君・中の君の面影が、また出家する場面そのものには同じく『源氏物語』手習巻の浮舟の出家の場面が投影されている。そして、その「あはれ」の世界と、后妃のいる物語の場とが二重うつしになるように語られ、多重なイメージの世界が構築されている。

五　部分映像の交錯、重層化

『このついで』が先行作品を取り込み物語を形成する際、一貫した叙述態度のもとでその営為が行われたことを

確認してきた。三つの話は、第一話が三角関係の愛の懊悩、第二話が厭世へと向かう現実の生の苦しみ、第三話が不如意な現況から離脱するための出家を描いた先行作品をもととして成立しているにもかかわらず、おのおのの人物の設定や心情については多くを語らない。そして、こうした現象とは対照的に、舞台背景や小道具類を精緻に語り、場面そのものをより緻密に形象化することに重点が置かれている。また、先行作品の世界は、あるイメージの結晶として話中の人物を造型するために寄与している。それは、『このついで』が、生身の人間の行動や心理の総体を追うことを主とする従来の物語としてあるのではなく、場面においてあるイメージ世界、言わば〈部分映像〉をかたどることをひたすら追究した物語であるためなのではないか。『このついで』という物語は、先行作品が抱え持っていた嫉妬や悲しみ、苦悩といったなまなましい心の葛藤の渦巻く世界を、部分映像によって構成される感性の美的世界へと変質させた、と捉えることができる。

　こうして形象化された三話の女主人公の面影と物語の場の后妃とは、二重うつしになるよう仕組まれている。三話の女主人公には、一貫して零落の高貴な姫君の像がたゆたう。一つには物語の場の后妃の像との響きあいを意識したためであり、また一つには零落の高貴な姫君像に「あはれ」の美の一典型を託したためではないか。語られる三つの話は、いずれもしめやかな雰囲気を漂わせ、設定等も一部類似している（例えば、第一話の「薫物」と第二話の「にほひいとをかしう」、第二話の「清水に籠りてはべりしに」と第三話の「東山わたりにおこなひてはんべりしに」等。その個々の呼応については、すでに先行研究により詳細な指摘がなされている[20]ので、本章では特にとりあげなかった）。そのため、物語中の言葉の響きあいによって、三話の映像は互いに一部重なりあい交錯する。また、先に述べた三話の女主人公と物語の場の后妃との二重うつしの仕組みにより、ここでも映像の交錯が見られる。『このついで』において形象された〈部分映像〉は、複数の先行作品の発する意味世界によりそのイメージが多重化される[21]ばかりでなく、『このついで』内部においても表現の響きあいにより、映像の〈交錯〉、〈重層化〉が演出されているのである。

さて、この交錯する映像――物語の場の后妃と語られた三話の女主人公たち――の関係を考えてみると、三話の女主人公たちは、状況によってはありえたかもしれぬ后妃の生の断片としても捉えられる。高貴な女性が父親の存在等に代表される頼もしい後見の喪失ゆえに落魄の憂き目に遭うという事例は、この時代珍しくなかった。后妃の現在の生の逆方向の延長線上に位置する三話の女主人公たちは、后妃が現在のところまぬがれている不幸の幻影である。現実（物語中の后妃の現在）と虚構（三話の女主人公たちの「あはれ」の世界）とが織りなす繊細な美の世界。そこには、后妃の「ながめ」を引きずった、「あはれ」の世界が醸し出すアンニュイな気分が漂っている。

物語末尾近く、冒頭で語られた物語の場は、先に指摘した表現の響きあいにより、三つの話の「あはれ」の世界の気分にのみ込まれ融合しようとする。が、話者である少将の君の発言の途中で帝の渡御があり、物語の場は解体した。

など言ふほどに、上渡らせたまふ御けしきなれば、まぎれて少将の君も隠れにけりとぞ。（『このついで』）

それは、「あはれ」の世界の消失を意味しよう。現実のはるか彼方へとおしやられた「あはれ」の世界と、帝の渡御により華やぐ后妃周辺の現実の世界との対比が鮮やかである。物語は、暗から一転、明へと転換し閉じられた。

注

（1）　三谷榮一編　鑑賞日本古典文学『堤中納言物語』（角川書店　一九七六年）その他に指摘がある。ただし、三谷氏は第三話を「物語的」と評している。
（2）　森正人「堤中納言物語『このついで』論」（「愛知県立大学文学部論集（国文学科編）」二九号　一九七九年三月）。

（3）三谷邦明「堤中納言物語」（『体系物語文学史』第三巻　有精堂　一九八三年）。
（4）三谷氏は、注（3）の前掲論文の中で、「後期物語においては、場面・主題・モチーフ等々は、まず相対的に対象化され、その対比・並列の中から選択がなされるのであって、常に他者が存在し、その他者との関連において自己の存在が据えられるというこの相対主義的なあり方は、明らかにこの物語の背景となった時代やその〈知〉の構造と無縁なはずはないと言える。（略）相対的にしか諸対象を把握できないこの視座が、『堤中納言物語』の方法だと言えるはずである」と述べている。本章では、論者なりに『このついで』という物語の目指したものについて考察してみたい。
（5）神尾暢子「このついで物語」（『体系物語文学史』第三巻　有精堂　一九八三年）は、この典拠について詳細な検討を加えている。
（6）塚原鉄雄校注　新潮日本古典集成『堤中納言物語』（新潮社　一九八三年）。
（7）山岸徳平訳注　角川文庫『堤中納言物語』（角川書店　一九六三年）、池田利夫訳注　対訳古典シリーズ『堤中納言物語』（旺文社　一九八八年）、大槻修校注　新日本古典文学大系『堤中納言物語』（岩波書店　一九九二年）、他。
（8）三角洋一全訳注　講談社学術文庫『堤中納言物語』（講談社　一九八一年）、注（6）の塚原前掲書、注（5）の神尾前掲論文、他。
（9）『伊勢物語』の引用は、新編日本古典文学全集（小学館）に拠る。
（10）竹岡正夫氏（『古今和歌集全評釈』下　右文書院　一九七六年）の意見に代表されるような、単に話をするの意にとる立場もあるけれども、男女の契りの意に解するのが現在の注釈の大勢である。筆者も、文脈から後者の意見に従いたい。
（11）歌集の引用は、特にことわらない限り、新編国歌大観（角川書店）に拠る。
（12）『宸翰本和泉式部集』の引用は、新潮日本古典集成（新潮社）に拠る。
（13）小松英雄　講談社学術文庫『徒然草抜書』（講談社　一九九〇年）。
（14）出来事の因果関係の追跡や人間の心理の掘り下げに叙述の中心があるのではなく、イメージ世界の形成に重点が置かれている。その物語としてのありようは、和歌の世界に接近しているのではないか。

（15）『大和物語』の引用は、新編日本古典文学全集（小学館）に拠る。

（16）「君達」は、一般に親王・摂家・清華など上流貴族の子息・姫君を称した言葉である。

（17）『源氏物語』の引用は、新編日本古典文学全集（小学館）に拠る。

（18）『和泉式部日記』の引用は、新編日本古典文学全集（小学館）に拠る。

（19）『枕草子』の引用は、新編日本古典文学全集（小学館）に拠る。

（20）注（2）の森前掲論文に、その具体的指摘がある。また近年、子どもの存在に関する考察が、後藤康文氏により提出されている（「『このついで』試論――第二話の読解を手がかりとして――」「国語と国文学」六九巻八号　一九九二年八月）。

（21）こうした、先行作品からの引用を多用し重層的なイメージの世界を創出する、気分を重視した美的世界形成の方法は、物語と和歌というジャンルの異なりは存するものの、新古今時代の和歌の方法とも通じているのではないか。

第四章　『花桜折る少将』の語りと引用——物語にみる〈幻想〉——

はじめに

『花桜折る少将』は、男主人公が誤って姫君ならぬ老尼君を盗み出してしまった顛末を描く物語である。その冒頭は、「月にはかられて」夜深く女の許から帰途につく主人公の点描で幕をあけ、以下、彼がかつて愛した女をふとしたきっかけで回想する場面、さらには略奪を計画することになる姫君を発見する場面へと続く。三谷邦明氏は、この冒頭表現について、「〈過去〉〈現在〉〈未来〉の〈色好み〉として、この本文《テクスト》では構造的に位置づけられている」と述べ、「後の物語展開に不可欠な布石」と説いた。(1)こうした説明は、様々な引用から成るこの物語の冒頭部分の機能を的確に評したものだと言える。ただし当該物語の冒頭は、この〈色好み〉という把握にとどまらない意味合いを担っているのではないかと、筆者は考える。人違いの略奪を描く当該物語の結構と一見関わりの薄いように思われる、主人公の現在の女や過去の女が語られることは、当該物語において結末を導く重要な部分となっていると思量する。

本章では、一編の語りの視点の変容をもあわせて考察しながら、引用の紡ぎ出すものを再検討し、結末部に繋がる物語冒頭部の新たな読みを試みてみたい。(2)なお、男主人公が女の許を夜深く出て、美しい姫君を発見し帰途につくまでを「冒頭部」、自邸に帰ったあとの日常生活を描く部分を「中間部」、姫君略奪に出かけ、間違って老尼君を盗み出す部分と語り手の評を「結末部」とし、以下考察をすすめる。

一 『花桜折る少将』の語り

物語は、夜明けかと見紛う明るい月に騙されて、常よりも早く恋人宅を後にした男主人公の描写ではじまる。

月にはかられて、夜深く起きにけるも、思ふらむところいとほしけれど、たち帰らむも遠きほどなれば、やうやうゆくに、小家などに例おとなふものも聞えず、くまなき月に、ところどころの花の木どもも、ひとへにまがひぬべく霞みたり。

（『花桜折る少将』）

主格が明示されず、敬語も欠如している。男主人公の心内語といった趣きのある語りである。続く場面。

いま少し、過ぎて見つるところよりも、おもしろく、過ぎがたき心地して、（略）築地のくづれより、白きものの、いたく咳きつつ出づめり。（略）「その御方は、ここにもおはしまさず。なにとかいふところになむ住ませたまふ」と聞えつれば、「あはれのことや。尼などにやなりたるらむ」と、うしろめたくて、「かのみつとをにあはじや」など、ほほゑみてのたまふほどに、妻戸をやはらかい放つ音すなり。

（『花桜折る少将』）

前場面と同様、男主人公の視点で物語られている。(3) 彼の視線と語り手のそれとが重なる叙述である。「めり」・「なり」等の使用は、読み手が男主人公とともに立ち止まり覗いているような錯覚を起こさせる。「白きもの」とのやり取りを語る段になってはじめて「聞え」・「のたまふ」という敬語が使用され、彼を外側から捉えようとする語りに転じる。しかし次の瞬間、また語り手は男主人公の視線と同化してしまう。

をのこども少しやりて、透垣のつらなる群すすきの繁き下に隠れて見れば、（略）よきほどなる童の、やうだいをかしげなる、いたう萎えすぎて、宿直姿なる、蘇芳にやあらむ、（略）しばし見れば、（略）ありつる童はとまるなるべし。（略）「これぞ主なるらむ」と見ゆるを、よく見れば、（略）と思ふに、やうやう明くれば、帰りたまひぬ。（『花桜折る少将』）

彼の視線によって世界が発見されてゆくさまは、「にやあらむ」・「べし」という語に端的に表れているだろう。そしてこの場面の最後に、再び男主人公は敬語の使用によって客体化される。[4] 男主人公が桜の屋敷の姫君を発見するまでの冒頭部分は、彼の視線によって捉えられた世界、あるいは彼の主観に映じた世界であったことを、その語りが証していると言える。

冒頭部を「男主人公が見た」世界と捉えるなら、物語中間部は「男主人公を見る」世界と捉えることができる。つまり、見られる対象として、外側から見た男主人公が語られているのである。男主人公の日常が記されたこの部分は、冒頭部とはうって変わって、彼の行為に終始敬語が使用されている。

日さしあがるほどに起きたまひて、昨夜のところに文書きたまふ。（略）（『花桜折る少将』）

彼を客体化した語りである。以下、和歌や音楽を題材としながら彼を取り巻く人々との関わりを通して、彼の類い希な貴公子ぶりが語られる。彼を訪ねて来た「源中将」・「兵衛佐」の発言や、以下に引用した琵琶演奏場面、

（略）御簾巻き上げてながめ出でたまひつる御かたち、いはむかたなく光りみちて、花のにほひも、むげにけおさるる心地ぞする。琵琶を黄鐘調にしらべて、いとのどやかに、をかしく弾きたまふ御手つきなど、「限りなき女も、かくはえあらじ」と見ゆ。

（『花桜折る少将』）

がそれである。彼を対象化する語りは、この一連の場面に即応して選びとられたものだと言える。

結びの、男主人公が姫君と間違えて老尼君を盗み出す場面では、これまでの場面に比して、より男主人公が突き放した体で語られていて、また語り手の作中世界への介入の度合いが大きくなっている。語り手は、女童が男主人公を姫君の寝所へ導く決心をした際に、「若き人の思ひやり少なきにや」と感想を漏らし、また、彼の失敗については「その後いかが。をこがましうこそ。御かたちは限りなかりけれど。」と揶揄ともとれる評を加えている。ただし、男主人公の行動を語る際には、

みつするが車にておはしぬ。花は、けしき見ありきて、入れたてまつる。火は物の後ろへ取りやりたれば、ほのかなるに、母屋にいと小さやかにてうち臥したまひつるを、かき抱きて乗せたてまつりたまひて、車を急ぎてやるに、（略）

（『花桜折る少将』）

と敬語を用いて客体化しているものの、彼の視線に沿った叙述がなされていて、そうした語りは彼の失敗を後で種明かしし享受者に驚きと笑いをもたらす物語の結構に有効に寄与している。

以上確認した『花桜折る少将』の語りの特性を踏まえて、問題の物語冒頭部の引用を見てみる。

二　第一の女

はじめに、物語は男主人公の普段よりも早い恋人宅からの帰宅を語る。はやく岡一男氏が指摘したように[5]、これは、主人公が〈現在の女〉へ抱いた無意識の倦怠感の投影と言える。この〈現在の女〉への熱情の喪失と、続く新しい女との出会いは、密接に関わっている。ここで注目したいのが、情景描写「小家などに例おとなふものも聞えず」と「くまなき月に、ところどころの花の木どもも、ひとへにまがひぬべく霞みたり」である。まず、後者から見てみる。これは、『源氏物語』須磨巻の以下の情景との類似がすでに指摘されている。

明けぬれば、夜深う出でたまふに、有明の月いとをかし。花の木どもやうやう盛り過ぎて、わづかなる木蔭のいと白き庭に薄く霧りわたりたる、そこはかとなく霞みあひて、秋の夜のあはれに多くたちまされり。

（『源氏物語』須磨巻　②一六七頁[6]）

表向きは朧月夜の君との密会が一つの引き金となり、現政権への叛逆を疑われ、須磨への退去を余儀なくされる源氏。左大臣邸の人々と別れを惜しんだ際に、召人であった中納言の君と睦まじい語らいをする。その翌朝の、源氏出立の場面の風景である。『源氏物語』が発見した美であり、恋人たちのせつない別れを演出している。避けえない事情によるいとしい者との別離が描かれた『源氏物語』に対して、『花桜折る少将』のそれは愛情の冷めかけた女の許からの朝帰りであった。

次に、前者を検討する。諸注に引かれている通り、これは『源氏物語』夕顔巻の「げにいと小家がちに」等の表現に代表される夕顔の宿の描写を意識した表現である。普段耳慣れた「あやしき賤の男の声々」・「唐臼の音」・「砧の音」[7]等の「例おとなふもの」も、今日は聞こえない。これも、共に一夜を過ごした男君と女君の明け方を照らし出す情景である。こうした引用によって、色好みとしての男主人公が造型されてゆく[8]。

夕顔巻と『花桜折る少将』との間には、この「小家」の情景以外にも共通点が見出せる[9]。両者とも、男の情熱のやや冷めかけた女の記述からはじまり、男がふと通りかかり魅せられた花が、彼を新しい女との出会いへと導くという結構を持つ。夕顔巻冒頭は、

六条わたりの御忍び歩きのころ、内裏よりまかでたまふ中宿に、大弐の乳母のいたくわづらひて尼になりにけるとぶらはむとて、五条なる家たづねておはしたり。（略）切懸だつ物に、いと青やかなる葛の心地よげに這ひかかれるに、白き花ぞ、おのれひとり笑みの眉ひらけたる。（略）さすがにされたる遣戸口に、黄なる生絹の単袴長く着なしたる童のをかしげなる出で来てうち招く。白き扇のいたうこがしたるを、「これに置きてまゐらせよ、枝も情なげなめる花を」とて取らせたれば、門あけて惟光朝臣出で来たるして奉らす。

（『源氏物語』夕顔巻　①一三五～一三七頁）

と語り起こされる。同巻の後文に、

六条わたりにもいかに思ひ乱れたまふらん、恨みられんに苦しうことわりなりと、いとほしき筋はまづ思ひきこえたまふ。何心もなきさし向かひをあはれと思すままに、あまり心深く、見る人も苦しき御ありさまをすこし取り捨てばやと、思ひくらべられたまひける。

（『源氏物語』夕顔巻　①一六三頁）

とあり、光源氏が六条御息所を「いとほしき筋」として認識していたことがわかる。なお、『花桜折る少将』の〈現在の女〉に関する記述にも、「思ふらむところいとほしけれど」とあった。夕顔巻で光源氏は、夕顔の花を介して夕顔の女と知り合い恋に落ちる。その際、夕顔の花を扇にのせて手渡した女童の存在も見逃せない。『花桜折る少将』においても、扇を手にした女童が登場する。また夕顔巻は、六条御息所邸における「朝顔」を中心とした歌のやり取りの場面が記されるのをはじめとして、六条御息所と夕顔の女とを対比的に語る。一方『花桜折る少将』も、桜の屋敷は住まう新しい女の発見の後、自邸に帰った男が〈現在の女〉へ「柳」に託した文をしたためる場面を添えていて、同じく対比的な構図が認められる。(10)

『花桜折る少将』の〈現在の女〉をめぐる記述には、夕顔巻における六条御息所の物語が影を落とす。その六条御息所は、光源氏にとって「いとほしき」女、自らの「心の闇」を認識させる女であり、夕顔の女を取り殺した物の怪と関わりがあるかのごとき印象を与える女、言わば「恨む女」であった。

三　第二の女

ひときわ美しい桜に誘われて足を止めた男主人公は、「はやくここに、物言ひし人あり」と、以前通っていた女のことを思い出す。「築地のくづれ」から出て来た「白きもの」に、「ここに住みたまひし人は、いまだおはすや。『山人に物聞えむと言ふ人あり』とものせよ」と尋ねるも、残念なことに彼女はもうここにはいないということであった。「築地のくづれ」は、『伊勢物語』の業平に象徴される色好み的な映像を喚起する。

すでに指摘されているように、この場面は『源氏物語』蓬生巻を想起させる。光源氏は花散里訪問の途次、松にかかる藤の美しさにふと立ち止まり、「見し心地する木立かなと思すは、はやうこの宮なりけり」と末摘花のことを思い出す。「ここにありし人はまだやながむらん」と、彼女のことが気がかりになり訪問した。蓬生巻の場合、末摘花は貧しさにも耐え、ひたすらに源氏のことを待っていた。一方『花桜折る少将』では、男に忘れ去られた後、女は住み慣れたこの家を去り、ついには恐らく尼となったのであろう。[11]女への男の処遇が、こういった不幸な結果を導いた要因の一つに違いなく、それは男の「うしろめたくて」という思いに端的に表される。また、現在の屋敷の荒廃ぶりが、蓬生巻で「いささか人げもせず」・「人住みげもなきものを」、『花桜折る少将』で「人けなきところなれば」と語られた。

その後の展開に相違があるものの、『花桜折る少将』の〈過去の女〉は蓬生巻の末摘花、すなわち「待つ女」の面影を宿す女性であった。この末摘花との結びつきは、「山人」という語にも見出せる。同じく蓬生巻における末摘花の容貌の描写に、「ただ山人の赤き木の実ひとつを顔に放たぬと見えたまふ」とある。また、この「山人」は、次の源景明歌のようにも用いられる。

たえて年ごろになりにける女の許にまかりて、雪のふり侍りければ

源景明

三吉野の雪にこもれる山人もふる道とめてねをやなくらん

（『拾遺和歌集』巻第十三・恋三・八四七番[12]）

詞書から、ここでの「山人」は、男の訪れが途絶え長い年月が経ってしまった女のイメージを彷彿とさせる。それは、『花桜折る少将』の〈過去の女〉へと通じるイメージでもある。

第二の女は、蓬生巻の末摘花物語や景明歌の影響を受けた、「待つ女（実際は、待ちきれなくなって悲しい運命を辿った女）」であった。

四　第三の女の周辺

妻戸を静かに開く音を聞き、薄の茂みのもとに身をひそめていた主人公は、女童がやって来るのを発見する。女童は、扇をかざして「月と花とを」と口ずさむ。こうした、桜の下で女が詩歌を詠じ扇を手に男君の方へとやって来るという構図は、『源氏物語』花宴巻の朧月夜の君と光源氏の出会いを思い出させる。また、桜の下での垣間見は、同じく『源氏物語』若紫巻の北山における光源氏の若紫発見の場面とも類似している。いずれにしても、新たな恋のはじまりを予感させる設定である。

さて、女童の詠じた「月と花とを」は、次の源信明歌、

　　月のおもしろかりける夜、はなを見て　　源さねあきら
あたら夜の月と花とをおなじくはあはれしれらん人に見せばや
（『後撰和歌集』巻第三・春下・一〇三番）

を引く。美しい月と桜花とを賞美した女童の言である。もっとも「花」は、しばしば女性の比喩として用いられることがある。『花桜折る少将』において屋敷に咲き誇っていた満開の桜は、そこに暮らす女主人である姫君と相似的関係にある。「花桜折る」という題号自体、そのことを暗示している。この喩えの世界を念頭に置くと、下の句「あはれしれらん人に見せばや」はたんなる自然の賛美以上の意味を帯びてくる。同じ信明歌を引く場面が、『源氏物語』明石巻にあることはよく知られている。

忍びてよろしき日みて、母君のとかく思ひわづらふを聞きいれず、弟子どもなどにだに知らせず、心ひとつに立ちゐ、輝くばかりしつらひて、十三日の月のはなやかにさし出でたるに、ただ「あたら夜の」と聞こえたり。君はすきのさまやと思せど、御直衣奉りひきつくろひて夜更かして出でたまふ。（『源氏物語』明石巻　②二五五頁）

明石の入道が娘を光源氏に逢わせたい意をほのめかすために、この歌が引かれた。「あたら夜の」は、恋の誘いの語として機能している。『花桜折る少将』における信明歌の引用もまた、この明石巻の例と同様の機能を持つと考えられるのではないか。むろん、女童はこの時すぐ近くに男が隠れていることなど知る由もなかった。また女童には姫君の許へ男主人公を引き込む権限もないし、彼女自身もそのようなことを考えているはずはない。したがって、彼を認め意識的に誘う言をくちずさんだと捉えることはできない。むしろ、彼女の言葉に無意識の誘惑の要素があり、この場面そのものに男主人公を屋敷の姫君の許へといざなう雰囲気がたゆたっていると考える。また、先に指摘した、この場面と夕顔巻冒頭とのイメージの重なりあいからも、「誘惑性」が認められよう。

この女童は、物語後半部でも男主人公を姫君の許へ手引きする役割を担っている。男主人公に仕える光季と女童とが恋仲であったことから、彼女は姫君への手引きを引き受け、主人公を導いた。冒頭の「誘惑性」から実際の手引きへ、この女童の活躍があればこそ主人公による姫君略奪が実現しようとしたのである。

第三の女の周辺は、彼女自身の意図とは無関係に、こうした「誘惑性」を帯びた世界であった。

ところで、第三の女は男主人公の〈未来の女〉であり、第一・第二・第三の女たちの生は、女の運命を連続的に体現したものだと言える。可憐な魅力で男主人公を魅了する〈未来の女〉のその後が、彼の意識の深層でそろそろ飽きられつつある〈現在の女〉の姿であり、彼に捨てられついには尼となった〈過去の女〉の姿なのである。このことは、〈未来の女〉の周辺が「誘惑性」をたたえることと相俟って、物語の深層において結末の男主人公の失敗に少なからず影を落とすだろう。

五　女たちの〈しっぺ返し〉

女童の活躍をたどると、普段は女たちを手玉に取る側の人間であるはずの男主人公が、逆に彼女に手玉に取られているという印象を受ける。彼は、ふと足を止めた桜の邸の姫君に魅せられ、運命に翻弄されるように、姫君ならぬ老尼君略奪という失敗へと突っ走ったのである。彼が何か抗しがたい力に引き込まれていく様は、物語中の「月にはかられて」・「過ぎがたき心地して」・「そなたへとゆきもやられず」・「たびだたれつつ[13]」等の表現に端的に表れている。

こうして導かれた彼の失敗の意味を考える時、先にも触れたように、〈未来の女〉に繋がっていく〈現在の女〉そして〈過去の女〉の存在は、意外に大きな影を落とすのではないか。〈未来の女〉の周辺は、男を手玉に取る「誘惑性」を帯びた世界だと先に述べた。それと連続する趣きを持つ〈現在の女〉・〈過去の女〉は、『源氏物語』等の引用によって、男に飽きられ、そして忘れ去られた「恨む女」・「待つ女」として造型されていて、彼女たちは男に「いとほし」・「うしろめたし」という後ろ暗い思いを抱かせる存在としてあった。彼の失敗は、物語の深層において、こうした女たちの鬱積し凝り固まった恨みの力が生んだものだとも言えるのではないか。つまり彼は、これまで不実を重ねてきた女たちから〈しっぺ返し〉を受けたのである[14]。それは、男の「いとほし」・「うしろめたし」という女たちへの後ろ暗い思いが見せた幻影だとも言えよう。冒頭において、第一・第二・第三の女たちが連続して語られるのは、物語の表層には露わにされぬ、こうした恨みを抱いた女たちからの〈しっぺ返し〉を、物語の背後に幻視させるためだったのではないか。

さらにこのことは、物語冒頭に夕顔巻の影が見られることにより、一層くっきりと浮かび上がってくる。先に、〈現在の女〉に六条御息所、〈未来の女〉に夕顔の女の面影を見た。夕顔物語の行き着く先が物の怪による夕顔の女の死であったことは重要である。物の怪は後ろ暗い気持ちを抱いていた光源氏の心が見たもの、という解釈も成り立つ。この物の怪は廃屋のそれであって、直接六条御息所と関わるものではない。しかし、源氏の「心の闇」を考慮すると、夕顔巻冒頭において言及され、同巻で度々夕顔の女と比較されるかたちで登場する六条御息所は、イメージとして物の怪への関与を否定できない存在でもあった。『花桜折る少将』は、そうした深刻な女の情念の世界を呼び起こす可能性を秘めているのである。が、姫君略奪の決着は人違えという男主人公の失敗に帰する。間違えられたのが、年老いた、しかも女としての生から退いた尼君であったというのは、二重の皮肉である。そこには笑いや滑稽味が漂い、結末は女たちの心の暗黒に厳しく向き合うものとはなっていない。これは、女たちに不実をはたらいてきた好色者の男に課された〈罰〉と捉えることも出来、物語を享受する女たちにとって小気味よいものであったにちがいない。

こうした物語の結構と先に確認したこの物語の語りとは、密接な関わりを持つ。男主人公の主観の色濃い語りによって紡ぎ出される冒頭部は、現在さらには過去に関わった女たちへと思いが馳せられるとともに、新しい女を発見する場でもあった。引用は彼を色好みとして描き出す一方で、女たちへの彼の後ろ暗い思いを浮かび上がらせる。彼を客観的に貴公子として定位する物語中間部を経て、結末部では彼を突き放したかたちの語りが採用され、取り違えの一部始終は彼の視線に沿う語り口となっている。このような語りの変容を思うと、男主人公の主観を前面に押し出した語りによって形象化された冒頭の世界は、実像というよりも、彼の心が見たものといった様相すら呈してくる。現在の女への倦怠と過去の女への自責の念を引きずりながら迷い込んだ未知の空間で、男主人公が発見したものは、幻であったかもしれないのである。

六　〈まやかし〉の時空

物語の深層において、女たちからの〈しっぺ返し〉という側面を持つ男主人公の失敗を形象化するために用意された物語の空間について、最後に述べてみたい。そもそも、彼が迷い込んだのは、〈まやかし〉の時空だったのではないか。

冒頭の、夜明けかと見紛うほどの「くまなき月」。これは、朧月夜が自慢の春の季節にどこかそぐわない。この点について、安藤享子氏は、

月、それも騙されてしまうほどの明るい月、それは伝統的な和歌の世界では秋のものであったはずである。けれど、文を辿ると「花の木」や「霞み」ということばに出逢って、季節が春だったのだと知るのである。初め予測していたものが一文の終結部分に至ってひっくり返されるというしかけは、この物語展開そのものにもかかわっていそうで、そうした面でもこの冒頭文は注意しておきたい部分である。

と述べ、さらにいくつかの例を引いたのちに、『花桜折る少将』を「題名の華麗さを裏切った、言い換えると、読者（享受者）を謀った、おもしろおかしい物語」と位置づけた[15]。問題の「くまなき月」は、確かに予測への裏切りという側面を持つ。とともに、主人公の立つ場の異質性の醸成に一役買っているのではないか。春と秋の時の交錯。そこには、時の〈いたづら〉が見え隠れし、言わば「時にはかられた」少将がたたずんでいる。彼は、現実世界とは異なる世界へと足を踏み入れようとしている。

同様の語として、「群すすき」をあげたい。これは、桜の咲き誇る〈未来の女〉の邸の描写中に見える。春の季節と、秋を代表する植物「群すすき」との不調和。ただし、『源氏物語』柏木巻に、

四月ばかりの空は、そこはかとなう心地よげに、一つ色なる四方の梢もをかしう見えわたるを、もの思ふ宿は、よろづのことにつけて静かに心細う暮らしかねたまふに、例の、渡りたまへり。（略）前栽に心入れてつくろひたまひしも、心にまかせて茂りあひ、一叢薄も頼もしげにひろごりて、虫の音添へむ秋思ひやらるるより、いとものあはれに露けくて、分け入りたまふ。

（『源氏物語』柏木巻 ④三三六〜三三七頁）

とある記述から、「薄」は本来の季節である秋以外にも現在の荒廃ぶりを伝えるために登場することが確認できる。この文脈で理解する先学に従うのが妥当である。しかし、満開の桜と「群すすき」との取り合わせが違和感を抱かせるのもまた事実である。

主人公が足を踏み入れた未知の時空は、現実とは少しばかり異質な空間であった。こうした空間の異質性と関わってくるのが、「白きもの」であろう。これは、主人公に彼が昔愛した女の不在を告げる人物を指し示す際に用いられた表現である。「もの」という曖昧さを残す語のために、「白きもの」の実体は判然としない。例えば『源氏物語』手習巻では、出奔し木陰に臥していた浮舟が、発見者である僧の目を通して「白きもの」と捉えられている。

この初瀬に添ひたりし阿闍梨と、同じやうなる、何ごとのあるにか、つきづきしきほどの下臈法師に灯点させて、人も寄らぬ背後の方に行きたり。森かと見ゆる木の下を、疎ましげのわたりやと見入れたるに、白き物のひろごりたるぞ見ゆる。「かれは何ぞ」と、立ちとまりて、灯を明くなして見れば、もののゐたる姿なり。

（『源氏物語』手習巻　⑥二八一頁）

ここでのそれは、「もの」の存在そのものの持つ得体の知れ無さ、そこから生ずる不気味さ、不思議さを内包していると言え、自身の認識外の存在に対して観察者が抱いた不審の念、あやしみの感情を伝えている。『花桜折る少将』の「白きもの」も同様の意味合いを内包する表現であり、観察者である男主人公の未知の対象へ抱いた不可思議感を表している。そこには、彼を迎える世界の異質性が顔を覗かせている。

この「白きもの」は現在、白い装束を着た人物であるとして、男、老人、老女、女童等の解釈がなされている。(16)『花桜折る少将』では、この人物の描写に「いたう咳きつつ」が付加されている。「咳」は、例えば『源氏物語』手習巻の、浮舟が老尼君に怯えるさまを描写した場面に出てくる。

夜半ばかりにやなりぬらんと思ふほどに、尼君しはぶきおぼほれて起きにたり。灯影に、頭つきはいと白きに、黒きものをかづきて、（略）

（『源氏物語』手習巻　⑥三三〇頁）

蓬生巻にも、

わづかに見つけたる心地、恐ろしくさへおぼゆれど、寄りて声づくれば、いともの古りたる声にて、まづ咳を先にたてて、「かれは誰ぞ。何人ぞ」と問ふ。（略）声いたうねび過ぎたれど、聞きし老人と聞き知りたり。

（『源氏物語』蓬生巻　②三四六頁）

とある。こうした例から、「咳」には老いた人の常にするものというイメージがあったことがわかる。さらに、手習巻の方でもう一つ問題にしたいのが、老尼君の外見の記述「頭つきはいと白きに」である。老人描写の際の典型として「咳」・「白髪」を見るなら、一般に白装束の意に解されている『花桜折る少将』の「白き」には、同時に老人の白髪のイメージも重ねられていると考えられるのではないか。[17]

また、物語世界に謎をもたらし不思議な雰囲気を醸し出すのが、「みつとを」・「すゑみつ」・「みつすゑ」という紛らわしい登場人物名である。稲賀敬二氏がこれらの名前の背後関係を推理し、一つの興味深い仮説を提出している。そうした謎を喚起する仕掛けが作中に鏤められたことは、主人公を迎える〈まやかし〉の時空の性質と、根っこのところで繋がっていると考える。[18]

このような〈まやかし〉の時空に迷い込んだ男主人公は、これまで繰り返してきた彼の不実な行為の〈罰〉を受けるかのように、老尼君略奪という思いも寄らぬ結末を迎えたのであった。

おわりに

以上、主に『花桜折る少将』の語りと引用の検討を通して、物語世界の解明を試みた。結末の若い姫君から老いた尼君への取り違えは、物語の深層において、男主人公がこれまで不実を重ねてきた女たちからの〈しっぺ返し〉、好色者に課された〈罰〉という側面を持ち、そうした趣向と、彼の彷徨する世界として形成された〈まやかし〉の時空や謎めいた設定が密接な関わりを有しながら、物語世界を形成しているさまを指摘した。怪異が扱われているわけではないけれども、不可思議な雰囲気を湛える、どこか幻想性の漂う物語として、『花桜折る少将』を理解しておきたい。[19]

注

（1）三谷邦明「堤中納言物語の方法――〈短篇性〉あるいは〈前本文《プレテクスト》〉の解体化――」（『物語文学の方法Ⅱ』有精堂　一九八九年。初出は、一九八〇年）。

（2）例えば、安藤享子氏は「花桜折る中将物語」（『体系物語文学史』第三巻　有精堂　一九八三年）において、物語全体を、「笑いそのものより、笑いへの動機づけといった意味あいが強い」部分、「ことばそのものによる表現上からの笑い」の部分、「主人公の行動そのものに対する笑いへと漸層的に笑いをもりあげてゆく」部分の三部から成るとし、本編の「笑い」の物語としての側面を強調した。また鳥居明雄氏は「王朝末期の奇談――「花桜折る少将」――」（『日本文学』三八巻二号　一九八九年二月）において、本作品を〈時間〉の物語として位置づけ、「王権世界としての昼の時間」・「色好みとしての夜の世界」・「「月にはかられ」た第三の時間」の存在を指摘した。結末の主人公の失敗を「幻影の時間軸が破られ」たとし、物語を「王権への侵犯そのものが空洞化されている事態の表出として成立している」と位置づけた。

（3）塚原鉄雄氏（新潮日本古典集成『堤中納言物語』新潮社　一九八三年）や注（1）の三谷前掲論文が、すでに指摘している。

（4）注（3）の塚原前掲書にも指摘がある。

（5）岡一男「堤中納言物語とその心理分析」（日本文学研究資料叢書『平安朝物語Ⅲ』有精堂　一九七九年。初出は、『古典と作家』文林堂双魚房　一九四三年）。

（6）『源氏物語』の引用は、新編日本古典文学全集（小学館）に拠る。

（7）いずれも、夕顔の宿の早朝を彩る音である。

（8）須磨巻も夕顔巻も、さまざまな女性と関係を持ち、恋の情趣を味わい尽くす源氏の姿に連想が及ぶことで、恋物語の浪漫性が彷彿とする引用となっている。また、須磨巻が男君の流離に連接し、夕顔巻が女君の頓死に繋がっていくことを思うと、恋の甘美とともに、恋ゆえの運命の変転、悲劇が一方で連想されてもくる。そういう危うい物語の空間を形成するものであったとも言えよう。『花桜折る少将』の末尾は、男君に思いがけぬ運命を用意しているが、それが「喜劇」であったことは、この点もまた読者の読みをいい意味で裏切っているのではないか。

(9) 一般には、この箇所の夕顔巻からの影響は表現レベルの個別的な事例にとどまる程度のものだと考えられている。本章では、この場面全体に夕顔巻の面影が霧のように覆い被さっているのではないかと考えた。次節で論じる蓬生巻の場合も、同様のスタンスである。

(10) ここに掲げたいくつかの点は、それら一つ一つは些細なことであり、また二つの間で特徴的なことでもないので、ことさらに両者の関連を論じる必要はないだろう。しかし、その個々がまとまって指摘できることには、やはり注意を払うべきだと考える。

(11) こうした『源氏物語』との対比の妙については、三谷榮一編　鑑賞日本古典文学『堤中納言物語』（角川書店　一九七六年）にも指摘がある。

(12) 歌集の引用は、新編国歌大観（角川書店）に拠る。

(13) 「たちよられつつ」という本もある。「たびだたれつつ」の方が、日常とは異なる世界へ足を踏み入れていくさまが強調される。

(14) 岡一男氏は、注（5）の前掲論文で、この失敗を「浮気な少将はかくて見事に天罰をうけてしまった」としている。

(15) 注（2）の安藤前掲論文。

(16) 「男」と解しているのは、寺本直彦氏（日本古典文学大系『堤中納言物語』岩波書店　一九五七年）、松尾聰氏（『堤中納言物語全釈』笠間書院　一九七一年）、他。「老人」は、三角洋一氏（講談社学術文庫『堤中納言物語全訳注』講談社　一九八一年）、塚原鉄雄氏（注（3）の塚原前掲書）、池田利夫氏（対訳古典シリーズ『堤中納言物語』旺文社　一九八八年）、大槻修氏（新日本古典文学大系『堤中納言物語』岩波書店　一九九二年）、他。「老女」は、稲賀敬二氏（日本古典文学全集『堤中納言物語』小学館　一九七二年　解説）、他。「女童」は、山岸徳平氏（角川文庫『堤中納言物語』角川書店　一九六三年）、三谷榮一氏（注（11）の三谷前掲書）、他。

(17) 「老人」と見るものの、性別は不明。

(18) 注(16)の稲賀前掲書の解説。「光遠」は男主人公が彼の家司で親しい「光季」の名の一部を借用してとっさに口にした名前、「季光」は「光季」の変名とする。

(19) 冒頭において、以前通っていた女について「尼などにやなりたるらむ」と推量し、後ろ暗い思いにとらわれていた男主人公が、結末において年老いた尼を盗んでしまうというのも、意味深である。

第五章　『貝合』の〈メルヘン〉——〈無化〉される好色性——

はじめに

『貝合』は、主人公蔵人少将が貝合の準備に奔走する子供たちの世界を垣間見、劣勢にある継子の姫君方を観音になりすまして密かに援助する、という結構を持つ。当該物語の評価としては、寺本直彦氏が述べたような、「清純な童心の世界」[1]をとりあげた明るく清新な物語、とするのが一般的である。

この「童心の世界」を発見したのが他ならぬ好色者であった、という点を重視したのが塚原鉄雄氏であり、「好者を自任する少将の外出は、菩薩と拝跪される帰結となった。なんとも、奇妙なことだが、それが、茶番じみた笑劇にならずに、一種のメルヘンといった風情で形象されているところに、この作品の特性がある」[2]と評する。

さらに物語の中で好色者の存在をより重く捉えるのが、「好色性と童話性との微妙な交錯」[3]と述べた岡一男氏と、これを高く評価し岡氏の論を出発点として、「そこは人生に疲れ恋に疲れた蔵人少将にとって、汚れを知らぬ心爽やかなミニチュアの楽園であった」[4]と捉え、なまぐさい世界に生きる好色者と清純な子供たちとを対比する神田龍身氏である。ただし、こうした見解を持つ塚原氏や神田氏であっても、例えば塚原氏が「少女たちの奉仕する、年幼い姫君への好意的な保護本能が、いつしか、少将の「をとこ」を雲散させてしまっている」[5]と述べたように、蔵人少将の好色性は子供たちとの接触によって失われると認識する。

この好色性を認めるか否か、あるいはどの程度認めるのかといった問題は、『貝合』という物語の童話性の内実とも大きく関わってくるだろう。本章は、この蔵人少将の好色性の問題を軸に、語りの問題を絡ませつつ、『貝合』に構築された世界について考察するものである。『貝合』との密接な関連が指摘される継子いじめの物語群[6]との関係性についても検討を加え、本物語の特質に迫りたい。

一　『貝合』登場人物の年齢設定　――継子いじめ譚の変形――

『貝合』を『落窪物語』や『住吉物語』等の継子いじめの物語の系譜につらなる物語として位置づけ、その性格について論じたのは、三谷邦明氏である。三谷氏は、「継母子物語の話型の一断面、瞬間をとりだし、それだけを描く物語が生まれた」と評した[7]。継子いじめの物語の中における『貝合』の特色を探るために、各物語の主要登場人物について年齢を中心に比較し、人物設定の上で『貝合』が行った変形について確認したい。

まず、女君。『落窪物語』・『住吉物語』では年齢がはっきりと記されてはいないものの、結婚適齢期の姫君であったものが、『貝合』では蔵人少将の視線を通して「わづかに十三ばかりにや[8]」と見える姫君に設定されている。藤井貞和氏によれば、女子の成長段階は、十二三歳で裳着、十八から二十四歳が結婚期であり、十三から十七歳もある意味で結婚期と言えるということである[9]。『貝合』の姫君は、ちょうどこの結婚期にさしかかった、ようやく結婚が可能になった少女ということになろう。作り物語の中で若年での結婚の例を探すと、例えば『源氏物語』の明石の姫君の十一歳があげられる。史実では、一条天皇の中宮彰子の入内が十二歳であった。もっとも、この入内は父道長の政略的な思惑のため、相当急いで行われたものらしい。『貝合』の姫君は、その十二歳に一つ年上の十三歳として設定されている。

こうした姫君の若干の若年齢化にともなって、姫君へ忠実に仕える、『落窪物語』で言えばあこぎのような人物も、『貝合』では「八九ばかりなる」女童として設定されている。そして、姫君を迫害する中心的人物も、『落窪物語』・『住吉物語』では継母であったものが、『貝合』では姫君の異母姉とおぼしき人物になっている。

ところが、これら若年齢へと軒並みスライドした観のある人物設定の中で、男君だけは例外である。女君と出会った時の男君は、『落窪物語』で少将、『住吉物語』で四位少将[10]となっている。これに対し『貝合』では蔵人少将と設定されていて、その官職から察するに年齢的にも社会的地位においても恐らく大差のないことがうかがわれる。

こうした中、『貝合』において、男君の好色者ぶりが他の継子いじめの物語に比べ、とりわけ強調されている点は注目される。周知のように『落窪物語』の男君も、あこぎが「いみじき色好みと聞きたてまつりしものを[11]」と発言したように、もともとは色好みとして設定されていた。がしかし、『貝合』の場合は物語冒頭にエピソードをともなって形象化されているという点で、いささか様相を異にしている。

長月の有明の月にさそはれて、蔵人少将、指貫つきづきしく引きあげて、ただ一人、小舎人童ばかり具して、やがて、朝霧もよく立ち隠しつべく、ひまなげなるに、　（『貝合』）

三谷邦明氏も述べるごとく[12]、この冒頭部分は『古今和歌集』や『和泉式部日記』等の引歌や典拠によって成り立ち、蔵人少将の好色性を強調するという特色を持つ。言うまでもなく、「長月の有明の月」は、

（題しらず）　そせいほうし
今こむといひしばかりに長月のありあけの月をまちいでつるかな
（『古今和歌集』巻第十四・恋歌四・六九一番[13]）

を踏まえる。秋の夜長ついに西の空に有明の月がかかるまで恋人を待ち続けてしまった女の姿をかたどるこの歌の引用は、そんな女がどこかにいるかもしれぬという期待に裏打ちされた蔵人少将の徘徊を描き出す。また、『和泉式部日記』の次の箇所は、「長月の有明の月」にまどろまず物思いに耽る女と、そんな女の姿を推し測って訪ねてゆく男を記す。

九月二十日あまりばかりの有明の月に御目さまして、「いみじう久しうもなりにけるかな。あはれ、この月は見るらむかし。人やあるらむ」とおぼせど、例の童ばかりを御供にておはしまして、門をたたかせたまふに、女、目をさまして、よろづ思ひつづけ臥したるほどなりけり。（『和泉式部日記』四七頁）[14]

「例の童（『和泉式部日記』の右引用箇所の前部分より小舎人童を指すことは自明）ばかりを御供にておはしまして」という帥の宮の面影は、『貝合』の「ただ一人、小舎人童ばかり具して」ゆく蔵人少将の姿とあい通じる。

『貝合』の「長月の有明の月」ではじまる冒頭は、言わば濃密な大人の恋の世界をかたどったものであった。物語は、そんな大人の世界の住人である蔵人少将を子供たちの世界へと引き入れたのである。

二　『貝合』における語りの視点

蔵人少将と子供たちとの接触の内実を検討するにあたって、この物語の語りの視点の問題に触れておく。すでに指摘されているように[15]、『貝合』は一貫して蔵人少将の立場から叙述がなされている。とりわけ彼の垣間見場面になると、彼のまなざしと語り手のそれとが一体化する。その点では同じ『堤中納言物語』中の一編である

『花桜折る少将』と近似した位置にあると言える。が、両物語の間には若干の差異も認められる。『貝合』の冒頭をもう一度見てみよう。

長月の有明の月にさそはれて、蔵人少将、指貫つきづきしく引きあげて、ただ一人、小舎人童ばかり具して、やがて朝霧もよく立ち隠しつべく、ひまなげなるに、「をかしからむところの、あきたらむもがな」と言ひて歩み行くに、木立をかしき家に、琴の声ほのかに聞ゆるに、いみじううれしくなりて、めぐる。門のわきなど、くづれやあると見けれど、いみじく、築地など全きに、なかなかわびしく、「いかなる人の、かく弾き居たるならむ」と、わりなくゆかしけれど、すべきかたもおぼえで、例の、声出させて随身にうたはせたまふ。

行きかたも忘るるばかり朝ぼらけひきとどむめる琴の声かな

とうたはせて、まことに、しばし「内より人や」と心ときめきしたまへど、さもあらぬはくちをしくて、歩み過ぎたれば、いと好ましげなる童べ、四五人ばかり走りちがひ、小舎人童、男など、をかしげなる小破子やうのものを捧げ、をかしき文、袖の上にうち置きて、出で入る家あり。

（『貝合』）

動作の主体が明示されない『花桜折る少将』[16]と異なり、『貝合』では冒頭から男君を「蔵人少将」と呼称し、彼とわずかながら距離をおいて叙述しようとする語りの姿勢が認められる。それは、無敬語表現も見られるものの、その中に敬語をまじえつつ男君の言動を語る、この物語の語りのあり方とも一脈通じていよう[17]。つまり、『貝合』は蔵人少将の視点に添って叙述がなされるものの、その蔵人少将を外側から捉えようとする語りが選びとられているわけである。

こうした語りは、蔵人少将と子供たちとが互いに定位しあうというこの物語のしくみと密接に関わる。彼らの出会いの場面では、以下のように互いの視線が交錯する。

人目見はかりて、やをらはひ入りて、いみじく繁き薄の中に立てるに、八九ばかりなる女子の、いとをかしげなる、薄色の衵、紅梅などみだれ着たる、小さき貝を瑠璃の壺に入れて、あなたより走るさまの、あわただしげなるを、をかしと見たまふに、直衣の袖を見て、「ここに、人こそあれ」と、何心もなく言ふに、（『貝合』）

この『貝合』の叙述のあり方は、男君の主観に大きく依存したかたちで彼の側からのみ一方的に垣間見の世界が語られた『花桜折る少将』とは、いささか趣きを異にする。

三　〈無化〉される好色性

冒頭において好色者として形象された蔵人少将と、彼とかかわっていく子供たちの反応とが、確認した語りによってどのように語られているのか、物語に形成された世界を辿ってみよう。

「いと好ましげなる童べ、四五人ばかり走りちがひ、小舎人童、男など、をかしげなる小破子やうのものを捧げ、をかしき文、袖の上にうち置きて、出で入る家」を発見し興味を抱いた蔵人少将は、そっと忍び込んで薄の中に立った。そこで「八九ばかりなる女子の、いとをかしげなる」と遭遇した彼は、「あなかまよ。聞ゆべきことありて、いと忍びて参り来たる人ぞ。と寄りたまへ」と彼女にはたらきかける。この「聞ゆべきこと」・「いと忍びて」といった言葉遣いには、恋の手引きを依頼する男たちの面影が宿る。彼の好色心が覗いた発言だと言えよう。しかし、この彼の意図は彼女に届くことなく無視されてしまう。少女は彼の言葉の中身を少しも意に介さず、立ち去ろうとするのである。興味を抱いた蔵人少将は、さらに少女にはたらきかける。「まろをだに思さむとあらば、いみじうをかしきことも人は得てむかし」。先の彼の発言同様、好色心が揺曳していて、大人の女なら警戒しそうな発言である。しかし、少女は後先考えず、「名残なく立ちどま」る。彼女の邪気の無さがそうさせた。少女の発言によって、彼女の仕える姫君とその異母姉妹の姫君とが貝合を行うことを知った蔵人少将は、姫君たちに関心を抱き「その姫君たちの、うちとけたまひたらむ、格子のはさまなどにて見せたまへ」と少女に懇願する。好色性のストレートな発信である。対する少女は、「人に語りたまはば。母もこそのたまへ」と恐れる。姫君にふりかかるかもしれぬ万が一の危機への心配ではなく、男の他言による手引きの露見こそを恐れるという少女の論理にもまた、彼女の未成熟、幼さが垣間見える。蔵人少将は自身の口の堅さを主張し、「ただ、人に勝たせたてまつらむ、勝たせたてまつらじは、心ぞよ」と懐柔策に出る。先の「まろをだに思さむとあらば（略）」と同発想の発言である。ここにいたって、蔵人少将の下心は見え見えである。しかし少女は、目先の利益に誘われ「よろづおぼえで」彼を屋敷内に導くことにする。蔵人少将は絶えず好色心を発信し続けるものの、対する少女はそうした彼の下心を感知し得ず疑いを持たない。両者の対比が鮮やかである。この後、蔵人少将は、生意気な異母姉にいじめられるかわいらしい姫君を垣間見、なんとかして継子の姫君方を勝たせたいと思うようになった。

引き続き隠れる蔵人少将の近くへ、先ほどの女童が三、四人の少女を引き連れやって来て、味方の逆転を願い観音へ祈りを捧げる。彼女がリーダー的な存在となってこうした行動に出た背景には、先に見た二人の出会いの場面が影を落としている。蔵人少将が少女に姫君の垣間見を承諾させるために発した甘言を、彼女は有り難い天の救いの声にも等しいものとして受けとめた。その延長線上に、観音への祈りの行為が生まれたのである。蔵人少将は、この祈りに応えるかたちで歌を詠んだ。

かひなしと何なげくらむ白波も君がかたには心寄せてむ　（『貝合』）

「白波」は、蔵人少将自身を指す。彼が観音になりすまして、継子の姫君方へ貝合の味方となることを宣言した、決意表明の歌である。第五句の「心寄せてむ」が注目される。「心寄す」という語は、歌合の場において詠出される和歌の中で使用される場合、味方をする、贔屓をするの意で用いられる語であり[18]、当該歌もそうした方向で解されてきた[19]。上の句との関わりからも、また詠歌状況との関わりからも、この歌はまずそのように読まれるべきであろう。ただし、「心寄す」をめぐって以下のような用例も散見することは、見逃せない。

（題しらず）　人まろ
みなそこにおふるたまものうちなびき心をよせてこふるこのごろ　（『拾遺和歌集』巻第十一・恋一・六四〇番）

この歌の「心をよせて」は、思いを寄せる、愛情を寄せるといった意で用いられている。こうした例をも視野に入れると、「かひなしと」歌の下の句「君がかたには心寄せてむ」は、味方をする意のみにとどまらず、蔵人少将の姫君に対する特別な感情をも暗示する表現となっているのではないかと解される。観音の慈悲と蔵人少将の好色心とが、交錯する歌なのである。もちろん、この歌を耳にした少女たちは蔵人少将の恋情に思い及ぶはずもなく、「観音の出でたまひたるなり」と無邪気な信頼を寄せるのみであった[20]。

そしてついに、蔵人少将は観音を装い少女たちに貝合の援助をする。彼はさまざまな貝を入れた州浜を、随身に命じて匿名で南の高欄に置かせた。その州浜に結びつけた歌を見てみよう。

白波に心を寄せて立ち寄らばかひなきならぬ心寄せなむ　　　（『貝合』）

「白波」は、前歌同様蔵人少将を指す。「私に心を寄せて頼りにしてくれるなら、その甲斐ある援助をしてさしあげましょう」[21]と、観音を装う蔵人少将による、子供たちへの援助の心の表出として解される。蔵人少将は、先に「心寄せてむ」と言い、今度は「心寄せなむ」と表明した。前者について、姫君に対する蔵人少将の恋情の揺曳を読み取ったように、「心寄す」という同一語の使用から、当該歌もそうした意味合いを発していると捉えることができよう。さらに当該歌では、「心を寄せて立ち寄らば」と、自身に対する相手の心寄せを自らの援助の条件として付加したことも見逃せない。相手の好意をも期待するこの蔵人少将の物言いは、「貝合」をめぐる援助の問題にとどまらない、好色心のさらなる発信としても捉えられるのではないか（しかしながら勿論、詠歌の主を観音と見る子供たちにとっては、観音への帰依を期待する物言いとして捉えられたことであろう）。その後、彼が例の女童にかけた言葉「さて、今日のありさまの見せたまへよ。さらばまたまたも」は、こうした彼の好色性の延長線上にあるものとしても解される。対する姫君周辺の反応は、「いみじく喜びて」・「昨日の仏のしたまへるなめり」・「喜び騒ぐ」等が示すように、終始そこに観音の加護を見出すのみであった。子供たちの側からは、蔵人少将のはたらきかけは、言わば観音霊験譚の世界の出現として捉えられていたことであろう。[22]

『貝合』において、蔵人少将の好色性は純粋無垢な子供たちによって常に〈無化〉[23]されるという構図が浮かび上がる。彼の欲望は、子供たちの視線によって別物に仕立て上げられていくのである。そしてこのことは、子供たちの純粋さをあらためて照らし出す格好となっている。

四　『貝合』と『源氏物語』若紫巻

ところで、「好色者による少女の垣間見」という設定は、当然のことながら周知の『源氏物語』若紫巻の「北山の垣間見」を想起させる。以下、『貝合』とこの若紫巻との関係を考える。

若紫自身も母を亡くした「継子」の立場にあり、源氏に見出されることによってある意味で幸せを掴んだ。『落窪物語』や『住吉物語』のように基本的な話型にのっとるかたちではないにしろ、この若紫をめぐる物語にも継子いじめ譚的な要素が断片的に認められることは注目される。若紫巻において語られる光源氏の若紫発見から自邸への引き取りまでの一連の物語の表現の中に、『貝合』と類似する表現が存することは見逃せない。以下、検討する。

祖母の尼君亡き後、若紫は京の屋敷で心細い日々を送っていた。そのことを伝え聞いた源氏が、彼女の邸を訪れ一夜を過ごす。翌朝暗いうちに帰途に就く源氏のさまを語るくだりである。

いみじう霧りわたれる空もただならぬに、霜はいと白うおきて、まことの懸想もをかしかりぬべきに、さうざうしう思ひおはす。いと忍びて通ひたまふ所の道なりけるを思し出でて、門うち叩かせたまへど、聞きつくる人なし。かひなくて、御供に声ある人してうたはせたまふ。

あさぼらけ霧立つそらのまよひにも行き過ぎがたき妹が門かな

と二返りばかりうたひたるに、（略）

（『源氏物語』若紫巻　①二四六頁）

深い霧の中の朝帰りの途上、他の女性の家に足をとめ、供の者に歌を朗詠させるという設定は、『貝合』冒頭と通じる。もちろん若紫巻のこの場面は、少女と実事なき一夜を過ごした風変わりな朝帰りであり、また歌を詠みかけた相手の女性は源氏の愛人であるという点で、『貝合』と細部において設定を異にする。しかし、両者の共通性にも眼を向けてみたい。前掲の『貝合』冒頭（第二節）を参照ねがいたい。

個々の語の類似は特異な語どうしではないので、それほど珍しいことではないだろう。ただし、それが骨格となり類似する場面を形成していることは重要ではないか。源氏は供の者に「あさぼらけ」歌を朗詠させた。一方、蔵人少将は随身に「行きかたも」歌を朗詠させている。両歌とも共通して、「朝ぼらけ」を詠み込み、下の句において自らの立ち去りがたい思いを「～かな」形式で表出している。

また、この場面の直前、若紫邸にて交わされた源氏と若紫の女房少納言との贈答歌が、以下の表現から成っている。

あしわかの浦にみるめはかたくともこは立ちながらかへる波かは（源氏）
寄る波の心も知らでわかの浦に玉藻なびかんほどぞ浮きたる（少納言）

（『源氏物語』若紫巻　①二四二頁）

源氏詠・少納言詠両方とも、「波」は源氏を指し、「波」をめぐる表現に、源氏が若紫に思いを寄せ接近しようとする様子が暗示されている。『貝合』において「白波」に蔵人少将が喩えられたのは、「白波」が観音を連想させることから、物語の展開との関連がまず第一に考えられるべきである。しかし、若紫巻との発想の類似もささやかながら認めることができるのではないか。

とりおさえた両物語の内容的な共通性や表現上の類似性からは、若紫巻から『貝合』へという物語の史的展開が見通せよう。『貝合』は、継子いじめ譚の世界を正面から描くのではなく、一部垣間見せるようなかたちで物語を形成した若紫巻の方法や表現からも影響を受けつつ成立したと考えたい。

源氏が北山で発見した若紫は、彼の視線によって「十ばかりにやあらむと見えて」と捉えられていて、「わづかに十三ばかりにやと見えて」と蔵人少将によって発見された『貝合』の姫君の方が、少しだけ年上である。当時の若紫はまだまだ結婚にはほど遠い少女という観があるのに対し、すでに確認したように『貝合』の姫君はぎりぎりの線ではあるものの一応結婚可能な年齢に達した少女として登場している。若紫の場合は、このように幼稚な少女であったにもかかわらず、彼女に将来の恋人としての姿を期待した源氏が彼女を引き取りたいと申し出る。その申し入れは、祖母君をはじめとする周囲の大人たちによって、男君としての好色心と曲解されてしまった。それが拒絶の一要因となったのである。これに対して『貝合』は、姫君の周囲をかためる女童をはじめとする子供たちによって蔵人少将の好色がそれと認識されず、かわりに観音の慈悲と絶賛されることとなった。『貝合』は、『落窪物語』や『住吉物語』等の継子いじめ譚の系譜につらなる物語であり、[25]『源氏物語』若紫巻の方法からも影響を受け、これをさらにずらし、観音霊験譚の枠組みをも取り込んだ作品として位置づけられよう。

物語は、大人の世界に生きる蔵人少将と子供の世界に生きる少女たちとの鮮やかな対照を演出している。子供たちの純粋無垢が蔵人少将の好色性を終始無化し続け、彼女たちの周辺を「観音」の出現可能な空間にしたと言えよう。こうして、ユーモアとささやかな皮肉とを湛える童話的物語世界が現出したと捉えたい。

おわりに

以上、『貝合』において形成された〈メルヘン〉の内実を、蔵人少将と子供たちとの関わりを軸に検討した。はじめにも述べたように、蔵人少将の好色性は子供たちとの接触によって失われると従来考えられてきた。が、彼の発言や詠歌を検討すると好色性が揺曳していて、それが子供たちには観音として受け取られるといった構図が、当該物語には存すると考えられる。つまり、彼の好色性は、ことごとく子供たちの純粋無垢によって〈無化〉され続けたのである。好色性と観音的なるものとの「交錯」[26]、それが『貝合』の〈メルヘン〉の内実であったと解したい。

このように作品世界を捉えると、題号の「貝合」は、貝合の準備段階を語るというこの物語の内容やそのことを指し示す作中の語句「貝合」にのみ依拠したものではなかろうと考えられてくる。蔵人少将は新しい恋への期待を、子供たちは御利益への期待をそれぞれ抱きつつ、お互いにはたらきかけを行っている。両者ともに「かひ(甲斐)」あることを願った、蔵人少将と子供たちとの「かひあはせ」という意味合いが、同時に込められていると見ることができよう。

注

(1) 寺本直彦校注　日本古典文学大系『堤中納言物語』(岩波書店　一九五七年)解説、三四二頁。

(2) 塚原鉄雄校注　新潮日本古典集成『堤中納言物語』(新潮社　一九八三年)、一一六頁。

(3) 岡一男「堤中納言物語とその心理分析」(日本文学研究資料叢書『平安朝物語Ⅲ』有精堂　一九七九年　再録)。なお、初出は『古典と作家』(文林堂双魚房　一九四三年)。

(4) 神田龍身「ミニチュアと短篇物語――『堤中納言』――」(『物語文学、その解体――『源氏物語』「宇治十帖」以降――』有精堂　一九九二年)。

(5) 注(2)の塚原前掲書。なお、伊藤守幸「「貝あはせ」試論」(「国語国文学」(弘前大学)八号　一九八六年三月。のち、王朝物語研究会編『研究講座　堤中納言物語の視界』新典社　一九九八年　再録)も、蔵人少将が姫君を垣間見し彼女に対して「心苦し」という感情を抱いてしまった瞬間に、作品世界が「色好みの物語から童心の物語へと決定的にねじ曲げられてしまった」とする。姫君へ思わず肩入れをしてしまった蔵人少将の心情は注目されるし、また彼が性急に姫君を手に入れようとしているわけではないと思うものの、未来の展開への期待も同時に抱いているのではないかと筆者は考える。少将の淡い期待がたゆたいながら、それが「無化」されていく機微を以下読みとってみたい。

（6）三谷邦明「平安朝における継母子物語の系譜――古『住吉』から『貝合』まで――」（日本文学研究資料叢書『平安朝物語Ⅲ』〈有精堂　一九七九年　再録〉。なお、初出は早稲田大学高等学院「研究年誌」一五号　一九七一年一月）。

（7）注（6）の三谷前掲論文。

（8）妹尾好信氏が、当該の姫君の年齢設定の本文に疑義を呈し、「十一、二ばかり」の誤写の可能性を指摘している（「『貝合』本文存疑考・二題」『中世王朝物語　表現の探究』笠間書院　二〇一一年。初出は二〇〇一年）。「十三」に副助詞「ばかり」が付く不自然さを考慮したものである。論者は、当該箇所に異同が存しないこと、この「十三ばかりにやと見えて」という物言いは『源氏物語』若紫巻の「北山の垣間見」における「十ばかりにやあらむと見えて」（新編日本古典文学全集（小学館）①二〇六頁。以下、『源氏物語』の引用は同書に拠る）を意識した表現であると考えるので、現行通り「十三ばかり」で考察することとする。なお、当該物語と若紫巻との密接な関連については、後述する。

（9）藤井貞和『物語の結婚』（創樹社　一九八五年）。

（10）ただし、〈古本住吉〉では「侍従」であった。

（11）『落窪物語』の引用は、新編日本古典文学全集（小学館）に拠る。二一二頁。

（12）三谷邦明「堤中納言物語の方法――〈短篇性〉あるいは〈前本文《プレテクスト》〉の解体化――」（『物語文学の方法Ⅱ』有精堂　一九八九年）。

（13）歌集の引用は、新編国歌大観（角川書店）に拠る。

（14）『和泉式部日記』の引用は、新編日本古典文学全集（小学館）に拠る。

（15）注（12）の三谷前掲論文。

（16）『花桜折る少将』の語りについては、本書Ⅰ第四章において別に論じた。

(17) もちろん、『花桜折る少将』の冒頭にも一部敬語表現が見られる。が、その頻度及び『花桜折る少将』の心内語的性格を帯びた語りを考慮すると、やはり両者の質的な差異が看取されるだろう。
(18) 「斎院のうたあはせあるべしとて、おほとのの中将の御せうそこにて、左の頭にてなんとある、わがかたにをとあれば／いふかひはなき身なりともうら風にこころをよせむおきつしらなみ」(『周防内侍集』六三番)、他。
(19) 「(略)あなた方にしっかりと心を寄せて味方をしよう。」(注(2)の塚原前掲書)。
(20) なお、この場面は蔵人少将から援助を引き出すため彼を観音へと仕立て上げた女童の策略かとする見方も、あるいは可能であろう。が、彼女の子供らしい純粋無垢や、蔵人少将の詠歌を観音のそれと錯誤しての「おそろしくやありけむ、つれて走り入りぬ」という反応を勘案すると、女童の策略の線は見ない方が自然であろう。
(21) 本論の初出時(「古代中世国文学」八号　一九九六年五月)において、当該歌の第三句「立ち寄らば」の主語を蔵人少将と見、第五句「心寄せなむ」の「なむ」を他に対する願望の意ととる解釈の可能性を提示した。ただし、このように解した場合、「心を寄せて」が姫君方、「立ち寄らば」が蔵人少将、「心寄せなむ」が姫君方と、動作の主体が一首の中でころころと入れ替わることになる。その不自然さを勘案し前説を撤回して、通説に従いたい。
(22) 後藤康文「観音霊験譚としての『貝あはせ』——観音の化身、そして亡き母となった男——」(説話と説話文学の会編　説話論集　第九集『歌物語と和歌説話』清文堂　一九九九年)が、観音霊験譚と本物語との密接な関わりを説く。
(23) 本章では、「消失」あるいは「消滅」等とは異なる現象であることを明確にするために、「無化」という語を用いた。
(24) 実父と同居した場合、若紫が継子いじめに遭う可能性が高いことは、例えば、以下の少納言の発言によって暗示されている。「宮に渡したてまつらむとはべるめるを、故姫君のいと情なくうきものに思ひきこえたまへりしに、いとむげに児ならぬ齢の、またはかばかしう人のおもむけをも見知りたまはず、中空なる御ほどにて、あまたものしたまふなる中の侮らはしき人にてや交じりたまはんなど、過ぎたまひぬるも、世とともに思し嘆きつるも、しるきこと多くはべるに、(略)」(『源氏物語』若紫巻①二四一頁)。
(25) 姫君に仕える侍女の活躍という点に着目すると、『貝合』は『落窪物語』との関わりがとりわけ濃厚な作品と言える。落窪の姫君の侍女・あこぎは知恵と思慮分別をもって姫君に献身的に仕え、姫君の幸福を導いた。これに対し、『貝合』の女童は男君の甘言に乗り無防備に彼を屋敷内に導き入れ姫君を垣間見させている。こうした幼稚で無思慮な行為は、本来ならば姫君の重大な危機を招来してしまう可能性が大きいだろう。しかし『貝合』においては、男君の心を姫君の援助へと向かわせ、姫君方の「貝合」における勝利、幸福を期待させる結末となっている。二人とも姫君のことをとても大切に思っているという点では同じながら、有能な侍女・あこぎの言動と、幼稚な子供らしい女童の言動とは、ある意味で対照的である。『貝合』は、『落窪』とは異なるかたちで、姫君に幸運がもたらされる機微を描いた作品としても捉えられよう。

(26) 注(3)の岡前掲論文においてすでに使用された用語である。が、この場合最適であると判断したので用いた。ただし、岡氏は前掲引用文以上詳しく説明をほどこしていないので、本章で用いた文脈と岡氏の用いた文脈とが同一であるか否かは不明である。

第六章　「虫めづる姫君」と女人罪障観

はじめに

『虫めづる姫君』は、王朝物語の中にあって小品ながら異色の光を放つ。按察使の大納言の姫君の、王朝の姫君らしからぬ特異な人物像が、他物語の姫君たちにはない新鮮な魅力を発信している。

物語の核となるこの風変わりな姫君像をどう読むのかという問題は、この物語全体をどう捉えるのかという問題と連動する、重要な課題である。姫君像の読み解きを一つの軸に据えながら、当該物語の読みをめぐり、これまでさまざまな説が提出されてきた。先学の論は、概ね以下に掲げる四つの観点から整理できよう。第一に社会風刺の物語と見る捉え方、(1)第二に王朝物語を対象化し批評する物語と見る捉え方、(2)第三に少女から大人への成長を形象化した物語もしくは少女から大人への成長拒否を形象化した物語と見る捉え方、(3)第四に仏教もしくは仏教者への批評の物語と見る捉え方である。(4)もとより、これら四つはそれぞれが全く別個の問題ではない。相互に関連しあって論じられているし、またこれからも論じられていくべきだろう。先行説は豊かな読みの可能性を提示していて示唆に富む。ただし、たとえば、少女から大人の女への成長拒否を主眼に置く論の場合、物語内に鏤められた仏教的思考をどう位置づけるのか、反対に仏教の問題を中心に据えた論の場合、物語に垣間見える少女と女さらには性の問題をどう捉えるのかといった点が、(5)それぞれ十分に論じられていないのではないかと思量する。

本章は、こうした点を念頭に置きながら、『虫めづる姫君』の物語としての特質を解明する一階梯として、「虫めづる姫君」の特異なふるまいの基底にあるものについて考察する。姫君の、「蝶」・「女」への認識を追い、そうした認識を支える伝統的思考の枠組みの解明を目指したい。

一　象徴としての「蝶」と「(かは)虫」

物語は、「蝶めづる姫君」との対比の中から、按察使の大納言の姫君である「虫めづる姫君」を描き出す。また彼女のとりわけ愛でる「かは虫」は、彼女自身と時にパラレルな関係として物語内に位置づけられている。この「蝶めづる姫君」もしくは「蝶」と、「虫めづる姫君」もしくは「(かは)虫」とはそれぞれ何を象徴しているのか。まず、この点についての本章の立場を明らかにしておく。

「虫めづる姫君」は眉も抜かずお歯黒もしない。世の慣習へ疑念を抱き、これに背を向ける発言や行動を繰り返す。「蝶めづる姫君」は、この「虫めづる姫君」の対極的存在として設定されているので、「蝶」を「世俗の虚偽」(6)の象徴と見るのはまず妥当であろう。またとりわけ、

「人々の、花、蝶やとめづるこそ、はかなくあやしけれ」　(『虫めづる姫君』)

は、『三宝絵』序、

また物語と云ひて女の御心をやる物、おほあらきのもりの草よりもしげく、ありそみのはまのまさごよりも多かれど、(略)いがのたをめ・土佐のおとど・いまめきの中将・なかゐの侍従など云へるは、男女などに寄せ

つつ花や蝶やといへれば、罪の根・事葉の林に露の御心もとどまらじ。

（『三宝絵』序　五頁）[7]

その他を念頭に置いた物言いである。[8]『三宝絵』の文脈では、「花蝶」に男女の恋物語の浮薄さが象徴されている。『虫めづる姫君』の「蝶めづる姫君」には、恋物語に憧れ結婚へと何の葛藤も無くすすむ姫の像が託されたと解したい。[9]そして「虫めづる姫君」は、そんな世間一般の姫君たちの姿に疑問を投げかける存在として形象化されている。将来の入内の可能性を暗示する[10]「按察使の大納言の御むすめ」と設定されたことも、その期待を裏切ることによって一層彼女の反俗的生き方が浮き彫りになるしくみになっていよう。

「虫めづる姫君」は、世俗に反する自身の行為の一つの根拠として、「本地」云々の論理を披露する。

「（略）人は、まことあり、本地たづねたるこそ、心ばへをかしけれ」

（『虫めづる姫君』）

この「本地たづぬ」の観念を「虫めづる姫君」の大原則と見たのが、立石和弘氏[11]である。立石氏は「蝶の化身に対し虫は本身」とおさえ、「虫」を「虚飾を排した本身としての女性の姿」と位置づけた。ただし「虫めづる姫君」の「本地」云々の主張は、果たして彼女の生き方を根っこの部分で支える大前提と見ることができるだろうか。彼女は、確かにたびたび哲学的な言葉で周りの者たちを圧倒する。が、実はそれらの言葉は、例えば『摩訶止観』等に源を発する[12]借り物の言葉であった。彼女は断片的な知識を振りかざし、その都度自らの「虫めづる」行為を正当化する。自身の信じる哲学の実践のために「虫めづる」行為や通過儀礼拒否を続けているのではなく、「虫めづる」行為や通過儀礼拒否を断行するために折に触れ借り物の哲学を披瀝した、と考えた方がよいのではなかろうか。[13]哲学的発言は、周囲の反発を説き伏せるために借用されたのである。

ところで、物語において対極の価値の象徴である「蝶」と「（かは）虫」とが、同時に以下のように構造化された点は重要であろう。

・よろづの虫の、恐ろしげなるを取り集めて、「これが、成らむさまを見む」とて、さまざまなる籠箱どもに入れさせたまふ。（『虫めづる姫君』）

・「（略）かは虫の、蝶とはなるなり」そのさまのなり出づるを、取り出でて見せたまへり。「きぬとて、人々の着るも、蚕のまだ羽つかぬにし出だし、蝶になりぬれば、いともそでにて、あだになりぬるをや」とのたまふに、言ひ返すべうもあらず、あさまし。（『虫めづる姫君』）

「（かは）虫」は成長して「蝶」になる。「虫めづる姫君」はこの変態に注目して観察を行う。この「（かは）虫」から「蝶」へという生物学上の関係を軸にこれまでの検討を合わせて整理すると、「蝶めづる姫君」が社会的慣習に何の疑問も抱かずこれをすんなりと受け入れ結婚生活に入った世間一般の大人の女もしくは恋物語に憧れるその予備軍、「虫めづる姫君」が社会的慣習に疑問を投げかけこれに従い傍い結婚生活に入ることを拒否する姫君、をそれぞれ形象していると定位できるのではなかろうか。

二　「虫めづる姫君」の「蝶」・「女」への認識

「蝶めづる姫君」的生き方を断固拒否し、日夜虫を愛玩する「虫めづる姫君」。こうした行動に走る彼女の心の底には何があるのか。それを物語はどのようなかたちで表しているのか。次にこの点について考察を加える。

「虫めづる姫君」の「蝶めづる姫君」批判の言である以下のくだりを、まずは問題解明の手がかりにしてみたい。

「きぬとて、人々の着るも、蚕のまだ羽つかぬにし出だし、蝶になりぬれば、いともそでにて、あだになりぬるをや」

（『虫めづる姫君』）

「いともそでにて」の部分の本文をどう校訂するのか意見が分かれているため、(14)これに連動しさまざまな解釈が提出されているものの、「蝶」になってしまうと「あだ」になるという対応は動かない。もちろんこの発言は、生物学上の「蝶」の特徴に着目して姫君が両親に反論したものである。けれども、この物語において「蝶」に託されたと考えられる、先に読みとった象徴を念頭に置くと、単に生物レベルの議論にとどまらぬ意味を帯びてくるように思われる。つまり、大人の女になる、詰まるところ結婚してしまうと「あだ」になるというのである。女になることと結婚することに対して抱く姫君の負の認識が、表現の彼方に仄見える仕掛けになっていよう。

「虫めづる姫君」は、大人の女になること結婚することを拒否していると先に記した。しかし、彼女は自らがその女もしくは女の予備軍であることを厳しく認識していたと思われる。(15)

さすがに、親たちにもさし向ひたまはず、「鬼と女とは、人に見えぬぞよき」と案じたまへり。母屋の簾を少し巻き上げて、几帳いでたてて、かくさかしく言ひ出だしたまふなりけり。

（『虫めづる姫君』）

成人女性にかかせぬ化粧をはじめとする習慣を拒否し、ひたすら大人の女への階段を上ることに背を向ける彼女が、両親にも姿を見せないというある意味で非常に女性らしい行動をとっている（もっとも、一般の人には勿論のこと、両親にまで姿を見せないというのはちょっと行き過ぎだという見方もあるけれども）[16]。その根拠としている「鬼と女とは、人に見えぬぞよき」とは一体どういうことか。姫君の「女」に対する認識が垣間見える点でも注目すべき文言であろう。

先行説は、『うつほ物語』や『源氏物語』の表現を参考として引く。が、この文言を「姫君の警句あるいは当時の俗諺か」とし、直接の典拠を断言しない[17]。よって、「鬼」と「女」の並記については、「鬼は人に恐れられ嫌われるから、人中に出るべきではない。女も他人に見知られる事は、忌み憚るべき事である」[18]や「「正常の状態なら「オニは見えない」のだから「見えぬぞよき」なのである」[19]という具合に微妙に異なる説明がなされている。さらに近年、池田和臣氏によって、「鬼」を「女の心の内なる嫉妬の表徴」とし、この文言を「女の心の奥にひそむ本性（本地）が鬼であることを、すなわち嫉妬であることを意味している」とする説が提出された[20]。「女の嫉妬」との関連を見る視点が非常に興味深い。が、「鬼」を「嫉妬」とほぼ同一のものとして扱う点にはやや違和感を持つ。「鬼」は「鬼」として確固たるイメージがあり、その「鬼」と「女」がある意味で接近する背景を探る、という方がよいように思われる。なお、『うつほ物語』や『源氏物語』の問題の箇所は以下の部分である。

・異人のめでたき装束し、沈・麝香に染めてしつらひめでたくてあるをば、鬼、獣のくふ山に交じりたる心地して、ただこの女、世になき者と思ふ。（『うつほ物語』嵯峨の院巻　①三五七頁）[21]

・「いづこのさる女かあるべき。おいらかに鬼とこそ向かひゐたらめ。むくつけきこと」と、爪はじきをして、（『源氏物語』帚木巻　①八八頁）[22]

『うつほ物語』は気に入らぬ女といることを「鬼・獣のくふ山に交じりたる心地」とする。『源氏物語』は、うとましい女と対座するくらいなら「鬼」と差し向かいの方がよっぽどましだという。どちらも相手の女への嫌悪感の甚だしさを表すために、「鬼」という人間にとってむくつけき存在を引っ張り出した。確かに、「鬼」・「女」の題材の一致や、『源氏物語』の「雨夜の品定め」の博士の娘の「虫めづる姫君」造型への影響を勘案すると、これらの文言と『虫めづる姫君』との間には少なからぬ関連が見出される。ただし『うつほ物語』や『源氏物語』の場合、「鬼」と比較される「女」には、好きになれぬ女うとましい女という限定がついてはじめて一連の表現が成り立つことは見逃せない。これに対して『虫めづる姫君』の場合は「女」一般のあり方について述べていて、両者の間には文脈上微妙な異なりが認められる。もっとも、『源氏物語』の「限定」を『虫めづる姫君』が「一般化」したと捉え、そこに「虫めづる姫君」の発言のおもしろさを探るという方向性も否定できなくはないが。

こうした『うつほ物語』や『源氏物語』との微妙なずれ、直接典拠の未見の状況等を考慮すると、当該表現が出現した背景、さらに言うなら「鬼」と「女」との接点を古典文学の中から探り出すことも、当該表現の理解のためには必要となってくるのではないか。その作業は、「女」一般への「虫めづる姫君」の思いを読みとること、彼女の大人の女への成長拒否あるいは結婚拒否の深層を炙り出すことに繋がると考える。そこで、『虫めづる姫君』の成立時期と目される平安末期あたりから中世における「鬼」と「女」とを結びつける古典文学の磁場を、以下探ってみたい。

三　「鬼と女とは、人に見えぬぞよき」と女人罪障観

「鬼」と「女」とを結びつけた表現として、まず『伊勢物語』五八段や『大和物語』五八段（『拾遺和歌集』五五九番にも載る）の用例が注目される。

『伊勢物語』五八段では、「心つきて色好みなる男[23]」が、「長岡といふ所」に住んでいた折に隣の女たちから詠み

かけられた歌への返歌、「むぐら生ひて荒れたる宿のうれたきはかりにも鬼のすだくなりけり」の中で、女たちを「鬼」に喩える。この喩えについて現代の注釈は概ね、「前の歌をうけて、女たちを廃屋に集まる鬼だと言ってからかった歌[24]」と説明する。ただし、阿部俊子氏は「わざわいをもたらす悪鬼が男に近づく場合、しばしば美しい女の姿をするという話が、古来説話などにみられる。そこで、ここでは美しい女という意味で、鬼のかりの姿というようにふざけていったもの[25]」とし、「鬼」と「女」の接近に説話世界のイメージの関与を見る[26]。「心つきて色好みなる」男からの女たちへの返歌という点を考えあわせると、「鬼」にはからかいだけでなく、多少なりともお世辞的性格を読みとった方がよいようにも思われる。その意味では、男を誘惑する美しい女という意も込めて「鬼」としたと見る方がよいのではないか。この箇所について、古注では仏教色の濃い説明が付されている。

　鬼といふは女なり。女の心おそろしくて、とりがたき故に鬼といふなり。（略）老子経云、老子行白波緑林之頭《ホトリ》、玉菴有所見老女云々。是故に女を鬼といふ也。又、経云。女人面似菩薩心似夜叉といへり。

（『冷泉家流伊勢物語抄』三五三頁[27]）

「女」の心の恐ろしさの故に「鬼」と言われたのだという。女人罪障観に根差した読みである。『伊勢物語』成立当初、当該表現に右のような意図が込められていたか否かは不明であるけれども（恐らくその可能性は低いだろう）、中世になると仏教的文脈で読みとろうとする動きが現れることは注目される。仏教世界における女への負の観念によって「鬼」と「女」とを結びつける背景が中世には存していた。

『大和物語』五八段では、平兼盛が陸奥国黒塚に住む源重之の娘たち（『拾遺集』詞書では「重之がいもうと[28]」とある）に詠みかけた歌、「みちのくの安達が原の黒塚に鬼こもれりと聞くはまことか[29]」について、黒塚の鬼女伝説との関

わりが指摘されている。ちなみに『大和物語鈔』には、

鬼こもり世話におくゆかしきさまを鬼こもるといふ其心也又女を鬼といふ儀も有外面似菩薩内心如羅刹の文の心也（『大和物語鈔』一八八頁）[30]

とある。『伊勢物語』古注同様、仏教的女性観に彩られた中性的解釈が入り込んできていて、注目される。平安末期から中世における「鬼」と「女」との接点を探る際、こうした古注の世界に見える女人罪障観と「鬼」との結びつきは、見過ごせない現象であろう。すでに『紫式部集』（四四番）には、そうした「鬼」と「女」との関わりをうかがわせる歌が収載されている。

ゐに、もののけつきたる女のみにくきかたかきたるうしろに、おにになりたるもとのめを、こぼふしのしばりたるかたかきて、をとこはきやうよみて、もののけせめたるところを見て
なき人にかごとはかけてわづらふもおのがこころのおににやはあらぬ

嫉妬ゆえに「鬼」となった亡き前妻が今妻に祟る図。この絵を眼前に式部は、前妻が「鬼」になったと感じるのは実は男の「こころのおに」のせいではないかとする。式部の見解は逆に、女が嫉妬ゆえに「鬼」になるという観念が当時一般的であったことをうかがわせる。[31]もっとも、ここでの前妻の「鬼」への変身は何も仏教的世界観からのみ説明すべきではなかろう。むしろ、怨念と「鬼」との結びつきという側面から多く捉えていくべき現象なのかもしれない。しかしながら、亡き前妻の「鬼」の一性格として、以下の文学的形象とも共通する、人々の心に深く根

を下ろした女人罪障観の反映を見ることができるように思われる。

女人罪障観の浸透は、嫉妬ゆえの「女」の「鬼」への変身を古典文学の世界に連綿と紡ぎ出していった。男の忘却を嘆きついには生きながら「鬼」となった女の凄惨な最期を語る『閑居友』下三。『教訓抄』四「抜頭」の項は、嫉妬ゆえに「鬼」となった唐后を記す。『平家物語』巻第十一・剣の巻下は、嫉妬のあまり貴船明神に自ら「鬼」となることを祈り本懐を遂げた「鉄輪の女」を語る。一方、謡曲「鉄輪」は、同様に「鬼」となった女が男の許へ復讐に赴くものの、果たし得ず目に見えぬ「鬼」となって去りゆく姿を描く。さらに、室町時代の物語草子『いそざき』も嫉妬ゆえに「鬼」となった女を形象した。物語は、「女、五しやうのくも、あつくして、はる、ことなし」[32]あるいは「せけんの人はみな、にようばうに家をも身をも、うしなふなり」等、女の罪深さを繰り返し語る。また、女の心に「鬼」への変身の根拠を求め、「このこ、ろ、しりてや人の、いひをきし、女をおにと、ありしことばは」という歌を女自身に詠じさせている。

こうした女人罪障観に裏打ちされた「女」の「鬼」への接近の内実をもっとも端的に物語るのが、以下に引用した能、廃絶曲『雪鬼』の詞章ではないか。

夫れ雪鬼といつぱ、本来悪心の鬼にもあらず。年ふる雪の高根〳〵、深谷の谷間に凝り固まつて、自ら化生の人體となる。その姿は女なり。女は人に見ゆる事稀にして、一念深く怖しきなり。人に見えず恐しき心は、唯是鬼に似たればとて、女を鬼に譬へたり。[33]

（『雪鬼』五一四頁）

この「人に見ゆる事稀」である点と「一念深く怖しき」心を持ち合わせている点とが、まさしく「鬼」と「女」との互換性を支える論理の伝統ではなかったか。廃絶曲中の詞章であるので、この文言の影響力は容易に測定しがたい。が少なくとも、こうした詞章を生み出す伝統が存したことは疑いないだろう。それは、『虫めづる姫君』の「鬼と女とは、人に見えぬぞよき」の理解をも促す。つまり、女人罪障観に呪縛された「女」の心の暗部への認識と、普段は人前に現れないという女の属性、これこそが「鬼」と並べられ「人に見えぬぞよき」と断言される根拠であったと考えられるのである。

「虫めづる姫君」の「鬼と女とは、人に見えぬぞよき」という発言は、仏教的世界観に支配された「女」への負の認識、「女」の心の暗部へのまなざしを根底に発せられたと捉えることができる。姫君は、あくまで観念のレベルではあるものの、仏教に関する断片的知識から「女」の罪深さを認識していた。そのために、その大人の「女」になること、結婚することを拒否する生き方を選びとったのではなかろうか。

おわりに

特異なふるまいを繰り返す「虫めづる姫君」、その姫君を象徴する「（かは）虫」、さらにはその「（かは）虫」の対極にある「蝶」、おのおのの当該物語における形象を相互に関連づけると、「虫めづる姫君」は大人の女になること、結婚することを拒否していると読むことができる。姫君の志向の根底にあるものは、彼女の発言「鬼と女とは、人に見えぬぞよき」から垣間見えた。「鬼」と「女」との接近を示唆する当該の文言は、女人罪障観に呪縛された「女」への負の認識を根底に発せられたものであった。

「虫めづる姫君」は、自身が「女」の範疇に属する者であることを深く自覚している。ゆえに、将来待ち受けるであろう苦渋に満ちた暗い「女」の運命を予見し、あらかじめそこから退く生き方を選びとっていると言えよう。

注

（1）「軽薄な世俗の虚偽を撃つ、理論的拠点」（関根賢司「花や蝶やと――虫めづる姫君の一考察――」「昭和学院国語国文」四号　一九七二年一二月）、「良俗という虚像に対する批判」（三谷榮一編　鑑賞日本古典文学『堤中納言物語』角川書店　一九七六年）、他。また「批判」ではないものの、「世紀末的な露悪思想と猟奇趣味」を見る論（塚原鉄雄校注　新潮日本古典集成『堤中納言物語』新潮社　一九八三年）もある。

（2）「「世づかぬ」志向を付与された源氏物語の人物達や狭衣大将等を操る論理への問いと重なって来よう」（小嶋菜温子「虫めづる姫君」「国文学　解釈と鑑賞」四五巻一号　一九八〇年一月）、「「蝶めづる姫君」は、物語文学というジャンルそのものを象徴し、「虫めづる姫君」はそのジャンルを擬き、パロディ化する」（三谷邦明「擬く堤中納言物語――平安後期短篇物語の言説の方法あるいは虫めづる姫君――」石川徹編『平安時代の作家と作品』武蔵野書院　一九九二年）、他。

（3）「一人の女性の思春期における成長」（注（1）の三谷栄一前掲書）、「鉱物化した永遠の処女」（神田龍身「『虫めづる姫君』幻譚――虫化した花嫁――」「物語研究」一号　一九七九年四月）、「成女への怖れと願望」（中島尚「虫めづる姫君論」「千葉大学教育学部研究紀要（第一部）」三八巻　一九九〇年二月）、「〈結婚〉を猶予される〈少女〉の時間に凍結されたい――その願望」（辛島正雄「『虫めづる姫君』管見――「かは虫」と〈少女〉――」「文学論輯」三九号　一九九四年一月。のち『中世王朝物語史論　上巻』笠間書院　所収）、「あらかじめ「女になること」を拒否した姫君」（池田和臣「文学的想像力の内なる『虫愛づる姫君』――もうひとりのかぐや姫――」「紀要」一五二号文学科七三号　一九九四年三月。のち『源氏物語　表現構造と水脈』武蔵野書院　所収）、他。なお、姫君の言動を「男性が近づかぬようにするための演技」とする論（稲賀敬二「堤中納言物語の〈虫めづる姫君〉異様な言動を演技と読めば」「国文学　解釈と教材の研究」二七巻一三号臨時号　一九八二年九月）もある。

（4）「竜女教化のパロディ」（田中貴子「古典文学にみる竜女成仏」「国文学　解釈と鑑賞」一九九一年五月）、「変成男子＝龍女成仏の実行不可能性を暴きだす」（立石和弘「虫めづる姫君論序説――性と身体をめぐる表現から――」「王朝文学史稿」二一号　一九九六年三月）、「仏教的言説を模倣し笑われ批評されることで〝世界〟を打ち壊しにしてしまう」（竹村信治「『虫めづる姫君』考」「国文学攷」一五三号　一九九七年三月)、他。

(5) 注(4)の立石前掲論文がこの問題について示唆する所が多い。ただし、立石氏が自然の眉をさらす「虫めづる姫君」を極めて露骨に女性の「性」をさらす女性として定位した点等、本論は立場を異にする。なお、多様な引用の軸を探究した論に、阿部好臣「引用構造の自己同一性(上)(下)――『虫めづる姫君』論ふたたび――」(「語文(日本大学国文学会)」(六〇・六一輯　一九八四年六月・一九八五年二月。のち『物語文学組成論Ⅱ――創生と変容』笠間書院　所収)がある。

(6) 注(1)の関根前掲論文。

(7) 『三宝絵』の引用は、東洋文庫(平凡社)に拠る。

(8) 注(1)の関根前掲論文、他。

(9) なお、注(2)の三谷前掲論文は「蝶めづる姫君」を「このテクスト以前に存在した物語の女主人公のすべてを象徴」するとする。

(10) 久下晴康『平安後期物語の研究　狭衣・浜松』(新典社　一九八四年)に指摘がある。

(11) 注(4)の立石前掲論文。

(12) 三角洋一氏が「堤中納言物語――『虫めづる姫君』の読みをめぐって――」(「国文学　解釈と教材の研究」三一巻一三号　一九八六年一一月。のち『王朝物語の展開』若草書房　所収)の中で、姫君の思想の源を探究している。

(13) 注(3)の辛島前掲論文も、「「かは虫」愛好を現実のものにするために、そのような理論武装が必要だったにすぎまい」と述べる。

(14) 「は(果)て」の誤写説、「袖にする」と同意とする説、「喪袖にて」ととる説、他。

(15) 注(4)の立石前掲論文でも当該箇所を引き、「女であることを強く意識している」とする。また、「姫君はむくつけき「虫」や「鬼」に置き換えられるべき姿を、女本来の姿として認識している」とも述べる。

(16) 稲賀敬二校注・訳　新編日本古典文学全集『堤中納言物語』(小学館　二〇〇〇年)頭注。

(17) なお、この「鬼と女とは」の言を『大和物語』の「みちのくの安達が原の黒塚に鬼こもれりと聞くはまことか」

歌の源となった諺と見る説（三角洋一「僧侶と説話と物語おぼえがき」『論集　源氏物語とその前後4』新典社　一九九三年）もある。
(18) 山岸徳平『堤中納言物語全註解』（有精堂　一九六二年）。
(19) 松尾聰『堤中納言物語全釈』（笠間書院　一九七一年）。
(20) 注（3）の池田前掲論文。また、「外形からの価値判断を忌避す」る言とする説（大倉比呂志「「虫めづる姫君」の「鬼と女とは、人に見えぬぞよき」試解」「解釈」四〇巻五号　四七〇集　一九九四年五月）、「鬼」は「蓑虫」を意味すると解する説（保科恵「表現規定と構成論理」『堤中納言物語の形成』新典社　一九九六年）もある。
(21) 『うつほ物語』の引用は、新編日本古典文学全集（小学館）に拠る。
(22) 『源氏物語』の引用は、新編日本古典文学全集（小学館）に拠る。
(23) 『伊勢物語』の引用は、新編日本古典文学全集（小学館）に拠る。
(24) 注（23）の前掲書頭注。
(25) 阿部俊子全訳注　講談社学術文庫『伊勢物語（上）』（講談社　一九七九年）。
(26) ちなみに、鬼が美女に姿を変え人を襲う話として、『今昔物語集』巻第五第一（同話は『大唐西域記』他）がある。
(27) 片桐洋一『伊勢物語の研究』〔資料篇〕（明治書院　一九六九年）。
(28) 歌集の引用は、『新編国歌大観』（角川書店）に拠る。
(29) 『大和物語』の引用は、新編日本古典文学全集（小学館）に拠る。
(30) 『大和物語鈔』の引用は、雨海博洋編『大和物語諸注集成』（桜楓社）に拠る。
(31) 馬場あき子氏は当該贈答（四四・四五番）に『源氏物語』の六条御息所の世界を重ね合わせ、当時においてはむしろそれが「女の運命のひとつの常識であった」と捉える（『鬼の研究』三一書房　一九七一年）。
(32) 『いそざき』の引用は、『室町時代物語大成』第二（角川書店）に拠る。
(33) 『雪鬼』の引用は、『校注謡曲叢書』巻三（博文館）に拠る。

第七章 「虫めづる姫君」の変貌——抑制される女の言論と羞恥の伝統をめぐって——

はじめに

王朝物語の姫君たちの中で異彩を放つ、『虫めづる姫君』の女主人公。彼女の風変わりな数々のふるまいを、平安文化における一般的属性やその対概念と絡めて眺めてみると、女性の外見的魅力を向上させる化粧を拒否する点、若い姫君らしさを発信する服装を選択しない点[1]、和歌ではなく漢詩を好んでいるらしい点、楽器演奏ではなく朗詠を披露する点、男性への文の返事を書く際に風流な紙や平仮名ではなく無風流な紙や片仮名を使用する点等が注目される。これらの嗜好からは、未来のよりよい結婚を目指し男性と繋がり男性に気に入られるための文化を、姫君が意識的に退けていることがわかる。王朝の美意識とはかけ離れた姫君の言動は、単なる自由奔放ゆえの破天荒ではない[2]。姫君のありようは、結婚へ向けての努力の放棄、むしろ積極的に結婚に背を向ける姿勢として解される[3]。

この「虫めづる姫君」が物語の中盤において右馬佐たちによって垣間見られる。当該場面に『源氏物語』若紫巻の「北山の垣間見」が引用されていることを下鳥朝代氏が指摘して以来、「北山の垣間見」と当該物語との密接な関わりが論じられてきた[4]。「北山の垣間見」は、当該物語の叙述の枠として、重要な先行文学となっている。筆者は、この若紫巻のみならず、夕霧巻の「女をめぐる述懐」も、『虫めづる姫君』に少なからず影を落としていると考えている。若紫巻と夕霧巻の該当箇所をともに連関させることで、『虫めづる姫君』の現出した世界がより浮き彫りになるのではないか[5]。本章は、この点を検証し、さらに『虫めづる姫君』がこれら先行作品の形象を踏まえ、いかなる物語となっているのか、姫君の語られ方にも留意しつつ、考察するものである。これにより、『虫めづる姫君』の特質の一端を解明することを目指す。[6]

一　発言する「虫めづる姫君」——若紫巻「北山の垣間見」から——

まず、『虫めづる姫君』と『源氏物語』若紫巻の「北山の垣間見」との繋がりをあらためて確認する。以下は、先学によりすでに指摘されている両者の対応箇所である。

a右馬佐、見たまひて、（略）中将と言ひ合せて（『虫めづる姫君』）——源氏の中将（若紫巻）・左馬頭（帚木巻）[7]

b男の童・よろづの虫（『虫めづる姫君』）——童べ・雀の子（若紫巻　①二〇六頁）

c髪も、さがりば清げにはあれど、けづりつくろはねばにや、しぶげに見ゆるを、眉いと黒く、はなばなとあざやかに、涼しげに見えたり。口つきも愛敬づきて、清げなれど、歯黒めつけねば、いと世づかず。（『虫めづる姫君』）——梳ることをうるさがりたまへど、をかしの御髪や（若紫巻　①二〇七〜二〇八頁）・眉のわたりうちけぶり（若紫巻　①二〇七頁）・歯ぐろめもまだしかりけるを（末摘花巻　①三〇五頁）

d練色の、綾の袿ひとかさね、（略）白き袴を好みて着たまへり。（『虫めづる姫君』）——白き衣、山吹などの萎えたる着て（若紫巻　①二〇六頁）

e立ち走り（略）走り入りたまひぬ。（『虫めづる姫君』）——走り来たる（若紫巻　①二〇六頁）

fかは虫の毛深きさまを見つるよりとりもちてのみまもるべきかな（『虫めづる姫君』）——初草の若葉のうへを見つるより旅寝の袖もつゆぞかわかぬ（若紫巻　①二一六頁）

a垣間見る男性とその友人の官職、b童を召し使うことと生き物を飼育すること、c姫君の梳らないものの美しい髪と化粧をしない習慣、d姫君の服装、e姫君の走る動作、f男性の贈歌等をめぐり、『虫めづる姫君』では、「北山の垣間見」の設定を一方で重ね一方でずらす表現が鏤められている。物語は読者に、「北山の垣間見」を重ねて読むことを求め、同時にそこからの逸脱をも読みとらせるべく仕掛けていると言える。また、二人の姫君の年齢設定の異なりも、すでに指摘されている。光源氏により「十ばかり」と認識された若紫に対し、「虫めづる姫君」は結婚可能な年齢に達しているらしい。(8)『虫めづる姫君』は、若紫よりも年長の姫君を登場させている。

筆者は、以上の事柄に加えて、生き物の飼育をめぐる周囲の諌めと姫君の反応を語る、以下のくだりをとりあげたい。

「（略）むくつけげなるかは虫を興ずなると、世の人の聞かむもいとあやし」と聞こえたまへば、「苦しからず。よろづのことどもをたづねて、末を見ればこそ、事はゆゑあれ。いとをさなきことなり。かは虫の、蝶とはなるなり」そのさまのなり出づるを、取り出でて見せたまへり。

（『虫めづる姫君』）

『虫めづる姫君』の場合、この部分は「垣間見」場面そのものには含まれない。しかし、両姫君の対照性が仕組まれた箇所ではないかと考えている。「虫めづる姫君」は、世間体を楯に虫の愛玩を諌める親達に対して、理念を口にしながら「いとをさなきことなり」と反論し、逆に教えを説く。一方、若紫の場合はどうか。

尼君、「いで、あな幼や。言ふかひなうものしたまふかな。おのがかく今日明日におぼゆる命をば何とも思したらで、雀慕ひたまふほどよ。罪得ることぞと常に聞こゆるを、心憂く」とて、「こちや」と言へばついゐた

り。（若紫巻　①二〇七頁）

「あな幼や」と言いながら雀の飼育を諌める祖母尼君に対して、若紫は黙ってその教えを聞くばかりである。二人は説諭をめぐる態度において対照的であり、「幼し」の語が両者の対照性を伝える。若紫はその無邪気さから、この後光源氏に「教へ生ほし立てて見ばや」と認識される姫君であり、一方「虫めづる姫君」は親達へも教えを説く姫君として語りとられている。(9)女性として成熟した姿をしていない点は共通するものの、年齢や本質的態度においての両者の差は歴然としている。

「虫めづる姫君」は、「北山の垣間見」の枠をもって語られ、秩序におさまりきれぬ自由奔放な若紫の姿と重ねられている。しかし、若紫の幼さや無邪気さとは一線を画し、妙齢の姫君が毅然として意見を述べる姿に形象された。この点に「虫めづる姫君」の特質の一端を見出すことができる。

二　抑制される女の言論——夕霧巻「女をめぐる述懐」から——

『源氏物語』夕霧巻には、女性の発言やふるまいをめぐる現実を対象化した文言が見える。

女ばかり、身をもてなすさまもところせう、あはれなるべきものはなし、もののあはれ、をりをかしきことをも見知らぬさまにひき入り沈みなどすれば、何につけてか、世に経るはえばえしさも、常なき世のつれづれをも慰むべきぞは、おほかたものの心を知らず、言ふかひなき者にならひたらむも、生ほしたてけむ親も、いと口惜しかるべきものにはあらずや、心にのみ籠めて、無言太子とか、小法師ばらの悲しきことにする昔のたとひのやうに、あしき事よき事を思ひ知りながら埋もれなむも言ふかひなし、わが心ながらも、よきほどにはいかでたもつべきぞ、と思しめぐらすも、今はただ女一の宮の御ためなり。（夕霧巻　④四五六～四五七頁）

夕霧と落葉の宮の一件を伝え聞いた光源氏は心を痛め、運命を諦観し、女の立場へ同情の念を抱く。彼は、自身の死後の紫の上の行く末を気がかりに思う心中を吐露した。これに、紫の上は顔を赤らめる。こうしたくだりの直後に置かれた、紫の上の心中思惟である。[10]

「述懐」は、「女ばかり、身をもてなすさまもところせう、あはれなるべきものはなし」と女性の身の処し方の窮屈さを慨嘆したのち、その具体相を示していく。夕霧と落葉の宮の一件に端を発しながらも、女性一般が抱える問題についての省察へと向かうのであった。風流をめぐり自由に振る舞えず引き籠もることの甲斐の無さ、世間の道理をわきまえぬ役に立たぬ人間となってしまうことの不本意さ、さらに、悪いこと善いことを十分にわかっていながら沈黙することの甲斐の無さが嘆かれている。

清水好子氏がこの「述懐」について、「言葉を奪われたもの、表現を奪われたものの不満」と評している。[11]「述懐」は、女が内面にさまざまな思考を巡らしながらも、自由に外へ向かって発信しふるまうことの叶わぬ現実を、批判的に見つめた文言と言える。また森一郎氏が、この「述懐」の認識力の源泉として「若菜巻以降の紫上の映像」があることを説いた。[12]「述懐」には、紫の上の歩んだ女の人生が影を落としている。

筆者は、「述懐」で対象化される窮屈な女の生と、これまで確認してきた「虫めづる姫君」の像との間には、少なからず関わりが存すると考える。すなわち、自由に発言しえず思うままにふるまえぬ女の生を逆さまにして誇張し形象化したものが、意見を述べ思うままにふるまう「虫めづる姫君」の像ではないだろうか。『虫めづる姫君』と「北山の垣間見」との密接な関係は、先に確認した。「北山の垣間見」によって発見された少女若紫の、女の人生を歩んだ果ての心の到達点が、夕霧巻の「述懐」である。「述懐」で見つめられる窮屈な女の生を逆さまにした生き方が「虫めづる姫君」の上に展開されたことは、若紫と背中合わせのもう一つの女の生が試みられたものとして捉えられよう。それは、「述懐」に綴られた、制約の多い窮屈な女の生への自覚、そのやるせなさや閉塞感に立脚しながら、これを打破する新しい女主人公の生を試みるという文学的営為であったと言えるのではないか。「虫めづる姫君」は、夕霧巻の「述懐」において反芻された「女」をめぐる制約を一蹴し、王朝の常識に染まらない、発言し思うままにふるまう姿として造型された。しかし、その溌剌とした姿は一点の曇りもないのかと言えば、そうではない。物語に形象された姫君の姿は、綻びや翳りをともなうものとなっている。彼女の発言の内実と、語られ方を追跡し、さらに当該物語の姫君像について考えてみたい。

彼女の発言の内実に分け入ると、例えば冒頭の「人は、まことあり、本地たづねたるこそ、心ばへをかしけれ」等をはじめとして、ある理念であることが多い[13]。毅然として意見を述べる、その意見の大半は時に自身に都合の良いように引かれた借り物の理念なのであった。「虫めづる姫君」は、世間に流通する様々な理念をその都度借用し、意見を述べ立てている。一方、彼女の特異なふるまいの源であるはずの内面は物語においてほとんど言及されない。短編物語であるという制約も考慮しなければならないものの、借り物の理念を駆使して発言を重ねる彼女の心中思惟がほとんど語られないという当該物語の語りのあり方は、注目されるのではないか[14]。

姫君の心の奥底に何があるのか、物語は語らない。しかし、詳らかにされない内面が確かに存することは、物語内のいくつかの表現が指し示している。姫君の心中を推し測る両親の言葉「思し取りたることぞあらむや」からは、その内実は詳らかにされないものの、姫君の心の奥に確固たる思念が存するらしいことが示されている。蛇の贈り物を手にした姫君の、表面は平静を装いつつも震える姿からは、言動と齟齬する姫君の心の奥の存在が暗示されている。加えて物語末尾の、右馬佐への返歌「人に似ぬ心のうちはかは虫の名をとひてこそ言はまほしけれ」では、姫君の「心のうち」が焦点化されている。もちろん当該歌は女房の代作であり、姫君自身の意志の表明ではない。しかし、あえてこうした歌が置かれることで、姫君の語られない「心のうち」への注意喚起がなされていると考える。物語は、姫君の心の奥の存在を暗示させつつも、これを明らかにしないという語りのあり方を選択している。姫君像は、外側の「雄弁」と内側の「沈黙」との二重構造によって構成されている。

一方で物語は、姫君の心の奥を推測させる文言もごくわずかに用意している。既成の理念を折々に都合良く借用する発言の中にふと現れた、以下の文言に注目したい。

さすがに、親たちにもさし向ひたまはず、「鬼と女とは、人に見えぬぞよき」と案じたまへり。母屋の簾を少し巻き上げて、几帳いでたてて、かくさかしく言ひ出だしたまふなりけり。(『虫めづる姫君』)

両親にも几帳越しに対面する姫君が、「鬼と女とは、人に見えぬぞよき」[15]と口にする。当該文言は、現在のところ他に全く同じ言い回しが見出せないこと、「と案じたまへり」と語られることから[16]、姫君独自の警句であると考えられる。両親にも面と向かわないことは極端に過ぎると思われるものの、垣間見られることを忌避する姫君の発言は、姿を見られることを極度に恐れる王朝の女の感覚を、姫君自身も持ちあわせていることを伝えている。また「女」という物言いは、自身が女の範疇に属することを姫君が認めていることを示している。加えて、「鬼」と「女」を並べる発想がここに提示されたことに着目したい。「鬼」と「女」にある共通性を見る思念は、以下の『紫式部集』(四四番)に見られるような、激しい嫉妬のあまり女は鬼になるという発想の型をもととして出てきたものではないか[17]。

ゐに、もののけつきたる女のみにくきかたかきたるうしろに、おこになりたるもとのめを、こぼふしのしばりたるかたかきて、をとこはきやうよみて、もののけせめたるところを見てなき人にかごとはかけてわづらふもおのがこころのおににやはあらぬ(18)

こうした女の嫉妬と鬼との結びつきは、仏教的世界観に支配された女に対する負の認識を基底に形成されたものであろう(19)。姫君は、その心の奥に女に関する暗い固定観念を秘め持っているのである(20)。確認したように、姫君の心の奥は物語の中でほとんど語られない。しかし当該文言が、彼女の抱く思念とはいかなるものであるのかを指し示していると捉えたい。

姫君は表面の「雄弁」とは裏腹に、その内面に女の思念を秘匿している。そのように考えると、物語の中の潑剌とした「虫めづる姫君」は、実は心の奥の本音を吐露していない姿としても立ち現れてくる。こうした姫君の「沈黙」の側面もまた、先に検討した夕霧巻の「女をめぐる述懐」と繋がっているのではないか。つまり、「心にのみ籠めて、（略）あしき事よき事を思ひ知りながら埋もれなむ」と、紫の上によって反芻された沈黙せざるを得ない女のあり方と、「虫めづる姫君」の「沈黙」のあり方とは通じる側面が存すると考える。姫君は、「述懐」に刻まれた制約の多い女の生を打破しようとする存在であるとともに、「述懐」に刻まれた制約の多い女の生の現実を引き継ぐ存在でもある。その両方の側面が、王朝の女の言論をめぐる深刻な境涯を炙り出していると捉えておきたい。

三　女を囲繞する縛りからの脱却

「虫めづる姫君」の姿からは、王朝の女の言論をめぐる深刻な境涯が垣間見えた。こうした王朝の貴族女性一般の抑制された言論のありようには、当時の制度や伝統、さらにはこれによって醸成され続けた女自身の羞恥心や自己規制が強固に作用している。

奔放な言動を繰り返す一方で、「虫めづる姫君」が王朝の女の抱く固定観念や羞恥心をしっかりと持っていることは、先に着目した「鬼と女とは、人に見えぬぞよき」という発言が端的に物語っている。この姫君の女をめぐる固定観念に縛られた姿、羞恥の心を持ち続ける姿は、当該物語において折々に言及される。男童から大量の毛虫発見の報を受け、それらを観察する姫君は、「簾をおし張りて、枝を見はりたまふを見れば、頭へ衣着あげて」と形象され、虫への限りない興味と他者にその姿を見られることへの強い警戒心とがせめぎ合う姿として語りとられている。また、姫君が垣間見られているという報告を受けた大輔の君が姫君へ注意を促した際、自身の「虫めづる」行為をやめさせようとわざと言っているのだと曲解し、姫君は「もの恥づかしからず」と答え、平静を装うものの、男童に命じて確認させ報告が事実だと知るやいなや、「立ち走り、かは虫は袖に拾ひ入れて、走り入りたまひぬ」という反応を示している。姫君は「虫めづる」行為に固執するとともに、垣間見られることを強く忌避している。「虫めづる姫君」は、羞恥の伝統に強く囚われた存在でもあったのである。

こうした女であることの縛りから完全に自由ではない「虫めづる姫君」が、物語の最後においてどのような地点に行き着いたのか、見とどけたい。以下が、物語における姫君の最後の発言である。

「思ひとけば、ものなむ恥づかしからぬ。人は夢幻のやうなる世に、誰かとまりて、悪しきことをも見、善きをも見思ふべき」とのたまへば、いふかひなくて、若き人々、おのがじし心憂がりあへり。（『虫めづる姫君』）

当該発言は、顔を見られてしまったことを責める大輔の君へ、姫君が反駁した言葉である。「思ひとけば」と語り出されることから、考えを巡らした結果、こういう心境に至ったのだと解される。[21]姫君は、「ものなむ恥づかしからぬ」、垣間見られたことだけでなく、何事も恥ずかしくないと宣言した。続けて、夢幻のようなこの世において誰にも善悪の絶対的な価値判断を下すことはできない[22]と主張するのであった。

すでに確認したように、姫君は人に姿を見られることを極度に忌避していた。垣間見られることを避ける彼女のふるまいの数々からは、羞恥の伝統の強固さが知られた。その彼女がここに至り、垣間見られることへの羞恥心を棄てている。先の自らの発言「もの恥づかしからず」を意識し、「ものなむ恥づかしからぬ」という強調した語気になっている。この物言いからは、羞恥心をかなぐり捨ててしまった姫君の様子が彷彿とする。当該の発言は、女であることを強く自覚し、その縛りから完全に自由ではなかった姫君が、その女の思念からふと抜け出てしまったことを示す言葉として捉えられる。もちろん、姫君の発言は、彼女に苦言を呈する絶好の機会と考えた大輔の君の「さまざま」な窘めの言葉に対する、苦し紛れの反論といった性格も強く、突発的なものであった可能性も否定できない。それでも、何事も恥ずかしくないと宣言する姫君の言葉は、心の奥底で枷となっていた女をめぐる制約からするりと抜け出て、姫君が突如、精神のあらたな地点へとおり立ってしまったことを表している。それは、姫君が心の持ち方の極意を会得した瞬間でもあった。そのような姫君の姿を、当該物語が語りとっている点に注目したい。

そもそも姫君は、俗世を厭い、女の身を厭い、往生を目指していた。そのことは、作り物の蛇の贈り物に付けてあった右馬佐の贈歌への姫君の返歌「契りあらばよき極楽にゆきあはむまつはれにくし虫のすがたは」や、彼女の仏教的発言等によって知られる。仏の道に救済への希望を託していた。その彼女が、あらゆる羞恥心を否定し、女を生き難くするこの世の価値観や常識を相対化することで、今ここにいる自分自身の境涯を俗世のもろもろのしがらみから超越したものにしてしまった。羞恥の心の消滅や、絶対的価値の無効は、「もの思ひ」の因を絶ち、「もの思ひ」そのものの消滅をもたらそう。姫君は、出家や往生を経ずして、今「もの思ひ」のないあらたな境地へと移行してしまったのである。

王朝の作り物語の中の女君たちをめぐり、[23]女の苦しみの境涯からの離脱を望む姿や救済を希求する姿が繰り返し語られてきた。「虫めづる姫君」の場合、男女関係ののっぴきならない苦境に直面しているわけではない。したがって、紫の上や宇治の大君、浮舟、寝覚の上や女大将などといった女の苦境に追いつめられた女君たちと「虫めづる姫君」とを全く同列に扱うことはできない。しかし、はじめに確認したように、姫君は積極的に結婚に背を向ける姿勢をとっている。そのふるまいの根底には、女の生への負の認識があった。彼女は、あらかじめ男女関係の苦悶の世界から退いているのである。女の生の現実の中で苦しむ女君たちと、その苦しみを見越してそこから距離を置き、自身が女であることを厳しく自覚する「虫めづる姫君」とは、女の生の救済がいかにして実現するのかという共通の問いを模索する存在である。救済の方途として、「述懐」の当事者である紫の上が出家を望んだのをはじめ、『源氏物語』やこれに続く『夜の寝覚』、『狭衣物語』の女君たちは、出奔や出家、死を志向した。平安末期の『とりかへばや』にいたり、失踪さらには宮中入り（続く立后）が用意された。女君たちの移行する先（もしくは志向する先）の史的変遷は物語文学史の画期を示す事柄であり、大いに留意される。[24]こうした王朝物語史の流れの中に『虫めづる姫君』を置いてみると、[25]その特異なありようが浮き彫りになろう。前掲の王朝物語において、女君たちの苦しみの境涯からの移行先は、いずれも女君自身の身の上を大きく変化させたり居場所を移動したりすることを通して、実現される体のものであった。これに対し「虫めづる姫君」は、身の上を変化させたり居場所を移動したりすることを通してではなく、[26]羞恥の心からの脱却とこの世における絶対的価値の無効に思い至り、これらを宣言することで、一時的なものであるにしろ別次元の境地へと移行してしまった。この点は王朝の作り物語の中で特異であり、少なからず重要ではないか。

限界を孕みつつも、[27]「虫めづる姫君」の最後の姿は、「もの思ふ」女の生を見つめてきた王朝の作り物語の系譜の中で特異な輝きを放っている。そのことを見とっておきたい。

おわりに

以上、『虫めづる姫君』の物語世界について、姫君の形象を中心に考察した。当該物語と『源氏物語』若紫巻の「北山の垣間見」及び同夕霧巻の「女をめぐる述懐」との密接な繋がりの解明、これを踏まえた「虫めづる姫君」の語られ方の検討、物語末尾の「虫めづる姫君」像の定位等を通して、当該物語の特質の一端を追究した。

「虫めづる姫君」は、秩序におさまりきれぬ自由奔放な若紫の姿と重ねられているものの、若紫の幼さや無邪気さとは一線を画し、妙齢の姫君が毅然として意見を述べる姿に形象された。その姿は、後年の紫の上の「述懐」で見つめられる窮屈な女の生を逆手に取った、制約の多い女の生を打破する新しい女主人公像として解される。ただし、姫君の述べる意見は借り物の理念である場合が多く、彼女の内面はほとんど明らかにされない。姫君像は、外側の「雄弁」と内側の「沈黙」とによって構成されている。時に女の制約を頑なに墨守する姫君の考えがわずかに示されることから、彼女が女を取り巻く時代の縛りから完全に自由ではないことがうかがわれる。複雑な陰影を持つ姫君像は、平安貴族女性一般の言論をめぐる深刻な境涯を炙り出していると捉えた。

女の言論をめぐる抑制は、時代の制度や伝統がもたらしたものであり、それを心の倣いとしてきた女の自己規制の結果でもある。その根底には羞恥の心がある。姫君は、女の身を持ちながら女のふるまいを拒否していたにもかかわらず、心の奥で女の思考に拘泥していた。折々に人に姿を見られることを忌避し、強い羞恥心を持っている。あらゆる羞恥をめぐる固定観念は、女の心や生を縛り不自由にしてきた最たるものであり、これを捨て去ることは女の制約、縛りから解放されることに繋がる。物語の末尾近く、姫君は突如羞恥の心からの脱却とこの世における絶対的価値の無効とを宣言してしまう。その姿は、女の固定観念を越える、女の生の「救済」の新たなあり方として解されよう。

姫君自身は、例えば寝覚の上のように女の生の現実をその身に引き受け、男女関係の抜き差しならない苦悶を実際に味わっているわけではない。しかし、女一般を対象化し、女の現実を引き受けないことで、女の生を問題化している。そして、心の奥底で自身が女であることに囚われている。こうした境界に佇む異端の姫君の姿を通して、物語は制約に縛られた王朝の女一般のありようを浮き彫りにした。それは、『夜の寝覚』とは全く異なるかたちで、女の生の問題を追究した文学的営為であったと言えよう。こうした『虫めづる姫君』のあり方もまた、〈女の物語〉[28]の成熟がもたらした、〈女の物語〉の特異な一形態として捉えられるのではないか。そして、物語末尾の姫君は、〈女の物語〉の外側へとおり立ってしまった。

女の言論をめぐる深刻な境涯や女の羞恥の伝統の強固さを照らし出した物語、さらには、女の囚われの境地を現出させる枠組みに疑義を呈することによって、限界を孕みつつも新しい地平を拓くことを試みた物語として、『虫めづる姫君』を捉えておきたい。

注

（1）玉井絵美子「「虫めづる姫君」の再検討――姫君の服装を通して――」（「花園大学国文学論究」三一号　二〇〇三年一二月）、野村倫子「『堤中納言物語』「虫めづる姫君」の世界――「若紫」の反転から――」（「日本言語文化研究」一〇号　二〇〇七年三月）参照。

（2）「自らの意思で、好きなことを好きなようにする、として行われていると見ることができる」（今村みゑ子「「虫めづる姫君」論」（「芸術世界」（東京工芸大学芸術学部紀要）一五号　二〇〇九年三月）といった見方もあるけれども、姫君の言動は文化的な意味合いにおいて一定の方向性を持っていると考える。

（3）　神田龍身氏が姫君を「鉱物化した永遠の処女」（「『虫めづる姫君』幻譚――虫化した花嫁――」「物語研究」一号　一九七九年四月）と評して以来、男女関係もしくは結婚に対する姫君の拒否的な姿勢に着目する論が提出されている。稲賀敬二氏は姫君の特異な言動について、「男性が近づかぬようにするための演技」（「堤中納言物語の〈虫めづる姫君〉異様な言動を演技と読めば」「国文学　解釈と教材の研究」二七巻一三号　一九八二年九月臨時増刊号）として読む視座を示した。辛島正雄氏は当該物語を、「〈結婚〉を猶予される〈少女〉の時間に凍結されたい――その願望を、成長のサイクルから切り離した「かは虫」に託した物語」（「『虫めづる姫君』管見――「かは虫」と〈少女〉――」『中世王朝物語史論　上巻』笠間書院　二〇〇一年。初出は一九九四年）と解している。池田和臣氏は姫君について「女へと成熟することを、自らをさいなむ嫉妬の炎を心内にかかえこむことを、拒んでいる」（「文学的想像力の内なる『虫愛づる姫君』――もうひとりのかぐや姫――」『源氏物語　表現構造と水脈』武蔵野書院　二〇〇一年。初出は一九九四年）と読み、「『竹取物語』のかぐや姫や、『源氏物語』の宇治の大君などの、「世の中」を拒否した物語の女の系譜につらなって、さらにそのあり方を先鋭化し、あらかじめ「女になること」を拒否した」と位置づけた。本論は、こうした読みの方向性につらなりつつ、作品世界を考察するものである。

（4）　下鳥朝代「「虫めづる姫君」と『源氏物語』北山の垣間見」（「国語国文研究」九四号　一九九三年七月）、田島智子「『虫めづる姫君』と『源氏物語』――若紫垣間見の影――」（「四天王寺国際仏教大学紀要」（文学部）二七号　一九九五年三月）、東原伸明「「虫めづる姫君」のパロディ・ジェンダー・セクシャリティ」（『新物語研究3　物語〈女と男〉』有精堂　一九九五年）。

（5）　注（2）の今村前掲論文が、物語中の「鬼と女とは、人に見えぬぞよき」の読解のために、すでに夕霧巻の「女をめぐる述懐」を参照している。ただし、今村論文では若紫巻の「北山の垣間見」への言及はない。本論では、若紫巻と夕霧巻、両者を参照することで『虫めづる姫君』の理解に役立てるという視座を提案したい。

（6）　周知のように当該物語をめぐっては、前掲諸論以外にも数多くの論考が提出されている。特質として注目されている点も、「「蝶めづる姫君」は、物語文学というジャンルそのものを象徴し、「虫めづる姫君」はそのジャンルを擬き、パロディ化する」（三谷邦明「擬く堤中納言物語──平安後期短篇物語の言説の方法あるいは虫めづる姫君物語を読む──」石川徹編『平安時代の作家と作品』武蔵野書院　一九九二年）、「竜女教化のパロディ」（田中貴子「古典文学にみる竜女成仏」「国文学　解釈と鑑賞」一九九一年五月）他、多岐にわたる。最近では、「安易な救済から遠くにあり、その行動と理念を描かれる姫君」（下鳥朝代「虫めづる姫君の生活と意見──『堤中納言物語』「虫めづる姫君」をよむ──」狭衣物語研究会編『狭衣物語が拓く言語文化の世界』翰林書房　二〇〇八年）という読みが提出されている。

（7）『源氏物語』の引用は、新編日本古典文学全集（小学館）に拠る。なお、「左馬頭」は帚木巻の「雨夜の品定め」に登場する光源氏の友人であるけれども、すでに注目されているように「右馬佐」と関連性が存すると考え、掲げた。

（8）注（1）の野村前掲論文、注（4）の田島前掲論文他、参照。

（9）阿部好臣氏が「虫めづる姫君」の引用軸の一つとして、「比丘尼舎利」（『日本霊異記』巻下・一九、『三宝絵詞』中巻・四、『大日本国法華経験記』巻下・九八）を指摘している（「引用構造の自己同一性──「虫めづる姫君」論ふたたび」『物語文学組成論Ⅱ──創生と変容』笠間書院　二〇一一年。初出は一九八五年）。舎利は自身の通暁する仏教論理によって他者を説き伏せた人であった。舎利と「虫めづる姫君」とは、教えを説く、発言するありようにおいて通じるものがある。と同時に、舎利が法会の場で説諭を行うことと、「虫めづる姫君」が自身の「虫めづる」行為を正当化するために意見を述べることとの間には、異質性も感じられる。物語は、仏の道をひたすらに歩む舎利をずらしたかたちで、「虫めづる姫君」を形象したと捉えたい。

（10）当該の「述懐」をめぐっては、紫の上のものと解する立場と光源氏のものと解する立場とがある。近年では鈴木裕子氏が、「述懐」そのものの詳細な分析、他の巻の話題との連関の様相の指摘等を通して、「述懐」を光源氏の心内として読み解くことで深まる物語世界の可能性について論じている（「『源氏物語』夕霧巻の一節の再検討──「無言太子」の譬えのことなど──」「駒沢大学仏教文学研究」九号　二〇〇六年三月）。『源氏物語』の他の箇所と密接に繋がりながら存在する「述懐」のありようが浮き彫りにされていて、多くの示唆を受けた。ただし本論では、横笛巻における夕霧への源氏の「訓誡」に見える「かの想夫恋の心ばへは、げに、いにしへの例にもひき出でつべかりけるをりながら、女は、なほ人の心移るばかりのゆゑよしをも、おぼろけにては漏らすまじうこそありけれ、と思ひ知らるることどもこそ多かれ」（④三六六頁）という、女の言動に制約を設け落葉の宮のふるまいを暗に批判する立場と、「述懐」における「もののあはれ、をりをかしきことをも見知らぬさまにひき入り沈みなどすれば、何につけてか、世に経るはえばえしさも、常なき世のつれづれをも慰むべきぞは」という、同じく落葉の宮のふるまいを一方で念頭に置きながら自由にふるまえぬことを嘆く立場との間の、微妙な差異の方を重視し、そこに「訓誡」からうかがえる光源氏の思いと「述懐」からうかがえる紫の上の思いとの間の断絶を読みとっておきたい。また「述懐」を締めくくる「と思しめぐらすも、今はただ女一の宮の御ためなり」という、「今はただ」と強調する物言いには、これまで女の人生の当事者として自身の言動をめぐりさまざまに悩み逡巡してきた紫の上の長い生の時間が表現の背後に暗示されているのではないかと捉え、「述懐」を紫の上のものとして解釈したい。

(11)　清水好子『源氏の女君』（塙書房　一九六七年）。

(12)　森一郎「紫上の述懐――紫上論の一節――」（『源氏物語作中人物論』笠間書院　一九七九年。初出は一九七五年）。

(13)　三角洋一氏が、姫君のものの考え方や言動の思想背景を探求し、「姫君のことばそのものは仏教や老荘の深遠な思想の一部」であり、姫君は「これを断章取義的に借り用い」ていると指摘している（「「虫めづる姫君」の読みをめぐって」（『王朝物語の展開』若草書房　二〇〇〇年。初出は一九八六年）。

(14)　注（6）の下鳥前掲論文が、当該物語の叙述の中に〔姫君の意見「とて」行動〕の型を見出し、姫君の行動と理念が語られた点に着目し論じていて、大いに示唆を受けた。下鳥氏は、当該物語に関して、語られざる内面の存在を認めつつも、その内面を語ることは物語の意図するところではなかった、という立場に立脚し論を展開している。しかし論者は、その存在を暗示しつつ多くを語らない、そうした語りを物語が選択した点に、当該物語の、内面への複雑なこだわりがうかがえるのではないかと考える。

(15)　当該文言の解釈をめぐり、すでに多くの発言がある。例えば、馬場あき子氏は「〈羞恥〉の伝統の堅牢さ」と「防衛本能」（『鬼の研究』三一書房　一九七一年）を、今村みゑ子氏は「女に課された制約への批判と、女であることの痛恨」（注（2）の今村前掲論文）を、それぞれ読みとっている。一方辛島正雄氏は当該文言の意図について、姫君は当時の習俗を逆手にとって「〈結婚〉という名の「男」とのかかわりを、強く忌避し」徹底的に拒否していると解する（注（3）の辛島前掲論文）。「見えぬ」の意図を辛島氏の理解のように広くとることも可能であると思うけれども、のちに論じるように当該物語において垣間見られることを忌避する姫君がたびたび形象されることを勘案すると、当該場面も人に姿を見られることに対する強い忌避の気持ちが第一にあると考えたので、本論ではそうした立場をとらない。

(16) 注（3）の池田前掲論文が、「「案ず」には、ただ考えるというのではなく、「ひねり出す」というニュアンスがこめられていよう。」と指摘している。従いたい。

(17) 注（3）の池田前掲論文が、「鬼と女を同一視した警句は、女の心の奥にひそむ本性（本地）が鬼であることを、すなわち嫉妬であることを意味している」とし、「王朝の奥ゆかしい美風にしたがうふりをして、自らの内なる鬼を御簾のむこう側へ隠蔽した」と解している。女の嫉妬と鬼を結びつける点、首肯される。ただし論者は、女の「本性」が鬼であるというわけではなく、女の一性質が鬼と通じる側面を持つと捉える、世間に広く浸透した固定観念をもとにする発言と捉えておく。

(18) 歌集の引用は、新編国歌大観（角川書店）に拠る。

(19) 本書Ⅰ第六章参照。

(20) 姫君は「きぬとて、人々の着るも、蚕のまだ羽つかぬにし出だし、蝶になりぬれば、いともそでに、あだになりぬるをや」とも発言している。役に立つ「蚕」に対して、「蝶」の無用さが主張されている。「蚕」と成虫である「蝶」の対比（正確には「蚕」の成虫は「蝶」ではないけれども、物語の文脈からはそうした対比意識がうかがえる）からは、「蝶」に大人の女の姿も連想される。そう捉えると、大人の女に対して姫君の抱く負の認識が反映されていると見ることもできる。これも、女をめぐる暗い固定観念から出て来た思念として解せよう。

(21) 前述した「鬼と女とは、人に見えぬぞよき」の場合と当該例のみ、姫君の発言に対して彼女が考えを巡らしたことがうかがえる表現（「案ず」・「思ひとく」）が付加された物言いになっている。姫君独自の思考の産物という点で注目される。

（22）　三角洋一氏が、当該文言の源として「盗跖」の説話を指摘している（注（13）の三角前掲論文）。

（23）　「虫めづる姫君」はその特異なふるまいや周囲の人々の反応によって戯画的に描かれているにもかかわらず、右馬佐から垣間見られた素顔は「美貌の姫君」という設定になっている。このことは、彼女が王朝の作り物語の正統のヒロインたちとも細い糸で繋がることを保障していよう。もちろん姫君は、先行文学の笑われ者である『源氏物語』の博士の娘や末摘花、近江の君たちの系譜につらなる存在でもあり（山崎賢三「虫めづる姫君の性格について――賢人の系譜――」（『都立杉並高校紀要』一九六八年三月）、小島雪子「物語史における「虫めづる姫君」（上）（下）――笑われる姫君の物語とのかかわり――」（『文芸研究』一五九集　二〇〇五年三月・一六〇集　二〇〇五年九月）他）、物語のいくつかの表現もこのことを示唆している。しかしながら、この「美貌の姫君」という設定は、男女関係の中で苦悩する正統のヒロインたちへもわずかながら繋がる可能性を示していると考える（実際の姫君は男女関係に背を向けているけれども）。「虫めづる姫君」は徹頭徹尾、異端の笑われ者としてのみ設定されているわけではない。

（24）　『とりかへばや』が女君の苦境からの脱出先として宮中入り（続く立后）を用意したことについて、鈴木泰恵氏や星山健氏が注目している。鈴木氏は、『とりかへばや』を「女の物語」の系譜に連なるだけでなく『源氏物語』や『狭衣物語』の系譜にも連なる物語として捉え、『とりかへばや』が「女の栄華の物語」として終わることについて、物語批評、鎌倉時代物語の嚆矢といった観点から論じている（「『とりかへばや』の異装と聖性――その可能性と限界をめぐって」『狭衣物語／批評』翰林書房　二〇〇七年。初出は二〇〇一年）。一方、星山氏は、〈女の物語〉において「苦悩の日々に幕を下ろすため、「心強さ」を貫き通した女達の行く末は、出家または死であった」のに対し、『とりかへばや』では「男を捨て后になるという、とうてい現実的な解決とは言えない答えを出してしまった」と述べ、『とりかへばや』に〈女の物語〉の終焉を見ている（「王朝物語史上における『今とりかへばや』――「心強き」女君の系譜、そして〈女の物語〉の終焉――」『王朝物語史論――引用の『源氏物語』――』笠間書院　二〇〇八年。初出は二〇〇六年）。いずれにしても、『とりかへばや』に王朝物語史の画期を見る点は動かない。

（25）　蜂を愛した藤原宗輔の逸話から宗輔周辺の人物を「虫めづる姫君」のモデルに比定し成立年代を推定する説が提

出されている（山岸徳平『堤中納言物語全註解』有精堂　一九六二年、他）ものの、『虫めづる姫君』の正確な成立時期は不明である。ただし、『源氏物語』の影響が見られる点、ジェンダーとしての女に着目するあり方が『とりかへばや』と共通する点等を勘案すると、平安末期、恐らくは『とりかへばや』成立と同時期か少し前に制作された可能性が高いのではないかと考えている。

(26)　姫君は仏道に傾斜するも、いまだ出家や往生には至っていない。物語冒頭の「按察使の大納言の御むすめ」は「隠された入内の条項」（久下晴康「『狭衣物語』の影響——「物語取り」の方法から——」『平安後期物語の研究　狭衣浜松』新典社　一九八四年）を示唆するものの、実際の姫君は結婚に背を向けている。また、姫君の「虫めづる」行為を「后妃親蚕」のパロディとして捉える読みも提出されている（注（9）の阿部前掲論文）。物語は、姫君の「出家」や「入内」を一方で読者に意識させつつ、異端の生活を送る姿を語りとっている。

(27)　姫君の思い至った境地が永遠のものであるか否かは、不明である。また、姫君を取り巻く社会的文化的な環境は今後も変化することはなく、姫君を束縛するであろう。さらに、姫君がこのような生活を続けられるのは、父親の庇護があってこそである。そうした様々な意味において、姫君は限界を孕んでいる。なお、父の庇護という要素については、注（6）の下鳥前掲論文が「虫めづる姫君」のことを、「「父」の守る空間において、世間とは対立する論理において屹立する姫君」と捉えている。

(28)　〈女の物語〉をめぐっては、横井孝『〈女の物語〉のながれ——古代後期小説史論』（加藤中道館　一九八四年）、辛島正雄『中世王朝物語史論　上巻』（笠間書院　二〇〇一年）、注（24）の星山前掲論文他、参照。先学に学び、本章では〈女の物語〉を「厳格な身分制度のもと、男に比して社会的宗教的に劣位に位置づけられた女の、主体的に身を処しがたい存在のありように着目し、その生きがたさを見つめた物語」といった意味合いで用いている。なお、下鳥朝代氏が『虫めづる姫君』について、「「虫めづる姫君」は「女の物語」の系譜において語られることの比較的少ない物語であるが、『夜の寝覚』との対照は「女の物語」論を考えるための有効な観点となるだろう。」と述べている（「夜の寝覚」　井上眞弓・下鳥朝代・鈴木泰恵編『平安後期物語』翰林書房　二〇一二年）。

II

物語の形象と詩歌

第一章　『ほどほどの懸想』と「摽有梅」

はじめに

『ほどほどの懸想』は、小舎人童と女童、若い男と女房、頭中将と式部卿の宮の姫君という、三対の身分相応の恋を描く。

なかでも、もっとも下層の身分に属する小舎人童たちの恋が、葵祭を背景にいきいきと詳細に語られていることから、「ちょうど中・長篇物語の楽屋裏に読者を案内してみせたものと言うことができ、『源氏』以後の短篇の一つのありかたを示したものと見なされ、これはこれで過不足ない完成品と思われる」(1)という評が、三角洋一氏によってなされている。こうした見方からも知られるように、貴公子と姫君たちの恋愛模様の脇役的な存在としてしかこれまで物語に登場しなかったであろう小舎人童たちの階層の恋が、物語の重要な部分を担っている点は、本物語の特質を見据える上で看過できないことがらである。

本章では、物語冒頭部において繰り広げられた小舎人童と女童との恋の記述をその表現を支えている文学的背景を視野に入れつつ考察し、若い男の恋、頭中将の恋の叙述と比較することによって、本物語の特質の解明を目指す。さらに、そうして抽出された本物語の営為と、和歌史の動向との関連性について考察したい。

一　若い男の恋、頭中将の恋の素材

小舎人童の恋の検討を相対化するためにも、先に、若い男の恋と頭中将の恋がどのような表現によって成り立っているのか確認しておく。

小舎人童から八条の宮のことを聞いた若い男は、早速宮に出仕する女房との恋の仲立ちを頼む。

「さらば、そのしるべして、伝へさせよ」とて、文取らすれば、「はかなの御懸想かな」と言ひて、持て行きて、取らすれば、「あやしのことや」と言ひて、持てのぼりて、「しかじかの人」とて見す。手も清げなり。柳につけて、

「したにのみ思ひみだるる青柳のかたよる風はほのめかさずや

知らずは、いかに」とある。「御返事なからむは、いと古めかしからむ。今やう様は、なかなかはじめのをぞしたまふなる」などぞ笑ひて、もどかす。少し今めかしき人にや、

ひとすぢに思ひもよらぬ青柳は風につけつつさぞみだるらむ

今やうの手の、かどあるに書きみだりたれば、をかしと思ふにや、まもらへて居たるを、君見たまひて、後ろより、にはかに奪ひ取りたまひつる。（『ほどほどの懸想』）

この若い男と女房との間で交わされた贈答歌について、内容や使用語句の類似から、以下に掲げた後朱雀院と女御藤原生子との贈答(2)を直接の典拠にしているのではないかという指摘(3)がある。

麗景殿女御まゐりてのち、あめふり侍りける日、梅壷女御に

後朱雀院御歌

春雨のふりしくころか青柳のいとみだれつつ人ぞこひしき

御返し

女御藤原生子

あをやぎのいとみだれたるこの比はひとすぢにしもおもひよられじ

（『新古今和歌集』巻第十四・恋歌四・一二五〇、一二五一番）[4]

ただし、相手への思いを訴えた贈歌に対してそれを切り返すかたちで答歌が詠じられるのはむしろ恋歌の常套と言ってよいだろうし、また以下に掲げたように「青柳」と縁語関係にある「みだる」・「ひとすぢ」・「よる」等の語の使用も特にこの二組に限った現象ではない[5]。

よる人もなき青柳の糸なれば吹きくる風にかつみだれつつ

（『貫之集』九八番）

あをやぎのいとつれなくもなりゆくかいかなるすぢに思ひよらまし

（『後撰和歌集』巻第二・春中・六七番　藤原師尹朝臣）

あさまだきふきくる風にまかすればかたよりしけりあをやぎのいと

（『金葉和歌集』二度本・巻第一・春部・二四番　春宮大夫公実）

たゆるよもあらじとぞおもふ春をへてかぜにかたよるあをやぎのいと

（『好忠集』五三番）

一すぢにものぞかなしきかりにすむあるじたえにし青柳のいと

（『守覚法親王集』一三五番）

つねよりもいとどみだるる青柳はもとみし人に心よるらし

（『風葉和歌集』巻第一・春上・五八番　あらばあふよの内大臣）

さらざりしいにしへよりも青柳のいとどぞ今朝は思ひみだるる

（『花桜折る少将』）

『ほどほどの懸想』の「青柳」歌の贈答は、平安の「青柳」歌の伝統の中から生まれてきたものであり、常套的表現によって成り立っていると見てよいだろう。なお、この恋は若い男の気まぐれを女房が軽くいなすといった体のものであった。

続く頭中将の恋を見てみる。小舎人童や若い男の主人である頭中将は、臣下の恋のやりとりに興味をかきたてられ、やがて式部卿の宮の姫君に言い寄ることとなった。

童を召して、ありさまくはしく問はせたまふ。ありのままに、心細げなるありさまを語らひきこゆれば、「あはれ、故宮のおはせましかば」。さるべき折はまうでつつ見しにも、よろづ思ひあはせられたまひて、「世の常に」など、ひとりごたれたまふ。わが御上も、はかなく思ひつづけられたまふ。いとど世もあぢきなくおぼえたまへど、また、いかなる心のみだれにかあらむとのみ、常にもよほしたまひつつ、歌などよみて、問はせたまふべし。「いかで言ひつきし」など、思しけるとかや。

（『ほどほどの懸想』）

この恋の様相については、物語終結部の展開への疑問から、末尾の一文の「「いかで言ひつきし」など、思しける」を「「いかで言ひつきしがな」と、思しける」あるいは「「いかで、言ひつきて」など、思しける」と改変し、頭中将の後悔ではなく願望の表出によって物語が結ばれているとする本文校訂案が、近年提出されている。(6) それは、頭中将を「分別くさく湿り、厭世的で優柔な言動」[7]の人から「きわめて健全な色好み」として捉え返すこととなった。新説からは「いかで」や「いひつく」といった語の意味用法の検討等、大いに示唆を受ける。しかし論者は、現行本文における物語展開を、本文改変に及ぶほどの矛盾を抱えたものとは現在のところ認識していないので、従来説に従うこととする。

父宮の死後一変した姫君周辺の様子への感慨から、我が身の上をはかなく感じ、現世をつまらないと思う頭中将。しかし彼は一方で、「いかなる心のみだれにかあらむとのみ」姫君への抑え難い恋の衝動も抱き続け、歌を贈ることとなった。このように無常への思いと恋情とが同時に語られることが、末尾の頭中将の物憂い心の表出へと繋がっていったのではないか。そしてこうした頭中将の心境は、まさに薫や狭衣のそれと重なってくる。[8]『ほどほどの懸想』において頭中将の記述が簡略に済ませてあるのは、彼の人物像が薫や狭衣的男君の典型として読者に容易に理解されうる当時の物語状況があったからではないかと考える。

若い男の恋と頭中将の恋の記述は、それぞれ平安和歌や物語の伝統にその素材が求められた。これに対し、小舎人童の恋はいかに形象されているのか。次に検討する。

二　「梅の実」をめぐる先行説

『ほどほどの懸想』冒頭の小舎人童の恋は、葵祭りの頃の都大路における一目惚れに端を発する。

とりどりに思ひ分けつつ、物言ひたはぶるるも、何ばかり、はかばかしきことならじかしと、あまた見ゆる中に、いづくのにかあらむ、薄色着たる、髪はぎばかりある、かしらつき、やうだい、なにも、いとをかしげな

るを、頭中将の御小舎人童、思ふさまなりとて、いみじうなりたる梅の枝に、葵をかざして取らすとて、

梅が枝に深くぞたのむおしなべてかざす葵のねも見てしがな

と言へば、

しめのなかの葵にかかるゆふかづらくれどねながきものと知らなむ

と、おし放ちていらふも、されたり。「あな聞きにくや」とて、笏して走り打ちたれば、「そよ、そのなげきの森の、もどかしければぞかし」など、ほどほどにつけては、かたみに「いたし」など思ふべかめり。その後、常に行き逢ひつつも語らふ。

（『ほどほどの懸想』）

小舎人童は恋心を伝える手段として、「いみじうなりたる梅の枝」、つまり見事に熟したわわに実った[9]梅の枝に葵を飾り付けて女童に送り、歌を詠んだ。積極的な小舎人童の求愛に対して、女童は恋の贈答の常套にもれず、いったんは拒絶する内容の返歌をする。しかし、二人の恋はここに始まった。

時節は葵祭りの頃であるので、「逢ふ日」の掛詞を有する、まさに恋を描く上で格好の材料である「葵」が思いを伝える小道具の一つに撰ばれたのは、当然の成り行きであった。がしかし、ここで同時に「いみじうなりたる梅の枝」が登場することは、注目される。なぜ、「梅の枝」でなければならなかったのか。

小舎人童の詠歌がいかに解されてきたのか、確認しよう。初句及び第二句の「梅が枝に深くぞたのむ」は、「大変立派に実がなって居る梅の枝に――実がよくなって居るその如く、私の御身に対する懸想が実を結ぶように、（成就するように、）一生懸命にお頼み致します。[10]」の如く、一般に解釈されている。「梅の枝の実り」に「恋の実り」を託した、と考えるのである。また、「枝《え》に」に「縁《えに》」を掛ける説[11]もある。第三句以降を、「葵」に「逢ふ日」、「ね（根）」に「寝」の掛詞を読みとり、「共寝をしたい」という、女童への少々露骨とも言える求愛のことばと解する

のは、異論のないところであろう。
問題にしたいのは、「いみじうなりたる梅の枝」をうけて詠まれた「梅が枝に深くぞたのむ」の「梅が枝」が一体何を暗示しているのかという点である。山岸徳平氏は、前掲の解釈の根拠として、『万葉集』に載る以下の歌を掲げている。

大伴宿祢娉二巨勢郎女一時歌一首〈大伴宿祢諱曰二安麻呂一也難波朝右大臣大紫大伴長徳卿之第六子平城朝任二大納言兼大将軍一薨也〉

玉葛《たまかづら》　實不レ成樹尓波《みならぬきには》　千磐破《ちはやぶる》　神曽著常云《かみぞつくといふ》　不レ成樹別尓《ならぬきごとに》

（『万葉集』巻第二・相聞・一〇一番）(12)

この場合の「實ならぬ樹」には、求婚に靡かぬ女性が喩えられている。結婚しない女性には恐ろしい神がとりつく、となかば脅すようなかたちで相手の女を求めた歌である。なお、この歌には答歌がある。

巨勢郎女報贈歌一首〈即近江朝大納言巨勢人卿之女也〉

玉葛《たまかづら》　花耳開而《はなのみさきて》　不レ成有者《ならざるは》　誰戀尓有目《たがこひならめ》　吾孤悲念乎《あはこひおもふを》

（『万葉集』巻第二・相聞・一〇二番）

今度は、「ならざる」ものを相手の男の不誠実な心として捉え返し、自らの変わらぬ恋心を訴えている。贈歌のように、果実の実りに恋の実りを託した歌は、『万葉集』の中では珍しくない。例えば、

（寄レ花）

吾妹子《わぎもこ》之《が》　屋前《やど》之《の》秋芽子《あきはぎ》　自レ花《はなより》者《は》　實成而《みになりて》許曽《こそ》　戀益家礼《こひまさりけれ》

（『万葉集』巻第七・譬喩歌・一三六五番）

における「實になりてこそ」には、男女の関係成立が暗示されているし、また、

日本《やまと》之《の》　室原《むろふ》乃《の》毛桃《けもも》　本繁《もとしげく》　言《いひて》大王《し》物《もの》乎《を》　不レ成《ならずは》不レ止《やまじ》

右一首寄レ菓喩レ思

（『万葉集』巻第十一・譬喩・二八三四番）

の第五句の「なる」は、恋の成就を喩えている。さらに、こうした発想は、『古今和歌集』所収の、以下に掲げた東歌にも認められる。

伊勢うた

をふのうらにかたえさしおほひなるなしのなりもならずもねてかたらはむ

（『古今和歌集』巻第二十・東歌・一〇九九番）

これらの用例は『ほどほどの懸想』当該箇所についての従来の解釈の妥当性を裏付ける、とも言えよう。ただし一方で、それではなぜ『ほどほどの懸想』では「梅の実」なのか、という疑問は残る。

その疑問に一つの考え方を示したのが、塚原鉄雄氏である。塚原氏は以下のように述べている。

梅の実は求婚の意思表示。李白の「長干行」に「妾髪初覆額。折花門前劇。郎騎竹馬来。繞牀弄青梅」とあり、

中国渡来の慣習か。藤原道長が、梅の実を紫式部に贈り「すきものと名にし立てれば見る人の折らで過ぐるはあらじとぞ思ふ」（『紫式部日記』）と詠んだ。男童も、貴族ふうの趣向をこらしたのだろう。[13]

もっとも、当該歌の解釈にあたっては「梅の実」は「恋の実り」を象徴していると見ていて、[14]従来説と同様である。「梅の実」が「長干行」・『紫式部日記』ともに求愛の場面で登場する点は、確かに注目される。が、李白の詩の場合は「青梅」であって、『ほどほどの懸想』の「いみじうなりたる梅の枝」とは少し意味合いが異なる。紫式部へ贈った道長歌にしても、「梅の実」はその酸っぱさから、「酢きもの」及び「好色者」の掛詞を導いたのであって、李白の詩を下敷きにしなくとも解けぬことはない。確かに「梅の実」の用例ではあるけれども、素材の微妙な異なりその他を勘案すると、当該表現の源となった文学的発想は別に存在しているようにも思われる。以下、『ほどほどの懸想』の「梅の実」に託されたものを追求してみたい。

三　「いみじうなりたる梅の枝」と「摽有梅」

まず、『ほどほどの懸想』が制作された平安時代の文学の中の「梅の実」の用いられ方について、「梅の花」の場合と比較しつつ、また『ほどほどの懸想』当該箇所における用例との関わりの有無も含めて眺めてみる。和歌の世界では周知のように、「梅」といえばその花の香りや色（紅梅の場合）の美をさまざまなかたちで表現することが一般的であった。以下は、その典型例である。

むめの花ををりて人におくりける　　とものり

君ならで誰にか見せむ梅花色をもかをもしる人ぞしる

（『古今和歌集』巻第一・春歌上・三八番）

物語や女流日記等の散文世界でも、それは同様である。ただし、「実」へ着目した例も、ごく少数ではあるものの見あたらないわけではない。先の塚原説の中に触れられていた『紫式部日記』の例がそうである。

源氏の物語、御前にあるを、殿の御覧じて、例のすずろ言ども出できたるついでに、梅の下に敷かれたる紙に書かせたまへる、

すきものと名にし立てれば見る人のをらで過ぐるはあらじとぞ思ふ

たまはせたれば、

「人にまだをられぬものを誰かこのすきものぞとは口ならしけむ

めざましう」と聞こゆ。

（『紫式部日記』一〇二〜一〇三頁）[15]

また、以下のような例もある。

ただならぬ人のもてかくしてありけるに、こをうみてけるがもとよりうみたるむめをおこせたりければよめる

読人不知

はがくれてつはると見えし程もなくこはうみうめになりにけるかな

（『金葉和歌集』二度本・巻第九・雑部上・五七七番）

いつのまにか妊娠し出産した人物へ戯れかけた、かなり滑稽味の強い歌である。熟した梅の実「うみうめ」に、「産み女」を掛けていて、『ほどほどの懸想』の「いみじうなりたる梅の枝」と同様の発想の上に成り立ったものではない。一方、『紫式部日記』の道長歌は紫式部へのからかいの気分が濃厚で、多少悪のりという観がなきにしもあらずであり、こちらも滑稽味、ある種の皮肉が感じられる。ただし道長歌の場合、一応恋愛めいたやりとりであるので、そうした点における『ほどほどの懸想』との類似性からも、のちにもう一度触れることになる。花の香りや色の美しさをめでる『古今和歌集』以来の伝統の中では、「梅の実」を素材とした表現は用例も極端に少なく、どちらかというと正統の美意識からは外れたものとして認識されていたのではないかということがうかがわれる。ちなみに、漢詩の世界では「梅の実」は夏の季節感を伝える素材として登場する。黄色く熟した梅の実を表す語として「黄梅」が、梅の実の黄色く熟する頃降る雨つまり梅雨を表す語として「黄梅雨」がある。

勝地夏来望不レ窮。萬年景氣逐レ年同。
黄梅熟子紗窓下。玄鷰引レ雛畫閣中。　（『本朝無題詩』巻四・夏日即事・藤原敦光）(16)
帆開青草湖中去　衣湿黄梅雨裏行　（『和漢朗詠集』水　付漁夫・白楽天）(17)

「梅の実」の熟する時節は葵祭りの頃とも重なってくる。『ほどほどの懸想』の「いみじうなりたる梅の枝」は、季節感を大事にする作者によって単に夏の風物として選ばれたとも考えられなくもない。結局のところ、平安時代の「梅の実」の用例からは、葵祭りの頃の風物として適切な素材であるということ以外、『ほどほどの懸想』の表現を直接に解き明かす有力な手がかりは見出しえない。

　さらに時代を遡ってみると、『万葉集』所収の以下の和歌が注目される。

藤原朝臣八束梅歌二首

妹家尓《いもがいへに》　開有梅之《さきたるうめの》　何時毛《いつも》〻〻《いつも》　将レ成時尓《なりなむときに》　事者将レ定《ことはさだめむ》

妹家尓《いもがいへに》　開有花之《さきたるはなの》　梅花《うめのはな》　実之成名者《みにしなりなば》　左右将レ為《かもかくもせむ》

（『万葉集』巻第三・譬喩歌・三九八、三九九番）

八世紀初頭から中葉を生きた藤原八束（のちの名は、真楯）作の「梅の実」を素材にした恋歌二首である。三九九番歌の方がより性急さが表れているものの、概ね同意で、梅の実が実ったら結婚しようという求婚の歌である。「梅の実」の実りと求愛が関連づけられていて、『ほどほどの懸想』の設定と重なる点が大きい。歌中の「なりなむ時」及び「実にしなりなば」、つまり「梅の実」の実りの時は一体何を喩えているのだろうか。

当該箇所の解釈をめぐっては、これまで若干異なる説が提出されてきた。例えば、相手の女性の誠実の喩えと見る説[18]、二人の関係成立の喩えと見る説[19]、女性として成熟すること成人することの喩えと見る説[20]がある。現在では、第三番目に掲げた説が優勢である。論者も、そう解するのが妥当であろうと考えている。

ところで、山田孝雄氏[21]や西宮一民氏[22]は、この二首の歌への『詩経』召南「摽有梅」の影響を指摘している。

摽有梅其實七兮
求我庶士迨其吉兮
摽有梅其實三兮
求我庶士迨其今兮
摽有梅頃筐塈之
求我庶士迨其謂之

（『詩経』召南「摽有梅[23]」）

「摽」を投げつける意ととる新説[24]は興味深いけれども、古注では梅の実が熟して木から落ちる意ととっていて、[25]『詩経』を享受した日本の古代知識人たちも「落ちる」意に解していたであろうと考えられる。[26]また、「其實七兮」や「其實三兮」は、落ちた梅の実を表すのか落ちずに木に残っている梅の実を表すのか微妙であるものの、これも古注では後者と解しているので、[28]日本の古代においてもそう解釈されていたと推定される。[29]「梅の実」が熟しやがて落ちてゆくさまに、娘がいよいよ成熟し婚期をむかえそして若い盛りを過ぎてゆくさまが暗示されている。娘は婚期を逃すまいと、自分を娶る志のある者は早く行動をおこしなさい、と男に向かって誘いのことばをかけている。一編は、婚期を失うことを恐れ男からの求婚を待ち望む、娘の切実な気持ちをユーモラスに綴る。ところで、『毛詩』詩序[30]には、

摽有梅男女及時也召南之國被文王之化男女得以及時也

とあり、また『芸文類聚』巻第八十六・菓部上「梅」[31]にも、

毛詩召南曰摽有梅男女及時也被文王之化　又摽有梅其實七兮

という記載がある。「摽有梅」といった場合、男女の婚期の到来したことをも暗示すると考えられていたらしく、日本でもそうした理解がなされていたらしい。[32]「梅の実」の実りにともなう求愛という両者の内容上の共通性を勘案すると、八束歌の成立に「摽有梅」の知識が関与したことは考えられることである。八束歌は、「摽有梅」に見

られた女性の成熟と関わる「梅の実」の暗示、もしくは「摽有梅」をめぐる「男女及時也」といった理解を念頭に置いて詠まれたと推定される。

ただし、作者八束が『詩経』「摽有梅」の影響下に歌を詠みえたのか否かという点についてもおさえておかねばならない。『詩経』が万葉人の詠歌に少なからず影響を及ぼしたことは、すでに確認されている。例えば、巻第十九の四二九二番、大伴家持詠の左注は『詩経』小雅「出車」の一節を踏まえている。また、この「摽有梅」は、先に掲げたように『芸文類聚』にも記載されている。「摽有梅」の知識が、何らかのかたちで万葉知識人たちの間に知られていた可能性は高い。問題の八束は、房前の第三子。亡くなった天平神護二年（七六六）には大納言に至っている。[33] 病の床にあった山上憶良を河辺東人に見舞わせるなど、[34] 大陸的な教養を備えた人物と親交が厚かったらしいことは、興味深い。天平十五年（七四三）、聖武天皇の皇子安積親王は八束の家で宴を催していて、家持の訪れが確認される。[35] 天平勝宝四年（七五二）、八束は左大臣橘諸兄宅で催された宴にも出席している。ちなみに、同宴には聖武天皇や家持等がつどい歌を詠じた。[36] こうした文化的環境に身を置いていた八束が、「摽有梅」の知識に触れその影響下に歌を詠作したことは、大いに考えられる。

次に、「摽有梅」及びこれを踏まえた八束歌と、『ほどほどの懸想』との関わりを検討する。「梅の実」の実りに託し求愛の心が表明されたことが、両者の共通点である。管見に入る限りではあるものの、平安文学に現れた「梅の実」が用例も少なく『ほどほどの懸想』へと繋がる要素も希薄であったことを先に確認した。そうした状況は、「摽有梅」及び八束歌と『ほどほどの懸想』との関わりの深さをあらためて認識させるのではないか。なお、三九八番の八束歌は、第四句「なりなむ時に」が「なりなんのちに」へと変形し、平安人の作歌の手引き書であった『古今和歌六帖』に再録されている。

（しめ）

いもがいへにさきたる梅のいつもいつもなりなんのちにことはさだめん（『古今和歌六帖』第五・雑思・二六〇七番）

このことは、当該歌を『ほどほどの懸想』作者が眼にし、物語の設定の参考にした可能性をより高める。もっとも、『古今和歌六帖』の影響を重く見ると、『ほどほどの懸想』作者は主に『古今和歌六帖』歌を参考にしたのであり、その背後にある『詩経』「摽有梅」の世界にまでは思い至っていないのではないかという見方も一方で出てくるだろう。しかし、『ほどほどの懸想』において「いみじうなりたる梅の枝」と実が熟したわわに実っていることを強調する「いみじう」が用いられたことは、それが「摽有梅」の世界までも射程に入れた表現であることを物語っているのではないか。直接に『詩経』に拠ったのか否かは不明であるものの、『ほどほどの懸想』の当該表現は何らかのかたちで「摽有梅」の知識を念頭に置きながら形象されていると考える。

以上、「摽有梅」の影響として『万葉集』の八束歌やそれを再録した『古今和歌六帖』歌を見、それら先行文学の世界を『ほどほどの懸想』が物語に活用した、と捉えた。こうした「摽有梅」の日本文学への影響という観点から眺めると、先に保留した『紫式部日記』のやりとりはあるいはこの影響の中に入れることができるのかもしれない。(37)『紫式部日記』における「すきもの（酢きもの・好色者）」の語の使用は、「梅の実」の酸っぱい属性に関わるのは勿論のこと、「摽有梅」に見られた女の側の積極的に求愛を待つ姿勢にも由来するのではないかと解するのである。ただし、この点についてはどこまで念頭に置いていたのか容易には決め難い。可能性を指摘するにとどめておく。

四 「梅の実」をめぐる解釈

「摽有梅」を背景にすると、『ほどほどの懸想』の「梅の実」をめぐる記述はどのように読めるのか。もう一度、贈答歌の部分を見てみよう。

いみじうなりたる梅の枝に、葵をかざして取らすとて、

梅が枝に深くぞたのむおしなべてかざす葵のねも見てしがな

(『ほどほどの懸想』)

問題にしてきた「いみじうなりたる梅の枝」と小舎人童の詠歌中の「梅が枝」は、従来説のように「恋の実り」を象徴するのではなく、「恋するにふさわしく成熟した女童」もしくは「男女の婚期の到来したこと」を象徴しているのではなかろうか。「梅が枝に深くぞたのむ」は、前者の場合、女童に愛を受け入れてくれることを懇願したことばとして、後者の場合、「婚期の到来」の象徴である「いみじうなりたる梅が枝」に自らの恋の成就をかけたことばとして解される。いずれにしろ、この贈歌は、「摽有梅」やこれを下敷きにした歌(『古今和歌六帖』では「しめ」の項目の中にあった)から類推すると、女童を自分のものとしたいという、「しめ(標)」つまり将来の占有を企図したものであるとも捉えられる。

対する、女童の答歌、

しめのなかの葵にかかるゆふかづらくれどねながきものと知らなむ

(『ほどほどの懸想』)

は「くれどねながきものと知らなむ」として、「ねも見てしがな」という小舎人童の願いを退けている。上の句「しめのなかの葵にかかるゆふかづら」は、下の句を導く序詞として解されていて、その点に関しては論者も異論はない。が、先に掲げた贈歌の「梅が枝」をめぐる解釈と関わらせるなら、女童が小舎人童による「梅が枝」の喩えを否定し、改めて自身を規定しなおしたことばとして解されよう。前者に対応させるなら、自身を神の「しめ」の中に存在する「ゆふかづら」とすることで、相手の手の及び難い存在であることを強調したと考えられる。後者の場合は、「婚期の到来」という状況認識を覆し、恋の成就の困難さを暗示した表現として捉えられる。

このやりとりの直後、小舎人童は女童を笏で叩く。対する女童は『古今和歌集』俳諧歌を踏まえたことばで応酬した。こうした明るく活発な交流の中から二人の恋は芽生えていった。この場面は、あふひ（葵・逢ふ日）、ね（根・寝）、くる（繰る・来る）等の掛詞が用いられていて、その点では平安和歌の常套的な表現を援用し成り立っていると言える。が、「摽有梅」や『万葉集』の世界を背景にしている点は特質としておさえてよいだろう。それは、小舎人童たちの率直な明るくいきいきとした恋の世界を盛り上げるのに有効に機能していると言えよう。

五　『ほどほどの懸想』と和歌史の動向との関連

以上、『ほどほどの懸想』に描かれた三様の恋について素材を検討しつつ眺めてみた。贈答歌の材料を伝統的和歌の世界に求めた若い男と女房の恋、薫や狭衣的造型のなされた頭中将と式部卿宮の姫君の恋に比べると、「摽有梅」の世界を素材とした小舎人童と女童の恋は、その内容と相俟って読み手の側にある種の新鮮さを与えたにちがいない。三様の恋は、その素材に関しても極めて意識的に選びとられ形象されたと言えよう。

物語の伝統から見ると珍しい小舎人童と女童の率直な恋に焦点をあてるにあたって、『詩経』や『万葉集』（あるいは『古今和歌六帖』）を背景に、「梅の実」という平安和歌の世界では非伝統的景物と言ってよい素材を贈答の発端に効果的に活用した当該物語の営みは、大いに注目される。こうした文学的営為とそれが生み出された文学的環境との関わりについて、最後に見通しのかたちで触れておく。

『ほどほどの懸想』が制作された平安後期から院政期は、和歌の世界で一つの新しい流れが出てきた時期であった。それは、平安朝の秩序が完成の後次第に崩壊し混乱期に向かった時代性とも無縁ではない。この流れは、三代集的世界を受け継ぎつつもそこから脱皮していこうとする動きである。源経信・俊頼父子らがその代表的歌人と言えよう。彼らは、新趣のことばや表現を多用し、伝統和歌の世界を変容させていった。それは、卑俗なもの、非伝統的景物を和歌の世界に取り込んでいくことでもあった。そうした試みの背景に、漢詩文や『万葉集』が重要な位置を占めていたことは見逃せない[38]。そして、この革新的動きは、俊頼の編纂した『金葉和歌集』に結実した。

この和歌詠作の際に漢詩文や『万葉集』を取り入れる動きは、かなり広い裾野を持ったものであった。院政期に催された歌合や百首歌等には勿論のこと、そうした院政期の風潮の先駆けとも言える現象がその前代に小規模ではあるものの見出せる点も、注目される。例えば、天喜四年（一〇五六）閏三月に催されたらしい「六条斎院禖子内親王歌合」において、『万葉集』の歌語を取り入れる試みがなされている[39]。

本論において『ほどほどの懸想』の特質として指摘した、小舎人童たちの階層へのまなざし、「摽有梅」やそれを踏まえた『万葉集』の世界への着目は、こうした和歌史の動向と少なからず関わりを有しているのではないか。具体的にその中のどの時点ということまでは明らかにしえないけれども、大きな文化的趨勢の中で捉えていくことが可能であろうと考えている。

おわりに

『ほどほどの懸想』に描かれた小舎人童と女童との恋のやりとりを支える背景の一つとして、『詩経』「摽有梅」の知識やそれを踏まえた『万葉集』歌の存在を指摘した。その率直な明るい恋の世界は、その後に続く、贈答歌の材料を王朝和歌の類型的表現に求めた若い男と女房との恋愛遊戯的なやりとり、後期物語に多い薫的造型のなされた無常への思いと恋愛との狭間に揺れる頭中将の式部卿の宮の姫君に対する恋と、顕著な異なりを見せている。それまで恐らくは貴公子と姫君たちの恋愛模様の脇役としてしか物語に登場しなかった小舎人童たちの階層の恋が物語の中核に押し上げられたことや、それを描く素材の一つとして「梅の実」が選択されたことは、極めて意識的な営為ではなかったかと考えた。

さらに、こうした『ほどほどの懸想』における、小舎人童たちの階層へのまなざし、及び「摽有梅」や『万葉集』に支えられた「梅の実」という平安和歌世界の非伝統的景物の活用を、平安後期から院政期における文化的状況との関わりの中で捉えることを目指した。漢詩文や『万葉集』の世界を取り込んでいこうとする和歌の革新的な動きと、『ほどほどの懸想』の営みとの間に共通性を見出した。

『堤中納言物語』所収の短編物語の研究は、『源氏物語』等の他物語との比較によって物語史における位置づけを行うこととともに、制作された時代の文学的動向や時代性等との関わりを探り文学的営為の内実の解明を行うことが必要であろう。本論は、後者のささやかな試みの一つである。

注

（1）三角洋一「ほどほどの懸想物語」（『体系物語文学史』第三巻　有精堂　一九八三年）。
（2）長久三年（一〇四二）の麗景殿女御延子入内直後に交わされた。
（3）寺本直彦「「ほど〳〵の懸想」物語と「あらばあふよのとなげく民部卿」物語——後朱雀院後宮和歌との関連など——」（「青山語文」一二号　一九八二年三月）。
（4）『万葉集』以外の歌集の引用は、すべて新編国歌大観（角川書店）に拠る。
（5）なお、『ほどほどの懸想』の「青柳」歌を「風」・「かたよる」という表現に着目して眺めると、掲げた『金葉和歌集』歌や『好忠集』歌との類似が注目される。
（6）後藤康文「『ほどほどの懸想』試論——頭中将は後悔したか——」（「国語国文」六二巻七号　一九九三年七月）。
（7）鈴木一雄『堤中納言物語序説』（桜楓社　一九八〇年）「『堤中納言物語』覚書」二八五頁。
（8）「世の無常を観じながら出家もせず、また姫君との恋に情熱的にもなれない若い貴族の恋。平安朝後期以後に多く見られる薫型の典型である」（稲賀敬二氏校注・訳　日本古典文学全集『堤中納言物語』小学館　一九七二年）。
（9）「いみじうなりたる」は、熟した度合いの強さを表すのか、実の数の多さを表すのか、判別し難い。ここでは両方を表現したことばとして解した。
（10）山岸徳平『堤中納言物語全註解』（有精堂　一九六二年）。
（11）三角洋一全訳注　講談社学術文庫『堤中納言物語』（講談社　一九八一年）、大槻修校注　新日本古典文学大系『堤中納言物語』（岩波書店　一九九二年）。
（12）『万葉集』の引用は、すべて『萬葉集　本文篇』（塙書房）に拠る。なお、〈　〉内は割注。
（13）塚原鉄雄校注　新潮日本古典集成『堤中納言物語』（新潮社　一九八三年）。なお、本論の初出の脱稿後、三角洋一「『堤中納言物語』追注」（「平安文学研究」六七輯　一九八二年六月）に接した。同論の中で三角氏は、「いみじうなりたる梅の枝」についてすでに以下のように述べている。
『詩経』国風、召南に「摽有梅」の詩篇があり、梅の実に独身の成女がたとえられている。また、李白の「長干行」に、「妾髪初覆額、折花門前劇、郎騎竹馬来、繞牀弄青梅、同居長干里、両小無嫌猜……」とあり、男は女になぞらえた青梅を女に示し、求婚したのであろう。ここで頭中将の小舎人童は、今めかしく気のきいた趣向をこらしたのか、あるいは色好みの貴公子がすでに用いた古い手をまねたのか、ともかく、教養ありげな求愛の小道具を用いているように思われる。李白の詩をふまえたものと見てよいのではなかろうか。

『詩経』「摽有梅」にも言及しながら、最終的に李白の「長干行」を『ほどほどの懸想』の「梅の実」をめぐる形象の典拠として指摘している。本論では後に述べるように、むしろ『詩経』「摽有梅」の方を典拠と考えたいので、その点では三角氏と立場を異にしている。しかしながら、「摽有梅」への言及がなされている点で、先行研究として是非とも触れておかねばならない御論であった。記して、お詫びを申し上げたい。

(14)「このように、すばらしく実った梅にあやかりたいと、貴女に魅《ひ》かれる私の恋の実りを、神頼みして、切実に願うことだ。今日、だれもが挿す葵の枝葉、――その根までも見たいことだなあ。今日の逢う日だけでなく、二人で寝るところまで、期待したい」とする。

(15)『紫式部日記』の引用は、新潮日本古典集成（新潮社）に拠る。

(16)『本朝無題詩』の引用は、『群書類従』第九輯（続群書類従完成会）に拠る。

(17)『和漢朗詠集』の引用は、新潮日本古典集成（新潮社）に拠る。

(18)契沖『万葉代匠記』精撰本、その他。

(19)高木市之助・五味智英・大野晋校注　日本古典文学大系『萬葉集』一（岩波書店　一九五七年）、他。

(20)澤瀉久孝『萬葉集注釈』（中央公論社　一九五八年）、小島憲之・木下正俊・佐竹昭広校注・訳　日本古典文学全集『萬葉集』一（小学館　一九七一年）、西宮一民『萬葉集全注　巻第三』（有斐閣　一九八四年）、稲岡耕二　和歌文学大系『萬葉集一』（明治書院　一九九七年）、他。

(21)山田孝雄『万葉集講義』巻第三（寶文館　一九三七年）。

(22)注(20)の西宮前掲書。

(23)『十三經注疏』2詩經に拠る。

(24) 石川忠久　新釈漢文大系『詩経』上（明治書院　一九九七年）、他。
(25) 「摽落也」（毛伝）、他。
(26) 「摽《オツルモノ》有梅」（静嘉堂文庫『毛詩鄭箋』古典研究会叢書漢籍部第三巻　汲古書院　一九九四年）とある。古代においてもこれに近い訓みが行われていたのではないか。
(27) 高田眞治　漢詩大系『詩経』上（集英社　一九六六年）。
(28) 「尚在樹者七」（毛伝）、「梅實尚餘七未落」（鄭箋）、他。
(29) 『毛詩抄』（岩波文庫）も毛伝の説を引きつつ説明している。古代においても同様であったと考えてよいだろう。
(30) 『毛詩』の引用は、注（23）の前掲書に拠る。
(31) 『芸文類聚』の引用は、『芸文類聚』宋刻本（新興書局）に拠る。
(32) 後代だが『毛詩抄』にも「此詩は六借《ムツカシイ》事が多ぞ。嫁娶の時に及ぶ事が、毛鄭が替りが六借ぞ。（略）殷紂が時に政亂れて、男女が配偶を失て、時に及ぶ事が無かつたが、今文王の化を蒙て時にあふたぞ。毛が三章めのをはりに、三十男に二十女と書て候。嫁娶の時を云程にぞ。」（岩波文庫）とある。
(33) 『公卿補任』天平神護二年条。
(34) 『万葉集』巻第六・九七八番。
(35) 『万葉集』巻第六・一〇四〇番。
(36) 『万葉集』巻第十九・四二六九〜四二七二番。
(37) 稲賀敬二氏は「紫式部日記逸文資料「左衛門督」の「梅の花」の歌――日記の成立と性格をめぐる臆説――」（『源氏物語の研究――物語流通機構論――』笠間書院　一九九三年）において、『紫式部日記』の当該のやりとりの直後に左衛門督の「梅花さきてののちの身なればやすき物とのみ人のいふらむ」（『古今和歌集』一〇六六番歌）という詠が続いていたのではないかと推定した。この歌と「摽有梅」との関係の有無も、検討すべきことがらであるように思われる。また、先に触れた李白「長干行」と「摽有梅」との関係の有無も、問題として浮上してくる。今後考えてみたい。

(38)　新日本古典文学大系『金葉和歌集』（岩波書店　一九八九年）「『金葉和歌集』解説」（川村晃生・柏木由夫執筆）その他を参考にした。

(39)　萩谷朴氏は、『平安朝歌合大成　増補新訂』第二巻（同朋舎出版　一九九五年）において、五番（丹波）・六番（中務）・一三番（下野）・一七番（武蔵）に『万葉集』の影響を指摘している。なお、本歌合の開催時期についても、同書に萩谷氏の考察が載る。

第二章 『花桜折る少将』の「桜」――詩歌の発想と物語の結構――

はじめに

『花桜折る少将』では、作中に「桜」の景が印象的に鏤められている。本章では、当該物語における「桜」の象徴性について考察する。題号「花桜祈る」[1]と物語の叙述との関わりや、作中の「桜」の形象と詩歌の伝統との関わりを検討することを通して、当該物語の表現形成のありようを見つめてみたい。

一 冒頭の「桜」と「桜花源境」

『花桜折る少将』において、「桜」は主人公を立ち止まらせる冒頭場面、主人公の邸を訪問した友人たちと主人公との語らいの場面、そして主人公が父邸を訪れた場面におのおの描出されている。まず、冒頭の場面から見てみる。恋人の許から早々に帰宅する途次、主人公は「桜」の美しさに魅せられ、ふと足をとめる。

いま少し、過ぎて見つるところよりも、おもしろく、過ぎがたき心地して、
　そなたへと行きもやられず花桜にほふこかげにたびだたれつつ
と、うち誦じて、（略）　　　　　　　　　　　　　　　　　　　　　　　　　（『花桜折る少将』）

「過ぎがたき心地」・「行きもやられず」・「たびだたれつつ」といった文言からは、「桜」の美によって思わず知らず、主人公が日常の世界から別の世界へと引き込まれていくさまが彷彿とする。

こうした、「桜」の美に魅了され日常とは異なる世界に宿る、あるいは迷い込むという発想は、例えば以下の『古今和歌集』歌の中に見出せる。(2)

・（題しらず）　（よみ人しらず）
このさとにたびねしぬべしさくら花ちりのまがひにいへぢわすれて　（巻第二・春歌下・七二番）

・はるのうたとてよめる　（そせい）
いつまでか野辺に心のあくがれむ花しちらずは千世もへぬべし　（同右・九六番）

・寛平御時きさいの宮の歌合のうた　（つらゆき）
春ののにわかなつまむとこしものをちりかふ花にみちはまどひぬ　（同右・一一六番）

・山でらにまうでたりけるによめる　（つらゆき）
やどりして春の山辺にねたる夜は夢の内にも花ぞちりける　（同右・一一七番）

神谷かをる氏は、漢詩文における「花」の形象がこれらの歌へ与えた影響を説き、そこに「桜花源境」が描かれていると指摘している。(3)こうした、漢詩の世界から『古今集』歌へと継承され醸成された「桜花源境」的な文学的形象の伝統が、『花桜折る少将』冒頭の「桜」をめぐる物語空間の形成に少なからず影響を及ぼしているのではないか。冒頭場面では、別世界へと足を踏み入れる主人公の様子が幻想的に演出された。主人公に日常とは異なる世界における出会いが用意されていることを、読者は期待を持って読みとることになろう。

二　連歌場面の読みをめぐって

次に、帰宅した主人公と訪ねて来た友人たちとの間で、「桜」を題材に連歌等が詠み交わされる場面を見る。当該場面は詠者をめぐり諸説の存するところである。またこの問題は、注釈書によっては「中将」と改変されることの少なくない題号をめぐる問題[4]とも密接に関わる。本場面における詩歌の影響を論じる前に、まずこの点について私見を提示しておきたい。

連歌場面の最後に、以下の「中将の君」の詠が置かれている。

中将の君「さらばかひなくや」とて、

散る花を惜しみとめても君なくは誰にか見せむ宿の桜を

とのたまふ。（『花桜折る少将』）

この歌を所収する『風葉和歌集』の記載は以下の通りであり、題号を「中将」とする立場の一つの拠り所となっている。

花のちるころ人のまうできたりけるに

花ざくらをる中将

ちる花をゝしみ置きても君なくはたれにかみせんやどの桜を

（『風葉和歌集』巻第二・春下・一〇三番）

詠者がその物語の主人公である場合、物語名と詠者名との間に「の」を入れず、物語名に続けて詠者名（主人公名）が記されるという、一般に認識されている『風葉集』の詠者名表記の原則と照らし合わせると、「花ざくらをる中将」は物語の題号であり、「中将」は主人公名である可能性が高い。加えて、物語本文中に「少将」なる呼称が見られないこと、「中」と「少」の草体は紛れやすいこと等を根拠に、主人公「中将」説が提唱されている。[5]また近年、『風葉集』の詠者名表記をめぐっては、すでに増田夏彦氏により少数ながら例外の存在が報告されている。宮﨑裕子氏によっても再検証がなされ、

「連体修飾語となる物語名＋詠み人名」は、一定の法則性に基づいた表記法であるとの確証がなく、これが主人公を示す特別な表記法であるという解釈については、その是非を改めて検証する必要があろう。

と指摘されている。[6]『風葉集』の「花ざくらをる中将」という記載は、必ずしも主人公が「中将」であることを伝えているわけではないと判断される。また当該歌の第二句は、物語において「惜しみとめても」、『風葉集』において「をしみ置きても」となっていて、異同が確認される。『花桜折る少将』から時を隔てて成立した『風葉集』の記載自体にも誤謬の含まれている可能性が皆無ではない。[7]『堤中納言物語』の校本により題号の異同を参照すると、[8]広島大学蔵浅野家旧蔵本をはじめとする三本のみが「大将」、他はみな「少将」となっていて、現存伝本において「少将」が圧倒的多数を占める点は看過できない。[9]これらのことから本論では、主人公を「少将」、題号を「花桜折る少将」と考える。[10]この点に立脚し、連歌場面の詠者を比定する。

源中将、兵衛佐、小弓持たせておはしたり。「昨晩（よべ）は、いづくに隠れたまへりしぞ。内裏に御遊びあり

て召しかども、見つけたてまつらでこそ」とのたまへば、「ここにこそ侍りしか。あやしかりけることかな」などのたまふ。花の木どもの咲きみだれたる、いと多く散るを見て、

あかで散る花見る折はひたみちに

とあれば、佐、

わが身にかつはよわりにしかな

とのたまふ。中将の君、「さらば、かひなくや」とて、

散る花を惜しみとめても君なくは誰にか見せむ宿の桜を

とのたまふ。たはぶれつつ、もろともに出づ。「かの見つる所、たづねばや」とおぼす。

（『花桜折る少将』）

「源中将」と「兵衛佐」がやって来て、昨晩不在であった主人公へ「いづくに隠れたまへりしぞ」と半ば冷やかしともとれる問いかけをする。これに対し主人公は、「ここにこそ侍りしか」ととぼけてみせる。この直後、「あかで散る」という短連歌の上の句が詠じられた。この句の作者は、多く「源中将」と解されている。[11] しかし、別の可能性は考えられないか。鈴木一雄氏は、「源中将」詠とする理由を「「いと多く散るを見て」「とあれば」など、邸の主人公としては今更めいている本文だから」[12]と説明する。確かに、日常眼にしているであろう風景を見てあらたまって歌を詠む行為は邸に住むものとして一面不自然である。訪問者がその風景に眼を止め一首ものす方が、ありうる設定だと考えられる。ただし、本物語における主人公の語られ方及び冒頭場面の叙述との関連を勘案すると、主人公詠として解する可能性も出てくるのではないか。先に記したように、物語中「少将」という呼称は一度も登場しない。題号を信じ物語本文を理解しようとするなら、この物語において主人公は一度も呼称されていないと考えることができる。そのような視点で眺めると、「わが身にかつは」の句に「佐」、「散る花を」歌に「中将の君」

と詠者が明示されるのに対して、「あかで散る」の句にのみ詠者が記されないのは、それが主人公の詠だからなのではないかという推定も成り立とう。主人公「少将」が「あかで散る」の句を詠んだと解すると、前後の物語の表現と当該詠との繋がりがより鮮明になる。直前には、友人たちによる冷やかしと主人公のごまかしが記されていた。続く句の詠出は、主人公が友人の追求を逃れるために話題を転じた所為としても理解される。それは、冒頭におけて心の動揺を隠すために「かの光遠にあはじや」と口にした[13]彼の行動とも通底する性格を備えていよう。冒頭の主人公は、「桜」の一際美しい邸の前で足を止め「そなたへと」歌を詠じていた。その「桜」は恐らく「満開の桜」であった。これに対し、彼が自邸で眼前にした「桜」は「いと多く散る」景である。さきほどとは異なる「散る桜」に促され、主人公は句を詠じたのではないか。加えて「あかで散る花見る折はひたみちに」という表現の背後には、先の「桜」の邸、さらにそこに住まう姫君への連想もはたらいていたと読んでおきたい。それは、後文において主人公が姫君の邸を「桜多くて荒れたる宿」と形容した意識とも結びつくと考える。

主人公「少将」が「あかで散る」句を詠み、「(兵衛)佐」が「わが身にかつは」句でこれに応じた。さらに「中将の君」すなわち「源中将[14]」が「散る花を」歌をものしたと解する。

三　連歌場面及び父邸訪問場面における「散る桜」

連歌場面において、主人公と兵衛佐や源中将のやり取りはどのように連想を展開させたのか、そこにはいかなる文学の伝統的発想が関与しているのか、検討する。

「少将」の「あかで散る」句は、表層的には眼前の景に触発され詠まれたものであり、深層では「桜」の邸の姫君を意識したものであった。続く兵衛佐は先の主人公の冒険を知らないので、主人公の詠を文字通り一般的な「桜」

の句と解し、「わが身にかつは」句を付けた。当該句はいささかわかりにくく、誤写の結果生じた本文である可能性も否定できないものの、自身の存在の儚さと「散る桜」の儚さとを重ねた表現であることは動かない。兵衛佐の句は多少大げさに自らを卑下したものとして解せる。最後の源中将の歌は、「君なくは誰にか見せむ」とすることで、気落ちするポーズをとる兵衛佐を慰め、「散る花を惜し」むことで主人公邸の「桜」の美を賞揚し、場をまとめている。

これらの短連歌と和歌において形象された「散る桜」をめぐる発想の基盤には、「桜」の儚さへの注視がある。周知のように、『古今集』の「桜」歌をながめると、儚く散る「桜」を惜しむ歌が多数見られる。例えば以下のごとくである。

・　人の家にうゑたりけるさくらの花さきはじめたりけるを見てよめる
つらゆき
ことしより春しりそむるさくら花ちるといふ事はならはざらなむ
（巻第一・春歌上・四九番）

・　さくらの花のさかりに、ひさしくとはざりける人のきたりける時によみける
よみ人しらず
あだなりとなにこそたてれ桜花年にまれなる人もまちけり
（巻第一・春歌上・六二番）

・　（題しらず）　（よみ人しらず）
空蟬の世にもにたるか花ざくらさくと見しまにかつちりにけり
（巻第二・春歌下・七三番）

こうした発想は、これら『古今集』歌のみならず、「桜」歌の伝統に広く認められるものである。物語の当該表現

は、「桜」歌の伝統的発想を基盤として形成されている。

「散る桜」は、続く主人公が父邸を訪れる場面にも出てくる。

夕方、殿にまうでたまひて、暮れゆくほどの空、いたう霞みこめて、花のいとおもしろく散りみだるる夕ばえを、御簾巻き上げてながめ出でたまひつる御かたち、いはむかたなく光りみちて、花のにほひも、むげにけおさるる心地ぞする。（『花桜折る少将』）

夕方の落花の風情は、主人公の美を彩る背景としてある。こちらは「散る桜」を耽美的に捉えている。夕暮れの「桜」の美を形象化することは、『古今集』の歌の世界においては見られないものである。他方、散文の世界では、例えば以下の『源氏物語』花宴巻の南殿の桜の宴において春鶯囀を舞う光源氏の麗姿をかたどった場面に登場する。

二月の二十日あまり、南殿の桜の宴せさせたまふ。（略）楽どもなどは、さらにもいはず調へさせたまへり。やうやう入日になるほど、春の鶯囀るといふ舞いとおもしろく見ゆるに、源氏の御紅葉の賀のをり思し出でられて、春宮、かざし賜せて、切に責めのたまはするにのがれがたくて、立ちて、のどかに、袖かへすところを一をれ気色ばかり舞ひたまへるに、似るべきものなく見ゆ。（『源氏物語』花宴巻　①三五三〜三五四頁）(15)

夕暮れの時間帯の「桜」のもとの男君の美しさが語られている点で、『花桜折る少将』と共通する。こうした美意識が『花桜折る少将』の当該場面の形成に関与した可能性が考えられる。

四 「散る桜」と物語の結構

『古今集』における「散る桜」をめぐる形象への、漢詩文の「落花詩」及び「惜落花詩」の影響を、滝川幸司氏が指摘している。[16] 滝川氏は、「落花」が「老い」を喚起する側面を有し、花が散るのを惜しむことが「老い」を歎くことに繋がると説明した。「散る桜」の意味性について以下のように述べていて、注目される。

人は「落花」を惜しみながら、「過ぎ行く時」を惜しむ。もはや帰ってはこない「時」はそこにあるから、人の嘆きは大仰になるのである。このような詠まれ方は、しかし、初期の頃だけであったかもしれない。桜を詠む最初にこのような詠み方がなされ、桜といえば、散る、ということが、常套句となり、惜しむことにも、「過ぎ行く時」など意識されずに、ただその趣向のみが残っていくことになったのかもしれない。しかし、歌人たちが、執拗に桜を惜しむのは、やはり「時」を意識していたからだろう。少なくとも古今集歌人たちはそうであった。こういった表現が完全に類型化するのはもっと後のことである。

漢詩文の「落花」における「老い」や「時」に関わる観念を典型的に体現した詩として、例えば以下の『和漢朗詠集』に載り、人口に膾炙した白楽天の作、

燭を背けては共に憐れぶ深夜の月　花を踏んでは同じく惜しむ少年の春

（『和漢朗詠集』巻上・春・春夜[17]）

があげられる。この「花」は特に「桜」を表しているわけではない。しかし、同詩は『狭衣物語』冒頭にも引用され、当該の観念が平安時代に広く浸透していたことは疑いない。「花が散ること」に「老い」を想起する連想の型が存し、今まで見てきた「桜」歌の伝統とともに平安貴族の思考の根底にあったことは重要であろう。

この、「散る花」に伝統的にはり付く「老い」や「時」への意識までも視野に入れると、検討してきた『花桜折る少将』の「散る桜」は、各場面の形成に参与しているのみならず、物語の結構とも密接に関わり配されたのではないかと思われてくる。個別の表現の直接的な影響関係といったレベルではなく、広く浸透していた伝統的観念との関わりといったレベルにおいて、詩歌の発想が物語の形成へ影響を及ぼした事例として考えてみたい。

取り違えて「老女」を手に入れてしまうという物語の結末は、「老い」や「時」への意識と繋がる「散る桜」の意味性と物語の深層において呼応しているのではないか。勿論「散る桜」を背景に、主人公が友人たちと短連歌をものしたことや、あるいは琵琶を引いたことは、取り違えという結末と何ら直接的な因果関係を有してはいないが、表現上の連想の繋がりといった面では、「散る桜」は「老い」を喚起し、結末を導くものとしてある。とりわけ連歌場面においては、詠じられた句や歌の内容自体も「老い」を想起させた。物語は唐突に驚きの結末を語る。しかし、結末へと繋がる連想の糸は物語の叙述の中にひそやかに用意されていたのである。

ちなみに、「散る花」に盛りを過ぎた女性を託したものとして、例えば以下の例がある。

・花の香は散りにし枝にとまらねどうつらむ袖にあさくしまめや　（『源氏物語』梅枝巻　③四〇六頁）
・散りまがふ花に心を添へしより一方ならず物思ふかな　（『狭衣物語』巻四　②二四五頁）(18)

前者は朝顔の姫君の詠歌で、女盛りを過ぎた自身を「散りにし枝」に喩えている。この歌は「散りすぎたる梅の枝」に付けてあったので、「散りにし枝」は梅の花の枝である。後者は故式部卿宮家の母娘に惹かれた狭衣が彼女たちへ贈った歌である。ここの「花」は「桜」で、「散りまがふ花」に母君が暗示されている。このように、「散る桜（あるいは花）」と盛りを過ぎた女性とは比喩の上で結びつきやすかったのである。

『花桜折る少将』に描出された「散る桜」は、「花が散ること」をめぐる文学の伝統的観念を背景にながめると、老尼君の略奪という結末と関わる暗示的象徴的風景としても立ち現れる。このことと題号「花桜折る」は密接に繋がる。「花桜」を「散る花桜」を含めたものと解するなら、「花桜折る」は老尼君略奪を表していると読める。当該物語は、文学的形象の伝統に支えられ、さまざまな意味を発信する可能性のある「花桜折る」を題号に冠することによって、享受者に謎掛けをし、以下に展開する物語の行方を題号との関わりといった観点から楽しませる仕掛けを用意していたと言える。

おわりに

『花桜折る少将』における「桜」をめぐる描写は、場面を彩る単なる風景として置かれているだけでなく、題号と相俟って物語の結構と密接に関わる暗示的象徴的機能を有していると考える。詩歌の伝統的発想がこうしたかたちで物語の表現に影響を与え、短編物語の生成に関与したことは注目される。

ところで、「あかで散る」句を主人公・少将の詠と捉えると、連歌場面には、兵衛佐と源中将とが形成する「桜」をめぐる伝統的発想を敷衍した世界と、それを異なる視点からながめる主人公・少将の心の世界との二重性が認められる。主人公は眼前の「桜」を友人たちとは異なる感慨、「桜」の邸の姫君への恋情を抱えてながめていた。(19) 源中将詠の「誰にか見せむ宿の桜を」という下の句は、主人公に姫君訪問への思いを一層強くさせたにちがいない。

それが、直後に語られる「かの見つる所、たづねばや」という具体的文言に収斂していった。続く父邸での管弦の場面においても、主人公は「桜」の美をながめていて、心中深く姫君への思いが点滅していたと推察される。一連の「桜」を背景とする主人公の恋情の形象化は、家司・光季の持ち出した姫君の話題から急速に姫君略奪計画へと動き出す物語展開を無理なく導いている。

注

（1）題号をめぐっては、美女を手に入れる意か、容姿の美しい意か、説の分かれるところであるけれども、むしろ両義的題号と解したい。その場合、前者の文脈における「花桜」は意中の姫君（結局「折る」ことには失敗したものの）を暗示すると、ひとまずは捉えておく。一方後者の文脈における「花桜」は、「花を折る」という慣用句の中のことばである。題号「花桜折る」を両義的に捉える論として、すでに増田夏彦「『堤中納言物語』についての一考察――「花桜折る少将」の問題点をめぐって――」（「岡大国文論稿」一五号　一九八七年三月）がある。

（2）歌集の引用は、新編国歌大観（角川書店）に拠る。なお、七二番歌は「さくら花」と明示されていて「桜」と認定できるけれども、あとの九六・一一六・一一七番歌は「花」とのみ記され、必ずしも「桜」のみを指すと限定することはできない。しかし、「花」といった場合「桜」を指す場合が多いこと、及び「桜」や「花」をめぐる伝統的発想を広く知りたいという本論の趣旨から、考察の対象とした。

（3）神谷かをる「色も香もさくらめど――古今集の「桜」と漢詩文――」（「光華女子大学研究紀要（日本文学科篇）」二九号　一九九一年一二月）。『菅家文草』四三三・四三四番等を引き、漢詩文からの流れを詳細に論じている。

（4）題号を「中将」と改変するのは、山岸徳平『堤中納言物語全註解』（有精堂　一九六二年）、山岸徳平訳注　角川文庫『堤中納言物語』（角川書店　一九六三年）、三谷榮一編　鑑賞日本古典文学『堤中納言物語』（角川書店　一九七六年）、三角洋一全訳注　講談社学術文庫『堤中納言物語』（講談社　一九八一年）、池田利夫訳注　対訳古典シリーズ『堤中納言物語』（旺文社　一九八八年）、他。改変しないまでも主人公「中将」説を指示するのは、松尾聰『堤

中納言物語全釈』(笠間書院　一九七一年)、稲賀敬二校注・訳　日本古典文学全集『堤中納言物語』(小学館　一九七二年)、大槻修校注　新日本古典文学大系『堤中納言物語』(岩波書店　一九九二年)、稲賀敬二校注・訳　新編日本古典文学全集『堤中納言物語』(小学館　二〇〇〇年)、他。積極的に「少将」と解するのは、清水泰『堤中納言物語評釋』(文献書院　一九二九年)、土岐武治『堤中納言物語の研究』(風間書房　一九六七年)、塚原鉄雄校注　新潮日本古典集成『堤中納言物語』(新潮社　一九八三年)、他。

(5)　注(1)の増田前掲論文。

(6)　宮﨑裕子「『風葉和歌集』を用いた散逸物語研究の問題点——詠み人名表記について——」(「中古文学」九四号二〇一四年一一月)。

(7)　注(4)の塚原前掲書は、「『風葉和歌集』が原文を誤解している」可能性を指摘する。

(8)　注(4)の土岐前掲書所収の「校本堤中納言物語」に拠る。

(9)　「大将」は恐らく、脇役「源中将」の存在を考慮し主人公をさらに高位に設定することで主人公らしさを強調しようとした、後世の書写者による改変に由来すると推定される。一方もともとの「中将」から「少将」へ誤写されたと想定すると、「少将」が一度も登場しない物語内容と照らし合わせ不審に思う書写者が以後現れなかったのかという疑問を抱く。諸伝本の中には、少なからず本文不審箇所に傍書(「本ノマ、」「——歟」等)が見られる。こうした検討が題号には及ばなかったのか。「大将」へ改変する書写者がいるなら、書写の際、物語内容を不審に思い「中将」へと改変する書写者がいてもおかしくないだろう。現在「中将」とする伝本が皆無であり、「少将」とする伝本が大多数を占めるのは、そのように読んで支障がないと書写者たちが考えていたためではなかったかと推定される。

(10)　鷲山茂雄「『花桜折る少将』新見」(『今井卓爾博士古稀記念　物語・日記文学とその周辺』桜楓社　一九八〇年)は、主人公を「中将」とし、光源氏の「中将」時代との密接な関わりを説く。これをうけ安藤亨子「花桜をる中将物語」(三谷榮一編『体系物語文学史』第三巻　有精堂　一九八三年)も、「(略)主人公と光源氏の「中将」時代との密接な関係は、題名がもともと「中将」であっただろうことを証明していると思われる」とする。物語世界は、主人公を「中将」とすることで広がる側面も有する。その可能性は認めつつも、本論では題号と物語の内部徴証を核に作品世界を理解する方向を示してみたい。
(11) 管見に入る限り、「源中将」ではなく主人公と解するものとしては、上田年夫『堤中納言物語新釈』(白楊社　一九五四年)、濱千代清「「花桜をる少将」の連歌」(「明日香」三四二号　一九六七年一一月)を見出すのみである。
(12) 鈴木一雄『堤中納言物語序説』(桜楓社　一九八〇年)、二二三七頁。
(13) 注(4)の稲賀前掲書(全集・新編全集)が、「かの光遠にあはじや」という主人公の発言の意図をこのように解する。従いたい。
(14) 言うまでもなく、「源中将」と呼称され登場した人物がその後の物語の中で「中将の君」と呼称される可能性は十分にあり得る(注(4)の塚原前掲書、注(1)の増田前掲論文、他)。
(15) 『源氏物語』の引用は、新編日本古典文学全集(小学館)に拠る。
(16) 滝川幸司「桜が散ること――古今集桜歌の漢詩文基盤――」(「詞林」一二号　一九九二年一〇月)。
(17) 『和漢朗詠集』の引用は、新潮日本古典集成(新潮社)に拠る。
(18) 『狭衣物語』の引用は、新編日本古典文学全集(小学館)に拠る。
(19) 同座している友人たちの中でふざけつつも、主人公が秘密の恋心を抱いているというあり方は、『源氏物語』帚木巻の雨夜の品定めの折り、光源氏が秘かに藤壺の宮を思慕しつつ友人たちの会話を聴くあり方と通じている。両場面はその規模において大きな懸隔があるものの、『花桜折る少将』は『源氏』の叙述の手法から学びつつ、主人公・少将の姫君への思いを形象化していったと捉えたい。

第三章　『逢坂越えぬ権中納言』題号考――「安積の沼」と「淀野」をめぐって――

はじめに

『逢坂越えぬ権中納言』の末尾は、

宮は、さすがにわりなく見えたまふものから、心強くて、明けゆくけしきを、中納言も、えぞ荒だちたまはざりける。（略）

うらむべきかたこそなけれ夏衣うすきへだてのつれなきやなぞ

（『逢坂越えぬ権中納言』）

と結ばれている。恋慕う相手と間近に対面しながら、ついに契りえなかった権中納言の姿がここにある。題号の「逢坂越えぬ」は、こうした彼の姿を象徴したものだとする見解が一般的である。(1)

本物語は大きく二つの部分から成っている。根合とその後に続く管弦の場面を主とする前半では、主人公・権中納言の今を時めく貴公子ぶりが語られ、その華やかさとは一転して、後半では彼の宮の姫君への悲恋が語られた。

本章では、この前半と後半の対照(2)という事象に眼を凝らすと、題号の「逢坂越えぬ」には従来考えられてきた意味の層に加えて、もう一つの連想の糸が見出せるのではないかということを述べてみたい。このことは、『逢坂越えぬ権中納言』という物語の結構と密接に関わる趣向となっていると考えている。

一　権中納言の菖蒲の根探索をめぐる表現

前半部における、権中納言の活躍の中心となっている根合の記事を見てみる。根合の当日、権中納言はそれまでの気乗りのしない様子とは裏腹に、立派な菖蒲の根を携えて登場した。

中納言、さこそ心に入らぬけしきなりしかど、その日になりて、えも言はぬ根ども引き具して、参りたまへり。小宰相の局に、まづおはして、「心幼く取り寄せたまひしが心苦しさに、若々しき心地すれど、安積の沼をたづねてはべり。さりとも、負けたまはじ」とあるぞたのもしき。いつのまに思ひよりけることにか、言ひ過すべくもあらず。

（『逢坂越えぬ権中納言』）

大人げない気はしましたが、（菖蒲の根を求めて）「安積の沼」を尋ねました、との彼の発言。豊かな才能に恵まれながら、何ごとにも「つれなき」態度を崩さない権中納言が、珍しくはるか陸奥の「安積の沼」までも菖蒲の根を求めたという。(3) 自身の懸命な行為に対する照れ臭さが、「若々しき心地すれど」の言に表れている。

この「安積の沼」探索の話題は、物語の中にもう一度出てくる。

左
　君が代のながきためしにあやめ草千尋にあまる根をぞ引きつる
右

なべてのと誰か見るべきあやめ草安積の沼の根にこそありけれ
とのたまへば、少将「さらに劣らじものを」とて、
いづれともいかがわくべきあやめ草おなじよどのにおふる根なれば
とのたまふほどに、（略）

（『逢坂越えぬ権中納言』）

根合が終わって歌合となった時に詠まれた歌である。「なべてのと」歌では、「安積の沼」の菖蒲の根の素晴らしさが詠み込まれている。対する「いづれとも」歌では、その菖蒲の根は実は「安積の沼」のものではなく、こちらの菖蒲と同じ「よどの（淀野。山城国）」(4)に生えていたものなのだから、双方の根は優劣のつけようがない、としている。権中納言は、結局のところ「安積の沼」ではなく、近場の「淀野」で菖蒲の根を調達したらしい。菖蒲の根の入手先をめぐって、「安積の沼」と「淀野」が取り立てられている。物語はなぜ、この二つの地名に言及するのか。その意味を考察する前提として、文学の伝統における「安積の沼」と「淀野」おのおの、菖蒲との関わりについて記述しておきたい。

二　歌枕としての「安積の沼」

周知のように、「安積の沼」は陸奥国（福島県）の歌枕である。『俊頼髄脳』には、
五月五日にも、人の家にあやめをふかで、かつみぶきとて、こもをぞふくなる。かの国には、むかし、しやうぶのなかりけるとぞ、うけたまはりしに、このごろは、あさかの沼に、あやめをひかするは、ひが事とも申し

つべし。

（『俊頼髄脳』一五六頁）(5)

とあり、俊頼の生きた時代をさかのぼる「むかし」には「安積の沼」に菖蒲が生えていなかった、という伝承が流布していたことが知られる。こうした伝承の延長線上にあるのが、『今鏡』や『無名抄』に載る実方説話である。「安積の沼」は花がつみの名所として有名であり、実方が下向した折り、五月の節句の菖蒲がないので花がつみを葺いたという話である。

こうした伝承の流れが認められる一方で、「安積の沼」の菖蒲を詠んだ歌も数は少ないながら確認される。

・　くすだまをんなのもとにやる、をとこにかはりて
ぬまごとにそでぞぬれぬるあやめぐさこころににたるねをもとむとて
　返し、きよはらどのの女御
くるしきになにもとむらんあやめぐさあさかのぬまにおふとこそきけ

（『小大君集』一八、一九番）(6)

・　ひさしくおとせぬ人のもとより、五月五日
ひきやらぬふかみにおふるあやめぐさあさきかたにや人のいふらん
　かへし
あやめぐさあさかのぬまにひくめれば今日ばかりなるうきねとぞ見る

（『伊勢大輔集』二七、二八番）

前者は、贈歌をうけて相手の心の浅さを皮肉るかたちで「安積の沼」が出てきている。後者も同じく、相手の心の浅さを「安積の沼」に掛けている。両者とも「安積の沼」は、菖蒲の名所としてではなく、同音の「浅（い）」を

引き出すために用いられている。

ただし、これらの歌の時代より少し後になると、

・（一番）左持　　　　二位宰相経実

あやめ草ひく手もたゆくながき根のいかであさかの沼に生ふらむ

右　　　　前典侍

君が代のながきためしにひけとてや淀の菖蒲の根ざしそふらむ

（寛治七年〈一〇九三〉五月五日「郁芳門院媞子内親王根合」三、四番）(7)

・　四番　左　　　　斎院摂津君

あやめ草浅香の沼に生ふれどもひく根は長きものにざりける

右　勝　　　　高階遠仲

たぐひなきためしにひかむ東路の根をなが沼に生ふる菖蒲を

（永長元年〈一〇九六〉五月三日「中宮権大夫能実歌合」七、八番）

といった例も見られるようになる。これらは、「安積の沼」でとれる菖蒲の根の長さを詠んでいる。つまり、菖蒲の名所としての「安積の沼」がクローズアップされているのである。つがえられた、「郁芳門院媞子内親王根合」の右歌の上の句「君が代のながきためしにひけとてや」、及び「中宮権大夫能実歌合」の同じく右歌の上の句「たぐひなきためしにひかむ」は、『逢坂越えぬ権中納言』の

君が代のながきためしにあやめ草千尋にあまる根をぞ引きつる

（『逢坂越えぬ権中納言』）

の影響下に成立したものらしい(8)。『逢坂越えぬ権中納言』では、この「君が代の」歌と、「安積の沼」の菖蒲を詠み込んだ「なべてのと」歌とは、歌合の折りの左方・右方の歌として詠出されたものであった。

前掲の『俊頼髄脳』からは、俊頼が陸奥の国には菖蒲が無いと考えていたらしいと知られた。彼はまた、「このごろは、あさかの沼に、あやめをひかするは、ひが事とも申しつべし」とも記している。この「このごろ」の例が、「郁芳門院媞子内親王根合」の経実歌や「中宮権大夫能実歌合」の斎院摂津君の歌であったのだろう。ただし、俊頼はこうした見解を持つ一方で、「安積の沼」の菖蒲の歌を自ら詠んでもいる。

あさかのぬまのあやめといふことをよめる
あやめかるあさかのぬまに風ふけばをちの旅人袖かをるかな
あやめ草かげみなそこになみよりてあさかのぬまもふかみどりなり

（『散木奇歌集』二九一、二九二番）

「安積の沼」に関しては、菖蒲をめぐってこのように相反するとも言うべき発想の流れが見てとれる。こうした状況を反映してか、かの地を菖蒲の名所とするか否かは、現代の注釈でも微妙に意見が分かれる。菖蒲の無い沼とするならば、権中納言の「安積の沼をたづねてはべり」という発言は、一種の諧謔をこめた表現として見ることもできる。

『逢坂越えぬ権中納言』が制作された天喜三年（一〇五五）時点で、「安積の沼」が菖蒲の名所として知られていたのかどうかは微妙な問題で、結局残念ながら判断がつかない。ただし、この時までに菖蒲の産地としていくらか和歌に詠まれた痕跡があるのは、「淀野（最も多くみられる）」・「安積の沼」・「筑摩江」等であった。「筑摩江」は同時代人から生まれた発想である上に、近江という近場である。遠くまで懸命に探してきたという意味合いを出すためには、「安積の沼」が最適だったのであろう。

三　歌枕としての「淀野」

「淀野」は、「夜殿」を掛けて用いられることが多い。『俊頼髄脳』には、実方の「みかのよのもちひはくはじわづらはし聞けばよどのにははこつむなり」という歌に関する記述の中に、

よどのに　といふは、常の寝どころをいふなり。（『俊頼髄脳』二二三頁）

とある。こうした「淀野」と「夜殿」の掛詞の例として他に、

・しのびてまできける人の、しものいたくふりける夜まからで、つとめてつかはしける（よみ人しらず）

おく霜の暁おきをおもはずは君がよどのによがれせましや（『後撰和歌集』巻第十三・恋五・九一四番）

・（天暦御時御屏風に、よどのわたりする人かける所に）（壬生忠見）

しげるごとまこものおふるよどのにはつゆのやどりを人ぞかりける

（『拾遺和歌集』巻第二・夏・一一四番）

等がある。

さらに、この「よどの（淀野・夜殿）」に、菖蒲の根をとりあわせた歌もかなり見られる。

・六番　　　斎院宰相

引きわかれ袂にかくる菖蒲草おなじ淀野におひにしものを

（「後十五番歌合」一一番）

・右大臣中将にはべりける時(9)歌合しけるによめる　　　大中臣輔弘

ねやのうへにねざしとどめよあやめぐさたづねてひくもおなじよどのを

（『後拾遺和歌集』第三・夏・二一二番）

先にも記したように、「淀野」は菖蒲の名所として有名であった。

四　物語における前半と後半の対照と「安積の沼」・「淀野」

以上の、権中納言の菖蒲の根探索をめぐって話題にのぼる「安積の沼」・「淀野」の文学的背景を踏まえ、本題に入る。

題号の「逢坂」は、男女の一線を象徴する語である。一方、地名としての「逢坂」は、周知のように都と「人の国」との境と認識されていた。「安積の沼」は、この「逢坂（の関）」を越えてはるばる行ったところにある。これに対して、「淀野」は京の都の近郊に位置する。物語前半部の中心的行事である根合において、権中納言は菖蒲の根を尋ねて、「淀野」には行ったものの、「逢坂（の関）」を越えて「安積の沼」へは実のところ行かなかった。題号の「逢坂」は、「男女の一線」という比喩的な意味と、実際の地名としての「逢坂（の関）」という意味の両方が込められた物言いであったのではないか。物語後半部の趣向としては、姫宮の寝所「夜殿」に忍び込んだものの、「逢坂」（男女の一線）を越えられなかった権中納言、という設定が見えてくる。

つまり、『逢坂越えぬ権中納言』という物語は、「よどの」（淀野〈前半〉・夜殿〈後半〉）には行ったものの、「逢坂（の関）」（地名〈前半〉・男女の一線〈後半〉）は越えられなかった権中納言、という構図を持っているのである。したがって、題号は以上のような物語内部の対照を内包した命名であったと言える。

おわりに

『堤中納言物語』中の諸編を見ると、題号に二重三重の意味の込められているものが少なくないという事実に気づかされる。例えば、『花桜折る少将』[10]や『このついで』、『はいずみ』[11]等である。所収作品は、実にさまざまな意匠が凝らされている点に物語としての方法上の一つの大きな特色がある。それらの趣向の掘り起こしが、作品の特質の解明のためには必要不可欠である。題号の多義的なおもしろさをめぐる小論の考察も、そうした追究の一試みである。

注

（1）三谷邦明氏はさらに、『伊勢物語』六十九段、及び『源氏物語』若菜上巻の光源氏と朧月夜との出会いにおける

（2）「逢坂越えぬ」という言葉に注目している（「堤中納言物語の表現構造――引用・パロディ・視線あるいは『逢坂越えぬ権中納言』の方法――」『物語文学の方法Ⅱ』有精堂　一九八九年。初出は、一九八三年）。
　このような物語内部に認められる対照について、大倉比呂志氏は「「逢坂越えぬ権中納言」の構成――意味転換による相関性――」（『解釈』三五巻一〇号　一九八九年一〇月）の中で、「「公と私という相反する世界での主人公像の対比の妙味が主題を際立たせる」という見解は、根合から同音の寝合への意味の転換を欠落させているのであって、極めて単純な二項対立の図式としてしか受け取っていないことになろう。」と述べている。
（3）後に述べるように、実際は行っていない。
（4）地名でなく、沼地とする説もある。
（5）『俊頼髄脳』の引用は、新編日本古典文学全集（小学館）に拠る。
（6）歌集の引用は、新編国歌大観（角川書店）に拠る。
（7）歌合の引用は、『平安朝歌合大成　増補新訂』（同朋舎出版）に拠る。
（8）「郁芳門院根合」の歌については、稲賀敬二校注・訳　日本古典文学全集『堤中納言物語』（小学館　一九七二年）の頭注に指摘がある。
（9）天喜四年（一〇五六）「顕房家歌合」。
（10）本書Ⅱ第二章参照。
（11）本書Ⅰ第一章参照。

第四章　場の文学としての『思はぬ方にとまりする少将』——平安後期短編物語論——

はじめに

『思はぬ方にとまりする少将』は、零落の姉と妹、おのおのに通うことになった少将と権少将が、姉妹を取り違え四角関係を成立させせてしまう過程を語る物語である。

当該物語をめぐり、二重の取り違えを扱う内容の特殊性とそれを支える文学的背景との関係性の問題、筋中心の叙述のあり方や短編にしては大仰な枠組みの設定といった語りの問題等に注目し、物語の特質に迫る論がこれまで提出されている。それは、長編物語に対峙する短編物語の性質とは何か、物語文学史の中でこの物語をいかに定位するのか、といった問題への考究であったとも言える。

筋中心の語りについて、「長篇の物語の筋書き」を装ったと論じたのが松村誠一氏(1)である。これに対し吉田美枝氏(2)が反論し、当該物語の性格を時代性と短編性とから説明した。以後、考察は先行文学の影響と取り込みの様相の検討へと移る。題号と源景明歌との関わり、物語内容への『浜松中納言物語』の影響を指摘する雨宮隆雄氏の論、(3)『夜の寝覚』冒頭や『源氏物語』宇治十帖の影響を説く豊島秀範氏の論、(4)同じく宇治十帖の影響を詳細に捉えた野村倫子氏の論、(5)散逸物語の世界をも視野に入れた神野藤昭夫氏の論、(6)等がある。これらは、『源氏物語』があってこそ成立する本物語の方法的特質についても考究する。この方法の問題を核に据え長編物語のパロディという視点から論じたのが、神田龍身氏、(7)下鳥朝代氏(8)の論である。下鳥氏は別に、(9)姉妹物語への「批評的まなざし」をも読みとる。

物語史というジャンルを俯瞰する中での本物語の位置づけは、以上の考究により解明されつつあり、多大な示唆を受ける。が、こうした縦の繋がりの検討とともに、和歌や制作された時代背景の影響等、同時代的な横の繋がりの追求も同時に必要なのではないかという思いも抱く。本物語は、和歌表現に依拠する題号の命名から和歌との緊密な関わりが知られる作品であり、「物語合」が催された平安後期という特色ある享受環境の中で制作された可能性が高い作品なのである。(10) 本章は、こうした同時代的な視点から物語の表現を再検討しようとするものである。

考察の柱は、以下の二点である。一つは、題号と物語内容、景明歌をめぐる問題である。景明歌の再検討を出発点として、物語が和歌に接近した時代の短編物語の手法について考える。もう一つは、語りの枠組みをめぐる問題である。冒頭の「昔物語」、跋文の書写者の言の仮構の意味合いの検討を中心に、枠組みの機能について考える。以上の考察を通じて、本物語の特質の解明を目指す。なお、短編物語としての手法の時代的な広がりや、それを生み出した文学的環境との関連の様相についても付言したい。

一　「思はぬ方にとまりする」の喚起する意味内容

まず、題号と物語内容、和歌をめぐる問題について考察する。

「思はぬ方」という表現は少なからず散見するが、「思はぬ方にとまりする」と続く表現は以下の源景明歌に見えるのみである。(11)

女のもとにまかりけるを、もとのめのせいし侍りければ
源景明

風をいたみおもはぬ方にとまりするあまのを舟もかくやわぶらん　（『拾遺和歌集』巻第十五・恋五・九六三番）[12]

すでに指摘されているように[13]、題号は景明歌に拠ると考えられる。題号と物語内容との関わりについて、寺本直彦氏が「二人の少将が各々とり違えて姉妹に逢った事による」[14]と説明して以来、「思はぬ方にとまりする」に後半の取り違えをそのまま重ね解する傾向が強い[15]。が、以下に述べるように両者は厳密に対応するとは言い難い。そのずれに注目し踏み込んで考察する立場がある。雨宮隆雄氏[16]は、「古歌の一句を借用して物語名と成し、かつその歌意から、或はその歌意を曲解して、物語の構想を得るといった物語創作手法」が存したとし、当該物語をその一例として掲げる。塚原鉄雄氏[17]や稲賀敬二氏[18]は、景明歌の世界が物語後半の内容へどのように展開したのかを説明し、当該物語の「換骨奪胎」ぶり（塚原氏）や「アイロニー」（稲賀氏）に着目する。雨宮氏が述べた、古歌が一編の構想に大きく関わるという意見からは大いに示唆を受けるが、当該歌の句ごとに該当する物語内容を断片的に当てはめる考察の手法には賛同できない。塚原氏や稲賀氏のずれを捉える見解には賛同するが、景明歌の喚起する意味内容の捉え方や指摘を後半のみにとどめた点等、再考の余地があるように思われる。以下、再検討したい。

「思はぬ方にとまりする」という表現は、そもそもどのような意味内容を喚起するのか。景明歌の詞書は、「もとのめ」の制止により「女」の許へ行けなくなった景明の状況を提示する。歌中の「風をいたみ」は、この「もとのめ」の制止を象徴する。続く「おもはぬ方にとまりする」は景明が「女」の許へ行きたいと願いつつも、その意に反し「もとのめ」の許にとどまっていることを表す。その侘びしさが下の句に表出されている。景明歌は、三角関係のもと、「もとのめ」という障害のために愛する「女」を訪ねられぬ男の嘆きを詠んだ歌である。よって、「思はぬ方にとまりする」は、意中の人と離れてある、逢えぬ嘆きを喚起する表現として捉えられる。

ところで、『源氏物語』真木柱巻に以下の贈答が見える。

人々いと苦しと思ふに、声いとさはやかにて、
「おきつ舟よるべなみ路にただよはば棹さしよらむとまり教へよ
棚無し小舟漕ぎかへり、同じ人をや。あなわるや」と言ふを（略）、この聞く人なりけりとをかしうて、
よるべなみ風のさわがす舟人も思はぬかたに磯づたひせず
とて、はしたなかめりとや。
（『源氏物語』真木柱巻　③三九九～四〇〇頁）[19]

近江の君は、異母姉雲居雁に懸想中の夕霧を「舟」、彼の居場所を「とまり」に喩え、心変わりをし自分に靡くように誘う。しかし夕霧は、「風」が騒がしても「思はぬかた」には心を移さない、と突き放す。「棚無し小舟漕ぎかへり」は、『古今和歌集』の「ほり江こぐたななしを舟こぎかへりおなじ人にやこひわたりなむ」（巻第十四・恋歌四・七三二番）を引く。管見に入る限り先学の指摘は確認できないものの、当該場面の「舟」・「とまり」・「風」・「思はぬかた」という一連の言葉遣いには景明歌が影を落としていると考える。また、「風」の存在にもかかわらず「思はぬかたに磯づたひせず」という夕霧の断りは、景明歌だけでなく、『古今集』歌「すまのあまのしほやく煙風をいたみおもはぬ方にたなびきにけり」（巻第十四・恋歌四・七〇八番）の傍線部をも念頭に置き反転させていよう。周知のように「すまのあまの」歌は『伊勢物語』一一二段にも載り、影響を受けた詠歌も数多い。[20] 当該の贈答は、これらの和歌を下敷きに成立していると見たい。夕霧の毅然とした態度で近江の君は退けられているものの、異母姉妹と一人の男による擬似三角関係が想定されている。このように、景明歌や「すまのあまの」歌の表現を逆手に取った贈答が『源氏物語』に見えることは注目される。当該例により、景明歌がいかに享受されていたのか、その一端がうかがえるためである。

「思はぬ方にとまりする」は景明歌に拠っていて、詞書と歌意から、愛する人と逢えぬ嘆きをかたどる表現とし

て解される。『源氏物語』真木柱巻の贈答は当該歌の影響下に成ったもので、その発想を反転させたものである。いずれも三角関係を構想する。よって、題号の「思はぬ方にとまりする」は、一人の男と二人の女の三角関係の展開をも暗示すると言えよう。

二　題号から物語内容への転換

当該物語の題号は、作者が命名したものか否か、厳密には定かでない。しかし、本文中に「思はぬ方にとまりする」という表現が現れないこと、題号と内容とが密接な関わりにあること等から、作者本人が冠した名であると考える。これを前提として、題号の喚起する意味内容と物語内容との関連の様相を次に検討する。[21]

まず、二組の男女の結びつきとその日常を語る、前半を見る。両親亡き後、心細く暮らす故大納言の姫君たち。右大将の子少将が女房の手引きで忍び込み姉君と契りを交わし、以後忍びつつ通うようになる。が、右大将の反対のため、少将は姉君の所へ思うほどには通えない。一方、当初は戸惑っていた姉君も、いつしか少将に惹かれていく。父の強引な誘いにより初瀬へ詣でた少将が、数日間姉君を訪れぬことがあった。事情を知らぬ彼女の、逢うもままならぬ嘆きが、次のようにこまやかに語られる。

何事もいと心憂く、人目稀なる御住まひに、人の御心もいとたのみがたく、いつまでとのみながめられたまふに、四、五日いぶせくて積もりぬるを、「思ひしことかな」と心細きに、御袖ただならぬを、われながら、いつ習ひけるぞと思ひ知られたまふ。　（『思はぬ方にとまりする少将』）

続いて、思いを吐露した姉君の詠歌、突然訪問し彼女への変わらぬ愛を訴える少将の答歌が記された。この、少将と姉君の愛しあいながら逢えぬ嘆きは、まさに「思はぬ方にとまりする」表現の喚起する意味内容と重なる。物語では、障害となるのは正妻ではなく少将の父であり、男ではなく女の嘆きに焦点があてられ叙述されている。

　さらに、互いの乳母子が夫婦であることが縁となった、妹君と権少将との結びつきが語られる。権少将はすでに按察使の大納言の娘を妻としているが、かの姫君には「心とどめたまはず、あくがれありきたまふ」状態であった。按察使の大納言の思惑を気にする父右大臣の諫めにより権少将は思うように訪れることができず、妹君は姉君よりも「いと待ち遠に見えたまふ」有様である。愛情薄い正妻のため、愛する人と自由に逢えぬ男の状況が設定されている。もう一人の「少将」の「思はぬ方にとまりする」嘆きである。ここでも権少将の父が嘆きを深める因として物語を支える。物語前半の二つの恋の叙述は、「思はぬ方にとまりする」嘆きをいくらかの脚色と変形とを加えながら散文化していった営みとしても捉えられる。

　後半を見る。権少将は右大将の上の風邪の見舞いにことつけて右大将邸に泊まり、妹君を呼び寄せようとする。乳母子の不在、文の不携帯、女房の勘違い等の偶然の蓄積が、姉君の外出ひいては取り違えを導いた。後に残された妹君も少将からの使いを誤解して出向き、四角関係が成立してしまう。「少将」たちが元来の恋人ではない別の女性と一夜を共にし、その間恋人と逢えぬという設定は、「思はぬ方にとまりする」人間関係を敷衍したものである。が、枠組みは同じでも物語はその内実を似て非なる世界に創り上げた。「思はぬ方にとまりする」状況は三角関係に関わるものであるが、それをより複雑な四角関係へとずらす。また、関係成立後の彼らの心情が、

・男君は、ただにはあらず、いかに思さるることもやありけむ、いとうれしきに、いたく泣き沈みたまふけしきも、ことわりながら、いと馴れ顔に、かねてしも思ひあへたらむことめきて、さまざま聞こえたまふこともあ

るべし。（略）かかることは、例の、あはれも浅からぬにや、たぐひなくぞ思さるる。〈権少将〉

・これも、いとあはれ限りなくぞおぼえたまひける。〈少将〉

（『思はぬ方にとまりする少将』）

と語られ、新しく逢った女へも愛情を募らせたことが知られる。逢えぬ嘆きをかたどる世界からは遠く隔たるのである。後半に至り、古歌の世界を突き抜け、物語独自の「思はぬ方にとまりする」世界が形成された。物語末尾近く、彼らの愛情の行方が、

男も女も、いづかたも、ただ同じ御心のうちに、あいなう胸ふたがりてぞ思さるる。さりとて、また、もとをおろかにはあらぬ御思ひどもの、めづらしきにも劣らず、いづかたも限りなかりけるこそ、なかなか深きしも苦しかりけれ。

（『思はぬ方にとまりする少将』）

と語られ、新旧どちらの恋人にも愛情の深いことが示された点は注目される。もともと「思はぬ方にとまりする」嘆きは、男の抱く二人の女への愛情に優劣があってこそ成立するものであった。末尾の優劣のつかぬ世界の提示は、景明歌と物語前半において展開された「思はぬ方にとまりする」論理の相対化としても捉えられる。

当該物語の営みは、古歌に対する享受者の知識を利用し逆手にとって奇抜な物語を創出する、(22) 極めて対読者意識の発達した知的遊びの精神の産物と言える。指摘した手法を見出す時、後半の一節「権少将は、大将殿の上の御風の気おはするにことつけて、例の泊まりたまへる」や姉君の言い訳としての「風（風邪）」は、景明歌の「風をいたみ思はぬ方にとまりする」を踏まえた、言語遊戯的性格の濃い表現としても捉えることができよう。

三　「昔物語」の対象化の流れと物語冒頭

以上の物語本体を包み込む枠組みについて、次に考察する。

まず、「昔物語」に触れる冒頭の語りを見よう。


昔物語などにぞ、かやうの事は聞こゆるを、いとありがたきまで、あはれに浅からぬ御契りのほど見えし御事を、つくづくと思ひつづくれば、年の積もりにけるほども、あはれに思ひ知られけむ。

（『思はぬ方にとまりする少将』）


「昔物語」などでこそこんな話は聞いたことがあるが、と「昔物語」の世界を引き合いに出し、これから語る話の珍しさを強調している。(23) 同時に語り手は、その昔の出来事と現在とが遠く隔たることを感慨深く述懐する。冒頭は、物語の主題が数奇な運命と出来事にあること、それが遠い過去の事実談であることを提示する。こうした主題提示の冒頭は、周知のように『夜の寝覚』にも見られ、淵源を遡れば『源氏物語』帚木の巻頭に行き着く。(24) ところで、なぜここで物語は「昔物語」に言及するのか。(25) 物語が他物語と自らとを比較する行為の奥にあるものを追究したい。

引用傍線部と類似する物言いは、以下のように見出せる。

・昔物語などにこそかかることは聞け、といとめづらかにむくつけけれど、（略）（『源氏物語』夕顔巻　①一六七頁）
・（略）身をなげきにおぼしたる人こそあらめ、若からむ人の住まひには、いと恐ろしきところなりかし。昔物

語などにこそかかることは聞け、めづらかにあはれなることをも見聞くかな。（『浜松中納言物語』巻三　二一三頁）[26]

・宮も、「物語にこそかかる事はあれ、夢のやうなることをも聞くかな」と、いといみじくあはれがらせたまふ。（『夜の寝覚』巻一　九六頁）[27]

いづれの例も、作中の現実と「昔物語」・「物語」世界との共通性を登場人物の視点から捉え、事柄の珍しさを強調する。傍線部は、『源氏物語』や後期物語の常套的表現であったことが知られる。

そもそも「昔物語」とは何を指すのか。[28]「今」から見た「過去」の物語という、単に時間に関わる呼称の可能性も存する。その立場からは、『源氏物語』にとっての「昔物語」と後期物語にとってのそれとは包含する時間が異なる。後期物語にとっての「昔物語」が、『源氏物語』である可能性も出てくる。『源氏物語』の影響を受けた『思はぬ方にとまりする少将』における「昔物語」が、『源氏物語』を指すとも解される。しかし、筆者はこの立場を採らない。『源氏物語』における「昔物語」について考察したものに、中野幸一氏の論[29]がある。中野氏は『源氏物語』の「昔物語」の個々の分析を通して、「昔物語」が伝奇的物語だけでなく写実的恋愛物語を指す場合が意外に多いことを指摘するとともに、次のように述べていて、注目される。

「昔物語」という表現は、物語の成立の新旧よりもむしろ物語の性格や趣向に伝統的な物語的パターンを見いだした時用いられているように思われる。

これは『源氏物語』についての見解だが、後期物語にも援用できると思われる。例えば、女房が姫君に男を手引きする物語の伝統的類型を捉えた物言いとして、以下のものがある。

・昔物語にも、心もてやは、とあることもかかることもあめる、うちとくまじき人の心にこそあめれ、
（『源氏物語』総角巻　⑤二四四頁）

・昔物語にも、心をさなきさぶらひ人につけてこそ、かかることもはべりけれ。
（『狭衣物語』巻二　①一九九頁）(30)

前者は薫の接近を危惧する大君の心中思惟、後者は女二の宮懐妊の事態に直面した乳母の発言である。後者は、先行の『源氏物語』若菜下巻の小侍従の例が直接引かれたとも考えられるが、むしろ『落窪物語』のあこぎの例をはじめ物語の伝統的類型となっていたからこそ、『源氏物語』や『狭衣物語』において言及されたと解したい。前掲の『浜松』や『寝覚』（「物語」）、『思はぬ方にとまりする少将』の当該例も、物語の伝統的趣向を念頭に発せられた表現として捉えられる。『源氏物語』と後期物語群とは半世紀以上隔たるが、物語の伝統的類型を対象化する『源氏物語』の精神と表現とが後期物語へ継承されたと考える。

もっとも、物語の対象化自体は、周知のように『源氏物語』以前、『三宝絵』や『蜻蛉日記』にすでに見出せる。が、『源氏物語』に至り、特定・不特定に限らず他物語に言及する表現が激増することは注目される。(31)例えば、以下の例がある。

・例の、うらもなきものから、いともの思ひ顔にて、荒れたる家の露しげきをながめて虫の音に競へる気色、昔物語めきておぼえはべりし。
（『源氏物語』帚木巻　①八二頁）

・昔物語などに語り伝へて、若き女房などの読むをも聞くに、かならずかやうのことを言ひたる、さしもあらざりけんと憎く推しはからるるを、げにあはれなるものの隈ありぬべき世なりけりと心移りぬべし。

（『源氏物語』橋姫巻　⑤一四〇頁）

帚木巻は、常夏の女の沈み泣く姿を見た頭中将の感想である。女の悲しみに同化せず距離を置く彼の姿勢には、「昔物語」の型にはまった殊更な感傷性への多少の侮蔑が含まれているように思う。それは、当時の男性や作者紫式部の認識とも繋がると考える。橋姫巻は、宇治の姫君たちを垣間見た薫の感想である。「昔物語」へ現実離れした違和感を抱いていた薫が、月下の零落の姫君たちの姿に「昔物語」の世界を重ねた。以後、薫に恋された大君は思惟する女君として造型され、「昔物語」の姫君たちのように彼と結ばれ幸福になる道を選ばなかった[32]。一見「昔物語」的でありながら、物語は「昔物語」とは異質な世界を切り拓く。薫の抱いた「昔物語」との類似は、両世界の隔絶をも際立たせる。作者は極めて自覚的に、類型的で人間や現実の把握の浅薄な「昔物語」からの離反を企図したのである。

後期物語に現れる「昔物語」への言及は、多かれ少なかれ『源氏物語』の批評精神をも引き継ぐと考える。例えば前掲の『狭衣物語』の場合、「心をさなきさぶらひ人」の手引きという類型が想起されているが、実際は狭衣の単独行であり類型はずらされ異質性が浮き上がってくる。『思はぬ方にとまりする少将』の場合も、同様に解すべきではないか。類似性を唱えた冒頭は、その底に「昔物語」への批評的まなざしを湛える、逆説的文言として捉えられる。姫君たちをめぐる描写、「まことに物語に書きつけたるありさまに劣るまじく、（略）」とあわせ、読者に「昔物語」と比べ読むことを示唆する。題号と冒頭とに導かれ、読者はそれらとの共通性と異質性とを味わう。零落の姫君が貴公子に見出され恋仲になり少ない逢瀬を嘆く前半は、古歌や「昔物語」を正統的に取り入れた世界である。一方、後半の古歌の連想を逆手にとる取り違えと四角関係の成立する奇抜な世界は、恐らく「昔物語」の類型とは程遠い世界であったに違いない。

四　「昔物語」の脱却と優劣論の時空

次に、跋文を検討する。

①かへすがへす、ただ同じさまなる御心のうちどものみぞ、心苦しうとぞ、本にも侍る。②劣りまさるけぢめなく、さまざま深かりける御志ども、果てゆかしくこそ侍れ。③なほ、とりどりなりける中にも、めづらしきは、なほ立ちまさりやありけむに、見なれ給ふにも、年月もあはれなるかたは、いかが劣るべきと、本にも、「本のまま」と見ゆ。

（『思はぬ方にとまりする少将』）

傍線①は語り手の感想で、それが「本にも侍る」と記され書写者が顔を覗かせる。冒頭から物語は昔語りの体を装ってきたが、ここに至りレベルの異なる語り手が現れる。②③は物語本体に付加された書写者の言である。②は、少将たちの姫君たちへの愛情の「果て」への興味を記す。③は、当時の常識を踏まえ新しい恋人の古い恋人への優位を述べる一方、古い恋人への愛着も捨て難いことを指摘し、愛情の複雑さを示唆する。[33]以上がすでに転写されてある旨が記され、古本らしさが仮構されている。それは、この時点で物語を停止させることに大きく寄与している。恐らく作者の所為と考えられるこの手の込んだ跋文が、どのような機能を有するのか、考えてみたい。[34]

新旧の恋人への愛情の優劣のつき難さは、新たな恋の状況、宙ぶらりんの決着のつかぬ世界を提示する。物語の愛情の結末を引く、『源氏物語』若菜下巻の紫の上の感慨が、思い起こされる。

（略）人々に物語など読ませて聞きたまふ。かく、世のたとひに言ひ集めたる昔語どもにも、あだなる男、色好み、二心ある人にかかづらひたる女、かやうなることを言ひ集めたるにも、つひによる方ありてこそあめれ、あやしく浮きても過ぐしつるありさまかな、（略）など思ひつづけて、（『源氏物語』若菜下巻 ④二一二頁）

この「昔語」は「昔物語」とほぼ同義であると考える。「昔語」の中では浮気な男等に関わり翻弄された女でも最終的には一人の頼れる男に落ち着く、しかし自分はそうした物語の女主人公とは異なる「つひによる方」のない身の上である、と紫の上は自らの境涯を見つめる。「昔語」は彼女のやるせない思いをかたどる比較材料としてあるが、逆にこの記述から当時流通していた「昔語」がいかなるものであったか、その一端がうかがえる。それは愛情の「果て」と幸福とが用意された物語であっただろう。『源氏物語』は、北山で光源氏に発見され幸福を手に入れたかに見えた紫の上のその後を若菜上巻以降も語ることにより、「昔物語」の枠に収まらぬ女の生を造型した。愛情の優劣のつかぬ『思はぬ方にとまりする少将』の結末も、『源氏物語』とは別のかたちで「昔物語」からの脱却を試みたものとして解せよう。その姿勢は、冒頭の「昔物語」への言及とも呼応する。

ところで、この「劣りまさる」を問題提起する文言は、優劣論の時空とも関わるのではないかと考える。『源氏物語』の薄雲巻他や『更級日記』の作者と源資通との対話等に見える春秋優劣論、『公任集』五三〇番や『枕草子』七九段（「涼、仲忠などが事、御前にも、おとりまさりたるほどなど、仰せられける」）[35]に見える『うつほ物語』の涼と仲忠の優劣論、『拾遺和歌集』五一二番に見える鶯と郭公の優劣論等、優劣論はサロン的場の文化的話題としてあった。『後撰和歌集』五一〇・五一一番や『元良親王集』冒頭に見える、「まつゆふぐれ」と「かへる朝」の辛さは「いづれまされり」と質問した歌と女たちの答歌とは、こうした優劣論に通じるものとして捉えられよう。当該跋文の優劣を問題にする姿勢は、これらの優劣論に準じ、サロン的場に「恋」をめぐる優劣論を誘発する機能をも企図すると考える。

五　〈題詠的手法〉と物語を囲繞する場

以上論じてきた本物語の性格の、平安後期短編物語との共通性や、物語を囲繞する文化的環境との関連について素描し、結びとする。

当該物語に見た題号と物語内容との関係に似る物語は、他の平安後期短編物語中にも見出すことができる。天喜三年（一〇五五）の「六条斎院禖子内親王物語歌合」の参加作品であり『堤中納言物語』にも所収される『逢坂越えぬ権中納言』は、「逢坂越えぬ」という和歌表現を題号に冠する。作中には「逢坂越えぬ」の語は見えず、『源氏物語』の巻名や後期中長編物語の題名のような作中の象徴的歌語を用いるやり方とは、一線を画す。題号は、歌の伝統から様々な連想を喚起する。(36)その伝統と戯れ作中に「逢坂越えぬ」状況をいかに形成するのかが、物語の眼目の一つであったと考える。意中の姫君の所へ忍び込みながら「逢坂」を「越え」得ない主人公の姿を語る物語後半だけでなく、前半にも「逢坂越えぬ」をめぐる言語遊戯が配されている。(37)『堤中納言物語』中の一編『花桜折る少将』も、題号に冠した「花桜折る」が作中に登場しない。当該表現は、美女を手に入れる意か容姿の美しい意か説の分かれるところであるが、むしろ両義的題号と解したい。(38)物語は、桜を背景にした主人公の美麗さや、美女には違いないが老齢の尼君を手に入れる結末を描出するのである。(39)作者と共有する文学的知識をもとに、読者は題号と散文とのあわいに仕掛けられた作意を読み解く、そのような物語の楽しみ方が想定できる。『堤中納言物語』中の『はいずみ』、『貝合』、『このついで』の題号は、物語の結構に深く関わる掛詞が仕掛けられ二重の意味を担うと解される。(40)題号は作中の語句に依拠するが、題号と物語内容との関わりは検討した手法に通じる性格を備えていると考える。

このような物語のあり方は、題のこころを詠む、題詠という文学行為と近似するのではないか。折しも平安後期は、歌合の盛んな時代であった。歌人でもある女房たちが、物語を制作する。短編物語はその短さゆえに、物語作者としての才能の有無にかかわらず、文学的素養のある女房たちが手を染めやすい分野であっただろう。検討したような、言わば〈題詠的手法〉による物語の制作は、歌を教養の基盤とする女房たちにとって比較的取り組みやすいやり方だったに違いない。祐子内親王、禖子内親王、寛子皇后等を中心とするサロン文化華やかなりし時代、物語も共同で享受され批評されることが少なくなかったであろう。「物語合」の開催がそれをうかがわせる。作者と読者の距離が近く時に交替可能な、洗練された批評の場でもあるサロンの中で、制作され享受されていた平安後期短編物語は、場の文学としての側面を多分に有していたであろう。そのことが、『思はぬ方にとまりする少将』について指摘したいくつかの性格に影を落としていると考える。

おわりに

『思はぬ方にとまりする少将』は、題号に引く景明歌の世界を、前半において脚色しつつ散文化し、後半において換骨奪胎し新たな「思はぬ方にとまりする」状況を創出するという、〈題詠的手法〉[41]で物語を形成している。物語本体を包む語りの枠組みは、類型的な「昔物語」への批評的精神の現れであり、物語享受の場への優劣論的話題の提供をも企図する一面を持つ。これらは、当該物語の場の文学としての性質を反映する。

『源氏物語』以降の物語たちの「昔物語」脱却の試みは、様々な方向へ向かった。『源氏物語』の巨大な達成。『源氏物語』のあり方をさらに細分化し、各々の方向へ先鋭化した後期物語。中でも短編物語は、享受の場を意識し機知的趣向を研ぎ澄ました。平安後期は限界を内に孕みつつも、物語の行方が盛んに模索された時代であった。

注

(1) 松村誠一「短篇物語の構成――堤中納言物語の諸篇――」(「国語と国文学」三六巻三号　一九五九年四月)。

(2) 吉田美枝「堤中納言物語研究――「思はぬ方にとまりする少将」の特質とその位置――」(「日本文学」(東京女子大学日本文学研究会) 二五号　一九六五年一一月)。

(3) 雨宮隆雄「堤中納言物語の手法――短篇物語に於ける古歌の影像をめぐって――」(「茨城工業高等専門学校研究彙報」二号　一九六七年三月)、「堤中納言「思はぬ方に泊りする少将」篇の一典拠――浜松中納言物語巻三中の「大弐の娘」の挿話との関連――」(同三号　一九六八年三月)。当該箇所以外の雨宮論は前者の論文に拠る。

(4) 豊島秀範「思はぬ方にとまりする少将物語」(三谷栄一編『体系物語文学史』第三巻　有精堂　一九八三年)。

(5) 野村倫子「「思はぬ方にとまりする少将」小考――短編物語の手法――」(「論究日本文学」四七号　一九八四年五月。のち、王朝物語研究会編『研究講座　堤中納言物語の視界』新典社　一九九八年、再録)。

(6) 神野藤昭夫『散逸した物語世界と物語史』(若草書房　一九九八年) 13『堤中納言物語』と短編物語の世界　三二一〜三二五頁。

(7) 神田龍身「『思はぬ方にとまりする少将』――短篇物語の終焉――」(「研究年誌」二九号　一九八五年三月)。

(8) 下鳥朝代「「思はぬ方にとまりする少将」と「はなだの女御」――末尾表現に着目して――」(物語研究会編　新物語研究5『書物と語り』若草書房　一九九八年)。

(9) 「「劣りまさるけぢめ」――『堤中納言物語』「思はぬ方にとまりする少将」論――」(「湘南文学」三六号　二〇〇二年三月)。

(10) 当該物語の成立については、諸説ある。稲賀敬二氏(同校注・訳　新編日本古典文学全集『堤中納言物語』小学館　二〇〇〇年)が「十世紀後半の成立、作者は源景明の周辺の人物か」と述べるが、ここでは大勢となっている平安後期あるいは末期、とりわけ後期成立の可能性が高いと見て以下の論を進める。それは、題号の命名法が天喜三年の「物語歌合」提出作品と通じること、本物語に『源氏物語』の影響が濃厚であること、等から想定した。

(11) 類似する表現として、「風をいたみ春もやけさはふなでして思はぬ方にとまりしつらん」（『散木奇歌集』七六五番）がある。

(12) 歌集の引用は、新編国歌大観（角川書店）に拠る。

(13) 寺本直彦校注 日本古典文学大系『堤中納言物語』（岩波書店 一九五七年）、注（3）の雨宮前掲論文、松尾聰『堤中納言物語全釈』（笠間書院 一九七一年）、稲賀敬二校注・訳 日本古典文学全集『堤中納言物語』（小学館 一九七二年）、塚原鉄雄校注 新潮日本古典集成『堤中納言物語』（新潮社 一九八三年）、注（6）の神野藤前掲著書、注（10）の稲賀・新編全集、他。

(14) 注（13）の寺本前掲書。

(15) 注（13）の松尾前掲書、他。

(16) 注（3）の雨宮前掲論文。

(17) 注（13）の塚原前掲書。

(18) 注（13）の稲賀前掲書、注（10）の稲賀前掲書。

(19) 『源氏物語』の引用は、新編日本古典文学全集（小学館）に拠る。

(20) 「かぜふけばもしほのけぶりうちなびきわれもおもはぬかたにこそゆけ」（『後拾遺和歌集』五二一番、大弐高遠）、他。

(21) なお、すでに先学の説を紹介したように、物語発端から取り違え成立までの行文に『源氏物語』の影響が多大であることは言うまでもない。が、物語全体の結構は題号と深く関わると考えるので、以下のような検討を行った。

(22) はやく石川徹氏は、物語制作の際「古歌の主題を物語に敷衍」する手法が存し、特に短編物語において顕著であったと推定した（「平安朝に於ける物語と和歌との相互関係に就いて」「国語と国文学」一九四六年五月）。当該物語の具体的検証はないが、論旨からその一例と捉えていると見る。大いに示唆を受けるが、石川氏が和歌から物語への展開を直線的に捉える点は賛同できない。むしろ展開の妙を、作者は工夫し読者は楽しんだのではないか。人違えを扱う物語としては、散逸物語の『みかはに咲ける』や『里のしるべ』があげられる。特に後者は、大将が意中の三君ではなく大君と契ってしまう物語であり（『風葉和歌集』七六六・一一三八・一一三九番）、姉妹間の取り違えという点、当該物語との類似が注目される。『風葉集』一一三八番の詞書に「神無月ばかり、女のもとにまかりて、人たがへしてかへる朝に、もとこころざし侍りける人につかはしける／さとのしるべの大将」とあり、別の女と逢っても男の志は変わらなかったことが知られる。四角関係の成立とその後の心理描写の点において、当該物語はやはり特異な位置にあったと推定できるのではないか。

(23)「昔物語にはあるが、当世の物語ではお目にかからない。ところが、こんなことが本当にあったんだという逆説的な前置き。」（注（13）の稲賀・全集、注（10）の稲賀・新編全集）。

(24)三谷邦明「堤中納言物語の表現構造——引用・パロディ・視線あるいは『逢坂越えぬ権中納言』の方法——」（『物語文学の方法Ⅱ』有精堂　一九八九年。初出は一九八三年）。

(25)土岐武治氏は「古典的価値を与へようとする作者の狙ひがある」（同『堤中納言物語の注釈的研究』風間書房　一九七六年）とするが、従えない。

(26)『浜松中納言物語』の引用は、新編日本古典文学全集（小学館）に拠る。

(27)『夜の寝覚』の引用は、新編日本古典文学全集（小学館）に拠る。なお、この「物語」は姉妹に一人の男が関係する話を指していて、『思はぬ方にとまりする少将』の恋模様にも通じ注目される。

(28)注（13）の塚原前掲書は「昔物語」を、「冒頭を「むかし」「いまはむかし」で起筆し、非現実的な空想性が濃厚な物語」とするが、以下に掲げる中野幸一氏の説に賛同し、従えない。

(29)中野幸一『物語文学論攷』（教育出版センター　一九七一年）、七三〜七四頁。

(30)『狭衣物語』の引用は、新編日本古典文学全集（小学館）に拠る。

(31)「昔物語」の用例に限っても、『源氏物語』以前の仮名散文作品では『蜻蛉日記』に一例のみ、『源氏物語』で十七例にのぼる。

（32）池田節子「大君——結婚拒否の意味するもの——」（森一郎編『源氏物語作中人物論集——付・源氏物語作中人物論・主要論文目録——』勉誠社　一九九三年）に詳しい。
（33）「当時、男は新しい恋や花やかな相手にすぐ心を移してしまうもの、ということわざがあったのであろう」（三角洋一全訳注　講談社学術文庫『堤中納言物語』講談社　一九八一年）。
（34）下鳥氏は、「「書くこと」に関わる先鋭的な方法意識」を見（注（8））、また「異なる「文脈」の衝突によって一編の笑い」が生み出された（注（9））とし、方法や物語史的観点から論じている。本論では、別の角度から眺めてみたい。
（35）『枕草子』の引用は、新編日本古典文学全集（小学館）に拠る。
（36）「逢坂」は地名逢坂の関に由来するが、男女の一線の意を掛ける場合が多い。また稲賀氏が、藤原伊尹詠「人しれぬ身はいそげども年をへてなどこえがたき相坂の関」（『後撰和歌集』七三一番）に着目し、『一条摂政御集』の詞書から同歌を「まだ深い関係ではないと相手の娘の親に思いこませようとする」歌と捉え、題号にはこうした連想を読者に抱かせようとする意図が存する可能性を指摘する（注（13）の稲賀前掲書、注（10）の稲賀前掲書）。
（37）本書Ⅱ第三章参照。
（38）本書Ⅱ第二章参照。
（39）末尾の一文「御かたちは限りなかりけれど。」の「御かたち」を、男主人公のそれと解する立場も存する（石川徹「平安文学語意考証（其二）——をこがまし・さるは・ものは——」「平安文学研究」第一七輯　一九五五年六月、他）。
（40）本書Ⅰ第一章・第五章、後藤康文「観音霊験譚としての『貝あはせ』——観音の化身、そして亡き母となった男——」（『説話論集』第九集　一九九九年八月）、後藤康文「『このついで』篇名由来考」（『講座　平安文学論究』第一六輯　風間書房　二〇〇二年）、他。
（41）五島美術館蔵「観普賢経冊子」に見える、歌のこころを絵にした歌絵のあり方と当該の手法とは、和歌を核にする創作活動という点で共通する性質を備えていよう。ジャンルを越えた平安文化という視点から、後期短編物語の営為を捉えてみたい。

第五章　『よしなしごと』の〈聖〉と〈俗〉

はじめに

『よしなしごと』は、弟子にあたる娘へあてた師僧の無心の書簡が作品の大半を占める、異色の物語である。往来物の形式内容や、『玉造小町壮衰書』・『新猿楽記』等に見える物の名の列挙形式との類似が、先学によりすでに指摘されている。(1) もっとも、『よしなしごと』では、師僧がこの書簡を書くにいたった経緯が書簡の書写者の語りを通して明らかにされていて、この点が独自の趣向となっている。その設定とは、「故だつ僧」が密かに通じる娘から山籠もりの具を調達したことを知った師僧が、自身も借り受けようと手紙を書くという一風変わった事情である。こうした書簡を包む、いわば枠組みの存在がこの作品を物語たらしめていると言える。よって、本作品世界の考察には、この枠組みと書簡との関わりの検討が一つの重要な作業となってくると思われる。

この枠組みと書簡の内容をめぐっては大きく二つの問題が存しよう。一つは師僧の書簡の意図、意味合いをどう読むのか、もう一つは枠組みの機能をどう捉えるのかという問題である。まず前者を確認する。雨宮隆雄氏は書簡を「無心のための無心の書状」とし、書簡が実は物品請求という実利を目的に執筆されたのではないことを明らかにし、「女への窘めと故だつ僧への非難」を読んだ。(2) また小峯和明氏は「故だつ僧と娘への諷刺、揶揄」を見る。(3) 枠組みと書簡の内容とを勘案すると、こうした師僧の、娘及び「故だつ僧」への揶揄や諷刺、非難の精神を書簡の文面に見てとることはほぼ妥当であろう。ただし現在、書簡中の文言個々についての表現意図が、その文学的背景を踏まえた上で十分に検討されているとは言い難い状況にあると思われる。よって本章では、枠組みと直接関連すると推定される文言、具体的には娘と「故だつ僧」の秘密の関係を背後に想起させる文言について指摘し考察を加える。これが本論の一つの柱である。

次に枠組みの機能について見ておく。この問題を考える際、とりわけ重要となるのは物語末尾の読みとりであろう。神田龍身氏は書簡の書写者を「窃視者」と捉え、末尾をこの「窃視者」が「自らの意図を韜晦」した言辞と位置づける。[4] 一方、小峯氏は末尾を同様に書写者のことばと捉えつつも、「虚構をより徹底させるための述懐」と解した。こうした見方に対し、三谷邦明氏は末尾を師僧の書簡の一部と捉え、書簡を「出されなかった手紙」、「退屈を慰める戯文」と解釈することで、末尾においてこれまでの語りの枠組みそのものが崩壊するとし、「書写者までもを弄んでいる戯作者の姿が浮かび上がってくる」と述べる。[5] 同様の問題を、小森潔氏は「ゲーム」と「コミュニケーション」の視点から捉えた。[6] 視点の異なりが読みの世界を豊饒にしている。ただし一方で、出発点となる本文の理解がいまだ十分に検証されていないのではないかという思いも抱く。本論では表現の背景を探り文脈理解に努めることで、枠組みの機能について考えてみたい。これがもう一つの柱である。

さらにこの二点をふまえ、作品世界を支える背景について考察し、本物語の趣向ひいては特質の一端を明らかにすることが本論の目的である。

一　冒頭の枠組みの下限とその機能

まず、冒頭の枠組みを確認する。

人のかしづくむすめを、故だつ僧、忍びて語らひけるほどに、年のはてに、山寺に籠るとて、「旅の具に、筵、畳、盥、半挿貸せ」と言ひたりければ、女、長筵、何かや、一つやりたりける。それを、女の師にしける僧の聞きて、「われも物借りにやらむ」とて、書きてありける文の言葉のをかしさに、書き写して侍るなり。似つかず、あさましきことなり。

（『よしなしごと』）

「人のかしづくむすめ」を「故だつ僧」がこっそりと懇意にしていて、年の暮れに山寺へ籠もるというので、「旅の具」として、「筵、畳、盥、半挿貸せ」と言ってやったところ、女は一揃い用立ててやった。それを「女の師にける僧」が耳にして「われも物借りにやらむ」と書いた手紙の言葉のおもしろさに書き写したのだ、とまず書写者によって書簡の書写経緯が明らかにされる。この部分の書写者の言とあとに続く師僧の書簡との境界をめぐって、意見が分かれている。書写者の言を「似つかず、あさましきことなり。」までとするか、あるいは直後の「唐土、新羅に住む人、さては常世の国にある人、わが国には、やまがつ、品尽のこひ磨などや、かかることばは聞こゆべき。それだにも。」までとするかである。両者とも可能性が存する。が、師僧の書簡は様々な地名・品名が飛び交い、想像力が壮大に広がる書き様であり、その傾向と「唐土、新羅に住む人、さては常世の国にある人」以下の表現の特色とが似通う。よって、「似つかず、あさましきことなり。」までを書写者の言、そのあとの「唐土」以下を書簡部分と解する。この場合、「唐土」以下は師僧の謙辞と捉える。

書写者は自らが書簡を写す理由を、「文の言葉のをかしさ」のためと記した。この言は、以下に引用された書簡の読みを誘導する機能も有する。読者に「文の言葉のをかしさ」への着目を要求するのである。続く「似つかず、あさましきことなり」、つまり僧の書簡としては似つかわしくなくあきれたことです、という書写者の師僧への皮肉は、一方で荒唐無稽な書簡に接し生じるであろう読者の非難を先取りし封じ込め、読者の読みを「言葉のをかしさ」に収斂させるための仕掛けであるとも捉えられる。

当該部分には「書き写して侍るなり」とあり、「侍り」が用いられている。これはある特定の読み手を意識した物言いとも考えられるが、続く書簡部分との関係から使用されたとも解されよう。物語にはそれまで語られてきたストーリー部分に続き、物語を書き写した人物のことばを記す末尾表現が付されることがある。例えば『思はぬ方にとまりする少将』の末尾、

かへすがへす、ただ同じさまなる御心のうちどものみぞ、心苦しうとぞ、本にも侍る。劣りまさるけぢめなく、さまざま深かりける御志ども、はてゆかしくこそ侍れ。なほ、とりどりなりける中にも、めづらしきは、なほたちまさりやありけむに、見なれたまふにも、年月もあはれなるかたは、いかが劣るべきと、本にも、「本のまま」と見ゆ。

（『思はぬ方にとまりする少将』）

は、この物語の内容に関する書写者の感想を本文に刻む。恐らく作者の所為と考えられ、手の込んだ枠組みがかたちづくられている。ここに、「侍り」が用いられたことは注目される。「侍り」の使用によって、物語のストーリーを綴る部分とは異なる文体が形成されている。こうした「書写者のことば」に通じるのが、『よしなしごと』冒頭の書簡の書写者の言に見える、「侍り」を用いた文体ではないか。『よしなしごと』においては書写者の言が、他物語に比してより詳しく、しかも冒頭に記されることによって、以下の本文内容の読みを左右する機能をも有するにいたったと捉えられよう。

二　師僧の書簡のしかけ（一）

こうした冒頭をうけ記された師僧の書簡を次に検討する。師僧の書簡には、日本国内・外国・空想上の地名、高級品・粗悪品・架空の品まで、幅広い地名・品名が登場する。その言葉遊びのおもしろさや並べ方の妙については諸注により指摘があるので(9)、本論では先に述べた通り、枠組みで紹介された娘と「故だつ僧」の関係を背後に想起させる文言に絞って検討を加えたい(10)。

まず、書簡の冒頭を見る。

唐土、新羅に住む人、さては常世の国にある人、わが国には、やまがつ、〔イ〕品尽のこひ磨などや、かかることばは聞こゆべき。それだにも。〔ロ〕すだれ編みの翁は、かしたいしのむすめに名立ち、賤しき中にも心の生ひさきはんべりけるになむ。〔ハ〕それにも劣りたりける心かなとは思すとも、わりなきことの侍りてなむ。（『よしなしごと』）

〔イ〕以下に着目する。「品尽のこひ磨」は恐らく本作品の造語らしく、品物が尽きる意の「品尽」に名前風の「こひ磨」が付加されたと推定される。「こひ磨」の「こひ」には、「恋」あるいは「乞」の字が当てられ解釈されている(11)。が、ここはこの二つの掛詞として読めるのではないかと考える。この人物名は、品物がなく物乞いをする恋に夢中の男、という意に解されよう。そんな人物だったらこんな言葉を申し上げるでしょうが、とはじまる前置きは、娘に旅の具を依頼した「故だつ僧」を多分に意識した物言いである。

続く〔ロ〕も、これと同様の戯れと見る。「すだれ編みの翁」・「かしたいし」の典拠は不明だが、「すだれ編み」

の方は以下の用例、

・未明御簾編等、令召遣成長許畢、今日内令編出料也、　（『吉記』承安三年（一一七三）七月九日条[12]）

・　七番　右　　御簾編

夕まぐれこすの間とほる月影はくまなきよりもあはれなるかな　（「鶴岡放生会職人歌合」[13]）

に見える「御簾編」と同様の職人であろうと推定される。それは竹取の翁のような卑賤の人物であったと考えられる。その「すだれ編みの翁」なる人物が「かしたいしのむすめ」に浮き名が立ち卑しいながら将来の悟りの望みがあったという話は、「故だつ僧」と娘の恋愛を対照し浮き彫りにするために引かれていよう。続く〔ハ〕は直接には「すだれ編みの翁」にも劣るとする師僧の謙遜の言辞であるが、「故だつ僧」をも意識した物言いになっているのではないか。師僧は自らを卑しめる文言を連ねると見せかけつつ、「故だつ僧」と娘の関係を連想させる仕掛けを用意し婉曲に揶揄を重ねている。

師僧の隠遁への思いが記された後、書簡はいよいよ無心の用件に入る。

まづ、いるべき物どもよな。（略）畳などや侍る。錦端、高麗端、繧繝、紫端の畳。それ侍らずは、布べりさしたらむ破れ畳にてまれ、貸したまへ。（イ）玉江に刈る真菰にまれ、（ロ）逢ふこと交野の原にある菅菰にまれ、ただあらむを貸したまへ。（ハ）十布の菅菰な賜ひそ。筵は、荒磯海の浦にうつるなる出雲筵にまれ、生の松原のほとりに出で来なる筑紫筵にまれ、みなをが浦に刈るなるみつふさ筵にまれ、そこいる入江に刈るなる田並筵にまれ、（ニ）七条の縄筵にまれ、侍らむを貸させたまへ。全きなくは、破れ筵にても、貸させたまへ。　（『よしなしごと』）

〔イ〕は玉江で刈る真菰の粗筵であるが、以下の『万葉集』歌にはじまる歌の伝統に根ざした和歌的表現でもある。(14)

（寄レ草）
三嶋江之《みしまえの》　玉江之薦乎《たまえのこもを》　従二標之一《しめしより》　己我跡曽念《おのがとそおもふ》　雖レ未レ苅《いまだからねど》
（『万葉集』巻第七・譬喩歌・一三四八番）(15)

この「三嶋江の」歌は『拾遺和歌集』（巻第十九・雑恋・一二二二番）にも載り、こちらでは第二句中の「こも」が「あし」となっている。また、『袖中抄』や『井蛙抄』には引用本文のかたちで引かれている。流布の本文の形態に問題が残るものの、少なからず人口に膾炙していた歌であろうと推察される。(16)当時の読み手、とりわけ和歌の世界に通じた読者たちは、物語本文から当該歌を想起した可能性が高いのではないか。引用歌は、「三嶋江の玉江の薦」に標識をして以来、我が者と思っている、まだ刈ってはいないけれども、という意で、「三嶋江の玉江の薦」が愛する女性を象徴し、「苅らねど」はその女性とまだ男女の関係を結んでいないことを指す。この歌ことばの世界を念頭に置くと、物語本文の「玉江に刈る真菰」からはすでに男性と通じた女性という連想もはたらく。

同様に、〔ロ〕も歌ことばの世界と密接に関わる。以下の『後撰和歌集』歌、

えがたう侍りける女の家のまへよりまかりけるを見て、いづこへいくぞといひいだして侍りければ
藤原ためよ
逢ふ事のかたのへとてぞ我はゆく身をおなじなに思ひなしつつ
（『後撰和歌集』巻第十三・恋五・九一七番）

の例からもわかるように、「逢ふこと交野」は河内国の地名「交野」に「逢ふこと難し」の「かた」を掛けていて、[17]逢いがたい女性を想起させる。表向きは「菰」を所望する文言でありながら、女性の所望をも連想させる仕掛けがほどこされていて、師僧の娘に対する挑発が透けて見える。

続く〔八〕は、『俊頼髄脳』や『袖中抄』に載る以下の歌を踏まえる。[18]

みちのくのとふのすがごもななふには君をねさせてみふに我ねむ　（『俊頼髄脳』七〇頁）[19]

「ななふ」にいとしい人を寝せ自らは「みふ」に寝ようとあり、共寝用の広い薦であったことがわかる。修行の旅なのでそんなものは不要、とふざけた。ちなみに、同歌の影響を受けた歌が院政期から鎌倉時代にかけて散見する。

・君待つととふのすがごもみふにだに寝でのみあかす夜をぞ重ぬる　（恋二十首）（参議左中将教長卿）（『久安百首』一二七五番）

・ねざめするとふのすがごもさえわびて暁ふかく千鳥鳴くなり　（冬五十首）（『後鳥羽院御集』八八九番）

「みちのくの」歌に詠み込まれた「十布の菅菰」の和歌世界における連想は、平安の終わりから鎌倉にかけての歌人たちの中に少なからず浸透していたと考えられる。書簡の文言はその連想を活用することで、師僧の、娘への下卑た戯れを演出している。

次に、〔二〕を見る。「七条の縄筵」の用例は管見に入る限り見出せない。が、「九条むしろ」であれば時代はか

なりくだるものの、以下の「七十一番職人歌合」歌において確認できる。(20)

こひしさのこころものべぬひとりねは九条むしろもせばからぬかな　（「七十一番職人歌合」八番・右）

恋心も発散しないさびしい独り寝には「九条むしろ」も狭くはない、という意であろう。この歌によると、「九条むしろ」は独り寝用の狭い筵であったようである。「九条」は京の九条を指し、これを捩り「七条の縄筵」という品名が捻出されたと推定したい。地名の「九」を「七」に変え、数の減少にともない一層狭い筵を読者に連想させようとしたことば遊びであると考える。独り寝用の狭い「九条むしろ」よりももっと狭い「七条の縄筵」であってもこの際構わない、という意と読む。この物言いには、恋愛から隔絶された師僧の僻みの気分までもが揺曳していよう。ただし、もととなる「九条むしろ」自体が『よしなしごと』成立当時流通していたのか、あるいは「九条むしろ」に対して記したような連想がはたらいていたのか否か、甚だおぼつかない。手がかりが乏しく推定を重ねる憾みは残るけれども、以上記したように「九条むしろ」との繋がりを読んでおく。当時の読み手たちにとって、その蓄積している情報によって少なからず本文の理解が異なってくる文言であったのではないか。むしろ、様々に表現の意味を想像させるところにこそ、この物語の趣向の一つがあったと考える。

三　師僧の書簡のしかけ（二）

さらに師僧の書簡部分を考察する。

けぶりが崎に鋳るなる能登かなへにても、真土が原に作るなる讃岐釜にもあれ、石上にあなる大和鍋にてもあれ、〔イ〕筑摩の祭に重ぬる近江鍋にてもあれ、〔ロ〕楠葉の御牧に作るなる河内鍋にまれ、いちかどに打つなるさがりにまれ、とむ、片岡に鋳るなる鉄鍋にもあれ、餡鍋にもあれ、貸したまへ。（略）これら侍らずは、〔ハ〕やもめのわたりのいり豆などやうの物、賜せよ。

（『よしなしごと』）

〔イ〕は、『俊頼髄脳』や『伊勢物語』に記述の見える近江国の筑摩神社の祭りを踏まえた文言である[21]。祭りの日、女は関係した男の数だけ土鍋をかぶり奉納したという。この行事を念頭に『俊頼髄脳』に載る、

近江なるちくまの祭とくせなむつれなき人のなべのかず見む　（『俊頼髄脳』一一四頁）

が詠まれた。この歌は他に、『伊勢物語』百二十段や『拾遺和歌集』（巻第十九・雑恋・一二一九番。初句「いつしかも」、第三句「はやせなん」）、『袖中抄』（第三句「はやせなん」）にも所収されている。当該歌の後世への影響は少なくないようで、例えば以下の詠歌が存する。

・御あがもののなべをもちてはべりけるを台ばんどころより人のこひはべりければつかはすとてなべにかきつけはべりける　藤原顕綱朝臣

おぼつかなつくまのかみのためならばいくつかなべのかずはいるべき　（『後拾遺和歌集』第十八・雑四・一〇九八番）

・七条にて人人あそびしついでによみし恋の歌

としもへぬつくまの神に事よせてなべのかずにも人のいれなん　（『六条修理大夫集』六五番）

「筑摩の祭り」をめぐる話題は、当時の人々にかなり浸透していたことが知られる。ところで、はじめにとりあげた『俊頼髄脳』歌は、筑摩の祭りによって自分に冷淡な女の男性関係を暴いてやろう、というものである。物語本文の「筑摩の祭に重ぬる近江鍋」からは、娘の男性関係を知りたいという師僧の屈折した欲望をも読みとることができよう。

続く〔ロ〕を見る。『梁塵秘抄』に以下のような歌謡が載る。

楠葉の御牧の土器造、土器は造れど娘の顔ぞ好き、あな愛しやな　彼女を三車の四車の愛敬輦に打ち載せて受領の北の方と言はせばや、（『梁塵秘抄』巻第二・三七六番）[22]

「楠葉の御牧」は土器の産地であったことがわかる。「土器は造れど娘の顔ぞよき、あな愛しやな」からは、土器造りの娘が色香漂う評判の器量よしだったことが知られる。物語本文に、そうした娘ひいては女性一般への師僧の興味を想定するのは深読みに過ぎようか。

以上、書簡の文言には、表層における品物の無心という意味の層の底に、「故だつ僧」と娘の関係への揶揄や皮肉、娘への挑発、女性の所望といった師僧の屈折した欲望が隠微に塗り込められていると読んできた。その品物の列挙を締めくくるのが、〔ハ〕である。先学によってすでに指摘されているように[23]、「やもめ」は寡婦、「いり豆」は女陰の異称であることから、当該品名は卑猥な連想を喚起する。もっとも、「いり豆」は『新猿楽記』には酒の肴として登場する。

七の御許は、貪飯愛酒の女なり。好む所は何物ぞ。（略）、酒は濁醪、肴は煎豆。（『新猿楽記』三一頁）[24]

こうした食品を取り上げつつ、一挙に猥雑な笑いが仕掛けられている。[25] ここまで燻り続けてきた師僧の欲望が下卑た露骨な挑発となって爆発したと捉えられよう。

このあと書簡はいったん常識を取り戻す。が、受け渡し人と場所を指定するに及んで、再び日常を逸脱し戯れの性格を帯びてゆく。続く本文を引用しよう。

> いでや、いるべき物ども、いと多くはべり。せめては、ただ、足鍋ひとつ、長筵ひとつら、盥ひとつなむいるべき。もし、これら貸したまはば、こころならむ。人にな賜ひそ。ここに使ふ童、おほぞうのかけろ二《ふ》、うみの水のあら十《そ》いふ、二人の童べに賜へ。出で立つ所は、科戸の原〔イ〕の上の方に、天の川のほとり近く、鵲の橋詰〔ロ〕に侍り。そこに必ず送らせたまへ。これら侍らずは、えまかりのぼるまじきなめり。世の中にもののあはれ知りたまふらむ人は、これらを求めて賜へ。なほ、世を憂しと思ひ入りたるを、諸心にいそがしたまへ。かかる文など、人に見せさせたまひそ。ふくつけたりけるものかなと、見る人もぞ侍る。御かへりはうらによ。ゆめゆめ。
>
> （『よしなしごと』）

まず〔イ〕に着目したい。風神を「級長戸辺命」と言い、「大祓祝詞」では、

> 天の下四方の国には、罪といふ罪はあらじと、科戸の風の天の八重雲を吹き放つ事の如く、
>
> （「大祓祝詞」　四二五頁）[26]

とあることから、「科戸の原」は風の起こる場所を言ったものと推定される。これと関わりのあるのが、『源氏物

語』朝顔巻の光源氏のことば、

「あな心憂。その世の罪はみな科戸の風にたぐへてき」　（『源氏物語』朝顔巻　②四七四頁）[27]

であろう。後世ではあるが、当該箇所の『河海抄』の注、

樹下集云　つみとかはしなとのかせにまかせたりさすらへぬらん大海のはらに／東南の風を志那との風といふもろ〳〵の不祥を吹去ると　云々（略）　（『河海抄』二〇二頁）[28]

をも勘案すると、「科戸の風」は一般に罪を祓い清める風として認識されていたと考えられる。娘と「故だつ僧」の禁忌の恋を念頭に置くと、物語本文の「科戸の原」には、彼らの「罪」を祓い清める風の吹く原、という連想もはたらくのではないか。禁忌の恋をめぐる「罪」を意識して配された文言でもある可能性が存しよう。

この「科戸の原」の上の方に、受け渡し場所（ロ）がある。「鵲の橋」は、例えば以下の『後拾遺和歌集』の後冷泉院御製に見られるように、

七月七日、二条院の御かたにたてまつらせ給ける

後冷泉院御製

あふことはたなばたつめにかしつれどわたらまほしきかささぎのはし　（『後拾遺和歌集』第十二・恋二・七一四番）

七夕の夜牽牛と織女が逢う折り、鵲が渡す橋のことである。架空の場所であることもさることながら、これから一人山籠もりをしようという人間が男女の逢瀬に関わる橋のたもとで待つというのも滑稽である。あるいはここにも娘に対する師僧の秘めた欲望が揺曳していると見ることができるのかもしれない。

以上検討したように、師僧の書簡は淫靡な欲望を表出し卑猥な皮肉をものする、僧らしからぬ俗性に溢れている。こうした性質は、書簡の冒頭近くの「情けある御心とは聞きわたりて侍れば、かかる折だに聞こえむとてなむ」や、書簡の末尾近くの「世の中にもののあはれ知りたまふらむ人は、これらを求めて賜へ」という慇懃無礼で屈折した物言いにも表れていよう。

四　物語末尾の位置づけ

次に、書簡を包む物語末尾を検討する。

〔イ〕つれづれにはべるままに、よしなしごとども、書きつくるなり。〔ロ〕聞くことのありしに、いかにいかにぞやおぼえしかば、風の音、鳥のさへづり、虫の音、浪うち寄せし声に、ただ添へはべりしぞ。

（『よしなしごと』）

この部分は、師僧の手紙の追伸と見るのか、もしくは書写者の跋文と見るのかで説が分かれる。(29)結論から言えば、〔イ〕の一文と〔ロ〕の一文とは別に捉えてみてはどうかと考えている。

〔イ〕には、「よしなしごとども、書きつくるなり」とある。この文言は物語冒頭の書写者の言、「書きてありける文の言葉のをかしさに、書き写して侍るなり」に照応する物言いとして捉えられよう。[30]〔イ〕は、書写者が自らの書写行為をまとめた文言として解することができる。

一方〔ロ〕の中の「聞くこと」は、一文を跋文つまり書写者の言と捉えると「師僧が奇妙な書簡を娘に送ったという噂」を書写者が聞いたと読め、師僧の言と捉えると「娘が「故だつ僧」と懇意にしており、旅の具を用立ててやったという噂」を師僧が聞いたと読める。また、そのすぐ下の「いかにいかにぞやおぼえしかば」は、書写者の言と解すると「書写者が師僧に対して」思ったと読め、師僧の言と解すると「師僧が娘に対して」思ったと読める。書写者は冒頭において「書きてありける文のことばのをかしさに書き写し」たと語っていて手紙を実際に見たと考えられるので、末尾に至って師僧の例の噂を聞いて驚いたと設定され、ことさら「聞く」ことに注意が向けられているのは少し不自然に感じられる。「聞くこと」という文言からは師僧が聞いたと読む方が自然であると思われる。冒頭の「女の師にしける僧の聞きて」に、末尾の「聞くことのありし」が対応すると考える。

この師僧の言と思われる最後の一文には、「聞くことのありしに」、「おぼえしかば」、「浪うち寄せし声」、「添へはべりしぞ」とあり、過去の助動詞「き」が畳みかけるように用いられている。[31]師僧が二人のよくない噂を聞いたことや、それを困ったことだと思ったことが、書簡執筆よりも過去のこととして語られているのは不自然ではない。がしかし、書簡執筆時点及びそれ以降に関わる、風の音以下の音声の描写（これらの音はのちに論じるように比喩的な意味合いでも用いられていると考える）や、その音声に添えて書き送ったという行為までも、過去のこととして記述されている点は重要であろう。この物言いは、師僧が娘へ奇妙な書簡を送った自らの過去の行為に対して、時間をおき弁明しているように受け取れる。師僧の書簡は、冒頭及び末尾の一文〔イ〕で現れる書写者の語りによってまず縁取られ位置づけられたのち、それを目にした師僧の弁明、〔ロ〕によって再びその意味が問い直されるという、二重の虚構の枠組みを備えているのではないか。

師僧の文言と解した末文は、「いかにいかにぞやおぼえしかば」とあり、娘と「故だつ僧」の噂に対する師僧の懸念の心情が読みとれる。それと、続く「風の音」以下の文言とはどのように関わっていくのか、その意味合いをさらに追求したい。

五　極楽の音の交響

「風の音」以下の文言は何を意味するのか。先行説として、「とりとめもないうわさ」・「よしない物」・「自然の声」等の読みが提出されている。[32] 平安から鎌倉にかけての用例を眺めることによって、考察してみたい。

「風」・「鳥」・「虫」・「浪」の音の組み合わせは、以下に掲げる『うつほ物語』「内侍のかみ」の巻に見出せる。

「それが不定なるにこそあはれなれ。よし、おもとにも、草木となるとも、この琴の音をそれに従へて、この遊ばすをば承りて、鳥の声にても承りてむ。草とならば、虫の声にても聞き、山とならば、風の音にても聞き、海川とならば、波高き音にてもなむ聞かむ」とのたまふ。

（『うつほ物語』内侍のかみ　②二六二頁）[33]

これらの音は、俊蔭の娘の琴の音色をよそえるものとして並べられている。

一方、「風」・「鳥」・「浪」の音の組み合わせは、次の『龍鳴抄』や『梁塵秘抄』に見える。

・つれ〴〵なるまゝに。てならひの時々させる日記もひかず。そのしるしともなき事を。心にうちおぼゆるまゝにかきつけたり。（略）月のあかからん夜。よもすがらあそびてははらだゝしからんことをもわすれて。極楽浄土の鳥の声も。風の音も。いけのなみも。とりのさえづりも。これかやうにこそはめでたからめ。

（『龍鳴抄』下・跋文　五七〜五八頁）(34)

・（極楽歌　六首）

極楽浄土のめでたさは、一つも徒なることぞ無き、吹く風立つ波鳥も皆、妙なる法をぞ唱ふなる

（『梁塵秘抄』巻第二・一七七番）

『龍鳴抄』（長承二年（一一三三）成立）では「極楽浄土の」とあり、『梁塵秘抄』でも「極楽浄土のめでたさは」とあるので、極楽浄土の風景の一要素としてこれらの音が登場したと理解される。また、『龍鳴抄』は物語本文と同じく「とりのさえづり」という物言いになっていて、この表現は時代がくだるものの、以下の「正和四年（一三一五）詠法華経和歌」の詠歌にも見出せる。

夏日陪春日社壇詠阿弥陀経和歌

同　　散位従四位上藤原朝臣頼清

さまざまのとりのさへづりかぜのおときくもみのりの心をぞなす

（三五番）

これら、「風」・「鳥」・「波」の音が織りなす極楽描写の文言と通じるのが、次の例等であろう。

・　阿弥陀経の心をよめる　　平康頼

とりのねも浪のおとにぞかよふなるおなじ御のりをとけばなりけり

（『千載和歌集』巻第十九・釈教歌・一二五二番）

・波の音、風の声は、みな仏道増進の妙文をとなへ、一切の草木はこと〴〵く沈檀の匂をなせり。

（『宝物集』巻第七　三四八頁）(35)

こうした表現の源泉と考えられるのが、以下に引用した『無量寿経』・『観無量寿経』の「八功徳水」を叙した部分、及び『阿弥陀経』の極楽の鳥の声や風の音を叙した部分、等である。

・内外左右、有諸浴池。（略）八功徳水、湛然盈満、清浄香潔、味如甘露。（略）波揚無量自然妙声。随其所応、莫不聞者。或聞仏声、或聞法声、或聞僧声。

（『無量寿経』一七八〜一七九頁）(36)

・次当想水。想水者、極楽国土、有八池水。（略）其摩尼水、流注華間、尋樹上下。其声微妙、演説苦空無常無我諸波羅蜜、復有讃歎、諸仏相好者。如意珠王、湧出金色微妙光明。其光化為、百宝色鳥。和鳴哀雅、常讃念仏念法念僧。是為八功徳水想、名第五観。

（『観無量寿経』五四〜五五頁）(37)

・復次、舎利弗、彼国常有、種種奇妙雑色之鳥。白鵠、孔雀、鸚鵡、舎利、迦陵頻伽、共命之鳥。是諸衆鳥、昼夜六時、出和雅音。其音演暢、五根、五力、七菩提分、八聖道分、如是等法。其土衆生、聞是音已、皆悉念仏念法念僧。（略）是諸衆鳥、皆是阿弥陀仏、欲令法音宣流、変化所作。舎利弗、彼仏国土、微風吹動、諸宝行樹、及宝羅網、出微妙音。譬如百千種楽、同時倶作。聞是音者、皆自然生、念仏念法念僧之心。舎利弗、其仏国土、成就如是、功徳荘厳。

（『阿弥陀経』一三七〜一三八頁）(38)

これらの音色は皆、法を説き明かす声としての機能を備える。以上の用例を眺めると、経文にその源流を持つ極楽の点景としての「風」・「鳥」・「波」の音をめぐる叙述は、文学表現の中にかなり広汎に浸透していたことがうかがわれる。師僧の言は、こうした「風」・「鳥」・「波」の音をめぐる伝統を踏まえた文言として解せよう。ただし『よしなしごと』の場合、これに「虫の音」が加わっている。「虫の音」は、文学世界において哀れを催す自然の音として登場することが多い。『源氏物語』桐壺巻では、愛する更衣を失った桐壺帝の悲しみが、

風の音、虫の音につけて、もののみ悲しう思さるるに、（『源氏物語』桐壺巻①　三五頁）

と語られている。『よしなしごと』は、極楽の法を説く音にこうした「虫の音」を取り混ぜ、少し戯れているのではないか。

末文に引かれた音は、自然の発する音であり、同時に極楽浄土の悟りに導く音のイメージを背後に湛えていると読みたい。よって、それらの音に書簡を添えたという師僧の言は、娘を取り巻く噂を懸念し、彼女を諫め彼女に悟りを促すために奇妙な書簡を書いたのだという、師僧の弁明あるいは言い訳として解することができる。書簡部分で俗を極めた師僧の真意が最後にあきらかにされることで、法を説く師僧の聖性が顔を覗かせ、物語の意味が逆転する。その聖性を盛り上げるのがこれらの音色であろう。なお、この末文は師僧自らのことばを記す体裁を採るので、それが正当な弁明であるのか、もしくは苦し紛れの言い訳なのか、その判断は読み手に委ねられる。真相は「藪の中」といった語りの構造になっているのではないか。

六　師僧による罪の諫めと「仏名」の時空

物語冒頭における時間設定は「年のはて」であった。師僧による罪の諫めというモチーフを当該物語の一面とし

て読みとるなら、この時間設定とモチーフとの間には少なからず密接な関係が存するのではないかと考える。最後にこの点について述べる。

冒頭の「年のはて」という時間は、「故だつ僧」が山寺に籠ることになった時期を直接には指す。がしかし、続いて語られる娘による「故だつ僧」への品物の調達、師僧による書簡執筆という事態をも統括する時間として機能していよう。一方、末文に流れる師僧の時間の現在は、これまで論じてきたように冒頭の時間とは一線を画すべきであるが、書簡執筆時を振り返りその時点における自らの行為の弁明をしていることから、師僧の「年のはて」の時間の再定義として解することができるだろう。

この「年のはて」とは、一体いかなる時間として平安から鎌倉にかけての人々に認識されていたのか。年中行事という観点から眺めると、仏名の存在が注目される。周知のように仏名は、過去・現在・未来の三千の仏の名を唱えて、その年の罪業を懺悔し消滅させる法会である。『三宝絵』は、仏名を十二月の仏事として掲げている[39]。承和の頃以降、仏名は恒例の行事となり、導師を招いて宮中でも貴族の家でも催された[40]。例えば、『御堂関白記』の長和元年（一〇一二）十二月の記述を見ると、二十四日条に「内裏御佛名」、二十七日条に「今夜中宮・春宮御佛名」とある。

年中行事の仏名がはじめて勅撰集の主題として採用されたのが、『拾遺和歌集』冬歌の巻末近くである（巻第四・冬・二五七〜二六〇番）。例えば、

屏風のゑに、仏名の所　　よしのぶ
おきあかす霜とともにやけさはみな冬の夜ふかきつみもけぬらん

延喜御時の屏風に　　つらゆき

年の内につもれるつみはかきくらしふる白雪とともにきえなん
（『拾遺和歌集』巻第四・冬・二五七、二五八番）

とあり、罪業消滅を詠んだ歌が多い。これらの歌が屏風歌であった点も注目される。また、『和漢朗詠集』にも冬の景物として「仏名」がとりあげられている（巻上・冬・仏名・三九三〜三九六番）。仏名は、歳末の行事として人々に認知され定着していたと言えよう。『源氏物語』では、紫の上の死後、彼女を思慕しつつ一年を過ごす光源氏の姿をかたどった幻巻の巻末近くに、年の終わりの仏名の記事が見える。

御仏名も今年ばかりにこそはと思せばにや、常よりもことに錫杖の声々などあはれに思さる。行く末ながきことを請ひ願ふも、仏の聞きたまはんことかたはらいたし。雪いたう降りて、まめやかに積もりにけり。導師のまかづるを御前に召して、盃など常の作法よりも、さし分かせたまひて、ことに禄など賜す。
（『源氏物語』幻巻　④五四八〜五四九頁）

人生最後の仏名になるであろう、と思うゆえか、源氏の感慨は深い。導師への禄なども格別に与えた。出家の志を抱き人生の区切りを間近に控えた源氏が、年中行事の一つであり形式的色合いの濃いものとはいえ、一年の終わりにその年を振り返る場にあることからは、ひときわ述懐的趣きが漂う。月次屏風や和歌・漢詩の世界で醸成されてきた仏名の時空を、物語は有効に活用していると言えよう。

以上見てきた仏名の文学的空間が、『よしなしごと』にも別のかたちで影を落としているのではなかろうか。当該物語の「年のはて」という時間の設定、及び師僧による罪の諌めの文脈の形成の背後には、罪業を懺悔し消滅させる歳末恒例の仏名の世界が横たわっているのではないかと考える。

おわりに

『よしなしごと』の書簡部分とそれを包む枠組みとの関わりの検討を通して、当該物語の考察を試みた。師僧のものした書簡部分からは、娘と「故だつ僧」への揶揄や師僧の屈折した欲望が読みとれ、僧らしからぬ俗性を看取することができる。それを位置づける役割を持つのが、書写者の言とこれを受けた末尾の師僧の言である。書写者が冒頭において「文の言葉のをかしさ」に注目し、「似つかず、あさましきことなり」と揶揄し、末尾において「よしなしごとども」と評したのに対し、師僧は書簡執筆の理由を娘を諭すためであったと弁明する。後者からは師僧の聖性が立ち現れてくる。それぞれの言は、この書簡の一面の性質を言い当てていよう。が、それが客観的な真実である保証はなされていない。書簡は勿論のこと、それを包む書写者の言も師僧の言も対象化する位置にこの物語の語りの地平はある、と考える。

末尾は、この物語に言わば落ちをつけるために機能している。『堤中納言物語』を眺めると、末尾に意外な結末を用意し読者を驚かせる様式を備える作品として『花桜折る少将』や『はいずみ』等が見出せる。『よしなしごと』の末尾は、こうした短編物語に共通する手法という観点からも捉えなおすことができよう。

ところで、題号は「よしなしごと」であった。これは、直接には末尾の書写者の言「よしなしごとども、書きつくるなり」を踏まえた文言である。そこには少なからず書写者の謙遜が含まれていよう。ただし、題号はこの書写者の評をも越える物語全体を統括する視点から発せられた文言でもあったのではないか。以上指摘した語りと引用の趣向を用い、壮大なことばの戯れを演出した、この虚構の物語全体を言い表す文言であるとも考える。作者はこの企てに「よしなしごと」という自嘲のことばを冠した。しかしそれは同時に自負のことばでもあったように思う。

注

（1）雨宮隆雄「堤中納言「よしなしごと」考――其の虚構に拠る笑の趣向に就いて――」（「平安文学研究」四一輯　一九六八年一二月）、寺本直彦「堤中納言物語「よしなしごと」は平安後期の成立か――『和泉往来』との関係など――」（「青山語文」一一号　一九八一年三月。のち、『物語文学論考』風間書房　一九九一年　所収）、他。

（2）雨宮氏は注（1）の前掲論文において、「それは、「女」を窘めようという意図と共に、（略）「故だつ僧」に対しての非難をも込めたものであったかも知れない。」と述べた。

（3）小峯和明「よしなしごと」（三谷栄一編『体系物語文学史』第三巻　有精堂　一九八三年）。

（4）神田龍身「よしなしごと（物語の視界50選）」（「国文学　解釈と鑑賞」四六巻一一号　一九八一年一一月）。

（5）三谷邦明「物語文学の極北――堤中納言物語『よしなしごと』の方法あるいは終焉の祝祭――」（「横浜市立大学論叢」一九八六年三月。のち、『物語文学の方法Ⅱ』有精堂　一九八九年　所収）。

（6）小森潔「ゲーム――言語ゲームとしての『堤中納言物語』「よしなしごと」――」（物語研究会編　新物語研究1『物語とメディア』有精堂　一九九三年）。

（7）清水泰『堤中納言物語評釋』（文献書院　一九二九年）、松村誠一校註　日本古典全書『堤中納言物語』（朝日新聞社　一九五一年）、寺本直彦校注　日本古典文学大系『堤中納言物語』（岩波書店　一九五七年）、松尾聰『堤中納言物語全釈』（笠間書院　一九七一年）、稲賀敬二校注・訳　日本古典文学全集『堤中納言物語』（小学館　一九七二年）、土岐武治『堤中納言物語の注釈的研究』（風間書房　一九七六年）、三角洋一全訳注　講談社学術文庫『堤中納言物語』（講談社　一九八一年）、池田利夫訳注　対訳古典シリーズ『堤中納言物語』（旺文社　一九八八年）、大槻修校注　新日本古典文学大系『堤中納言物語』（岩波書店　一九九二年）、稲賀敬二校注・訳　新編日本古典文学全集『堤中納言物語』（小学館　二〇〇〇年）、注（1）の雨宮前掲論文、他。

（8）山岸徳平『堤中納言物語全註解』（有精堂　一九六二年）、山岸徳平訳注　角川文庫『堤中納言物語』（角川書店　一九六三年）、塚原鉄雄校注　新潮日本古典集成『堤中納言物語』（新潮社　一九八三年）、注（5）の三谷前掲論文、他。

（9）諸注釈書、注（3）の小峯前掲論文、注（5）の三谷前掲論文、他。

（10）濱千代清氏は「よしなしごと」（山岸徳平編　日本古典鑑賞講座『堤中納言物語』角川書店　一九五九年）において、「宛先の女が戀愛しているのを意識した語句を抜いてみることにします。」とし、本文中の文言を抜き書きしている。

（11）「恋暦」説は注（7）の清水前掲書・松村前掲書・寺本前掲書・松尾前掲書・土岐前掲書・塚原前掲書・池田前掲書・大槻前掲書、他。「乞暦」説は注（8）の山岸前掲書、注（7）の稲賀前掲書・三角前掲書、他。

（12）『吉記』の引用は、増補史料大成（臨川書店）に拠る。

（13）歌集・歌合・定数歌の引用は、新編国歌大観（角川書店）に拠る。

（14）注（8）の塚原前掲書が、当該『万葉集』歌を頭注に引用している。

（15）『万葉集』の引用は、『萬葉集　本文篇』（塙書房）に拠る。

（16）『よしなしごと』の成立については、平安時代後期から末期、降っても鎌倉時代初期あたりであろうと考えている。

（17）諸注釈書により、すでに指摘されている。

（18）諸注釈書により、すでに指摘されている。

（19）『俊頼髄脳』の引用は、新編日本古典文学全集（小学館）に拠る。

（20）注（7）の寺本前掲書及び注（8）の塚原前掲書が当該歌の存在を指摘していて、特に後者は積極的に関連を読みとっている。

（21）諸注釈書により、すでに指摘されている。

（22）『梁塵秘抄』の引用は、新日本古典文学大系（岩波書店）に拠る。

（23）注（8）の山岸前掲書（『全註解』）では、「やもめは、後家即ち寡婦。寡婦のあたりのいり豆。熬（いり）豆は女陰の異称である。よしなし事を、面白くふざけて書いたのであるが、表面には、食物たる「いり豆」と言って居る。」と説明する。同様の見解が注（8）の塚原前掲書、注（3）の小峯前掲論文、注（4）の神田前掲論文、注（5）の三谷前掲論文に見え、注（7）の稲賀前掲書（新編全集）も「急に卑猥な連想へ飛躍したおかしさ」とする。

注（7）の三角前掲書は紹介するにとどめる。

(24)『新猿楽記』の引用は、古典文庫『新猿楽記・雲州消息』（現代思潮社）に拠る。

(25)これから山籠りして修行しようという僧が酒の肴を所望するおかしみも、あるいは読みとることができるのかもしれない。

(26)「大祓祝詞」の引用は、日本古典文学大系『祝詞』（岩波書店）に拠る。なお、この用例の指摘は、注（7）の寺本前掲書、他に見える。

(27)『源氏物語』の引用は、新編日本古典文学全集（小学館）に拠る。

(28)『河海抄』の引用は、源氏物語古註釈大成　第六巻『河海抄・花鳥余情』（日本図書センター）に拠る。

(29)師僧の手紙の追伸と見るのは、注（7）の清水前掲書・三角前掲書、注（8）の塚原前掲書、注（7）の大槻前掲書、注（1）の雨宮前掲論文、注（5）の三谷前掲論文、注（6）の小森前掲論文、他。跋文の場合の解釈も並記しつつ、追伸説をとるのが、注（7）の寺本前掲書・松尾前掲書・稲賀前掲書、他。一方、書写者の跋文と見るのは注（8）の山岸前掲書、注（3）の小峯前掲論文、注（4）の神田前掲論文、他。注（7）の池田前掲書は、師僧の追伸の場合の解釈も提示しつつ跋文説を掲げる。

(30)注（7）の稲賀前掲書（新編全集）は注（29）に掲げたように、「以下（筆者注、「つれづれ」以下の本文）は僧の手紙の追伸」としながらも、当該本文について、「以下は消息文を写した人の跋文で、冒頭の「書き写してはべるなり」に照応するか。」と述べた頭注を付し、跋文の可能性をも示唆する。

(31)平成十二年度広島大学国語国文学会秋季研究集会において同題で口頭発表した際、妹尾好信氏より、当該本文における過去の助動詞「き」の使用等を根拠に師僧の「あとがき」ではないかとの御教示をいただいた。

(32)「とりとめもないうわさ」（注（7）の寺本前掲書。同様の意見が注（7）の松村前掲書・松尾前掲書・稲賀前掲書・大槻前掲書、注（8）の塚原前掲書・注（5）の三谷前掲論文、他に見える）、「一般的には、よしない物」（注（8）の山岸前掲書）、「自然にお耳に達する声」（注（7）の池田前掲書）、「哀れを催す自然の音（情景の重なる）と聞えて来る噂とを懸けてゐる。またこれらの音と、この消息が縁語をなしてゐる。」（注（7）の土岐前掲書）、「日頃人が耳にし心を慰めるものの譬」（注（1）の雨宮前掲論文）、「いずれも自然がかなでる音楽をいう。うたいものにしてはやしたて、いましめようという気持か。」（注（7）の三角前掲書）といった説明がなされている。
(33)『うつほ物語』の引用は、新編日本古典文学全集（小学館）に拠る。
(34)『龍鳴抄』の引用は、『群書類従』第一九輯に拠る。
(35)『宝物集』の引用は、新日本古典文学大系（岩波書店）に拠る。
(36)『無量寿経』の引用は、岩波文庫『浄土三部経（上）』（岩波書店）に拠る。
(37)『観無量寿経』の引用は、岩波文庫『浄土三部経（下）』（岩波書店）に拠る。
(38)『阿弥陀経』の引用は、注（37）の前掲書に拠る。
(39)『三宝絵』下巻・十二月・僧宝の三一・仏名に、「仏名は、律師静安が承和のはじめの年深草の御門をすすめたてまつりて、はじめ行はせ給ふ。後にやうやくあめのしたにあまねく勅を下して行はしむ。（略）」（東洋文庫『三宝絵』平凡社　一七四頁）といった記述がある。
(40)『御堂関白記』の引用は、山中裕編『御堂関白記全註釈　長和元年』（高科書店）に拠る。

Ⅲ

歴史と物語の往還

第一章　『はなだの女御』の執筆意図——敗者へのまなざし——

はじめに

『はなだの女御』は、草花のイメージに支えられた喩え・叙述が、好色者の垣間見及びこの情報を書きつけた人物の又聞きのかたちをとって物語化されている。そしてこの中心部分は、

①女性たちがおのおの女主人を草花に喩える場面
②女性たちが草花を詠み込んだ歌に託して女主人の境涯を語る場面
③草花のイメージを基盤とした好色者と女性たちとの関係の記述

から成り立っていると言える。②・③は表現そのものとしても十分に楽しめるが、(1)①の部分はそのように呼称される人物の像をある程度把握していないと、読み手の側はその比喩の妥当性を理解することができない。

さらに作品中では以下にあげる箇所が示すように、冒頭と結びの語りにおいて繰り返し物語の内容の事実性が強調されている。

・「そのころのこと」と、あまた見ゆる人まねのやうに、かたはらいたけれど、これは聞きしことなればなむ。
・内裏にも参らで、つれづれなるに、かの聞きしことをぞ。「その女御の宮とて、のどかには」、「かの君こそ、

かたちをかしかんなれ」など、心に思ふこと、歌など書きつつ手習にしたりけるを、また人の取りて書きうつしたれば、あやしくもあるかな。これら作りたるさまもおぼえず、よしなきもののさまかな。そらごとにもあらず。世の中にそら物語多かれば、誠ともや思はざるらむ。これ思ふこそねたけれ。多くは、かたちしつらひなども、この人の言ひ心かけたるなめり。誰ならむ、この人を知らばや。殿上には、ただ今、これをぞ「あやしくをかし」と言はれたまふなる。かの女たちは、ここには親族多くて、かく一人づつ参りつつ、心々にまかせて逢ひて、かくをかしく、殿のこと言ひでたるこそ、をかしけれ。それも、このわたり、いと近くぞあんなるも、知りたまへる人あらば、その人々書きつけたまふべし。

（『はなだの女御』）

もっともこれは、話全体が虚構であるがゆえに作者がその事実性を故意に示したとも考えられるが[2]、筆者はこの作者の執拗なまでのこだわりに重きをおきたい。

また先行研究によっても、はやくは山岸徳平氏がモデル説を掲げたのに[3]端を発し、モデルの存在をある程度認め、稲賀敬二氏や三角洋一氏のように作品の成立の時代を考える[4]向きもある。

以上により筆者は、複数の親類縁者たちが集いおのおのが仕える女主人の噂話をするというこの物語の舞台設定に関しては全くの虚構であると認めるけれども、語られる噂話の内実については史上の女性たちの面影が何らかのかたちで影を落としているのではないかと推測する。以下、モデルの探索を行い、各人物が草花によってどのように喩えられているのかという問題を通して、作品を考察する。

一　先行説の検討とモデル及び該当時期の推定

モデルに関しては、山岸徳平氏の説[5]と、史実により合致するようにこの説に一部手を加えた都竹裕子氏の説[6]とがある。

花	評者	被評者	山岸説	都竹説A	都竹説B
はちすの花	命婦の君	女院	藤原詮子（兼家女）	同上	同上
下草の龍胆	大君	一品の宮	資子内親王（村上帝第九皇女）	同上	同上
ぎぼうし	中の君	だいわうの宮	藤原遵子（頼忠女）	昌子内親王	藤原遵子
紫苑	三の君	皇后宮	藤原定子（道隆女）	藤原遵子	藤原定子
桔梗	四の君	中宮	藤原彰子（道長女）	藤原定子	藤原彰子
露草	五の君	四条の宮の女御	藤原諟子（頼忠二女）	同上	同上
垣ほの撫子	六の君	承香殿	藤原元子（顕光女）	同上	同上
刈萱	七の君	弘徽殿	藤原義子（公季女）	同上	同上
菊	八の君	宣耀殿	藤原娍子（済時女）	同上	同上
花薄	九の君	麗景殿	藤原綏子（兼家三女）	同上	同上
朝顔	十の君	淑景舎	藤原原子（道隆二女）	同上	同上
野辺の秋萩	五節の君	御匣殿	藤原尊子（道兼女）	同上	同上
萱草	東御方	淑景舎妹三君	藤原原子の妹（道隆三女）	同上	同上
くさのかう	いとこの君	淑景舎妹四君	藤原原子の妹（道隆四女）	同上	同上
女郎花	姫君	右大臣殿中君	〔左大臣殿中君〕源雅信女	藤原延子（顕光二女）	同上

われもかう	をば君	左大臣殿姫君	〔右大臣殿姫君〕源重信女	藤原彰子	藤原妍子（道長二女）
五葉	尼君	斎院	選子内親王（村上帝第十皇女）	同上	同上
軒端の山菅	小命婦の君	斎宮	恭子女王（式部卿為平親王女）	同上	同上
芭蕉葉	小命婦の君	帥の宮上	藤原道隆三女（葉笹）	藤原済時二女	同上
		帥の宮上	藤原済時二女（芭蕉葉）		
招く尾花	よめの君	中務宮上	式部卿為平親王女	同上	同上

山岸説　長保二年（一〇〇〇）八月二十日～同年十二月十六日
都竹説Ａ　長徳二年（九九六）十二月～長保元年（九九九）十一月
都竹説Ｂ　長保二年（一〇〇〇）二月二十五日～同年十二月十五日
私見　長保二年（一〇〇〇）二月二十五日～同年八月十九日

まず、個々のモデルの検討に入る前に、山岸説における左右大臣の問題に触れておく。山岸氏が決定した本文では、「右大臣殿中君」が「左大臣殿中君」に、「左大臣殿姫君」が「右大臣殿姫君」になっている。これは稲賀敬二氏や三角洋一氏がすでに指摘しているように[7]、山岸氏自身がモデルを当てはめる関係から入れ替えたものである。山岸氏が底本とした「桂宮御本」では、「右大臣殿ゝ中君」・「左大臣殿のひめきみ」となっている[8]。したがって、底本のままに本文を定めて問題なかろう。

山岸・都竹両説の大きな違いはこの左右大臣である。以下に、該当すると思われる期間前後における左右大臣を掲げた[9]。

	〔左〕	〔右〕
正暦二年（九九一）〜	源　雅信	藤原為光
		源　重信
正暦五年（九九四）〜	源　重信	源　重信
		藤原道兼
正暦六年（九九五）〜	源　重信	藤原道兼
		藤原道長
長徳二年（九九六）〜	藤原道長	藤原道長
		藤原顕光
寛仁元年（一〇一七）〜	藤原顕光	藤原顕光
		藤原公季
寛大仁五年（一〇二一）〜	藤原顕光	藤原公季
	藤原頼通	藤原実資

これを見てわかるように、他の人物を当てはめた時期に合わせるならば、「左大臣」は藤原道長、「右大臣」は藤原顕光となる。

そこで、可能性のある時期を提示した説として都竹A・B説が残り、どちらの期間がより妥当であるかということが問題になってくる。ここで「帥宮上」に注目してみよう。この人物のモデルとしては藤原済時二女が考えられ、彼女が帥宮と結婚した時期が『大鏡』から推定できる。

また、いま一所の女君は、父殿うせたまひにし後、御心わざに、冷泉院の四の親王、帥宮と申す御上にて、二三年ばかりおはせしほどに、宮、和泉式部に思しうつりにしかば、本意なくて、小一条に帰らせたまひにし後、この頃聞けば、心えぬ有様の、ことのほかなるにてこそおはすなれ。

（『大鏡』左大臣師尹　一二三頁）[10]

「いま一所の女君」が済時二女のことである。結婚後二三年経って宮が和泉式部に心変わりし、彼女が実家に戻ったことが記されている。この事件に関しては周知のごとく『和泉式部日記』に詳しく、宮と式部の交際が始まったのが長保五年（一〇〇三）と考えられる。それから逆算すると、済時二女が「宮上」になったのは早くとも長保二年（一〇〇〇）であると推定される。したがって、この時期以降をその範囲としている都竹説Bが妥当であると言える。よって、モデルもこの都竹説Bであげられている人物たちがあてはめられることになる。

加えて、「御匣殿」のモデルであると考えられる藤原尊子に注目すると、尊子が「御匣殿」であったのは長徳四年（九九八）から長保二年（一〇〇〇）八月十九日であったので[11]、下限はもっと引き上げることができる。

以上のことから私見として、長保二年（一〇〇〇）二月二十五日から同年八月十九日の期間を、またその期間にあてはめられるモデルとしては都竹説Bで示された人物たちをそれぞれ提示したい。

二　顕光の娘たちと道長の娘たちの花の喩えをめぐって

次に、推定したモデルと草花による比喩との関わりを検討する。それぞれのモデルにあてはめられた草花による比喩は、その生涯を端的に象徴しているという点でよく対応していると思われる。個々の詳細は次章に譲り、本章では比喩の中心に位置していると考えられる「女郎花」を中心に考察する。

先に掲げた本文構成①②の部分では、二十人の女性たちが競うように描かれていて、その中でも「女郎花」に喩えられた「右大臣殿中君」が、表現面からも構成面からも最も賞揚されていると見ることができる。

姫君、「右大臣殿の中の君は、見れどもあかぬ女郎花のけはひこそしたまひつれ」、（『はなだの女御』）

傍線部は、以下の『拾遺和歌集』歌、

嵯峨にせんざいほりにまかりて　藤原長能
日ぐらしに見れどもあかぬをみなへしのべにやこよひたびねしなまし（『拾遺和歌集』巻第三・秋・一六一番[12]）

を下敷きとしている。また、次の当該物語の本文も「右大臣殿中君」のこの物語中での優位性をうかがわせる。これは本文構成②の部分を全文引用したものである。


命婦の君は、「はちすのわたりも、この御かたちも、『この御方』など、いづれまさりて思ひきこえはべらむ。にくき枝おはせじかし。

はちす葉の心ひろさの思ひにはいづれとわかず露ばかりにも」

六の君、はやりかなる声にて、「撫子を常夏におはしますと言ふこそうれしけれ。

常夏に思ひしげしとみな人は言ふなでしこと人は知らなむ」

とのたまへば、七の君、「したり顔にも、

刈萱のなまめかしさの姿にはそのなでしこも劣るとぞ聞く」

とのたまへば、みな人々も笑ふ。「まろが菊の御方こそ、ともかくも人に言はれたまはね。

植ゑしよりしげりましにし菊の花人におとらで咲きぬべきかな」

とあれば、九の君、「うらやましくも仰すなるかな。

秋の野のみだれてまねく花すすき思はむかたになびかざらめや」

十の君、「まろが御前こそ、あやしきことにて、くらされて。など、いとはかなくて。

朝顔のとくしぼみぬる花なれどあすも咲くはとたのまるるかな」

とのたまふに、おどろかれて、五の君、「うち臥したれば、はや寝入りにけり。何事のたまへるぞ。まろは、はなやかなるところにし候はねば、よろづ心細くもおぼゆるかな。

たのむ人露草ことに見ゆめれば消えかへりつつなげかるるかな」

と、寝おびれたる声にて、また寝るを、人々笑ふ。女郎花の御方、「いたく暑くこそあれ」とて、扇を使ふ。

「いかにとて参りなむ。恋しくこそおはしませ。

みな人もあかぬにほひを女郎花よそにていとどなげかるるかな」


（『はなだの女御』）

はじめに命婦の君の発言によって競い合いが促され、六の君がその主人を「撫子」と称して自慢する。これに対して七の君は、その「撫子」も自分の主人の「刈萱のなまめかしさの姿」には劣るとして張り合う。さらに、八の君は「菊」になぞらえられるおのれの主人こそ人に劣らないとする。このあたりおのおのが主人の素晴らしさを競い合っていて、続いて発言する三人は主人の心細い状態を嘆いている。こういった場面の最後をしめくくるかたちで登場してくるのが、問題の「女郎花」である。「みな人もあかぬにほひを女郎花」とあり、女主人が誰からも認められる美しさを持っていたことがわかる。こうした、競い合いの中で配置された位置や物言いからは、「女郎花」に喩えられる女性がこの競い合いの中で最も賞揚される人物として形象されていると見ることができる。
また「右大臣殿中君」は直接出てこないけれども、彼女を主人に持つ姫君と好色者との恋の様相を記すくだりがある。

かの女郎花の御かたと言ひし人は、声ばかりを聞きし。志深く思ひし人なり。（略）その中にも、女郎花のいみじくをかしく、ほのかなりしすゐぞ、今に、「いかで、ただよそにて語らはむ」と思ふに、心にくく、「今ひとたび、ゆかしき香を、いかならむ」と思ふも、定めたる心なくぞありくなる。（『はなだの女御』）

「かの女郎花の御かたと言ひし人」（姫君）は、作中で好色者が最も思慕する人物として描かれている。『はなだの女御』では、女房とその女主人とは概ね相似的存在として形象されているので、「女郎花」に擬せられた女性の優位性はここからも間接的にうかがうことができる。
この「女郎花」に喩えられた「右大臣殿中君」のモデルとして想定されるのが、藤原延子である。右大臣顕光の娘延子は、三条天皇の第一皇子敦明親王と結婚した。その時期は、親王が式部卿に任ぜられた寛弘八年（一〇一一）[13]以降であろうと推定される。結婚当時の様子について、『栄花物語』に記述がある。

かくて東宮の一の宮をば式部卿宮とぞ聞えさするを、広幡の中納言は今は右の大臣ぞかし、承香殿の女御の御弟の中姫君に、この宮婿取りたてまつりたまへり。いでや、こたいにこそなど、思ひきこえさせたまふに、それさしもあらず、いと目やすきほどの御有様なり。（略）式部卿宮、さばかりにやと思ひきこえたまひしかども、いと思ひのほかに女君もきよげにようおはし、御心ざまなどもあらまほしう、何ごとも目やすくおはしましければ、御仲らひの心ざしいとかひあるさまなれば、ただ今は、女御をまたなきものに思ひきこえさせたまひし父大臣、この宮の上をいみじきものに思ひきこえたまへり。宮もいみじう御心の本体たはれたまうけれど、この女君を、ただ今はいみじう思ひきこえたまへれば、いと思はずなることにぞ、人々聞えける。

（『栄花物語』巻第八・はつはな　①四五八～四五九頁）(14)

この部分からは、延子が美貌の女性であり、かつまた心様も優れていたことがわかり、円満な夫婦の日常がうかがわれる。ところがその数年後、延子は権力闘争の波に翻弄されることとなる。長和五年（一〇一六）、後一条天皇が即位し、敦明親王は三条天皇のたっての希望で皇太子に立てられる。(15)しかし、外戚関係の無い道長は、この敦明親王立太子の件に対して内心こころよからず思っていた。(16)翌寛仁元年（一〇一七）、道長の陰の圧力等により敦明親王は皇太子を辞し、替わって彰子所生の敦良親王が皇太子に立った。この出来事に対して後ろめたさを感じた道長は、東宮を退下した敦明親王に小一条院の院号を与え、(17)なおかつ自身の娘寛子と結婚させた。(18)以後、小一条院の延子への訪れはほとんど途絶え、幸福な愛情生活を失った延子と政権への道を閉ざされた父顕光とは、憂愁の日々を送ることとなった。彼らの悲嘆の深さは、『栄花物語』等に詳しい。

・かくてかの堀河の女御そのままに胸塞がりて、つゆ御湯をだに参らで臥したまへり。大臣も消え入りぬばかりにて臥したまへるに、一の宮おはしまして、「大臣、やや起きよ起きよ。馬にせん」と起したてまつらせたまへば、あるかにもあらで起きあがりたまひて、高這ひして馬になりて乗せたてまつりたまて、這ひ歩かせたまへば、一の宮、「例よりも動かぬ馬悲し」とて、扇してしとしとと打ちたてまつらせたまふを、女御見やりたてまつらせたまうて、いとど目くるる心地せさせたまへば、いとど御心の闇もまさらせたまひて、御衣を引き被きて臥させたまへり。いみじうあはれなる御有様なるに、女御は若うおはすればいとよしや、殿の御年はさばかりなるに、いかに罪得させたまふらんと、見たてまつる人も、あはれに悲しく心憂しと見る。

（『栄花物語』巻第十三・ゆふしで　②一二二〜一二三頁）

・春宮にたたせたまへりしをうれしきことに思ししかど、院にならせたまひにし後は、高松殿御匣殿にわたらせたまひて、御心ばかりは通はしたまひながら、通はせたまふこと絶えにしかば、（略）

（『大鏡』太政大臣兼通　二一二頁）

二年後の寛仁三年（一〇一九）、悲しみに沈んだまま延子は還らぬ人となった。『小右記』の、

去夜大左臣二娘〈院御息所〉、忽以亡逝云々、」心労云々、

（『小右記』寛仁三年四月十一日条）[19]

という記述が印象的である。こうした道長の栄華達成のための犠牲となった、言わば敗者の側の女性である延子が、「女郎花」に喩えられていることは注目される。さらに顕光の娘たちに関して述べれば、延子の姉元子も「撫子」に擬され、「撫子を常夏におはしますと言ふこそうれしけれ」と賞揚されている。

一方、道長の娘たちについて見てみると、彰子が「桔梗」に、妍子が「吾木香」に喩えられている。まず「桔梗」に関して検討する。

四の君、「中宮は、父大臣つねにぎきやうを読ませつつ、祈りがちなめれば、それにもなどか似させたまはざ

らむ」

（『はなだの女御』）

父親である大臣が、常に無量義経を読経させては祈ってばかりの様子であるから、「義経」と「桔梗」を掛けてそれに似ているだろうという論理の展開になっている。「桔梗」は、八代集においては以下のように、

きちかうの花　　　　　　　　とものり

秋ちかうのはなりにけり白露のおけるくさばも色かはりゆく

（『古今和歌集』巻第十・物名・四四〇番）

物名歌に用いられるのみであった。この歌を発想の基盤としたのが、次に掲げた『村上御集』の歌である。

六月のつごもりに給へりける御返しを桔梗につけて、秋ちかう野は成りにけり、人の心も、ときこえ給へりければ

秋ちかうなるもしられず夏ののにしげる草葉とふかき思ひは

かへし

夏すぐる野べのあさぢはしげれどもつゆにもかかる物とこそきけ

（『村上御集』一六、一七番）

相手の心変わりを恨む手紙に「桔梗」を付けたというもので、次にあげた『元良親王集』の歌も同様の発想である。

こと女にものの給ふときぎて、きちかうにつけて

たのみせばをさなからましことのははかはりにけりなきちかうのはな
（『元良親王集』七九番）

このように、物名歌に用いられることがほとんどで、その他は相手の心変わりを恨む時に託す花である「桔梗」を比喩として用いたという点と、父親（道長）のことを引き合いに出したもので、その人物そのものの属性をプラス評価したものではないという点とは注目される。

次に「吾木香」について考察する。

をば君、「左大臣殿の姫君は、われもかうに劣らじ顔にぞおはします」など言ひおはさうずれば、（略）
（『はなだの女御』）

「吾木香」にも負けないぞというご様子でいらっしゃるということでその勝ち気さが強調され、「吾木香」という植物名に「我も此う」が掛けられている。この植物は和歌で用いられた例はごくわずかで、以下に掲げる用例が主なものと言える。

・御前の前栽にも、春は梅の花園をながめたまひ、秋は世の人のめづる女郎花、小牡鹿の妻にすめる萩の露にもをさをさ御心移したまはず、老を忘るる菊に、おとろへゆく藤袴、ものげなきわれもかうなどは、いとすさまじき霜枯れのころほひまで思し棄てずなどわざとめきて、香にめづる思ひをなん立てて好ましうおはしける。
（『源氏物語』匂兵部卿巻　⑤二七～二八頁）[20]

・香染の御衣どもに、青きが濃き薄き、吾亦紅の織物たてまつりたるも、いとどにほひなくすさまじき心地したまへるも、雪の朝にありし、斎院、枯野襲着たまへりし、御寝くたれ姿、めでたしと、御心に染みにしけにや、まづ思ひ出られさせたまふ。華やかなる色よりも、なまめかしうも、めでたくも、見えしかなと思ひ出づるにも、

　武蔵野の霜枯れに見しわれもかう秋しも劣るにほひなりけり

同じ花とも見えねば、口惜しきわざかなと、心の中に思ひ続けられたまふにも、（略）

（『狭衣物語』巻三　②一一五～一一六頁）[21]

『源氏物語』匂兵部卿巻では、「世の人のめづる女郎花」と並んで、「ものげなきわれもかう」つまり何ということもない「吾木香」が出てくる。『狭衣物語』の例は織物の名としての「吾木香」であり、地味な属性を持つものとして描かれている。『栄花物語』等では派手好きな女性として登場する妍子を、このような植物を用いて喩えている点も気にかかる。そこには何か皮肉のようなものが感じられる。したがって、こういった人物ごとの扱いの相違を考察することによって、『はなだの女御』の作者の意図したものが汲み取れるのではないだろうか。

三　顕光・延子父娘と物の怪

先に述べたように、延子は寛仁三年（一〇一九）に、そして父顕光は治安元年（一〇二一）にその生涯を閉じた。死後の顕光・延子父娘は物の怪となって道長方に祟ったと、当時の人々には信じられていたようである。『小右記』の以下の条を見る。

　或云、大〔太〕閤所悩有貴布祢明神〻〔之〕出示『祟』、是院御息所〻祈也、〈謂御息所者左府二娘、〉

（『小右記』寛仁二年〈一〇一八〉六月二十四日条）

もっともこれはまだ延子在世中のことであるが、道長の病気が貴布祢明神の祟りのせいであり、それは延子の祈りの為であるという風聞が、世間に流れていたことがわかる。この頃道長は病魔に苦しめられていて、結局翌年出家した。少しくだって万寿二年（一〇二五）、この年道長一家を不幸が襲う。三月、小一条院の女御寛子・院の母君娀子が病床に伏し、[22]娀子は同月にそして寛子は七月に亡くなった。[23]続いて道長の四女嬉子が、八月にこの世を去る。[24]これらを記す古記録の一連の記事において、「邪霊」・「霊気」・「邪気」の為だとする見解が見えることは注目される。[25]また、嬉子死後の風聞を記しとどめた『小右記』の記事を見てみると、

人々云、故堀河左府并院女院・御息所霊所吐之詞一家尤有怖畏云々、種々所陳皆有道理云々、

（『小右記』万寿二年八月八日条）

「故堀河左府」（顕光）並びに「院女院」（娀子）・「院御息所」（延子か。[26]）の霊が吐いた言葉を道長一家が最も怖れたということ、そしてこのことは皆道理にかなったものであったと当時の人々が認識していたということがわかる。そして『栄花物語』においては、これら道長一門の悲劇の全てに「堀河の大臣、女御」つまり顕光・延子父娘の物の怪が出現したと語っている。

・院は宮の御悩みをいみじう思し嘆かせたまふ。この院の女御殿も、いと苦しげにせさせたまひつつ、月日にそへて影のやうにのみならせたまへば、かたがたいかにとのみいみじう思し嘆かせたまふ。入道殿よりも、かく

おはしませば、御修法、御読経なども隙なく思し掟てさせたまふ。堀河の大臣、女御やなどひき連れて、いとおどろおどろしき御けはひ有様にてののしりたまへば、いとほしうかたはらいたうのみ思しめす。

（『栄花物語』巻第二十四・わかばえ　②四六一頁）

・御髪のそがせたまへる、（略）御物の怪どももいといみじう、「し得たり、し得たり」と、堀河の大臣、女御、諸声に「今ぞ胸あく」と叫びののしりたまふ。

（『栄花物語』巻第二十五・みねの月　②四八一～四八二頁）

・日ごろのおぼつかなさを悔しう思さるる暁方に、「ただ今なん果てさせたまひぬる」とある御消息を聞しめす御心のほど、思ひやりきこえさすべし。（略）さてもあさましかりける堀河の大臣の女御の御有様かなと、殿も院も思しめせど、「後の悔」といふことのやうになん。をりしも中将殿の上も御物の怪にいみじく悩ませたまへば、これをいと恐ろしきことに殿の御前思さる。それもこの同じ御物の怪の思ひのあまりなるべし。それもいと恐ろしく思さるるなり。

（『栄花物語』巻第二十五・みねの月　②四八二～四八三頁）

・堀河の大臣、女御、さしつづきてののしりたまふさま、いとうたて恐ろしうあやにくなり。（略）院にはこの事ども聞しめして、堀河の大臣、女御やとさしつづき、いと恐ろしきけはひにおはすらんを、かへすがへすかたはらいたく苦しう思しやらせたまふ。

（『栄花物語』巻第二十五・みねの月　②四九三～四九四頁）

・堀河の大臣、女御などの御霊、すべてゆゆしきことどもをぞ言ひつづけののしりたまふ。（略）されどすべて限りになり果てさせたまひぬ。御年十九。あないみじ、あさましと思しめす。

（『栄花物語』巻第二十六・楚王のゆめ　②五〇五～五〇七頁）

それから二年後、『小右記』に道長の次女妍子の病悩のことが見え、この時にも顕光等の霊が現れたことが記されている。

入暗宰相中将来云、宮御悩無減、故堀河左苻・尚侍霊等出来、奉釈五百弟子受記品、

（『小右記』万寿四年五月三十日条）

また、これは『栄花物語』にのみ見える記事ではあるが、後一条天皇の病悩の時にも二人の霊が出現したとされている。

御物の怪ども移りてののしるさまいと恐ろし。例の堀河左大臣殿、女御殿具したまひて出でおはし、さらぬものさまざま名乗り、いと苦しき御心地に添へても、（略）

（『栄花物語』巻第三十二・謌合　③二五八頁）

さらに、『宇治拾遺物語』にも「此顕光公は、死後に怨霊となりて、御堂殿へはたゝりをなされけり。悪霊左府となづく云々」（一八四・「御堂関白御犬清明等奇特の事」[27]）と語られている。以上により、この二人の怨霊については彼らの死後すぐに噂され、かなり強烈な印象を持って人々に受けとめられていたことがわかる。

こういった背景を考えると、『はなだの女御』は、顕光・延子父娘、とりわけ延子の魂を慰めることを意図して書かれたものである可能性が浮上してくる。ただし、一口に鎮魂と言っても、書いた側の立場で微妙にその内実が変わってこよう。その立場は大きく四つに分けられる。その一つは道長方の人物、二つ目は小一条院に近い人物、三つ目は延子・顕光に近い人物、そして四つ目は全く関係の無い第三者である。二人の怨霊の祟りを恐れた道長方の人物が書いたとすると、先に検討した「桔梗」・「吾木香」の喩えが気にかかる。単に延子の鎮魂を意図したのなら、自家の彰子・妍子姉妹をわざわざ低める必要はない。したがって、本作品の執筆者としては後の三つ、つまり小一条院に近い人物、延子・顕光に近い人物、及び全く関係の無い第三者の可能性が考えられる。延子・顕光の怨

霊を恐れあるいは痛ましく思った人物が、敗者延子を賞揚し、勝者道長の娘である彰子・妍子をどこか皮肉を含んだかたちで低めることによって、悪霊として世を騒がせる二人の魂を鎮めようとしたのではなかろうか。

四　『はなだの女御』の成立時期と執筆意図

このように考えると、この作品が執筆された可能性の高い時期もある程度推定することができる。作品の成立に関しては、これまでさまざまな説が出されてきた。主なものを掲げる。

・ほぼ、「源氏物語」が完成して間もない頃――すなわち「その頃」巻頭があらわれる、「宇治十帖」が完成して間もない頃――の作ではなかろうかと考えている（鈴木一雄）[28]

・若し強いて、そのような人を当時の女房中から物色すれば、風雅集などに、四条大皇太后宮即ち前記諟子に仕えた主殿などが現れて来る（山岸徳平）[29]

・『はなだの女御』の作者はこの堀河あたりではあるまいか（野村一三）[30]

・この「はなだの女御」物語の成立は、やはり今物語成立の延応元年（一二三九）以後における鎌倉中期頃かと思はれてならない（土岐武治）[31]

・種々のサロンが存在し、定位していない、混沌としていた一条帝中期において、顕光家サロンの存在をこの小編から仮想してみることは許されないであろうか（都竹裕子）[32]

・万寿三（一〇二六）年以後、「逢坂越えぬ権中納言」に相前後する時期と想定してみたい（三角洋一）[33]

・まず、斎院は五葉に譬えられた。この五葉を五代の長きにわたり斎院をつとめた人という特異性を表わすと考えるとすれば、「かはらせたまはざんぬれば《ママ》」が、長い間の斎院ということも重ね、このモデルである村上帝皇女選子内親王が五代目（後一条帝）に入るのは寛仁元《ママ》（一〇一六）年からである。（略）後冷泉朝、主殿を考えておきたい（阿部好臣[34]）

・一応、十一世紀中頃の女房たちの関心を背景にして成立した作品と見ておく（稲賀敬二[35]）

三角氏は、成立の上限を決定する上で女院の問題に触れ、「二人目の上東門院院号宣下による女院号定着以後、すなわち万寿三（一〇二六）年正月以後の成立であることを暗示しているのではないか」と述べている。確かに女院号定着問題は一つの目安となる。ただし、さらに確実な上限の目安として、すでに阿部氏が指摘している、「斎院」の問題があげられる。

尼君、「斎院、五葉と聞えはべらむ。かはらせたまはざんめればよ。罪を離れむとて、かかるさまにて、久しくこそなりにけれ」とのたまへば、　（『はなだの女御』）

この「斎院」のモデルとなったのは、村上帝第十皇女選子内親王である。選子は、円融帝をはじめ、続く花山・一条・三条・後一条と、五代の天皇に斎院として奉仕した[36]。このことから阿部氏は「五葉」に五代が掛けてあると解し、選子が五代目の天皇に入る長和五年（一〇一六）を本作品成立の上限とした。もっとも「五葉」に五代を掛けて用いた例は、現在筆者が調査した限りでは見当たらない。「五葉」は和歌の世界ではその用例が見られず、物語等の平安朝の和文の世界では以下のような用いられ方が一般的であった。

・御返りは、この御箱の蓋に苔敷き、巌などの心ばへして、五葉の枝に、
風に散る紅葉はかろし春のいろを岩ねの松にかけてこそ見め
（『源氏物語』少女巻 ③八二頁）

・こだかき岸よりえならぬ五葉にかかりて咲きこぼれたる朝ぼらけの藤を、折りて見る心地して、
（『夜の寝覚』巻四 三七六頁[37]）

『源氏物語』の例は「五葉」に永遠性を見ている。『夜の寝覚』の方は女性の容貌を植物によって表現した部分であり、その中に「五葉」が出てくる。全体として「五葉」の用例は多いとは言い難く、同じような属性を持った植物としては「松」が用いられることが一般的であった。こういったことから「五葉」に五代を掛けたと見るのはやや不安が残るけれども、単に永続性を示すためなら「松」としてもいいところを、それほど多用されているとは言い難い「五葉」を敢えて用いた点に、五代の意を込めたかった作者の意図が感じられるように思う。なお、「葉」に代・世・時代等の意を託す使い方が漢詩文の世界に見られることも一つの傍証となろう。

今之吏部相公是其四葉孫也
（『本朝文粋』巻第十・「七言九月盡日侍北野廟各分一字」高積善[38]）

以上により、筆者も先行説に従って「五葉」に五代を掛けたと見ておきたい。ただし、上限の設定の仕方については別の捉え方もあろう。選子が斎院を退下するのは長元四年（一〇三一）であり、その時にはじめて五代の天皇に仕えたことが確定する。したがって、正確な上限はこの長元四年となると考えられる。しかしながら、本文の「かはらせたまはざんめればよ」という記述とも合わせると、どちらとも決定し難い。ともあれ、モデルとなった人物たちの記憶が人々の中から消え去っていない時期、及び顕光・延子父娘の怨霊出現の時期等を考慮すると、阿

部氏が上限として設定した時期をそうくだらない時期に本作品が執筆された可能性が高いと考えられる。

長保二年（一〇〇〇）の頃に生きていた女性たち（しかし、物語における比喩の内実にはその後のその人物の生きざまも反映されている）を、少なくとも二十年前後以上隔たった後世（延子死後の怨霊出現の時期を勘案すると二十数年後）において物語の中にモデルとして取り入れ、当時のことを知る読者にしか通じないような内容を盛ったことは、想定される執筆者や享受者が少なからず限定されてくるだろう。現代人の眼から見れば、果たしてこうしたことが作品として成立するのかという疑問も当然出てくるにちがいない。しかし、大量の情報が氾濫する現代と同レベルで考えるべきことではないだろう。平安人たちが関心を持つ事柄は、現代の多様さとはくらべものにならないくらい限られていたと想像される。重要な関心事の一つであったであろう、政治と密接に関わる後宮の様相等についての話題が、度々人々の口の端にのぼり興味を集め続けたことは想像に難くない。この時代における二十数年以上という隔たりは、それほど問題にしなくてよいと筆者は考える。

長保二年頃に物語の舞台を設定し、実際の比喩にはその後の女性たちの生をも反映させたという点も考慮しなければならない。長保二年と言えば、定子がまだ存命で彰子は入内したばかり、他の女御たちも寵を競いあっていた時期で、まさに後宮は百花繚乱という様相を呈していた。そこに物語の時を設定し数多くの女性たちを登場させたことは、一条朝の懐古という意味合いもあったはずである。その中で延子の優位性を説くことにより、彼女の賞揚がより一層意味のあるものとなり、鎮魂という意図に叶うものとなったと考える。

おわりに

こうした鎮魂という眼で作品を見直してみると、先にあげた「中宮は、父大臣つねにぎきやうを読ませつつ、祈りがちなめれば」というくだりは、度重なる物の怪出現に怯えながら、法華八講や法華三十講を催しつつひたすらに祈りがちな道長の姿が、若干の皮肉を込めたかたちで描写された部分であるとも見ることができる。また、

いかにとて参りなむ。恋しくこそおはしませ。
　みな人もあかぬにほひを女郎花よそにていとどなげかるるかな
（『はなだの女御』）

というくだりは、作品の執筆者を延子の側の人物、さらに言うなら昔延子に仕えていた女房として見ると、世間では物の怪として恐れられている延子の復権をはかった文言であると解することができる。『栄花物語』は、敦明親王の東宮退位後、めぼしい女房たちのほとんどが延子のそばを離れてしまったと語る。自らが生きていくためにはそうするよりほかなかった女房のひとりが、昔の主人の怨霊説を聞くに忍びず、主人の賞揚と自身の延子を思う気持ちの二心の無きを、「いかにとて参りなむ。恋しくこそおはしませ」という登場人物の発言にひそかに託したとも見ることができるのではなかろうか。

　このような延子鎮魂の意図を、作者は物語の中で明確に示さずに何故故意にわかりにくくしているのか。『はなだの女御』が執筆されたと推定される時期は、摂関政治を極めた藤原道長、さらにはその権力を受け継いだ頼通を頂点とする一門が隆盛を誇った時代であった。その中であからさまに権力を握っている側を批判し、その権力掌握の過程で犠牲となった側を賞揚するのは憚られたはずである。したがって、こういった手の込んだ手法をとることによって、作者は延子・顕光の魂を慰めるという意図を物語の表現の中に忍ばせたのではないだろうか。

注

（1）読者に詠歌の練習や物語の試作・習作の場を提供しているとする赤塚雅巳「「はなだの女御」試論——文芸活動のための物語——」（『中古文学』三三号　一九八四年五月）や、読者が積極的に物語に参加する必要性を説く下鳥朝代「「はなだの女御」論——「読者」参加の物語——」（『国語国文研究』九一号　一九九二年三月）といった論がある。

（2）小峯和明氏はこの物語の語りについて、「伝聞・事実談の擬装」（『今昔物語集の形成と構造』笠間書院　一九八五年。四〇九頁）と位置づけた。

（3）山岸徳平『堤中納言物語全註解』（有精堂　一九六二年）。

（4）稲賀敬二校注・訳　日本古典文学全集『堤中納言物語』（小学館　一九七二年）、三角洋一　講談社学術文庫『堤中納言物語』（講談社　一九八一年）。

（5）注（3）の山岸前掲書に拠る。

（6）都竹裕子「堤中納言物語「はな〳〵の女御」考——左右大臣該当者への一試案——」（『国文目白』一八号　一九七九年二月）。

（7）注（4）の稲賀前掲書、三角前掲書。

（8）宮内庁書陵部蔵『堤中納言』（『影印本　堤中納言』笠間書院）を参照。

（9）新訂増補国史大系『公卿補任』（吉川弘文館）に拠る。

（10）『大鏡』の引用は、新編日本古典文学全集（小学館）に拠る。

（11）『一代要記』女御従二位藤尊子「長徳四年二月十一日為御匣殿別当入内年十五（略）長保二年八月二十日為女御」（改訂史籍集覧）。

（12）歌集の引用は、新編国歌大観（角川書店）に拠る。

（13）『一代要記』「小一條院寛弘八年十月五日為親王叙三品年十八同十二月任式部卿」。

（14）『栄花物語』の引用は、新編日本古典文学全集（小学館）に拠る。

（15）『一代要記』「同（長和）五年正月二十九日為皇太子」。

(16) このあたりの事情に関しては、角田文衛『承香殿の女御』（中央公論社　一九六三年）、酒井みさを『上東門院の系譜とその周辺』（白帝社　一九八九年）等に詳しい。

(17) 『日本紀略』寛仁元年八月九日条「皇太子敦明親王請レ退二儲皇一。即日。立二帝同胞弟敦良親王一為二皇太弟一。〈年九。〉（略）以二前春宮坊一為二小一條院一。年給官爵如レ元。」（新訂増補国史大系）。

(18) 『御堂関白記』寛仁元年十一月二十二日条「此夜小一条院御近衛御門、東対東面倚御車、左大将・左衛門督採指燭、入従寝殿東妻戸、時戌、中宮大夫・修理大夫等候、殿上人十八人、従母々許装束幷衾等送給、皇大（太）后給装束、」（大日本古記録）。

(19) 〈〉内は割書き。なお『小右記』の引用は、大日本古記録に拠る。記事中の「左大臣」は顕光のことである（『公卿補任』によれば、顕光は寛仁元年〈一〇一七〉より左大臣）。

(20) 『源氏物語』の引用は、新編日本古典文学全集（小学館）に拠る。

(21) 『狭衣物語』の引用は、新編日本古典文学全集（小学館）に拠る。

(22) 『小右記』万寿二年三月十八日条「皇后宮不覚悩給云々、〈後聞、為邪霊被取入給、時剋移蘇生給云々〉」。なお、寛子もこの時期病の床にあったことは本論で掲げている『栄花物語』巻第二十四・わかばえの引用によってわかる。

(23) 『小右記』万寿二年七月九日条「院御息所亡、〈寅時云々〉」。

(24) 『左経記』万寿二年八月五日条「及申剋尚侍殿忽卒去云々、（略）卒去之由所疑万端也、或云霊気所為云々、或云産後依不加労、旧血上所為云々、或云、御産日依加持、邪気成各所為云々」（史料大成）。

(25) 注（22）・注（24）参照。

(26) 史料大成では注なし、大日本古記録では寛子、大日本史料では延子という注がある。しかし筆者は、顕光との関係からここは延子のことであると考える。

(27) 『宇治拾遺物語』の引用は、日本古典文学大系（岩波書店）に拠る。

(28) 鈴木一雄「堤中納言物語の作風とその成因をめぐって」（「東京教育大学文学部紀要」七　一九五六年二月）。

(29) 注（3）の山岸前掲書。

（30）野村一三「堤中納言物語中八篇の作者について」（「平安文学研究」四〇輯　一九六八年六月）。

（31）土岐武治『堤中納言物語の注釈的研究』（風間書房　一九七六年）。

（32）注（6）の都竹前掲論文。

（33）注（4）の三角前掲書。

（34）阿部好臣「物語の視界50選　はなだの女御」（「国文学　解釈と鑑賞」四六巻一一号　一九八一年一一月）。

（35）注（4）の稲賀前掲書。

（36）『賀茂斎院記』選子内親王「村上天皇第十皇女也。母中宮安子。藤原師輔之女也。円融院天延三年六月二十五日卜定。（略）後一条院即位之後。斎王不レ改。長元四年九月二十二日選子依レ二有老病一私以退出。（略）是月二十八日選子落飾為レ尼。選子在二斎院一之間。凡歴二五代一。当時称二大斎院一。（略）長元八年六月二十二日薨。〈年七十二。〉」（群書類従第四輯）。

（37）『夜の寝覚』の引用は、新編日本古典文学全集（小学館）に拠る。

（38）『本朝文粋』の引用は、身延山久遠寺蔵『本朝文粋』に拠る。

第二章　『はなだの女御』と一条朝——花の喩えとモデルとの連関——

はじめに

前章において、『はなだの女御』は藤原顕光・延子父娘の鎮魂を目的の一つとして執筆されたのではないかということを、物語中の草花による比喩と作中人物のモデルとの関係に着目しつつ述べた。その際、問題の延子及びその同母姉の元子、顕光の権力掌握を阻み盤石な体制を築いた藤原道長の娘である彰子・妍子を中心に考察したため、物語全体における草花とモデルの女性たちとの対応の妙については、詳しく触れる余裕がなかった。本章では、この点に的を絞り、論述する。

一　女院・内親王・后たちと草花による比喩

はじめに、女たちの会話の最初に出てくる女院・内親王・后など、当時の最高の身分の女性たちに関する物語の記述を見る。

まず命婦の君によって、「女院」が「はちすの花」に喩えられている。以下は、花の喩えによる女性評をひととおり展開した後、女たちが再度歌に託して語りはじめる場面である。

命婦の君は、「はちすのわたりも、この御かたちも、『この御方』など、いづれまさりて思ひきこえはべらむ。にくき枝おはせじかし。

はちす葉の心ひろさの思ひにはいづれとわかず露ばかりにも」

（『はなだの女御』）

この叙述からは、「女院」として、他の女性たちの上位に位置し、帝寵争いを外から公平に眺める立場にある女性の姿が思い浮かべられる。「女院」のモデルは、藤原詮子（兼家女）である。[1]彼女は史上初の女院で、長保三年（一〇〇一）に四十歳で崩御するまで、一条天皇の母后として多大な権力を握っていた。『はなだの女御』において、彼女が他の女性たちよりも一段上にいるように取り扱われているのは、このような状況と関係があるのだろう。『栄花物語』には次のような記述がある。

内裏わたり今めかしうなりぬ。女院、「誰なりともただ御子の出でたまはん方をこそは思ひきこえめ」とのたまはす。

（『栄花物語』巻第四・みはてぬゆめ　①二二七〜二二八頁）[2]

「内わたり今めかしうなりぬ」とは、藤原元子・義子が入内し寵を競うことによって華やかになった、一条帝の後宮を描写したことばである。詮子は、その有様を公平に眺めていた（実際はどうだったのかよくはわからないが、少なくとも『栄花物語』ではこう記述されている）。こうした彼女の姿が、『はなだの女御』の当該箇所に投影されているのであろう。また「はちすの花」の比喩の選択には、出家の身であることが影響しているのではないか。

次に、大君が「一品の宮」を「下草の龍胆」に喩えている。

大君、「下草の龍胆は、さすがなんめり。一品の宮と聞こえむ」、

（『はなだの女御』）

この「下草の龍胆」という喩えは、諸注釈書に指摘があるように、『枕草子』や『源氏物語』等の表現に代表される、平安時代の人々のこの草花に対する認識を根底にしてなされたものであろう。

・竜胆は、枝ざしなどもむつかしけれど、こと花どものみな霜枯れたるに、いとはなやかなる色合ひにてさし出でたる、いとをかし。

（『枕草子』六五段「草の花は」一二〇頁[3]）

・草むらの虫のみぞよりどころなげに鳴き弱りて、枯れたる草の下より竜胆のわれ独りのみ心長う這ひ出でて露けく見ゆるなど、（略）

（『源氏物語』夕霧巻　④四四八頁[4]）

これらは、秋の果てに他の草花が枯れてしまった中で、「龍胆」のみが華やかに生えている情景を叙している。「龍胆」は、他のものが滅びてしまっても、おのれひとり命長く存在しているといったイメージを持っていると言える。この「龍胆」の「一品の宮」のモデルは、村上天皇の女九の宮資子内親王である。彼女は円融天皇や選子内親王と同腹のきょうだいであり、母は藤原師輔女安子である。『栄花物語』には、

内には、一つ御腹の女九の宮、先帝いみじう思ひきこえたまへりしを、この今の上もいみじう思ひかはしきこえさせたまひて、一品になしたてまつりたまへり。内裏のいとさうざうしきに、をかしくておはします。

（『栄花物語』巻第一・月の宴　①七五頁）

とあり、彼女が父村上天皇によって鍾愛され、同胞である円融天皇と仲睦まじかったことがわかる。資子は美しい人であり、宮中の寂しげなさまに彩りを添えていたらしいこともうかがえる。彼女は天暦九年（九五五）に誕生し、寛和二年（九八六）正月に落飾した。その生涯は長く、薨去は長和四年（一〇一五）四月、六十一歳であった。以上示した、彼女の宮廷における位置および長命であるという属性が、「龍胆」のイメージとよく対応していると言えよう。

続いて、中の君が「だいわうの宮」をぎぼうしに喩えている。

中の君、「ぎぼうしは、だいわうの宮にもなどか」、　（『はなだの女御』）

『はなだの女御』の時代よりはるかにくだるとはいえ、『饅頭屋本節用集』には、

草　秋法師《キボウシ》　（『饅頭屋本節用集』）

とあり、この名前の植物の存在が確認できる。しかしながら筆者は、平安文学の中で、この「ぎぼうし」の用例を探しえていない。「ぎぼうし」は、平安時代において文学の世界とは隔たったところに位置する植物であったと言える。ただし、植物名にこだわらなければ、「ぎぼうし」という言葉は以下の意味も持っている。

Qibôxi.　キボゥシ（生法師）

Catachino araqenai fôxi.　（貌の荒けない法師）

俗人の顔つき、または、様子をしている僧侶。

Guibôxi. ギボゥシ（擬宝珠）

橋などの欄干に端の飾りとして付けてある木製か真鍮製かの球頭。

（『邦訳日葡辞書』）

『悦目抄』には、

りやうせんに花をたむくるきほうしの経よむ声はたふとかりけり

（『悦目抄』一六七頁）(5)

とある。この場合の「きほうし」は、一首の意から、『日葡辞書』に意味項目として掲出されている「生法師」であろう。さらに、「りやうぜん（霊山）」との関連から「擬宝珠」のイメージをも内包している。「だいわうの宮」のモデルは藤原遵子（頼忠女）である。彼女は天元元年（九七八）に入内し、円融天皇の女御となった。同五年（九八二）に中宮、正暦元年（九九〇）に皇后宮となり、長徳三年（九九七）に出家して、長保二年（一〇〇〇）皇太后宮となった。この遵子に関する『大鏡』の記述を見てみる。

故中務卿代明親王御女の腹に、御女二人・男子一人おはしまして、大姫君は、円融院の御時の女御にて、天元五年三月十一日に后にたちたまひ、中宮と申しき。御年二十六。御子おはせず。四条の宮とぞ申すめりし。いみじき有心者・有職にぞいはれたまひし。功徳も御祈も如法に行はせたまひし。毎年の季御読経なども、つねのことゝも思し召したらず、四日がほど、二十人の僧を、房のかざりめでたくて、かしづき据ゑさせたまひ、湯あむし、斎などかぎりなく如法に供養せさせたまひ、御前よりも、とりわきさるべきものども出ださせたまふ。御みづからも清き御衣奉り、かぎりなくきよまはらせたまひて、僧に賜ぶものどもは、まづ御前にとり据ゑさせて置かせたまひて後につかはしける。恵心の僧都の頭陀行せられける折に、京中こぞりて、いみじき御斎を設けつつまゐりしに、この宮には、うるはしくかねの御器どもうたせたまへりしかば、「かくてあまり見ぐるし」とて、僧都は乞食とどめたまひてき。

（『大鏡』太政大臣頼忠　一一〇～一一一頁）[6]

こうした遵子の仏道修行への熱心さが書きとどめられた記事は、他の作品にも散見する。[7]遵子を仏教の熱烈な信奉者と見る意識が、当時の人々のあいだでは一般的であったと言えるだろう。このような遵子の人柄を考えると、「ぎぼうし」という比喩は、その詳しい内実は用例がほとんどないことからわからないものの、「生法師」や「擬宝珠」と音が通じることから、仏教に関係するということで遵子と繋がっていくものと思われる。遵子の仏道への熱心さが「ぎぼうし」という喩えに託されているのであろう。

ついで、三の君が「皇后宮」を「紫苑」に喩えている。

三の君、「紫苑の、はなやかなれば、皇后宮の御さまにもがな」、

（『はなだの女御』）

植物としての「紫苑」に「はなやか」さを見た例を、筆者はいまだ見出していない。しかしながら、色名の「紫苑」には以下のような用例が存する。

・帷子一重をうち懸けて、紫苑色のはなやかなるに、女郎花の織物と見ゆる重なりて、袖口さし出でたり。

（『源氏物語』東屋巻　⑥六〇頁）

・わざと色色しき御衣などは奉らず、紫苑、吾木香などやうの、ことに華やかならぬしも、（『在明の別』一八七頁）[8]
・しおん、われもかうのほそなが、いとすさまじかりぬべき色なれど、（『苔の衣』春夏　四二頁）[9]
・うすきくれなゐ十五ばかりに、しをん色の御ぞ、萩がさねのこうちき、ゑびぞめのからきぬなど、花やかなるあはひにき給へるは、（『小夜衣』上　三七九頁）[10]

『源氏物語』の例は、「紫苑」と「はなやか」さが結びついていて注目される。ところが、その次に掲げた『在明の別』・『苔の衣』では、「華やかならぬしも」・「いとすさまじかりぬべき色」とあり、最初にあげた『源氏物語』の用例とは正反対の評価が与えられている。「われもかう」は、

・同じ色のうちたる、われもかうの織物重なりたるなども、人の着たらばすさまじかりぬべきを、（『狭衣物語』巻二　①二四〇頁）[11]
・香染の御衣どもに、青きが濃き薄き、吾亦紅の織物たてまつりたるも、いとどにほひなくすさまじき心地したまへるも、（『狭衣物語』巻三　②一一五頁）

等の用例が示すように、もの寂しい地味な色であったらしい。その「われもかう」と取り合わせたので、「紫苑」について前掲の評価が出てきたのではないか。最後に掲げた『小夜衣』では、「花やかなるあはひ」を構成する色目の一つとして「紫苑」が登場している。以上の用例から、『はなだの女御』において「紫苑」に「はなやか」さを託しているというのは、おおむね妥当であると言えるだろう。この「はなやか」な「紫苑」に擬されている「皇后宮」のモデルが、藤原定子（道隆女）である。清少納言等が活躍した明るい定子後宮を「はなやか」な「紫苑」

で表現したのだろう。もっとも「はなやか」さに拘らなければ、「紫苑」と言えば『俊頼髄脳』に、

「紫苑といへる草こそ、心におぼゆる事は忘られざなれ」（『俊頼髄脳』一〇一頁）[12]

と記述され、心に刻んだ思いを忘れさせない草というイメージもあった。モデルである定子との対応を考えると、彼女の死後も一条天皇が彼女のことをずっと思い続けたこととも関わらせることができるのかもしれない。

その次に、四の君によって「中宮」が「桔梗」に喩えられている。「桔梗」に「無量義経」の「義経」が掛けられていて、モデルである藤原彰子の父道長の祈りがちな姿との関連が考えられることは、前章で述べた通りである。

二　女御たちと草花による比喩

今度は、前節で取り上げた人々に続いて登場する、女御クラスの女性たちについて見ていく。

まず、五の君が「四条の宮の女御」を「露草」に喩える。

五の君、「四条の宮の女御『露草の露にうつろふ』とかや、明け暮れのたまはせしこそ、まことに見えしか」、（『はなだの女御』）

この「四条の宮の女御」のモデルは、藤原諟子（頼忠二女）である。彼女は、永観二年（九八四）花山天皇の女御となったものの、その寵は薄く、しかも入内してわずか二年足らずで天皇出家という事態に直面することとなった。

その三年後、頼りにしていた父頼忠もこの世を去った。すでに『古今和歌集』歌等を参考としてあげつつ、諸注によって諟子の寵愛薄い様子と物語における比喩とを結びつける指摘がなされている。筆者も、おおむねそうした解釈に賛同する。ただし、物語の「露草」という比喩は、天皇出家後の諟子の辿った儚げな生をも包含するものであったのではないかということを付け加えておきたい。

ついで、六の君が「承香殿」を「撫子」に、七の君が「弘徽殿」を「刈萱」に喩えている。「承香殿」は藤原元子（顕光女）を、「弘徽殿」は藤原義子（公季女）をそれぞれモデルとしていて、どちらも一条天皇の女御である。二人は物語において、ライバル同士のように記述されている。

六の君、はやりかなる声にて、「撫子を常夏におはしますと言ふこそうれしけれ。常夏に思ひしげしとみな人は言ふなでしこと人は知らなむ」とのたまへば、七の君、「したり顔にも、
刈萱のなまめかしさの姿にはそのなでしこも劣るとぞ聞く」
とのたまへば、みな人々も笑ふ。
（『はなだの女御』）

これは、史実における二人の関係を反映した表現ではないかと考えられる。元子と義子とは、ほぼ近い時期に入内していて、その競いあうさまが『栄花物語』よりうかがえるからである。

さて広幡の姫君参りたまひて、承香殿に住みたまふ。世のおぼえ、いでや、けしうはあらむ、あなこたいと聞ゆめれど、さしもあらずめやすくもてなし思しめしたり。かひあることとなり。公季の中納言、などか劣らんと

思して、さしつづき参らせたてまつりたまふ。⑬弘徽殿にぞ住みたまふ。これは何ごとにもいま一際は今めかしうさまざまにしたてまつることさらなり。ただ、「女御のおぼえぞ、のどやかに見えたまへる。承香殿ぞ思はずにおはすめる」と、世人申しためる。内裏わたり今めかしうなりぬ。（略）女御の御おぼえ、承香殿は勝りたまふやうにて、はかなう月日も過ぎもてゆく。

（『栄花物語』巻第四・みはてぬゆめ　①二一七〜二一八頁）

この記述によれば、天皇の寵愛は元子のほうが勝っていた。『はなだの女御』において、「承香殿」方がその寵のあつさを自慢し、「弘徽殿」方が「なまめかしさの姿」を「承香殿」に対抗するように主張しているのは、こうしたことが背景にあるからであろう。また、義子の「今めかし」というありさまが、『はなだの女御』における「なまめかしさ」に通じているのではないだろうか。このように『はなだの女御』では、「刈萱」に対して「なまめかし」という属性が付与されている。「刈萱」に「なまめかし」さを見た例を、筆者はこの時代の他の文学作品の中でいまだ見出していない。二つを結びつけた『はなだの女御』の比喩の特異性については、今後あらためて考えたい。また「承香殿」の「撫子」の比喩には、皇后定子・中宮彰子を別格の存在として見ると、元子が一条天皇の女御たちの中で最も時めいていたことが反映しているのであろう。

続いて、八の君・九の君・十の君が登場する。この三人が花の喩えをおこなう女性たちのモデルは、いずれも東宮居貞親王（のちの三条天皇）の妃たちである。

・八の君、「宣耀殿は、菊と聞えさせむ。宮の御おぼえなるべきなめり」、「麗景殿は、花薄と見えたまふ御さまぞかし」、九の君、と言へば、十の君、「淑景舎は『朝顔の昨日の花』となげかせたまひしこそ、ことわりと見たてまつりしか」、

・「まろが菊の御方こそ、ともかくも人に言はれたまはね。
植ゑしよりしげりましにし菊の花人におとらで咲きぬべきかな」
とあれば、九の君、「うらやましくも仰すなるかな。
秋の野のみだれてまねく花すすき思はむかたになびかざらめや」
十の君、「まろが御前こそ、あやしきことにて、くらされて。など、いとはかなくて。
朝顔のとくしぼみぬる花なれどあすも咲くはとたのまるるかな」
とのたまふに、

（『はなだの女御』）

「宣耀殿」が藤原娍子（済時女）、「麗景殿」が藤原綏子（兼家三女）、「淑景舎」が藤原原子（道隆二女）をそれぞれモデルとしている。まず、「植ゑしよりしげりましにし菊の花」という比喩と娍子との関連について述べる。すでに指摘されているように、この喩えは、彼女が居貞親王から非常に愛されていたことを示しているのであろう。加えて「しげりましにし」という表現には、彼女が子宝に恵まれていたことが反映していると考えられる。次に「花薄」の綏子に関して見てみる。これもすでに先行研究によって、「みだれてまねく花すすき思はむかたになびかざらめや」に、源頼定との密通事件が暗示されているという指摘がなされている。「花薄」には、和歌の世界で秋風と関連して「まねく」・「なびく」という属性が与えられることが多いので、そういった点からも妥当な解釈であると言える。ちなみに、居貞親王の綏子への愛情は淡いものであったらしい。続いて「朝顔」と原子に関して述べる。この比喩についても、原子と関連づけた解が諸注によってなされている。一門が失脚したのち、失意のうちに吐血し急死した原子の姿を「朝顔」の儚さに見ているのである。筆者は、以下に掲げた歌が示すような、「朝顔」の華やかさとその盛りのときの短さとが、時の権力者道隆の娘として華々しく入内したものの、幸せな日々も束の間にして、悲しみに沈んだまま亡くなった原子の生涯を象徴しているのではないかということを、付け加えておきたい。

槿花やかなる、人にやるとて
今のまの朝がほをみよかかれどもただこの花はよの中ぞかし
（『和泉式部続集』五三八番[14]）

今度は、これらの後にでてくる五節の君のおこなう比喩に関して見てみる。

五節の君、「御匣殿は、野辺の秋萩とも聞えつべかんめり」、
（『はなだの女御』）

この「御匣殿」のモデルは、藤原尊子（道兼女）である。「野辺の秋萩」という比喩は、以下の和歌を下敷きにした表現であろう。

題しらず　　　　よみ人しらず
しめゆはぬのべの秋はぎ風ふけばとふしかくふし物をこそ思へ
（『拾遺和歌集』巻第十三・恋三・八三九番）

「のべの秋はぎ」が風に吹かれて靡き伏すさまに、恋の物思いに耽る状態を託している。尊子は一条天皇のもとへ入内したものの、並み居る妃たちの中では寵愛薄い存在であった。[15]おそらく、そのために思い煩うことも多かったであろう。そうした尊子のありさまが、「野辺の秋萩」という比喩に反映していると考えられる。

以上、帝や東宮の妃について、おのおのの比喩の妥当性をめぐり考察した。

三　後宮外の女性たちと草花による比喩

さらに、大臣の子女・斎院斎宮・親王妃について見てみる。
まず、東の御方が「淑景舎の御おととの三の君」を「萱草」に喩えている。

東の御方、「淑景舎の御おととの三の君、あやまりたることはなけれど、萱草にぞ似させたまへる」、（『はなだの女御』）

「萱草」の部分は、ほとんどの伝本が「大さう」となっていて、「くわさう」となっているのは神宮本他、数本のみである。したがって、この二つのうちどちらの本文をとるのかということが問題になる。これについて、松尾聰氏は次のように述べている。(16)

朝鮮棗の異名「大さう」は、「たいそう」とよむらしいから、もし「たいさう」なら「おほざう（大ざっぱ）」にかけたとみるのは困難になりそうである。「くわざう」の本文は善本とおぼしき神宮本がそうなっているから、後人の意改本文ともみがたく、信ずるに足るかも知れない。従ってしばらく「くわざう」の本文をとりたい。

筆者もこの意見に賛同する。したがって、本文を「萱草」と定めて以下考察をおこなう。「萱草」は、「忘草」の別名である。「忘草」は、その名の通り「忘れる」ということを象徴する草花として文学の世界で用いられる。

寛平御時御屏風に歌かかせ給ひける時、よみてかきける

そせい法し

忘草なにをかたねと思ひしはつれなき人の心なりけり

（『古今和歌集』巻第十五・恋歌五・八〇二番）

よって、「萱草」に喩えられた「淑景舎の御おととの三の君」は、人を忘れやすい女性（薄情な女性）か、または人から忘れられやすい女性かのどちらかだろうと推測がつく。この「淑景舎の御おととの三の君」のモデルは、先にとりあげた定子や原子の妹（道隆三女）である。彼女は、敦道親王と結婚したものの、親王からの愛情の薄かったことが『大鏡』の記述からうかがえる。

まことにや、御心ばへなどの、いと落ち居ずおはしければ、かつは、宮もうとみ聞こえさせたまへりけるとかや。（略）二位の新発の御流にて、この御族は、女も皆、才のおはしたるなり。

（『大鏡』内大臣道隆　二五七～二五八頁）

二人の仲はあまり長くは続かず、長徳の変ののちには離婚状態にあったらしい[17]。こうした、彼女の親王から忘れ去られた様子が、「忘草」の別名である「萱草」に象徴されているのであろう。また『枕草子』では、「萱草」が唐風の場所に似合う草花として記されている。

つとめて見れば、屋のさまいとひらに短く、瓦葺にて、唐めき、さまことなり。（略）前栽に、萱草といふ草を、籬結ひて、いとおほく植ゑたりける。花のきはやかにふさなりて咲きたる、むべむべしき所の前栽には、いと

よし。
（『枕草子』一五五段「故殿の御服のころ」二八三頁）

漢学好きであった彼女には、その点でも適切な比喩であったのではないだろうか。
次に、この「淑景舎の御おととの三の君」の妹の「四の君」に話題が及ぶ。

いとこの君ぞ、「その御おととの四の君は、くさのかうと、いざ聞えむ」、
（『はなだの女御』）

まず、「くさのかう」の属性について検討する。

① 式部卿宮の前栽あはせに
草のかう
草のかういろかはりぬるしらつゆはこころおきてもおもふべきかな
（『伊勢集』八八番。『古今和歌六帖』にも載る）

② くさの香
白露のいかにそむればくさのかうおくたびごとにいろのますらん
左衛門君
（『元真集』一六二番）

③ くさのかう
とこなつのつゆうちはらふよひごとに草のかうつる我がたもとかな
みなもとのためのり
のべごとに花をしつめばくさぐさのかうつるそでぞつゆけかりける
（「規子内親王前栽歌合」九、一〇番）

①からは、「草のかう」が「しらつゆ」によって変色するものであることがわかる。もっとも、一首の中では「しらつゆ」の方が「いろかはりぬる」という状態になったものかとも解することができるけれども、この歌が詞書から知られるように、前栽合のときの詠であることを考えあわせると、草花の方を主にして詠み込むはずであるから、こう解釈して問題ないと思う。こうした「くさのかう」の性質は、②の歌を見ると一層明らかになる。また、②では変色に対して「いろのますらん」とし、プラス評価を与えている。③は、「くさのかう」を物名的に詠み込んだ例である。どちらも、草の香が移るという意の部分に「くさのかう」が用いられている。したがって、「くさのかう」からは、香が移るという連想もはたらきやすいと言えよう。さて、こうした性質を有する「くさのかう」に喩えられている「その御おととの四の君」のモデルが、藤原道隆四女である。彼女は、姉の定子皇后亡き後、生前の定子の望み通り、敦康親王の母親代わりとなった。

故関白殿の四の御方は、御匣殿とこそは聞ゆるを、この一の宮の御事を故宮よろづに聞えつけさせたまひしかば、ただこの宮の御母代によろづ後見きこえさせたまふとて、上なども繁う渡らせたまふに、おのづからほの見たてまつりなどせさせたまひけるほどに、そのほどをいかがありけん、睦ましげにおはしますなどいふこと、おのづから漏り聞えぬ。（略）上もいといとあはれに思しめしたるべし。御匣殿もよろづ峰の朝霧にまたかく思ほし嘆かるべし。

（『栄花物語』巻第八・はつはな　①三六五〜三六六頁）

帝は、自然と四の君を見かける機会が多くなって、いつしか彼女を愛するようになる。そのため、四の君は一条天皇の御子を身籠もった。

かくてあり渡るほどに、かの御匣殿はただにもあらずおはして、（『栄花物語』巻第八・はつはな ①三六八頁）

そして彼女は、不運にも苦しみぬいた末、年若い身で亡くなる。

にはかに御心地重りて、五六日ありてうせたまひぬ。御年十七八ばかりにやおはしましつらん、（略）（『栄花物語』巻第八・はつはな ①三六九頁）

こうして四の君の生涯を辿ってみると、先に③として掲げた「とこなつの」歌との関連性を指摘できるように思う。上の句の「とこなつのつゆうちはらふよひごとに」からは、独り寝の侘びしい床で涙がちに夜を過ごす人物が想起される[18]。モデルに引きつけて考えると、そこに、亡き定子思慕に沈む一条天皇を重ねあわせることができるだろう[19]。そして下の句「草のかうつる我がたもとかな」からは、四の君へ一条天皇の愛情が移っていく状態を連想できないだろうか。つまり筆者は、『はなだの女御』における「くさのかう」の比喩には「とこなつの」歌が大きく関わっているのではないかと考えている。「とこなつの」歌の世界に四の君と一条天皇の恋愛を重ねて、『はなだの女御』作者は「くさのかう」の喩えを用いたのであろう。また先に指摘した、「露」が置くことによって変色するという「くさのかう」の性質は、四の君が天皇の愛情を受けることによってすぐに妊娠し亡くなったことと対応させることができる。「露」は貴人の愛情・情けを意味することがあるのである[20]。このように「くさのかう」の和歌世界における詠まれ方を関連づけることにより、この比喩に託した『はなだの女御』作者の意図が見えてくるのではないか。

続いて言及されるのが、「右大臣殿の中の君」と「左大臣殿の姫君」という大臣の子女たちである。モデルとなったのは、藤原顕光二女の延子と藤原道長二女の妍子である。延子は「女郎花」に喩えられ、この物語の中で最も賞揚され、妍子は「われもかう」と評されて皮肉な比喩となっていることは、前章で指摘した通りである。
次に「斎院」・「斎宮」が、それぞれ「五葉」・「軒端の山菅」に喩えられている。「斎院」のモデルは選子内親王(村上帝第十皇女)であり、彼女は五代の天皇に仕えた「斎院」であった。これも前章で話題にしたので省略する。「斎宮」のモデルは、恭子女王(式部卿宮為平親王女)である。まず、「山菅」を素材とした歌を見る。

・　(題しらず)　(よみ人しらず)
あしひきの山の山すげやまずのみ見ねばこひしききみにもあるかな　(『拾遺和歌集』巻第十三・恋三・七八〇番)

・　(としへていふ)
やますげのみだれこひのみせさせつつついはぬいもかもとしはへつつも　(『古今和歌六帖』第五・雑思・二五七〇番)

前者は相手をひたすらに恋い慕う心を詠んでいて、「やまず」を引き出す序詞の「あしひきの山の山すげ」の中に「山すげ」がでてくる。後者もまた、狂おしいほどの恋心を表現した歌であり、「みだれこひ」を導くものとして「やますげ」がでてくる。したがって「山菅」は、激しい恋心をイメージさせることばであると言えるのではないか。『はなだの女御』では、「山菅」に「軒端の」という修飾句が付けられている。こうした「軒端の山菅」という一連の表現を、筆者はいまだ見出していない。ただし「軒端の」については、『はなだの女御』が制作されたと推定される時代より少しくだるものの、以下の用法が見られ注目される。

題しらず　読人しらず

尋ぬべき人は軒ばの古郷にそれかとかをるにはのたちばな

（『新古今和歌集』巻第三・夏歌・二四三番）

「軒ば」に「退き」を掛けている。『はなだの女御』の「軒端の」にも「退き」が掛けられているとすると、「軒端の山菅」は、激しい恋の世界から退いている人を象徴していると読むことができよう。そのように捉えると、「斎宮」の喩えとして非常に似つかわしいのではないだろうか。

最後に、親王妃が二人、とりあげられる。まず、「帥の宮の上」。

まことや、まろが見たてまつる帥の宮の上をば、芭蕉葉と聞えむ」、

（『はなだの女御』）

この人物のモデルは、藤原済時二女である。彼女は敦道親王と結婚したものの、年月がたつにつれて親王の愛情が薄くなっていき、有名な和泉式部の一件もあって、小一条の祖母北の方の許へ帰った。姉の娍子とは正反対の心細い状態であったようだ。晩年の彼女の経済的に不如意だったようすが、『大鏡』に記されている。

いま一所の女君こそは、いとはなはだしく心憂き御有様にておはすめれ。父大将のとらせたまへりける処分の領所、近江にありけるを、人にとられければ、すべきやうなくて、かばかりになりぬれば、もののはづかしさも知られずや思はれけむ、夜、かちより御堂にまゐりて、うれへ申したまひしはとよ。

（『大鏡』左大臣師尹　一四二～一四三頁）

父済時の遺産分けの領地を人にとられ、恥も外聞もなく夜徒歩でみずから道長の許へ、祈るような気持ちで嘆願に

赴いた彼女の姿が、印象的に描かれている。「芭蕉葉」は、仏典において人身の儚さを喩えるものとしてある。そうした仏教の発想を拠り所として、以下の西行歌が成立したのであろう。

かぜふけばあだにやれ行くばせをばのあればと身をもたのむべきかは
（『山家集』一〇二八番。『西行法師家集』にも載る）

秋風が吹くことによってぼろぼろに破れていく「芭蕉葉」。それは、済時二女の零落していった、世の無常を体現した生を象徴したものと言えよう。

次に「中務の宮の上」を見る。

よめの君、「中務の宮の上をば、招く尾花と聞えむ」など聞えおはさうずるほどに、
（『はなだの女御』）

このモデルは、式部卿宮為平親王女である。

六条の中務宮と聞えさするは、故村上の先帝の御七の宮におはします、麗景殿女御の御腹の宮なり、北の方はやがて村上の四の宮為平の式部卿宮の御中姫君なり、母上は故源帥の大臣の御女の腹なり、（略）
（『栄花物語』巻第八・はつはな　①四三四頁）

ただし、この記事以上の彼女についての情報を筆者は得ていない。当該の比喩の妥当性については保留にしておき

たい。

おわりに

以上、『はなだの女御』において展開された花の喩えとモデルとの対応の妙について記述した。情報量の少なさのために保留にしたものをのぞくと、選択された草花は、概ねその人物を象徴するために有効に機能していると言えよう。

比喩の場面では、草花による象徴世界が見事に構築されている。その際、夏から秋にかけての時節にこの物語の季節を設定したことは、この象徴世界をより精巧にしたのではないかと考える。秋へと季節が推移することによって、「秋風」が吹き「露」が置くという自然現象が現れる。象徴世界において、それは人から「飽き」られることやそのために流される「涙」を意味する。それぞれの人物に選ばれた植物を見てみよう。第一節で分析した女院・内親王・后クラスの女性たちに対して用いられた植物は、平安文学の表現の伝統において、この「秋風」や「露」の自然現象に代表される秋という季節の影響をまともに受けない草花たちである。「秋風」が吹いたり「露」が置いたりすることによって、植物そのものの状態が変化したりしない。それは、モデルの女性たちの安定した地位と照応していよう。また彼女たちには、女院の「はちすの花」をのぞいて、すべてみな漢語の花の名が使用されている。彼女たちの重々しい身分とそれに付随するいかめしさを、作者は漢語を用いることによって表現しようとしたのではないか。第二節・第三節で検討した、女御クラスの女性たちや大臣の子女、親王妃（斎院・斎宮は同レベルでは捉えられないだろう）になると、良くも悪くも季節の影響をもろに受ける植物たちが配されている。和歌世界において、「秋風」や「露」とともに詠まれ、固有のイメージ世界をかたちづくっている植物たちが多く用いられている。

たとえ今、「秋風」や「露」が周囲に生じていないとしても、本格的な秋の季節が到来したときには、そのありさまが一変することを予想させる。これは、モデルとなった女性たちの不安定な立場とよく対応していよう。そしてこうしたことは、「女郎花の御方」が暑さを強調した以下の場面に、端的に表れているように思う。

女郎花の御方、「いたく暑くこそあれ」とて、扇を使ふ。
「いかにとて参りなむ。恋しくこそおはしませ。
　みな人もあかぬにほひを女郎花よそにていとどなげかるるかな」
（『はなだの女御』）

今を盛りとする「女郎花」には、まだ冷たい「秋（飽き）風」が吹いていないのであった。

注

（1）モデルの設定に関しては、前章（本書Ⅲ第一章）において私見を提示した。
（2）『栄花物語』の引用は、新編日本古典文学全集（小学館）に拠る。
（3）『枕草子』の引用は、新編日本古典文学全集（小学館）に拠る。
（4）『源氏物語』の引用は、新編日本古典文学全集（小学館）に拠る。
（5）『悦目抄』の引用は、日本歌学大系（風間書房）に拠る。
（6）『大鏡』の引用は、新編日本古典文学全集（小学館）に拠る。
（7）『今昔物語集』他に、逸話が残されている。

(8)『在明の別』の引用は、大槻修『在明の別の研究』(桜楓社　一九六九年)に拠る。
(9)『苔の衣』の引用は、鎌倉時代物語集成(笠間書院)に拠る。
(10)『小夜衣』の引用は、鎌倉時代物語集成(笠間書院)に拠る。
(11)『狭衣物語』の引用は、新編日本古典文学全集(小学館)に拠る。
(12)『俊頼髄脳』引用は、新編日本古典文学全集(小学館)に拠る。
(13)史実では、義子のあとに元子が入内している。事実とは反する記述であっても、二人が張り合っていたことを当時の人々が認識していた例となるのではないかと考えたので、注目した。
(14)歌集・歌合の引用は、新編国歌大観(角川書店)に拠る。
(15)当時、一条天皇の後宮には、定子・彰子・元子・義子・尊子がいて、后である定子・彰子は別格として、女御の中では元子が寵愛されていたらしい。したがって、寵薄かったであろう尊子のありさまは、おおよそ想像がつく。
(16)松尾聰『堤中納言物語全釈』(笠間書院　一九七一年)。
(17)藤原道隆三女の伝記については、小松登美「藤原道隆三の君と敦道親王」(『平安文学研究』六〇輯　一九七八年一一月)に詳しい。
(18)「うち払ふ袖も露けきとこなつに嵐吹きそふ秋も来にけり」(『源氏物語』帚木巻　①八三頁)、「君なくて塵積もりぬるとこなつの露うち払ひいく夜寝ぬらむ」(『源氏物語』葵巻　②六五頁)他。
(19)もちろん当時は寵愛する中宮彰子がいたので、一条天皇は完全に寂しい毎日を送っていたとは考えられない。しかし、愛する定子を亡くしたという側面から見れば、侘びしい日々を過ごしていたと言えるのではないか。
(20)「山がつの垣ほ荒るともをりをりにあはれはかけよ撫子の露」(『源氏物語』帚木巻　①八二頁)他。

第三章　〈賀の物語〉の出現――『逢坂越えぬ権中納言』と藤原頼通の周辺――

はじめに

『逢坂越えぬ権中納言』は、公の席では当代随一の貴公子でありながら、私的な恋の場では悲恋に泣く、男主人公「権中納言」の姿をかたどる。

周知のように、この物語は天喜三年（一〇五五）五月三日「六条斎院禖子内親王物語歌合」にその名が見え、物語発表の場と物語の内容との関わりが当該物語の特色として既に指摘されている(1)。作中の根合の場面は、「物語合」(2)の開催時期を巧みに生かした設定であり、歌合を伴う根合が斎院サロンあるいはその周辺で行われていたことから、人々の興味をそそりうけを狙ったものであると考えられる。また、高貴な姫宮への叶わぬ恋のモチーフは、恋愛の禁じられた斎院という空間、さらにはサロンの女主人禖子内親王の存在を意識したものだと言えよう。もっとも、これらの要素は、根合場面の有無に拘らなければ、時節に即応した「菖蒲草」の活用といい、叶わぬ恋が語られることといい、「物語合」へ提出された作品数編にも見られる共通の嗜好として捉えられてもいる。

がしかし、物語発表の場の投影によって見えてくる『逢坂越えぬ権中納言』の特質は、これらの点のみにとどまらないのではないか。本章は、『逢坂越えぬ権中納言』とその発表の場との関わりを掘り起こし、本物語の特質の一端を記述することを目的とする。具体的には、題号ともなった男主人公の官職名「権中納言」に託されたもの、及び作中の歌合において詠じられた歌の解釈や意味合いについて、史的背景をふまえ再検討し、「物語合」に提出された物語という側面から本物語の性格を明らかにしたい。

一　「権中納言」に関する先行説

物語の常套に漏れず万事に秀でた男主人公。彼が「中宮」の所へ気軽に出入りする物語の記述は、彼と「中宮」とが同腹のきょうだいであること[3]を意味する。言いかえればそれは、彼が「中宮」を出す家の息子、つまり摂関家の子弟であることを表す。さらに帝の信頼を一身に集め、並ぶ者のない存在として語られる点からは、その摂関家の中でも最も将来を嘱望された嫡男であることがうかがい知れよう。

物語は、このようにこの上なく恵まれた男主人公を造型し、その官職を「権中納言」、年齢を

御年のほどぞ二十に一二ばかり余りたまふらむ。　（『逢坂越えぬ権中納言』）

と設定する。はやく神尾暢子氏は、この「権中納言」という官職設定の意図について、平安朝における「権中納言」任官の傾向と物語文学に現れた「権中納言」の性格とを検討し、以下のように述べた[4]。

平安王朝の権中納言を調査し考察したところによれば、権門子弟で栄達路線にある二十代前半の権中納言が、明確に成立する時期は、源語成立の前後であった。すなわち、権中納言という官職呼称の表現映像は、明記されていない源語源氏の権中納言に、一致するものであったと、判定しうるのである。（略）逢坂越えぬ権中納言の舞台背景は、源氏物語の世界であり、二十代前半の源氏と二十代後半の藤壺とを基軸として、源氏の朝顔

への憧憬を副軸とする、源語空白の充填であったと理解したい。

「権中納言」という官職が平安中期頃確立した新しいエリートコースであり、それをいちはやく物語の中に取り入れたのが『逢坂越えぬ権中納言』であったという指摘は非常に興味深い。ただし、神尾氏が、最終的に「権中納言」の使用を『源氏物語』朝顔の投影を見ることで説明した点については、従えない。本物語の「権中納言」像には、後半部の姫宮の部屋への潜入場面において、相手の拒絶にあい強引に迫り得ない姿に大君に接近しつつもむなしく朝を迎えてしまった薫像(5)が、また「ただ一声を」と愁訴する姿に女三の宮へ懇願した柏木像(6)が彷彿とする表現が選びとられている。加えて、落葉の宮に迫りながらも拒絶され一夜を過ごした夕霧の姿も連想される。薫や柏木、もしくは夕霧像をも含めた『源氏物語』の影響の大きさを考慮すれば、その源泉を朝顔と光源氏との交渉にのみ限定する必然性は希薄であろう。

『逢坂越えぬ権中納言』の「権中納言」には、むしろ史上の若き貴公子「権中納言」の出現が密接に関わっていると考えられる。天喜三年前後の史的状況の詳細な検討が、本物語で活用された意味合いを知るために重要ではないか。

二　平安中期から後期の若き「権中納言」たち

さきに触れたように、若年の「権中納言」は史上平安中期から出現する。二十代前半で「権中納言」に昇進した人物は藤原道長をはじめとし、以後続々と現れた。以下がその顔ぶれと就任時の年齢である(7)。

藤原道長　二十三歳　永延二年（九八八）
藤原伊周　十八歳　正暦二年（九九一）
藤原道頼　二十一歳　正暦二年（九九一）
藤原隆家　十七歳　長徳元年（九九五）
藤原頼通　十八歳　寛弘六年（一〇〇九）
藤原教通　十八歳　長和二年（一〇一三）
藤原頼宗　二十二歳　長和三年（一〇一四）
藤原能信　二十三歳　寛仁元年（一〇一七）
藤原長家　十九歳　治安三年（一〇二三）
源　師房　十九歳　万寿三年（一〇二六）
藤原信家　十八歳　長元九年（一〇三六）
藤原通房　十五歳　長暦三年（一〇三九）
藤原信長　二十二歳　長久四年（一〇四三）
藤原師実　十五歳　天喜四年（一〇五六）

道長の同腹の兄、道隆が三十四歳、道兼が二十六歳でそれぞれ「権中納言」となっているので、二十三歳での道長の昇進は周囲にある程度の驚きをもって迎えられたと推察される。しかしその道長の異例さも、道隆の息子たちによってあっさりと抜きさられた。伊周は十八歳、道頼は二十一歳で、同時に「権中納言」となった。それは、父道隆による息子たちへの権力譲渡実現へ向けての布石であった。伊周は翌年、十九歳で「権大納言」へと昇進し、前年に「権大納言」の職にあった二十七歳の道長に並んだ。さらに正暦五年（九九四）には道長をも超え、内大臣へと進む。時に二十一歳であった。弟の隆家の場合は、道隆の亡くなる直前に「権中納言」に任ぜられ、二ヶ月余りで「中納言」に転じた。当時十七歳であった隆家の「権中納言」昇進は、一族繁栄を賭けた道隆の最期の執念を感じさせる。

道隆の死後、周知のように権力は道兼の手を経て道長の掌中に帰した。以後、道長の子息たちが若き「権中納言」として続々と登場する。倫子所生の子息たちと明子所生のそれとは、官位昇進において明確な区別がなされていて、問題の「権中納言」昇進の件でもそれは同様であった。倫子腹の頼通と教通がともに十八歳であったのに対し、明子腹の頼宗が二十二歳、能信が二十三歳での任官となっている。ただし、同じく明子腹の長家が同腹の兄たちとは異なり十九歳で昇進したのは、彼が倫子の養子となって鍾愛されていたことが反映していよう。

続いて登場するのが、頼通や教通の息子たちの世代である。具平親王の二男、源師房は頼通の養子となっていて、頼通の庇護のもと順調な昇進を果たす。十九歳の「権中納言」という、道長の嫡室である倫子所生の子息たちと大差のない昇進が可能となったのもそのためであろう。教通の子息では一男信家が十八歳で、三男信長が二十二歳で、それぞれ「権中納言」に任官した。信家が就任年齢の上でかつての頼通・教通兄弟と肩を並べたのは、一男であることにも起因しようが、むしろ彼が頼通の養子となっていた点が大きく影響していよう。これに比して、頼通の実子たちは、それまでの前例を大きく覆す、異例とも言える十五歳の「権中納言」となっている。通房と師実である。通房は、『大鏡』等から父頼通の期待の大きさがうかがえるが、残念ながら二十歳の若さでこの世を去った。一方、師実は「物語合」の開催された翌年の天喜四年（一〇五六）、「権中納言」に任官する。参考までにとりあげた。どちらの場合も実子への権力譲渡に賭ける頼通の意気込みが看取される。

以上、二十代前半の「権中納言」が出現してから天喜三年（一〇五五）前後までの、若年の「権中納言」任官の様相を辿ってみた。任官した十代から二十代前半の「権中納言」たちは、すべて道隆や道長、頼通に連なる人々、言いかえれば摂関家の子息あるいはそれに準ずる人々であった。他の貴族たちから見れば、その昇進は一様に驚きと羨望をもって迎えられたにちがいない。がしかし、整理したように、彼らエリート貴公子たちの中でも、実子と養子の別、嫡妻腹か否か、兄弟の順等によって就任年齢に歴然とした区別がなされていたことが知られる。また、摂関家嫡男の就任年齢に限ってみれば、時代が降るほど若年齢化する傾向があったと言える。

三　摂関家嫡男の昇進と藤原頼通の官歴

さて、『逢坂越えぬ権中納言』の「権中納言」は、さきに確認したように摂関家の嫡男として設定されたと考えられる。史実における彼らの任官の様相とどのように物語の記述が対応するのか、さらにそこにどのような意味を見出すことができるのかについて、次に考えてみたい。

摂関家の嫡男の昇進は、見たようにそれ以外の人々と明確に区別され特権的な位置を与えられていた。が、その特権性がより露骨に現れてくるのは「権大納言」を含むその後の昇進においてである。摂関家嫡男であり、二十代前半以前に任官した若き「権中納言」は伊周にはじまる。すでに記したように、彼は正暦二年（九九一）に十八歳で「権中納言」に任官し、翌年十九歳で「権大納言」に転じた。道長の嫡男として父の権力を受け継いだ頼通は、寛弘六年（一〇〇九）に十八歳で「権中納言」となった四年後、二十二歳で「権大納言」に任じている。頼通の嫡男通房は、長暦三年（一〇三九）に十五歳で「権中納言」に就任した後、わずか十八歳の若さで「権大納言」となった。彼らの官歴が、摂関家嫡男の昇進に対する世の人々の常識であったと推察される。とりわけ問題の「物語合」の開催は天喜三年（一〇五五）であるので、これに最も近い通房の昇進が人々の記憶に新しいだろう。物語の新しき男主人公として「権中納言」が提示された場合、史上の通房と引き比べる意識が享受者にはたらくのは自然ではないか。ともかく、頼通を除けば、天喜三年時点における摂関家嫡男の昇進の標準として、十代での「権中納言」及び「権大納言」任官が考えられる。以降の例ではあるが、天喜四年（一〇五六）に「権中納言」となった師実も十七歳で「権大納言」となっている。(8) ちなみに、嫡男以外の人々の「権大納言」への任官をながめると、教通が二十四歳、頼宗、信家がともに二十九歳の時であり、二十代半ばから後半が普通であった。(9)

こうした史的背景が、『逢坂越えぬ権中納言』とほぼ同時代、十一世紀の中葉から後半の成立とされる『夜の寝覚』や『狭衣物語』の設定に影響を及ぼしていることが確認される。『夜の寝覚』の男主人公は、当初二十歳に満たぬ「権中納言」として登場した。

　左大臣の御太郎、かたち、心ばへ、すべて身の才、この世には余るまですぐれて限りなく、世の光と、おほやけ、わたくし思ひあがめられたまふ人あり。年もまだ二十にたらぬほどにて、権中納言にて中将かけたまへる、ものしたまふ。関白のかなし子、后の御兄、春宮の御をぢ、今も行く末も頼もしげにめでたきに、（略）

（『夜の寝覚』巻一　二一〜二二頁）(10)

十代の「権中納言」とした背景には、個人の卓越性を示す目的もあったろうが、やはり摂関家の嫡男であることが大きく影響していよう。ちなみに、彼はその後二十歳で「大納言」に昇進した。一方、『狭衣物語』の主人公狭衣は、はじめ「二位の中将」と設定されている。

　この頃、御年廿に二三足りたまはで、二位の中将とぞ聞こえさすめる。なべての人も、かばかりにては、中納言にもなりたまふめるを。

（『狭衣物語』巻一　①二二～二三頁）[11]

この時、父親が「関白」、腹違いのきょうだいが「中宮」であった。引用中の「かばかり」は、こうした盤石の境遇と狭衣個人のずば抜けた才能とを指すのであろう。物語は、これだけの境遇資質を備えているなら、「中納言」になっていてもおかしくない、と語る。この物言いからは、逆に条件が揃えば十七、八歳での「権中納言」任官は普通であるとする世の認識の存在がうかがえる。史上の摂関家嫡男たちの昇進のありようを反映した語りとして捉えられよう。なお、狭衣はこの年の九月に「中納言」、翌年「大納言」となった。

これらの事例を念頭に置くと、『逢坂越えぬ権中納言』における男主人公の年齢記述、「二十に一二ばかり余りたまふらむ」は、いささか違和感をもってながめられてくる。何事にも秀でた男主人公を造型するにあたって、なぜ物語はあえて二十代の「権中納言」という設定を選びとったのであろうか。この問題を考える際、さきに例外として扱った、摂関家嫡男としては珍しい二十代の「権中納言」在職期間を持つ頼通の存在が注目されてくる。

頼通が「権中納言」であったのは、寛弘六年（一〇〇九）から長和二年（一〇一三）までの期間で、彼が十八歳から二十二歳の時である。当時は一条天皇及び三条天皇の時代で、彼の同腹のきょうだいである彰子及び妍子が中宮として後宮にあった。摂関家の勢いを背景に、中宮とそのきょうだいである貴公子が後宮に華やかさを添えるという、まさに栄華の典型的な構図がここに現出していた。その世界は、物語において恵まれた男主人公の姿を造型する際に語られた典型的像とも通じる。『逢坂越えぬ権中納言』の「二十に一二ばかり余りたまふらむ権中納言」は、こうした若き頼通の「権中納言」時代を思い起こさせる設定であったのではないか。

当時の人々が頼通をどう見ていたのかを知る手がかりとして、次の『大鏡』の記述が参考になる。

男君二所と申すは、今の関白左大臣頼通のおとどと聞こえさせて、天下をわがままにまつりごちておはします。御年二十六にてや、内大臣摂政にならせたまひけむ。帝およすけさせたまひにしかば、ただ関白にておはします。二十余にて納言などになりたまふをぞ、いみじきことに言ひしかど、今の世の御有様かくおはしますぞかし。（『大鏡』太政大臣道長　二九八〜二九九頁）[12]

頼通の官歴と世の人々の反応を綴った箇所である。「二十余」で「納言」、つまり「権中納言」及び「権大納言」になったことを当時の人々が驚嘆したこと、言いかえれば二十代の「納言」として強烈な印象を与えていたことがうかがえる。[13]『大鏡』において、このように就任時の年齢とともにその官歴を語る記事はそう多くない。道長や伊周、隆家、当該例等が眼を引くのみである。このことから、頼通の昇進に対して『大鏡』の作者や世の人々が大きな興味を寄せていたことがうかがえる。[14]そうした関心の度合いを勘案すると、『逢坂越えぬ権中納言』の作者小式部が、二十代の「権中納言」造型を試みる前提となった史実への知識と興味を備えていた可能性も十分にあったと言えよう。

小式部は、「物語合」の実質的主催者である頼通への配慮を自作の物語の中に忍ばせたと考えられる。そうした物語の発表される場との関わりに心を砕いた工夫が、『逢坂越えぬ権中納言』の中には他にも見出される。それは、「権中納言」が活躍する根合を中心とした場面である。そこで詠出された歌に焦点を当てて、さらに検討を加えよう。

四　根合場面の三首の詠歌に関する先行説

注目したいのは、以下の部分である。

根合はてて、歌の折になりぬ。左の講師左中弁、右のは四位少将、読みあぐるほど、小宰相の君など、いかに心つくすらむと見えたり。「四位少将、いかに、臆すや」と、あいなう、中納言後見たまふほど、ねたげなり。

左

君が代のながきためしにあやめ草千尋にあまる根をぞ引きつる

右

なべてのと誰か見るべきあやめ草安積の沼の根にこそありけれ

とのたまへば、少将、「さらに劣らじものを」とて、

いづれともいかがわくべきあやめ草おなじよどのにおふる根なれば

とのたまふほどに、上聞かせたまひて、ゆかしう思しめさるれば、忍びやかにて渡らせたまへり。

（『逢坂越えぬ権中納言』）

引用の三首の和歌について、主に歌の位置づけをめぐりこれまで諸説が提出されている。意見の分かれる要因となったのは、二首目の「なべてのと」歌の内容であろう。右方の歌であるにもかかわらず、左方に味方する「権中納言」が尋ねたという[15]「安積の沼」が詠み込まれ、左方の根の賛美に終始する。この点を大きな矛盾と捉え、文脈

の合理化のために、掲出本文の「左」「右」を「右」「左」の順に改訂したり、[16] あるいはもともと「権中納言」は右方の味方であったとし当該箇所にいたる関連本文を全て改訂する、[17] といった操作を加える立場がある。これに異を唱え、一首目の「君が代の」歌[18] のみを正式の歌合歌とし、あとの二首を左右それぞれの方人による応援歌と位置付けた片桐洋一氏の説[19] は、非常に興味深い。がしかし、片桐氏が引用本文中の「右」を後人の「さかしらの所為」と断じた点には、従いがたい。現行の本文の状況に立脚して解釈をほどこす立場をとると、「なべてのと」歌は、左方に圧倒された右方の人物が、あっさりと負けを認め左方を持ち上げた即興的な挨拶の歌として捉えることができる。[20] 三首目の「いづれとも」歌は、直前の「なべてのと」歌と同じく右方の立場から詠まれた即興的な詠歌と見ることができるものの、「なべてのと」歌が左方の称賛に終始したのに対し、これとはやや異なるスタンスで詠まれたものとして捉えることができる。「さらに劣らじものを」という前置きからは、右方の「応援歌」と解することができよう。

　このようにそれぞれの歌の基本的性格をおさえた上で問題にしたいのが、三首目の「いづれとも」歌の史的背景とその意味合いについてである。当該歌は現在、「どちらの菖蒲がすぐれていると、どう見分けがつけられましょう。どうせ同じ淀野に生えた根ではありませんか」[21] と解釈されている。根合で敗北した右方の負け惜しみを濃厚に読みとるのである。「さらに劣らじものを」という少将の発言がその気分を醸成していよう。この文脈理解の中では、「おなじよどのにおふる」は「どうせ」の訳語が端的に示すように負の意味合いを担うと見なされている。しかしながら、この下の句は果たしてそうした意味世界を形成するのであろうか。「おなじよどの」という表現を追跡すると、従来説とは異なる理解の可能性が生じてくるように思われる。以下、「いづれとも」歌の史的背景を探り、一首の意味合いを考え、さらに「物語合」という場との関わりも探ってみたい。

五　「おなじよどの」の史的背景

恐らく「おなじよどの」という表現の初出は、寛弘五（一〇〇八）・六年の成立と考えられる[22]「後十五番歌合」に載る、斎院宰相の詠であろう。

六番　　　　　　　　　　斎院宰相

引きわかれ袂にかかる菖蒲草おなじ淀野におひにしものを　（「後十五番歌合」[23]）

「淀野」に「夜殿」が掛けられ、「引きわかれ」は、かつてともに夜を過ごした恋人どうしの別れをも連想させる。この場合の「淀野」は、掛詞「夜殿」を引き出す上で重要であり、菖蒲草の名所として選択されたのか否かは不分明である。

次に注目されるのが、『御堂関白集』に見える妍子と道長[24]の贈答歌である。

内侍のかむのとのより、くすだまに

長きよのためしにひけば菖蒲草同じよどのははなれざりけり

御返事

おり立ちてひける菖蒲の根をみてぞけふよりながき様ともしる　（『御堂関白集』五七・五八番[25]）

『御堂関白集』は、寛弘元年（一〇〇四）の歌、同二年の歌、寛弘から長和（～一〇一七）頃の年時未詳歌から成っていて、多年時詠集の一部が伝えられたものと考えられている。[26] 問題の五七・五八番歌は、年次未詳歌の部分に位置するが、前後の歌の配置からその詠作年代をある程度推定することも可能であろう。

五一番歌（五二番はその返歌）の詞書「一条殿のあまうへ、内侍のかむのとのの一条におはしますに、そのとののむめおぼしやりて」は、当時一条邸に居住していた東宮居貞親王のもとへ妍子が入内した[27]寛弘七年（一〇一〇）二月二十日直後のことを記すと考えられる。前年の寛弘六年十月五日、一条院内裏が焼亡し、一条天皇は枇杷殿へ遷幸した。[28] これに伴い、それまで枇杷殿に居住していた東宮は頼通邸を経て、同年十月二十二日に一条邸へと遷御し[29]て以来、ここを東宮御所としていたのである。「一条殿のあまうへ」は一条邸に東宮の移御以前居住していた故源雅信の嫡室藤原穆子を、「内侍のかむのとの」は移り住んできた妍子を指し、穆子が孫の妍子へかつての我が邸の「むめ」の花盛りを偲んで歌を贈ったと解される。続く五三から五六番歌には、「わかみや」と呼称される人物が登場する。なかでも五六番歌は、『続古今和歌集』（巻第二十・賀歌・一八七五番）に「法成寺入道前摂政にはじめて御文たまはせたりける御返事に、きみぞみづぐきながれては見んと読みて奏し侍りければ、又つかはされける」の詞書とともに「後朱雀院御歌」として載る。よって、こちらの「わかみや」は寛弘六年に誕生した敦良親王の可能性が高い。詞書から「御書き初め[30]」であることが知られるので、詠作は若宮の若年の頃つまり生年の寛弘六年をそう降らない時期と推定される（ただし、本人の詠ではなく代作ではないか）。続く五七から六〇番は五月の端午の節句を題材にした贈答歌群である。その後の六一・六二番は「少将三位」と呼ばれる女房が出家した折の贈答歌であるが、残念ながら彼女の出自及び詠作年次は判然としない。が、次の六三番歌（六四番はその返歌）についてはその事情が少なからず推測できる。

宮より、藤三位のもとに
思ひしる人をしみれば世中にそむかぬ方も哀なりけり
（『御堂関白集』六三番）

「藤三位」は一条天皇の乳母でもあった藤原繁子。「宮」、つまり彰子が尼となった繁子へ贈った歌である。繁子が寛弘八年（一〇一一）八月頃すでに出家の身であったことは『権記』等から確認され(31)、彼女の出家の時期は恐らくこの時点をそう遡らない頃であると考えられる(32)。したがって、五一から六四番にかけては寛弘七年から八年にかけての詠作が多く集められたのではないかと推測される。問題の五七・五八番歌も、その頃の詠である可能性が高いのではないか。

当該歌は『新千載和歌集』（巻第二十・慶賀歌・二三三〇、二三三一番）・『新後拾遺和歌集』（巻第三・夏歌・二〇三、二〇四番）・『歌枕名寄』（巻第五・山城国・淀・野・一四七一番）にも載り、若干の異同が認められる。『新後拾遺和歌集』の本文を掲げよう。

五月五日くすだまをつかはすとて　枇杷皇太后宮
ながき世のためしにひけばあやめ草おなじよどのはわかれざりけり
返し　法成寺入道前摂政太政大臣
おり立ちてひけるあやめのねをみてぞけふよりながきためしともしる

「ながき世の」歌の下の句は、『御堂関白集』では「同じよどのははなれざりけり」であったが、『新千載和歌集』・『歌枕名寄』で「おなじよど野もわかれざりけり」、『新後拾遺和歌集』で「おなじよどのはわかれざりけり」となっている。第五句は「わかれざりけり」が原型ではないか。なお、返歌の第五句も、『御堂関白集』では「様ともしる」、『新千載和歌集』で「ためしをもしる」、『新後拾遺和歌集』で「ためしともしる」となっていて、些かの異同が認められる。問題は、「ながき世の」歌の下の句「おなじよどのは（も）わかれざりけり」である。「わかれざりけり」は、

・めのおとうとをもて侍りける人にうへのきぬをおくるとてよみてやりける
なりひらの朝臣
紫の色こき時はめもはるに野なる草木ぞわかれざりける
（『古今和歌集』巻第十七・雑歌上・八六八番）

・月のあかき夜、梅の花を人にやるとて
いづれともわかれざりけり春の夜は月こそ花の匂ひなりけれ
（『和泉式部続集』一七一番）

等の用例が確認され、区別がつかない、見分けがつかないといった意で用いられる。当該歌も同様に解され、「おなじよどのは（も）わかれざりけり」は、同じ淀野から引いてきた菖蒲の根は優劣の区別がつかない、と読める。上の句「ながき世のためしにひけば」や、『新千載和歌集』において「慶賀歌」に分類された事実を考慮すると、その優劣のつけがたさは、「よどの」に生える菖蒲の根のいずれ劣らぬ立派さに由来すると理解される。一首は、作者妍子が菖蒲の根の長さに道長の寿命の長さと繁栄とを託し、父への賀の心を表した歌として捉えられる。下の句は、はるか未来まで予祝された、道長の盤石な世を暗示していよう。ここにおいて「（おなじ）よどの」は、菖蒲の根の名所として賀の世界の形成に寄与している。

この「ながき世の」歌と『逢坂越えぬ権中納言』の「いづれとも」歌は、「あやめ草」・「おなじよどの」・「わく」

の語が共通する。

ながき世のためしにひけばあやめ草おなじよどのはわかれざりけり　（妍子歌）

いづれともいかがわくべきあやめ草おなじよどのにおふる根なれば　（『逢坂越えぬ権中納言』）

「ながき世の」歌が「いづれとも」歌へ影響を及ぼしたと推定される。そうすると、『逢坂越えぬ権中納言』の「いづれとも」歌における「おなじよどのにおふる」は負の意味合いを担っているのではなく、むしろ菖蒲の根の立派さを保証し賀の気分を醸成するために機能していると見るべきだろう。

なお、『逢坂越えぬ権中納言』成立以前の「おなじよどの」については、他にもう一例触れておかねばならない。寛仁二年（一〇一八）正月二十三日の摂政頼通の大饗のために詠まれた屏風歌が、『栄花物語』に記されている。端午の節句は藤原輔尹の詠であった。

五月節、輔尹、

競ぶべき駒も菖蒲の草もみな美豆の御牧にひけるなりけり　（『栄花物語』巻第十三・ゆふしで　②一三〇頁）[33]

この歌は、『玄々集』（一〇七番）・『新撰朗詠集』（端午、一四八番）にも載る。『玄々集』は第五句を「引きてけるかな」、『新撰朗詠集』は下の句を「同じ淀野に引けるなりけり」とする。『新撰朗詠集』に見えるかたちがどの時点で現れたのか判然としない。あるいは、後代の可能性が大きいのかもしれないが、この例も先の「おなじよどの」と同様の文脈を形成した使用例として注目される。

『逢坂越えぬ権中納言』の歌合の場面に戻ろう。左方の「君が代の」歌が味方の菖蒲の根の素晴らしさを「君が代」の予祝とともに詠い、対する右方の「なべてのと」歌が根合における左方の勝利をうけ相手方の根を賞賛した。右方があっさり負けを認めてしまったのを不服としてか、少将が「いづれとも」歌を詠ずる。この歌はしかし、妍子の賀歌を踏まえ、右方の根が決して負けていないことを示すのは勿論、左右両方の根が優劣つけがたいほど素晴らしいことを主張した。そこには、根合を行った場そのものへの祝意、この催しの主催者への祝意が込められたと言えよう。

六　〈賀の物語〉としての『逢坂越えぬ権中納言』

「物語合」の参加者の一人である小弁が物語の提出に遅れ、方人たちが次の物語を提出しようとした際、頼通が小弁の作った物語は見所があるだろうからととどめさせたために、小弁は「いはがきぬま」の物語を披露できたという。[34]この著名な逸話からも知られるように、「物語合」の実質的主催者である頼通は、提出される物語の内容にまで並々ならぬ関心を寄せていた。この晴れの場に参加する女房は自作の新しい物語を創作するにあたって、発表の場と頼通の存在を少なからず意識することになったのではないか。開催時期との関わりはすでに指摘されているところだが、『逢坂越えぬ権中納言』にはさらに主催者頼通の思惑に配慮した工夫が見出せる。

男主人公の設定に若き日の頼通の経歴が反映し、作中の和歌に妍子が道長の長寿と繁栄とを祝った詠歌が踏まえられたことは、道長から頼通へと受け継がれた一門の栄華の歴史を多分に意識した趣向ではなかったか。とりわけ後者のそれは、作中の歌合と物語の発表の場とが二重写しになることから、さらなる効果を上げるように思われる。つまり、作中に形象された祝意が「物語合」の場をも包括する祝意へと変質拡大して受容される可能性を孕んでいるのである。それは、頼通あるいは頼通周辺への祝意の具象化とも言えようか。

「物語合」において、個々の物語が実際にどのようなかたちで発表されたのか詳細はわからない。全文を読み上げたのか、それとも一部を披露したのか。「全体」のあらすじに「部分」の本文をとりあわせて発表する形式であった可能性もあるだろう。頼通が小弁の物語を楽しみにしていたことから推察すると、何らかのかたちで全文を鑑賞するスタイルであった可能性が高いのではないかと考える。その場合、提出作品はすべて短編物語であったと考える方が妥当であろう。『風葉和歌集』に数首の作中歌の載る物語は、「物語合」以降書き継がれ中編・長編となった可能性が高いのではないか。『逢坂越えぬ権中納言』において以上見てきたような物語の発表の場を意識した工夫がなされていることは注目すべきだろう。根合から歌合へと続く公の場における「権中納言」の活躍を語った物語前半の表現には、頼通周辺への祝意が込められていた。ここに、歌合における「賀歌」の存在に準ずる意味での、言わば〈賀の物語〉としての『逢坂越えぬ権中納言』の性格を見出すことができよう。

おわりに

これまで述べてきたことをまとめる。男主人公「権中納言」の設定や歌合における詠歌「いづれとも」歌の史的背景には、道長から頼通へと受け継がれた一族の栄華の記憶が横たわっていた。これら一連の物語の記述は、「物語合」の実質的主催者である頼通と頼通周辺への祝意の表出に繋がったのではないか。それは、物語本文の歌合場面においてかたどられた祝意が、物語発表の場に向けられた祝意へと転嫁していく可能性を孕む趣向になっている点からもうかがえる。以上により、『逢坂越えぬ権中納言』の一特質として、〈賀の物語〉としての性格を見出した。『源氏物語』の登場が、物語の社会的地位を押し上げるのに大きく作用したことは疑いない。宮廷サロンにおける物語制作も活発になる。その結実が、天喜三年の「物語合」の開催である。それは、物語が「公」の性格を最も強く帯びた瞬間の一つであった。「賀歌」に通じる、『逢坂越えぬ権中納言』の〈賀の物語〉性はそのような状況のもと、出現したのである。しかし、専門歌人たちによって支えられ受け継がれた「賀歌」の伝統とは異なり、一女房によって出現したそれはあくまで一回的な試みにとどまり、以後の物語の辿った歴史の中でその伝統を紡いでいくことはなかった。

注

（1）神野藤昭夫「サロン文学としての『逢坂越えぬ権中納言』」（新日本古典文学大系『堤中納言物語・とりかへばや物語』月報　岩波書店　一九九二年三月。のち、同『散逸した物語世界と物語史』若草書房　一九九八年）、他。

（2）本論の初出時（『国語と国文学』七六巻八号　一九九九年八月）、論者は「物語歌合」と「物語合」とは五月三日に開催された同じ催しを指すと解していた。その後、三日に「物語歌合」が、五日に「物語合」が行われたと推測するようになった（詳細は、本書Ⅲ第六章を参照ねがいたい）。これにともない、『逢坂越えぬ権中納言』に〈賀の物語〉としての一面を見る本論の主旨は変わらないものの、「物語歌合」と「物語合」に関わる記述については初出時から一部改めた箇所が存する。

（3）「自由に出入りできることで、中納言と中宮は同腹のきょうだいと知られる」（稲賀敬二校注・訳　日本古典文学全集『堤中納言物語』小学館　一九七二年）、他。

（4）神尾暢子「堤中納言の権中納言　前篇――源語享受の創造展開――」（『国語国文』四八巻九号五四一号　一九七九年九月）、「堤中納言の権中納言　後篇――源語享受の創造展開――」（『国語国文』四八巻一一号五四三号　一九七九年一一月）。

（5）大森純子「逢坂越えぬ権中納言物語」（三谷栄一編『体系物語文学史』第三巻　有精堂　一九八三年）が、両者の表現の類似を論じる。

（6）注（1）の神野藤前掲論文、注（3）の稲賀前掲書頭注に指摘がある。
（7）官職任官の記述は『公卿補任』に拠る。
（8）以後、師実一男の師通が十六歳で「権中納言」（一〇七七年）、十九歳で「権大納言」（一〇八〇年）、師通一男の忠実が十五歳で「権中納言」（一〇九二年）、二十歳で「権大納言」（一〇九七年）、忠実一男の忠通が十五歳で「権中納言」（一一一一年）、十九歳で「権大納言」（一一一五年）となっている。
（9）平安中期から後期には、若き貴公子のエリートコースとして「権中納言」から「権大納言」への任官が一般的であった。
（10）『夜の寝覚』の引用は、新編日本古典文学全集（小学館）に拠る。
（11）『狭衣物語』の引用は、新編日本古典文学全集（小学館）に拠る。なお、新潮日本古典集成本では、「中納言」の箇所は「納言」とある。
（12）『大鏡』の引用は、新編日本古典文学全集（小学館）に拠る。
（13）この「納言」に関しては、「中納言」を指すと見る説（注（12）の前掲書、他）、「中納言」と「大納言」の両方を指すと見る説（保坂弘司『大鏡全評釈』下巻　学燈社　一九七九年、他）がある。前に「二十余にて」とあること、頼通は十八歳で「中納言」となっていること等を勘案すると、後者と見るのが適切であろう。なお、『大鏡』中に現れる「納言」は、どちらの場合にも使用されている。
（14）『大鏡』の成立に関しては諸説あるので、その時期を正確に特定することは困難である。ただし、平安後期及び院政期を中心とした時代の人々の思潮を当該本文に見ることはできるのではなかろうか。
（15）が、それはあくまでことばのあやで、実際に尋ねたわけではないだろう。
（16）清水泰『堤中納言物語評釋』（文献書院　一九二九年）、他。
（17）山岸徳平『堤中納言物語全註解』（有精堂　一九六二年）、三谷榮一編　鑑賞日本古典文学『堤中納言物語』（角川書店　一九七六年）、他。
（18）本論の初出時、当該歌の作者として「権中納言」の可能性も視野に入れたが、詠者名が記されていないこと等から、左方のある人物とだけ解しておきたい。

(19) 片桐洋一「「逢坂越えぬ権中納言」の根合歌三首」（「文学」五六巻二号　一九八八年二月。のち、王朝物語研究会編『研究講座　堤中納言物語の視界』新典社　一九九八年）。

(20) 三角洋一全訳注　講談社学術文庫『堤中納言物語』（講談社　一九八一年）が、当該歌について「右方のある女房が、左の勝ちを認めて、感心して詠んだ歌であろう」と解していて、示唆を受けた。当該歌に託された意味合いについては三角氏の解釈に賛同したい。ただし、「とのたまへば」とあるので、女房よりも「三位中将」あたりが妥当ではないかと考える。なお金井利浩「「逢坂こえぬ権中納言」再説――「（右の）少将」のために――」（「解釈」三九巻五号通巻四五八集　一九九三年五月。のち、王朝物語研究会編『研究講座　堤中納言物語の視界』）が、当該歌を「三位中将」詠とする読みの方向を示している。

(21) 大槻修校注　新日本古典文学大系『堤中納言物語』（岩波書店　一九九二年）。

(22) 阪口和子「後十五番歌合に関する一試論――撰者及び成立について――」（「大谷女子大学紀要」二四号一輯　一九八九年九月）、他。

(23) 『平安朝歌合大成　増補新訂』（同朋舎出版）に拠る。なお、『逢坂越えぬ権中納言』当該歌と斎院宰相詠との類似は、すでに三角洋一氏（「『堤中納言物語』追注」「平安文学研究」六七輯　一九八二年六月）によって指摘されている。

(24) 杉谷寿郎「御堂関白集の性格」（「国文学言語と文芸」二九号　一九六三年九月）は、五八番歌の作者を彰子とする。ただし、のちに紹介する他書所伝の勅撰集においては「法成寺入道前摂政太政大臣」となっているので、ここでは勅撰集を参考にし、一応「道長」と解しておく。

(25) 以下、特に断らない限り和歌の引用は新編国歌大観（角川書店）に拠る。なお、表記を一部私に改めた部分もある。

(26) 『平安時代史事典』（角川書店　一九九四年）の「御堂関白集」の項（杉谷寿郎執筆）に拠る。

(27) 『御堂関白記』寛弘七年二月廿日条「参尚侍東宮」（大日本古記録。以下、『御堂関白記』の引用は同書に拠る）。

(28) 『御堂関白記』寛弘六年十月五日条「時寅レ一條院焼亡、御織部司廳室、人々参入、或罷出、又束帯参入、定《申》御在所、依無方忌、枇杷殿可御渡《（渡御カ）》者、如定申可御者、仰諸司、令修理」、同十月十九日条「子時行幸」。

(29)『御堂関白記』寛弘六年十月十四日条「寅時東宮渡左衛門督家給」、同十月廿二日条「東宮渡一條給」。なお、東宮は寛弘七年十二月二日に一条東院（内裏）に遷御した（『御堂関白記』同日条）。

(30) 注（24）の杉谷前掲論文に拠る。なお、杉谷氏は、当該五六番をはじめ、四九から五二、五五から五八、七一・七二番について、「寛弘末年（七年・八年）から長和初年の交の歌ではないかと思われる」と述べる。

(31)『権記』寛弘八年八月二日条「藤原繁子朝臣〈前典侍従三位也、世號藤三位、出家為比丘、住好明寺、〉」（〈 〉内は割書。増補史料大成に拠る）。

(32)「寛弘末年頃出家」（注（24）の杉谷前掲論文）、「一条院崩御ののち、間もなく出家入道した」（萩谷朴『紫式部日記全注釈』角川書店　一九七一年）。

(33)『栄花物語』の引用は、新編日本古典文学全集（小学館）に拠る。

(34)『後拾遺和歌集』第十五・雑一・八七五番。

第四章　天喜三年「物語合」提出作品の一傾向――頼通の時代の反映――

はじめに

天喜三年（一〇五五）に開催された「六条斎院禖子内親王物語歌合」。そこに物語の題名と作中歌一首をもって記録された物語群は、物語史において一時代を画した『源氏物語』が登場して半世紀ほどあとの時代に制作された物語の姿を垣間見せていて、興味深い。これらの物語群は、その後続々と制作された『狭衣物語』や『夜の寝覚』、『浜松中納言物語』等の物語へと結実していく要素を胚胎しているという点でも貴重な存在である(1)。『逢坂越えぬ権中納言』をのぞき、当該の物語群は現在散逸してしまっている。しかし、物語名や提出された歌、及び『風葉和歌集』等の他資料によって、その内容がどのようなものであったか、その大略を推定できるものもあり、先学によって物語内容の復元が試みられている(2)。結果、和歌の伝統を踏まえた主題的題号が多く見られることや、開催時期を意識し端午の節句に絡めた題材を取り入れている作品が少なくないこと等が知られている(3)。後者は、物語の発表される場との関わりが物語作者たちによって重要視された結果である。ただし、提出作品の、物語の場、さらに言えば物語の場を囲繞する史的環境との関わりはそれだけではないだろう。前章において『逢坂越えぬ権中納言』と物語の発表の場との密接な関わりを論じた。筆者は、史的背景と緊密に繋がりながら物語が形成される傾向は、「物語合」に提出された他の数編にも及ぶのではないかと考えている。以下、史的背景との関わりがとりわけ濃厚であると考えられる数編をとりあげ、先行作品摂取の問題とも絡めつつ、「物語合」提出作品の物語形成の具体相を論述する。この検討は、天喜三年当時の物語のありようの一端を解明する試みである。

一 『霞へだつる中務の宮』の考察

まず注目したいのが、一番・左の女別当作『霞へだつる中務の宮』である。歌合本文を掲げる。

（一番） 霞へだつる中務の宮

左 女別当

九重にいとど霞はへだてつつ山のふもとは春めきにけり[4]

題号「霞へだつる」については、以下に掲げた『源氏物語』少女巻の朱雀院詠との関わりがすでに指摘されている。[5]

九重をかすみ隔つるすみかにも春とつげくる鶯の声 （『源氏物語』少女巻 ③七二頁）[6]

冷泉帝が朱雀院に行幸した折りの歌である。朱雀院は自らの御所を「九重をかすみ隔つるすみか」とし、華やかな宮中から遠く隔たった身の上であることを嘆く。下の句「春とつげくる鶯の声」は、帝やそのお供の光源氏たちの来訪を指すとともに、折から舞われた春鶯囀をも含め、これらによって知った春の訪れの喜びを表している。この詠と「物語歌合」の一首とは傍線部分の他にも、「九重」・「春」が共通していて、『霞へだつる中務の宮』が当該歌に拠ったことは明らかである。よって、『霞へだつる中務の宮』の登場人物「中務の宮」[7]は、現在宮中とは遠く離れた場所（「歌合」歌より、どこかの「山のふもと」であることがわかる）に住み、王権から隔絶された環境に生きていることが知られる。それは、『源氏物語』の宇治の八の宮のような人物ではなかったかと推定される。(8)「物語歌合」の一首は、そうした不遇な「中務の宮」の住まいにも春が巡ってきたことを詠う。あるいはこの春の到来は、朱雀院の場合と同様、都からの訪問者があったことをも示唆しているのではなかろうか。

ただし、題号の「霞へだつる」は、もう一つの和歌の伝統を踏まえると、異なった読みも可能であるように思われる。恋しい人に逢えぬ障害として「霞」を用い、遠くから眺めるのみの、相手が我が物にならぬ状態を「霞」が「へだつ」とする例が散見する。以下は『源氏物語』真木柱巻における、鬚黒大将によってついに玉鬘と結ばれなかった、冷泉帝の無念の詠である。

九重にかすみへだてば梅の花ただかばかりも匂ひこじとや　（『源氏物語』真木柱巻　③三八八頁）

同じく『源氏物語』の椎本巻には、中の君を我が物にしたい匂の宮の思いが、次のように表現されている。

つてに見し宿の桜をこの春はかすみへだてず折りてかざさむ　（『源氏物語』椎本巻　⑤二一四頁）

「かすみへだてず」は男女の間柄について、よそながらではなく直に、という意で使われている。また例えば、『貫之集』には、

やまざくらかすみへだててほのかにも見しばかりにや恋しかるらん　（『貫之集』第五・恋・五四八番(9)）

という歌が載る。これも遠くから眺めるのみの男女関係を「かすみへだてて」とする。こうした用例を参考にすると、題号「霞へだつる中務の宮」の「霞へだつる」は、恋心を抱くものの、その思いを容易に遂げ得ない状況をも連想させる。続く「中務の宮」を中務卿の住む邸宅の名と解すると、思いを寄せられる人物は中務宮の姫君が適当だろう。当該物語には、ある貴公子が中務宮の姫君に思いを寄せるものの、何らかの障害がありもしくは拒否されて思いを遂げるのが難しいという物語的状況が描かれていたと推定される。

「霞へだつる」という題号にはじめて接した読者たちは、その和歌的知識からどのような内容なのか思いを巡らしたにちがいない。作者はこの両様の意味を基盤に、物語を構想していったのではないか。題号をどう展開させるのかという点にも作者の工夫のしどころがあったのではないかと思う。先行の物語や和歌の発想を媒介に、作者の想像力と読者のそれとの交歓が成立するという側面がこの時代の物語には存したのではないか。

ところで、『風葉和歌集』の以下の記述から、中務の宮の姫君に思いを寄せる人物として「左大将」が考えられる。(10)

春のくれつかた、ここちのたのもしげなくおぼえければ
かすみへだつるの左大将
幾かへり春の別ををしみきてうき身をかぎる暮にあふらん
(『風葉和歌集』巻第十七・雑二・一一八二番)

詞書の「ここちのたのもしげなくおぼえければ」の原因を、姫君への叶わぬ恋の嘆きゆえと推定することができよう。(11) なお、この「左大将」は先に「物語歌合」歌で推定した中務の宮邸の訪問者としても考えられないだろうか。

以上の人物関係を想定すると、すでに指摘されているように宇治十帖の世界が想起されてくる。(12) 物語は「霞へだ

つる」という歌ことばを有効に機能させつつ、宇治十帖の世界に想を得て形成されたものと考えられるが、なぜ八の宮の面影を宿す不遇の親王を「中務の宮」としたのだろうか。この点について、史上の「中務の宮」、後中書王具平親王の存在が意識されたのではないかとする説が出されている。[13] 彼の子どもたちには、頼通の養子となりまた頼通の異母妹尊子を妻とし祺子内親王家の家司でもあった源師房、頼通室となった隆姫女王、頼通の養女となり後朱雀天皇の許へ入内し祐子・祺子両内親王を産んだ嫄子の母にあたる敦康親王室、そして教通室となった娉子女王がいる。「物語合」の主催者祺子内親王や頼通たちにゆかりの人物である。また、天喜三年当時の「左大将」は頼通の弟教通である。六十歳の彼は、四年前娉子女王と結婚したばかりであった。物語の「中務の宮の姫君」に思いを寄せる「左大将」という設定は、こうした現実の人間関係をも意識したものであったのだろう。[14] ところで、『風葉和歌集』にはこの物語の歌がもう二首載る。

左大将御あそびに笛つかうまつりて侍りけるあしたに給はせける
　　　　霞へだつるの御門の御歌
たぐひなく心にすみし笛のねは月の都もひとつなりけり
　御かへし
笛の音は月の都にとほけれど清き心や空にすみけむ
　　　　（『風葉和歌集』巻第十七・雑二・一三二七、一三二八番）

「左大将」は帝の信頼厚い笛の名手であったことが知られる。その彼が「中務の宮」の許に通っていたのだとすれば、その理由は何だったのか。薫が八の宮の許へ通いはじめたのは仏道への思いがきっかけであったが、「左大将」の場合は俗世の論理からは隔絶し風雅に暮らす「中務の宮」への興味ではなかったかと推測する。史上の具平親王が学問風雅の道に生きた人であったことを勘案すると、「中務の宮」にそうした属性が与えられていた可能性が存するように思う。「左大将」は当初の目的とは異なり、薫と同様姫君への思いを募らせていったのではなかろうか。

もっとも、「中務の宮」の物語への登場は少ないが見当たらないわけではない。散逸物語の世界では「中務の宮（の女）」がいくつか見出せ、興味深い。明らかに『霞へだつる中務の宮』より以前の作品としては、『かはほり』があげられる。『風葉和歌集』を引用する。

やまぶきといふわたりにうつろひけるに、海のおもてこころぼそくちひさき舟どものみえければ
かはほりの中務卿宮女
あるかひもなぎさによするうき舟の下にこがるる身をいかにせん
（『風葉和歌集』巻第十八・雑三・一三五〇番）

詞書から、「中務卿宮女」が何らかの理由で「やまぶき」という海辺へ移り住んだことが知られる。彼女の歌を見ると、それは物思いを伴うつらい体験であったらしい。『風葉和歌集』に載る『かはほり』の他の歌が少しばかりこの転居の周辺を伝えてくれる。

・女のゆくへしらずなりて侍りけるふるさとに、雪のふる日、ひぐらしながめてかへるとて
かはほりの少将
尋ぬべきかたもなくてぞかへりぬる雪ふる郷に跡もみえねど
（『風葉和歌集』巻第六・冬・四二七番）

・つれなく侍りける女につかはしける
かはほりの少将
かからでもありにしものをなぞもかく思ひにもゆる我が身なるらん
（『風葉和歌集』巻第十一・恋一・七七〇番）

四二七番の詞書から、行方知れずになってしまった「女」を思って「少将」が悲嘆していることがわかる。七七〇番の「つれなく侍りける女」も、あるいはこの「女」と同一人物ではないかと推定される。それが先の「中務卿宮女」であろう。出奔という行動に出ている点から、彼女は恐らく父宮がすでに亡くなるなどして儚げな境遇にあったのではないかと考えられる。(15)「中務卿宮女」にこうした儚げな境遇にある女の映像が存するなら、『霞へだつる中務の宮』の王権から隔絶された不遇の人物に「中務の宮」が選択された理由として、『かはほり』のような散逸物語の世界との接点も考えねばならないだろう。ただし一方、「物語合」の史的背景を勘案すると、「中務の宮」といった場合、史上の具平親王の面影が参加者に想起されることは十分にあったはずである。題号の「中務の宮」の映像は、物語の伝統と史的背景とが交錯するところに結ばれたと想像される。

なお、鎌倉時代に制作されたと考えられる(16)散逸物語の中にも、「中務の宮（の女）」の登場する物語が数は少ないものの存する。『ひちぬいしま』・『みなせがは』・『なると』・『さがの』・『ゆるぎ』等である。『風葉和歌集』の詞書を参照すると、例えば、

・めのとのちくごになりてくだりけるに／なるとの中務卿のみこの女（『風葉和歌集』巻第八・離別・五三八番）

・をしほといふところにすみ侍りけるころ／なるとの中務卿の女（『風葉和歌集』巻第十七・雑二・一三〇六番）

・中務のみこ身まかりてのち、むすめのもとにつかはしける／さが野の頭中将（『風葉和歌集』巻第九・哀傷・六八三番）

・かつらなるところにはべりけるに、松風のおそろしう聞えければ／ひちぬ石まの中務卿御子女（『風葉和歌集』巻第十七・雑二・一三〇五番）

とある。乳母の筑後への下向や姫君の「をしほ」への居住が知られる『なると』、父宮の死を慰める貴公子の詠が記された『さがの』、姫君の「かつら」への居住が知られる『ひちぬいしま』等、『かはほり』の「中務卿宮女」の儚い境遇に通じるような運命を背負った人物が多く見られる。この中で、『さがの』の「中務の宮の姫君」と「頭中将」の物語は宇治十帖の世界を彷彿とさせるものであったのかもしれない。そうすると『霞へだつる中務の宮』との関わりも知りたいところであるが、資料が少なくてよくわからない。

『霞へだつる中務の宮』の後世への影響として看過できないのは、「左大将」の笛の演奏に感激した「帝」が「左大将」に歌を賜るくだりである。もういちど、「帝」の歌を引用しよう。

たぐひなく心にすみし笛のねは月の都もひとつなりけり

周知のように、これは『狭衣物語』巻一の狭衣の笛の演奏をめでた、

音のかぎり吹きたまへるは、げに、月の都の人もいかでか聞き驚かざらん。

（『狭衣物語』巻一　①四三頁）[17]

という表現に影響を与えている。[18]『霞へだつる中務の宮』において「月の都の人」の降下があったのか否か知り得ないが、『狭衣物語』では天稚御子降下が語られている。「笛」でなくても、類い希な演奏に天人が反応する趣向は、『夜の寝覚』巻一にも存する。散逸物語では『ことうらの煙』（『風葉和歌集』一二八一番）や『あまのもしほび』（『風葉和歌集』七三七番）にも見られる。これらはあるいは『狭衣物語』や『夜の寝覚』の方に直接の影響を受けたのかもしれないが、いずれにしてもその影響の裾野は広い。

二　『玉藻に遊ぶ権大納言』の考察

『霞へだつる中務の宮』と番えられた、宣旨作『玉藻に遊ぶ権大納言』を次に見てみよう。題号「玉藻に遊ぶ」は、以下に掲げた『後撰和歌集』に載る宮道高風歌を引く。

題しらず　　　　　　　　　　宮道高風

春の池の玉もに遊ぶにほどりのあしのいとなきこひもするかな

（『後撰和歌集』巻第二・春中・七二番）

下の句「あしのいとなきこひもするかな」が主題として提示された題号である。この「あしのいとなきこひ」をどのように構想するのかが、作者の腕の見せ所の一つであったと言えよう。

『玉藻に遊ぶ権大納言』の資料は、他の散逸物語に比べて比較的多い。『無名草子』の批評があり、『風葉和歌集』には十三首とられている。かなり大部の物語であったらしいが、「物語合」提出当時どこまで完成していたのかは定かでない[19]。物語は男主人公の複数の女性との恋愛を扱っていたことが、『風葉和歌集』からうかがえる。『無名草子』において「蓬の宮」と呼称され後に尚侍となる人物がとりわけ注目されていることから、彼女が女主人公的存在であり、物語の発端部に位置したと推定される「物語歌合」提出歌も彼女との出会いに関わる部分に存していたと考えられる[20]。よって、ここでは男主人公と「蓬の宮」の物語に焦点を絞り、物語を取り巻く史的背景との関わりや先行物語摂取の問題を通して、どのように物語が形成されていたのか考えてみたいと思う。

まず、物語発端部に位置していたと推定される「物語歌合」提出歌を見てみよう。

（一番）　玉藻に遊ぶ権大納言

右　　　　　　　　　　　　宣旨

有明の月待つ里はありやとてうきても空に出でにけるかな

「有明の月待つ」は、周知のように次の『古今和歌集』素性歌を発想の基盤としている。(21)

（題しらず）　　　　　　　　　　　　そせいほうし

今こむといひしばかりに長月のありあけの月をまちいでつるかな

（『古今和歌集』巻第十四・恋歌四・六九一番）

「権大納言」は、男の訪れをひたすら待つ女の存在を期待し、忍び歩きに出かけたのである。第二句「月待つ里」には古物語『月待つ女』の面影もある。「物語合」で好評を博した『岩垣沼の中将』の作者小弁の娘紀伊に、『月待つ女』を題材にした詠がある。(22)

月まつ女といふものがたりをみて

いにしへの月まつさとをみるにこそあはれうきよはたぐひありけれ

（『祐子内親王家紀伊集』二〇番）

『月待つ女』は、当時流布し人々に読まれていたことがわかる。この「月まつさと」と関わりがあるのか否か不明だが、『源氏物語』末摘花巻には以下のような歌も見られる。[23]

晴れぬ夜の月まつ里をおもひやれおなじ心にながめせずとも

（『源氏物語』末摘花巻　①二八七頁）

これは、思い乱れるあまり源氏への返歌が出来ない末摘花に、侍従の君が教えた歌である。源氏の訪れを待つ末摘花が「月まつ里」に喩えられている。先に述べたように、『玉藻に遊ぶ権大納言』の女主人公と目される女性は「蓬の宮」と呼ばれていて、物語冒頭部に位置していたと考えられる「物語歌合」提出歌は男君と彼女との出会いをかたどるくだりに存したとすると、右の末摘花の物語関連の歌との類似は注目される。「蓬の宮」は「宮」と呼称されるくらいなので王統の姫君であると考えられる。[24] ただし、父の早世等で落魄の境遇に身をおいていたと推定される。そのありようが「蓬」の比喩に託されているのであろう。『無名草子』において、

また、むねとめでたきものにしたる人の、はじめの身のありさま・もとだちこそ、ねぢけばみうたてけれ。

（『無名草子』　八〇頁）[25]

と評されたのも、彼女の極端に不幸な身の上に関してであろうと解される。常陸宮の姫君末摘花も、父宮の死後荒れ果てた屋敷に住む零落の人であった。源氏の訪れが絶えた後、さらに困窮を余儀なくされた、彼女の荒廃した屋敷の象徴は、茂るにまかせた蓬であった。「蓬の宮」の造型には末摘花の君の面影が影響を与えていたと考えられないか。もっとも、「蓬の宮」は以下の『風葉和歌集』に載る例から、契りをかわした後、一層男主人公の心をとらえた人物として知られるので、三枚目的な役割は与えられていなかったのは言うまでもない。

内侍督みそめて侍りけるあしたにつかはしける
玉もにあそぶ関白
こえて後しづ心なきあふ坂を中中せきのこなたなりせば
（『風葉和歌集』巻第十二・恋二・九三六番）

『玉藻に遊ぶ権大納言』の冒頭部は、これら様々な物語や和歌の伝統を重層させながら形成されていたと推定される。

ここでもう一点見過ごせないのが、この「物語合」に関わった人々の詠歌の中に、「物語歌合」提出歌の類想歌とも呼べる歌が存することである。[26]

・　題不知　宇治入道前関白太政大臣
ありあけの月まつひとにあらねどもこころはあきのやまにもあるかな（『万代和歌集』巻第五・秋歌下・一〇〇八番）

・　対山待月といへる事をよめる　土御門右大臣
ありあけの月まつ程のうたたねはやまのはのみぞゆめに見えける（『金葉和歌集』二度本・巻第三・秋部・二一四番）

「物語合」当時、頼通は六十四歳であるので、当該頼通詠は「歌合」以前に詠作された可能性が高い。[27]一方の土御門右大臣、つまり源師房の歌は、彼の歌の中では唯一『金葉和歌集』にとられた歌で、長久末年（一〇四三）頃の成立ではないかと考えられている[28]「権大納言師房歌合」において一番・左に詠まれている。また同歌は、『今鏡』にも、また月の御歌こそ、心に染みて聞え侍りしか。
（『今鏡』村上の源氏・第七　二八四頁）(29)

という批評とともに載る。少なからず人口に膾炙していた歌ではないかと推測される。「物語合」に臨席した男性貴族は資料の上では頼通のみが知られている限りだが、彼のみが出席した可能性は低いだろう。頼通に従った男性貴族たちも少なからずいたはずで、彼にとりわけ親しく、しかも禖子内親王家の家司である師房などは臨席していた可能性が高い。禖子内親王家の『玉藻に遊ぶ権大納言』の作者宣旨は、そうした発表の場を意識し、参加者から同時代的な関心を引くことも念頭に置き、物語冒頭部を制作したと考えられる。

この問題に関連して注目したいのが、男主人公に「権大納言」という官職が選択された点である。『風葉和歌集』の詞書では「関白」と記されているので、のちにこの主人公は関白にまで昇ったことが知られる。しかし『玉藻に遊ぶ権大納言』という題号からは、「物語合」に提出されたのは主人公の「権大納言」時代を扱った話であったことがうかがえる。「物語合」当時の「権大納言」を列挙すると、以下のようになる。(30)

藤原能信（道長四男）　六十一歳
藤原長家（道長五男）　五十一歳
源　師房（具平親王一男）　四十六歳
藤原信家（教通一男）　三十七歳

恋物語の始発部の主人公の映像となるには、年齢的に難しい人々である。こうした史的背景が物語の設定と直接結びついている可能性は極めて低いだろう。ただし、この顔ぶれは注目される。彼らは、一族内部では権力争いが燻っているものの、大きな枠組みで見れば頼通を頂点とする摂関家一族とそれに連なる人々である。彼らはここ数年揃って「権大納言」であり、永承二年（一〇四七）まで任官していた頼宗や、長久五年（一〇四四）まで在職していた通房を加えると、万寿四年（一〇二七）に「権大納言」であった行成が薨じてからこのかた、実に三十年近く彼ら摂関家一族がこの職を独占している状態であった。『玉藻に遊ぶ権大納言』はあくまで虚構の物語ではあるけれども、「権大納言」という官職名から、人々は世の中を席巻する彼ら一族の貴公子たちを思い浮かべたに違いない。先に検討した「物語歌合」歌との関連から、あるいは「権大納言師房」を想起しやすかったかもしれない。それはともかく、モデルというレベルではないが、この点においても提出物語には発表の場を取り巻く史的背景を意識した配慮がなされていたと言えるだろう。

さて、この「権大納言」と「蓬の宮」との恋はその後どうなったのか。『風葉和歌集』の記載を追ってみる。

・尚侍心にもあらずうちに参り侍りける頃、たのみこしことぞかなしきくれ竹のとかきてはべりけるを見て

たまもにあそぶ関白

呉竹のよよにたえじと思ひしをいかでむなしきなかと成りけん

（『風葉和歌集』巻第十四・恋四・一〇二一番）

・ないしのかみさまかへて侍りける後、雪のあしたにつかはさせ給ひける

玉もにあそぶの朱雀院御歌

哀とは思ひおこせよかたしきて身もさえわたる雪のよなよな

（『風葉和歌集』巻第六・冬・四二九番）

まず、一〇二一番の詞書から、「蓬の宮」は男主人公に心を残しつつも、心ならず宮中に出仕したことがわかる。その後も男主人公は、彼女に未練を抱き続けたらしい。以後どのくらいの月日が経過したのかわからないが、尚侍

であった「蓬の宮」が出家したことが四二九番の詞書から知られる。「朱雀院」が独り寝の寂しさを詠じたこの歌から、「蓬の宮」は「朱雀院」の寵愛する妃であったと推定できる。男主人公と「尚侍」、そして「朱雀院」の三角関係が繰り広げられていたらしい。この、出仕以前の尚侍となる女性と男君との恋、入内後の「尚侍」・「朱雀院」・男君の三角関係という設定は、『源氏物語』の朧月夜の尚侍・朱雀帝・光源氏の間柄を髣髴とさせる。『玉藻に遊ぶ権大納言』は、先に指摘した『月待つ女』や『源氏物語』の末摘花の物語に加え、この朧月夜の君をめぐる物語をも下敷きとして構想されたものではなかろうか。

そう考えると、ひとつ注目したい表現が存する。題号「玉藻に遊ぶ」の出典はすでに見た通り『後撰和歌集』七二番歌であるが、この歌が『源氏物語』若菜上巻において光源氏が二条宮に住む朧月夜を密かに訪れるくだりで引用されている。

夜いたく更けゆく。玉藻に遊ぶ鴛鴦の声々など、あはれに聞こえて、しめじめと人目少なき宮の内のありさまも、さも移りゆく世かなと思しつづくるに、平中がまねならねど、まことに涙もろになむ。昔に変りておとなおとなしくは聞こえたまふものから、これをかくてやと引き動かしたまふ。（『源氏物語』若菜上巻　④八一頁）

「玉藻に遊ぶにほどり」を「鴛鴦」にかえ、引く。「玉藻に遊ぶ」歌の下の句「あしのいとなきこひもするかな」を想起させ、恋の気分を盛り上げていて、夫婦仲が良いという「鴛鴦」の声が朧月夜の君への源氏の激情を再燃させるのに一役かっている。『玉藻に遊ぶ権大納言』の「尚侍」・「朱雀院」・「男君」の物語が『源氏物語』の朧月夜をめぐる物語の影響下に構想されているのなら、右の場面なども題号を決定する上で参考となった表現の一つであると言えるのではないか。ただし、『源氏物語』当該場面の状況が『玉藻に遊ぶ権大納言』にどの程度影響を及ぼしていたのかについては不明という他ない。あるいは、恋の情趣の部分のみの活用であった可能性も否定できない。

ところで、この『玉藻に遊ぶ権大納言』の「蓬の宮」をめぐる物語の後世への影響として、『狭衣物語』の「飛鳥井の君物語」との類似がすでに指摘されている。(31)『玉藻に遊ぶ権大納言』における儚げな境遇の「蓬の宮」と男君の悲恋は、確かに『狭衣物語』における飛鳥井の君と狭衣の悲恋と似通っている。女君が別の男君と心ならずも関係を持たざるを得ないような事態に追い込まれる状況など（「蓬の宮」は入内しのちに出家、飛鳥井の君は回避するため入水を選んだ）、類似している中に別趣向もとられていて、興味深い。宣旨は自作の物語を構想の一源泉とし、新たな物語を紡いでいった。その営みの一つとして捉えられよう。また、この事例とは全くレベルが異なるものの、『狭衣物語』巻一において、飛鳥井の君のさきがけとも呼べるようなかたちで彼女と狭衣の出会いにさきだって登場する、行きずりの女がいる。女は、以下の歌を偶然通りかかった狭衣へ詠みかけた。

しらぬまのあやめはそれと見えずとも蓬が門は過ぎずもあらなん

（『狭衣物語』巻一① 三二頁）

この歌から、女はのちに狭衣によって「かの蓬の門」と回想されている。(32)『玉藻に遊ぶ権大納言』の「蓬の宮」の延長線上に、この「蓬が門の女」、続く飛鳥井の君が形象されたのではないかと考える。(33)

三 『浦風にまがふ琴の声』の考察

前章において、『逢坂越えぬ権中納言』の性質の一つとして、〈賀の物語〉性を指摘した。人物設定や作中歌の表現に、道長から頼通へと受け継がれた一門の栄華の歴史が多分に反映されることによって、頼通あるいは頼通周辺への祝意の具象化が行われていると考えた。これと類似した性格を備えているのではないかという点で注目したいのが、六番・右の武蔵作『浦風にまがふ琴の声』である。次にこの物語について考察する。

『浦風にまがふ琴の声』は、『風葉和歌集』に十二首載る「まよふ琴のね」という物語と同一のものであろうと考えられている。(34) 題号「浦風にまがふ琴の声」については、『源氏物語』須磨巻の、

恋ひわびてなく音にまがふ浦波は思ふかたより風や吹くらん　（『源氏物語』須磨巻②　一九九頁）

が踏まえられているのではないかという。(35) この題号に限らず、須磨巻はこの物語に大きく影を落としているようである。「和歌の浦」に滞在する「春宮」には、須磨に退去した光源氏の面影が重ねられ、また「春宮」を都から訪ねる「右大将」には、光源氏を訪れた宰相中将（頭中将）が意識されているとする指摘もある。(36) また、吹上にいる源涼を仲忠らが訪問する、『うつほ物語』との関わりも説かれている。(37) ここでは、「物語歌合」提出歌に絞って、当該歌の先行作品摂取のありようを探り、さらに物語の発表された場との関わりを検討したい。

まず、歌合本文を掲げる。

（六番）　浦風にまがふ琴の声

右　　　　武蔵

春の日にみがく鏡のくもらねばいはで千歳の影をこそ見め

この歌の本歌として、『古今和歌集』の次の歌が指摘されている。(38)

近江のやかがみの山をたてたればかねてぞ見ゆる君がちとせは
これは今上の御べのあふみのうた

大伴くろぬし

（『古今和歌集』巻第二十・神あそびのうた・一〇八六番）

右は、醍醐天皇の末長い御代を寿ぐ歌である。「鏡」に「千歳」を見るという発想を踏襲していて、『浦風にまがふ琴の声』の場合はこの物語の中心人物である「春宮」の「千歳」を祝したものだと推察される。

第四句「いはで」について、稲賀敬二氏は、この『古今和歌集』歌の「かねてぞ見ゆる」を「いはで」と転じたとし、『源氏物語』初音巻等、当該『古今和歌集』歌の影響が多く見られることを指摘している。稲賀氏の説明の中に触れられた『源氏物語』初音巻の箇所を含む一連の場面を問題にしたい。少し長くなるが引用する。

春の殿の御前、とりわきて、梅の香も御簾の内の匂ひに吹き紛ひて、生ける仏の御国とおぼゆ。さすがにうちとけて、安らかに住みなしたまへり。さぶらふ人々も若やかにすぐれたるを、姫君の御方にと選らせたまひて、すこしおとなびたるかぎり、なかなかよしよししく、装束ありさまよりはじめてめやすくもてつけて、ここかしこに群れゐつつ、歯固めの祝して、餅鏡をさへ取り寄せて、千年の蔭にしるき年の内の祝言どもして、そぼれあへるに、大臣の君さしのぞきたまへれば、懐手ひきなほしつつ、「いとはしたなきわざかな」とわびあへり。「いとしたたかなるみづからの祝言どもかな。みなおのおの思ふことの道々あらんかし。すこし聞かせよや。我寿詞せん」とうち笑ひたまへる御ありさまを、年のはじめの栄えに見たてまつる。我はと思ひあがれる中将の君ぞ、「かねてぞ見ゆるなどこそ、鏡の影にも語らひはべりつれ。私の祈りは何ばかりのことをか」など聞こゆ。朝のほどは人々参りこみて、もの騒がしかりけるを、夕つ方、御方々の参座したまはんとて、心ことに引きつくろひ、化粧じたまふ御影こそ、げに見るかひあめれ。「今朝この人々の戯れかはしつる、いとうらやましく見えつるを、上には我見せたてまつらん」とて、乱れたることどもすこしうちまぜつつ、祝ひきこえたまふ。

うす氷とけぬる池の鏡には世にたぐひなきかげぞならべる

げにめでたき御あはひどもなり。

くもりなき池の鏡によろづ世をすむべきかげぞしるく見えける

何ごとにつけても、末遠き御契りを、あらまほしく聞こえかはしたまふ。今日は子の日なりけり。げに千年の春をかけて祝はんに、ことわりなる日なり。

（『源氏物語』初音巻　③一四三〜一四五頁）

新春の六条院の風景である。「生ける仏の御国」、紫の上の住む春の御殿では、女房たちが元日の祝い言に興じている。光源氏の、「望みを聞かせておくれ、私が祝い言をしよう」という呼びかけに対する中将の君の返答、「かねてぞ見ゆるなどこそ、鏡の影にも語らひはべりつれ」の中に、先の『古今和歌集』の「近江のや」の歌の第四句が引かれている。「君がちとせ」、つまり主人である源氏の長寿のほかには望みはありません、と答えたのである。この「近江のや」の歌や、「千年の蔭」として引かれた同じく『古今和歌集』の、

よしみねのつねなりがよそぢの賀にむすめにかはりてよみ侍りける

そせい法し

よろづ世を松にぞ君をいはひつるちとせのかげにすまむと思へば

（『古今和歌集』巻第七・賀歌・三五六番）

は、長寿を祝う歯固めの祝いの際に誦される歌である。この場面で女房たちは口々に詠じていたのであろう。それをうけ、紫の上へは源氏自身が祝い言を唱えてみせる。円満な二人の贈答歌が記された。常套的な言葉用いのためかもしれないが、特に紫の上の答歌「くもりなき」の歌と、『浦風にまがふ琴の声』の「物語歌合」提出歌との間には共通点が多い。「春」という季節設定、及び「くもりなき」・「鏡」に映る幾久しい「かげ」を「見る」という趣向が詠みこまれていることから、「物語歌合」提出歌はこの初音巻の場面から少なからず影響を受けていると考えたい。人々がめいめいに祝い言を誦し、幸福を祈る。(39)そうした新年の様子を念頭に置くと、「物語歌合」提出歌の下の句「いはで千歳の影をこそ見め」は、そのような祝い言をせずとも盤石な君の「千歳」を表現したものであると解される。初音巻のめでたい空間を意識しつつ、「いはで」とすることでさらなる至福の情景を現出しようとしたのではないか。

次に、上の句を見てみる。下の句で詠まれた至上の祝賀の理由が、上の句の「春の日にみがく鏡のくもらねば」である。ここで「春の日にみがく」と詠われているのは、なぜだろうか。まず、「みがく」という語の背景として、以下の『拾遺和歌集』所収歌が注目される。

かがみ山　　　　　　　　よしのぶ

みがきける心もしるく鏡山くもりなきよにあふがたのしさ

（『拾遺和歌集』巻第十・神楽歌・六〇六番）

「みがく」は「鏡山」の縁語であるが、ここでは心をみがき徳行に励む意も含ませてある。その努力の結果、「くもりなきよ」つまり明徳の聖代が現れたと詠う。理想の御代を寿いだ歌である。当該歌の「みがく」も、あるいはこうした意味合いを担わされている可能性があるのではないか。それは、初句「春の日に」の解釈とも密接に関わってくるように思われる。「春の日」は、たんに春という季節、あるいは春の日の光を表しているとも考えられるが、「春の日」全体の用例の中ではそう数は多くないものの、特殊な意味合いが掛けられている場合がある。まず、『古今和歌集』の例を見てみよう。

二条のきさきのとう宮のみやすんどころときこえける時、正月三日おまへにめしておほせごとあるあひだに、日はてりながら雪のかしらにふりかかりけるをよませ給ひける

文屋やすひで

春の日のひかりにあたる我なれどかしらの雪となるぞわびしき

（『古今和歌集』巻第一・春歌上・八番）

この「春の日のひかり」には、文字通りの春の日の光という意と、春宮様の御恩恵という意とが掛けられている。春宮は「はるのみや」とも言うので、折からの春の暖かい光と重ねて、その恩恵に浴する喜びを表現したものである。問題の「春の日」は、こうした「春宮」を象徴することばとして解する可能性が存するのではないか。一方、別の解釈も考えられる。少し後世の例ではあるものの、『詞花和歌集』の顕輔歌に注目したい。

よにしづみて侍りけるころ、かすがの冬のまつりにへいたてけるに、おぼえけることをみてぐらにかきつけ侍りける

左京大夫顕輔

かれはつるふぢのすゑばのかなしきはただはるのひをたのむばかりぞ

（『詞花和歌集』巻第九・雑上・三三九番）

ここでの「はるのひ」は春の陽光であるとともに、詞書にも触れられた春日明神を指す。周知のように春日神社は藤原氏の氏神である。藤原氏の末流の自分は、ひたすら春日の神をたのみにするばかり、という詠である。このように、「春の日」に春日の神を掛けていると判断される例が、いくつか確認される。例えば、

（右大臣家百首治承二年五月晦日比給題七月追詠進）

神祇

・秋のくれ民の家をば出でしかど猶春の日のたのまるるかな

（『長秋詠藻』五六八番）

・藤花人家庭に藤花盛にさきたる所

右大臣三条実房

はるの日のめぐみもしるくみゆるかなたえせぬきたの家のふぢなみ

（『文治六年女御入内和歌』六七番）

等である。後世の例ではあるが、参考になろう。よって、「物語歌合」提出歌の上の句「春の日にみがく鏡のくもらねば」は、心をみがき徳行に励みくもりない御代が実現していることを表している。その理由として、前者の場合は春宮の威徳を、後者の場合は春日の神の恩恵を考えることができよう。なお、後者と解するなら、藤原氏の補佐によって明徳の世が保たれているということを暗示した表現として読みとれるのではないだろうか。こうした物語中の賀歌が「物語歌合」に提出されていることは、注目される。それは自ずと「物語歌合」の場をも寿ぐことに繋がっていった可能性が存するからである。当該歌に藤原氏の賛美という側面も見ることができるなら、それは後援者である頼通及びその一族を賀することへも繋がっていったのではないかと思う。『浦風にまがふ琴の声』に、〈賀の物語〉としての性格を見てみたい。

ところで、この物語の「和歌の浦」という舞台設定については、頼通による永承三年（一〇四八）の高野・粉河詣での帰途の吹上の浜・和歌の浦遊覧の史実が反映しているとする指摘(40)がすでにある。頼通の関心を引くための趣向であったと捉えるのである。作者武蔵は、『源氏物語』や『うつほ物語』の世界を意識しつつ、また頼通遊覧の地を舞台に選択し物語への感興を盛り上げ、「物語合」の場をも寿ぐような詠歌を含む場面を構成するという、かなり手の込んだ趣向を盛り込むことによって、出席者、とりわけ頼通の支持を得ようとしたのではないかと思われる。

なお、当該物語の後世への影響については、よくわからない。ただし、『狭衣物語』巻二巻末に見える狭衣の高野・粉河詣でには、治安三年（一〇二三）の道長による高野行きや例の頼通による高野・粉河詣でが影響を与えたのではないかと考えられている(41)。『狭衣物語』の場合は、「和歌の浦」遊覧の記事はないが、あるいは『浦風にまがふ琴の声』によって実践された頼通の紀伊の国訪問の史実を物語の中に生かすという趣向に何らかの刺激を受けて、作者宣旨は頼通らの高野・粉河詣でを参考にしつつ物語を構成していったのではないかと思う。もっとも、狭衣の高野・粉河詣でについては、物語の進行上の必然という要素の方がずっと大きいのは言うまでもない。

四　『あらば逢ふよのと嘆く民部卿』・『をかの山たづぬる民部卿』の考察

『あらば逢ふよのと嘆く民部卿』は出羽の弁作で五番・左、『をかの山たづぬる民部卿』は小左門作で九番・左に、それぞれ提出されている。それまでの物語の伝統の中では男主人公になることがおそらくなかったと考えられる「民部卿」が活躍する物語であり、注目される。最後に両物語を検討したい。

まず、『あらば逢ふよのと嘆く民部卿』の内容を簡単に確認しておく。「物語歌合」本文を以下に引用する。

（五番）　あらば逢ふよのと嘆く民部卿

左　　　　　　出羽の弁

常よりも濡れそふ袖はほととぎす鳴きわたる音のかかるなりけり

この歌は『風葉和歌集』（一七三番）にもとられていて、その詞書から「院の姫宮」に仕える「中納言[42]」と呼ばれる女房の作であることが知られる。悲しみの涙にくれる詠である。『風葉和歌集』には当該歌の他三首が載る。

・人のかたらへりける女を、しのびてとりこめて侍りけるころ、にはに柳のうちなびくをみて

あらばあふよの内大臣

つねよりもいとどみだるる青柳はもとみし人に心よるらし

（『風葉和歌集』巻第一・春上・五八番）

・院姫宮の根合のうた

よみ人しらず《あらばあふよ》

君が世にひきくらべたるあやめ草これをぞながきためしとはする

あやめぐさかかるたもとのせばきかなまだしらぬまの深きねなれば

（『風葉和歌集』巻第三・夏・一六八、一六九番）

五八番歌によって、「中納言」の君の悲しみの理由が推察される。「内大臣」が「人のかたらへりける女」をこっそり盗み出してとあり、この「女」が「中納言」の君である可能性が高い。「中納言」の君は、「民部卿」と恋仲であったが、「内大臣」が横恋慕し彼女を宮中から盗み出してしまった、しかし「中納言」の君は「内大臣」に靡くことはなく、「内大臣」は悶々とした日々を過ごす、その折りの「内大臣」の詠であろう。「民部卿」・「中納言」の

君・「内大臣」の三角関係が、この物語の中心をなしていたと推定される。なお、一六八・一六九番歌は、「中納言」の君が行方不明になったのちに行われた根合における詠歌と見てよいのではないか。題号「あらば逢ふよのと嘆く」は、周知のように以下の『拾遺和歌集』歌を踏まえている。

（題しらず）　　　　　　　　　　　　（よみ人しらず）
いかにしてしばしわすれんいのちだにあらばあふよのありもこそすれ　（『拾遺和歌集』巻第十一・恋一・六四六番）

恋死にしないようにどうにかして恋の物思いを忘れよう、命さえあれば愛する人とまた逢うことができるだろうから、という忘れ得ない相手との逢瀬を願う必死の思いを詠んだ歌である。恋人との再会へ一縷の望みを抱きながら生きる男主人公を暗示した題号である。

続いて、『をかの山たづぬる民部卿』の内容を見てみる。「物語歌合」本文を以下に掲げる。

（九番）　をかの山たづぬる民部卿
左　　　　　　　　　　　　小左門
ながむるに物思ふことはなぐさまで心ぼそさのまさる月かな

この物語は、『風葉和歌集』に二首の歌が載る「をぐら山たづぬる」と同一のものであろうと考えられている。次にその『風葉和歌集』本文を掲げる。

・　しのびてをぐらにいで侍りけるに、よもすがらおきわたせる露も、そでのうへにたぐひてみえければ

をぐら山たづぬるの女院大納言

吾が袖にみだれにけりなはるばると玉かとみゆるのべの白露

（『風葉和歌集』巻第四・秋上・二五四番）

・　女院の大納言にのたまはせける

をぐら山たづぬるの院の御歌

うちつけの契と人や思ふらん心のうちをしらせてしかな

（『風葉和歌集』巻第十一・恋一・七六五番）

二五四番歌から、「女院」に仕える「大納言」と呼ばれる女房が子細あって小倉山にこっそりと出かけたことがわかる。彼女は物思いのため、涙にくれている。その理由が七六五番によって知られる。彼女は「院」に、おそらく強引に迫られ「契」を結んでしまった。そのため小倉山に逃げてきたのである。小倉山での「大納言」の君の晴れぬ思いが「物語歌合」歌に詠み込まれているのであろう。彼女にはもともと恋人がいた。その人物が男主人公と目される「民部卿」であると考えられる。題号から、彼が悲しみの「大納言」の君を小倉山へ訪ねたことがわかる。「民部卿」・「大納言」の君・「院」の三角関係が物語の骨格となっていたと推定される。

こうして見ると、女君が男君の前から姿を消す経緯や、男君の訪問があったのか否か（『あらば逢ふよのと嘆く民部卿』の場合は不明である）等、相違点も存するが、『あらば逢ふよのと嘆く民部卿』と『をか《（をぐら）》の山たづぬる民部卿』とは概ね同様の構想を持った作品であることがわかる。こうした、二人の身分高い男（彼らの間にも身分差があり、低い方が女君のもともとの恋人である）の間で苦しむ女房、という構図は、『源氏物語』宇治十帖の薫・匂宮・浮舟の関係を想起させる。両物語は、宇治十帖の世界を一つの源泉にしたのではないか。ただし、浮舟の場合はどちらの男性にも惹かれてしまったために苦悩が増していった側面が存するが、当該物語の場合は両者とも女君の愛する男性は

もとの恋人である「民部卿」であったようで、女君の苦悩の内実が浮舟とは微妙に相違していたであろうことが推察される。

ところで、こうした両物語の男主人公として「民部卿」が選択されている。この点について次に考えてみたい。久下裕利氏は、この「民部卿」という設定及び物語内容が構想された背景として、頼通の歌合集成計画や同時代の「民部卿」長家との関わりを想定する。[43] 歌合集成に収載予定の最初の歌合「民部卿家歌合」と物語の「民部卿」の一致は興味深いが、物語の男主人公名「民部卿」にそこまで射程の長い意図を見ることができるのかどうか、もう少し検討してみたい気がする。むしろ本論では、当代の「民部卿」である長家、ひいては史上の「民部卿」との接点をさらに追求し、物語の伝統の中での当該物語の位置について考察してみたいと思う。

一条朝から天喜三年頃までの「民部卿」を就任期間の年齢及び兼官とともに列挙してみると、以下の顔ぶれになる。

藤原文範　安和三年（九七〇）六十二歳、参議～長徳二年（九九六）八十八歳、前中納言
藤原懐忠　長徳三年（九九七）六十三歳、権大納言～寛仁四年（一〇二〇）八十六歳、前大納言
源俊賢　寛仁四年（一〇二〇）六十一歳、前大納言～万寿四年（一〇二七）六十八歳、前権大納言
藤原斉信　万寿五年（一〇二八）六十一歳、大納言～長元八年（一〇三五）六十九歳、大納言
源　道方　長元八年（一〇三五）六十八歳、権中納言～長久四年（一〇四三）七十六歳、権中納言
藤原長家　寛徳元年（一〇四四）四十歳、権大納言～康平七年（一〇六四）六十歳、権大納言

四十歳で「民部卿」となった長家をのぞき、皆六十代で任官し、辞するのはほぼ出家または死去の時であったこと

から、老人の官職というイメージが強かったに違いない。文範・懐忠・道方は、老いてそれぞれ「参議」・「権大納言」・「権中納言」に昇ったのち、「民部卿」を兼官した。俊賢は「大納言」を辞任後、「民部卿」を拝命している。「民部卿」は「権中納言」あるいは「権大納言」の兼官で、概ね任命されたのちはそれ以上官職のクラスが上昇することはなかった（ただし、文範は「参議」から「中納言」へ昇進した）ようなので、ある程度官途に見切りをつけられた者が任命される職であったと言えそうである。年老い、政治の中枢部からは距離のある位置にいる人物の、「最後の名誉職」といった意味合いが存したのではないかと思う。

そうした傾向の中にあって、斉信・長家の場合はいくらか趣が異なる。斉信は太政大臣為光の二男で、その颯爽とした青年貴族ぶりが、周知のように『枕草子』に記されている。道長によく仕え、官途も比較的順調であった。寛弘六年（一〇〇九）に四十二歳で「権大納言」となり、のちに「大納言」に転じた。六十二歳で「民部卿」となった万寿五年（一〇二八）時点における彼の上位者を見てみると、以下の四名があげられる。

太政大臣　　藤原公季　七十二歳
関白左大臣　藤原頼通　三十七歳
右大臣　　　藤原実資　七十二歳
内大臣　　　藤原教通　三十二歳

三十代の「大臣」である摂関家の頼通・教通兄弟、七十代の「大臣」公季・実資らである。斉信は彼らのすぐ下、「大納言」の筆頭で五番目の席次にあった。斉信の下「権大納言」の職にある頼宗・能信らの存在をも考慮すると、これ以上の昇進はほぼ望めないとしても、かといって全く閑職に追いやられているという状態でもなかろう。斉信の「民部卿」からは、最高位ではないものの、ある程度の地位にある、いまだ「現役」の人物という像が結ばれてくる。ちなみに、斉信は才学に秀で、詩歌を作る才にも恵まれていた。風流人としての面影もあった。この斉信が薨じた後任官した源道方の死を経て、「民部卿」に任命されたのが長家である。彼はこれまでの「民部卿」たちとは異なり、四十才でこの職に就いた。その寛徳元年（一〇四四）当時の「大臣」及び「大納言」の顔ぶれは以下の通りである。

関白左大臣	藤原頼通	五十三歳
右大臣	藤原実資	八十八歳
内大臣	藤原教通	四十九歳
権大納言	藤原頼宗	五十二歳
権大納言	藤原能信	五十歳
権大納言	藤原長家	四十歳
権大納言	源　師房	三十七歳
権大納言	藤原通房	二十歳

異腹の兄二人が「大臣」に、同腹の兄二人が同じ「権大納言」にいて、同族がひしめき合う状態にあった。なお、この状況は「物語合」の開催された天喜三年（一〇五五）時点でも大きくは変わらない(44)。長家は政治的には凡庸な人物であったようだが、頼通に従い、その出自も相俟って終始政治の中枢近くに身を置いている。ちなみに、彼は歌人として秀でていた。彼の「民部卿」は斉信のそれと通じ、さらに若い分、それまでの年老い現役を半ば退いた

ような「民部卿」像とはかなり異なっていたのではないかと思う。「物語合」の時点で「民部卿」といった場合、やはりこの同時代の長家の姿を人々はまず連想したろうと思う。

ただし、他に当該物語の「民部卿」へと繋がっていく連想の糸は見えないだろうか。物語の世界を確認しておこう。物語の伝統の中では、「民部卿」は男主人公にはならなかったであろうと先に述べた。一方、少ないながら脇役として登場する「民部卿」がいる。『うつほ物語』では、源正頼の婿の一人（七の君の婿）、源実正が「民部卿」と設定された。正頼の婿君にはある程度の地位ある人々が選ばれていることを考えあわせると、天喜三年からはかなりさかのぼった時点ではあるが、当時ひとかどの官職として人々に受けとめられていたことがうかがえる。また『夜の寝覚』巻五において、男君が右大臣となり、女君の身内がみな昇進したことを記す以下のくだりで、

そのつごもりの司召に、我、右大臣になりたまひて、一の大納言を内大臣になし上げ、くつろげて、大将に新大納言、新中納言、大納言にないて陸奥国の按察使かけさせたまふ。源宰相中将を中納言になして衛門督かけ、前大弐を民部卿になして、権大納言の子の弁少将を右大将に上げて頭になり、（略）（『夜の寝覚』巻五　五二一頁）(45)

と、対の君の夫「前大弐」が「民部卿」になったことが知られる。やはり、それなりに名誉な職であると考えられていたらしい。

以上、史上及び物語の「民部卿」を眺めてみた。天喜三年時点における「民部卿」という官職に対する人々の認識を、これらの例からいくらかうかがうことができる。「民部卿」という官職から思い浮かべるのは、まず現実の長家であろう。また、長家は「民部卿」斉信の婿になっていた時期があり、義理の父子が同じ「民部卿」を経験しているという事実を勘案すると、彼らの面影が連想されやすかったのではないかと思う。加えて「民部卿」は、史

上においても物語中においても少なくとも中年以降の人物が任官する官職であった。こうした共通認識をふまえ、当該両物語の「民部卿」は中年以上の人物として設定されていた可能性が高いと推定する。史上の斉信や長家の面影を活用し、かなりの地位にある中年（もしくは老年）の風流人といった人物像が形成されていたと考える。そうした人物を主人公に据えることによって、物語は中年（もしくは老年）の男の恋を描こうとしたのではないだろうか。『源氏物語』では、若者の恋ばかりでなく中年以降の恋もいくつか形象されている。三十代後半の源氏の玉鬘への恋、三十二、三歳の鬚黒大将の玉鬘への懸想と結婚、二十八、九歳の大納言兼左大将夕霧の落葉の宮への恋、等である。『あらば逢ふよのと嘆く民部卿』や『をかの山《をぐら》たづぬる民部卿』は、先に検討したように構想は薫・匂宮・浮舟の三角関係を扱った宇治十帖の世界に拠りつつ、こうした中年（もしくは老年）の男を主人公に据えることで新味を出そうとした物語であったのではないか。「物語合」には、頼通と親しい長家も臨席していた可能性が高いと考えている。「民部卿」には、その長家や出席した女房たちの関心を惹く一面も当然存したろう。

最後に、両物語の後世への影響について少し触れておく。まず、『あらば逢ふよのと嘆く民部卿』の作中歌、『風葉和歌集』一六九番歌に注目しよう。

あやめぐさかかるたもとのせばきかなまだしらぬまの深きねなれば（『風葉和歌集』巻第三・夏・一六九番）

この「しらぬま（「沼」を掛ける）」という表現は、『狭衣物語』巻一の五月四日に家の前を通り過ぎようとした狭衣へ「蓬が門の女」が送った歌、

しらぬまのあやめはそれと見えずとも蓬が門は過ぎずもあらなん（『狭衣物語』巻一　①三二頁）

に影響を与えたのではないか。『狭衣物語』巻一の五月四日から五月五日にかけての端午の節句関連の一連の記述には、「物語合」に提出された物語の表現を踏まえた箇所が少なからず存する。[46] 当該箇所もその一つとして捉えられよう。次に、『をかの《をぐら》山たづぬる民部卿』の「物語歌合」提出歌を問題にしたい。もう一度、引用する。

ながむるに物思ふことはなぐさまで心ぼそさのまさる月かな

「大納言」の君の詠歌と考えられる。これは、以下の『浜松中納言物語』巻三の贈答歌に影響を与えたのではないかと考えている。

明けゆくままに、月いよいよ澄みまさりて、滝の音も松風のひびきも、取り集めたる心地するに、何の隔てなく、人あるべしと思ひやらるる心地するに、かかるところに朝夕うちながめ、いかにもの思ひ知られ給ふらむなど思ひやられて、

住みなるる人はいかにかながむらむ深く身にしむ山の端の月

とのたまふ。御答へを、よろしう聞こえつべき人もなし。わりなうつつましうおぼしわづらひて、琴にて、

奥山の木の間の月は見るままに心細さのまさりこそすれ

いとよう聞こえてかき鳴らし、几帳の下より、やをらつまをさし出でて止みぬ。

（『浜松中納言物語』巻第三　二八二〜二八三頁）[47]

これは、中納言が再び吉野を訪ねた折り、吉野の尼君と語りあった後の、夜明け方の場面である。中納言の「住み

なるる」歌へ、吉野の姫君が「奥山の」歌で応じた。「月」を眺めていると「心細さ」が「まさる」と詠む吉野の姫君の歌は、「物語歌合」提出歌と非常に似通った発想・表現を用いている。ちなみに、このように「月」に「心細さ」が「まさる」とする歌は、管見に入る限り当該二例の他は見出していない。また、物語中で置かれた状況は全く異なっているものの、両者とも都を離れた地にいる女性が自らの不安な思いを表出しているという点でも共通していて、興味深い。『浜松中納言物語』の方では中納言の吉野訪問の際に詠まれたものなので、『をか《（をぐら）》の山たづぬる民部卿』の場合も民部卿の小倉山訪問の場面に関係する歌[48]であった可能性も存すると思う。

おわりに

断片的な痕跡を集成しながらのかなり推論をまじえた検討ではあったが、天喜三年の「物語合」に提出された物語数編について考察した。これらの物語は、歌ことばの想像力を活用しながら、また『源氏物語』等の先行物語世界をさまざまに取り入れ変形させつつ、それらを重ね合わせ新たな物語世界を形成している。その手法は、すぐ後に続く現存の後期物語に引き継がれ生かされていったと言えよう。

考察した数編は、登場人物の官職の設定や引用歌に気を配ること等を通じて、物語の登場人物に現実の身近な人物を想起せしめる仕掛けをほどこしている。そこで意識されたのは、具平親王や頼通・教通・長家兄弟、そして師房など、「物語合」の場に何らかのかたちで深く関わる人物たちである。それは、物語の発表の場において、出席者の物語への興味関心あるいは親しみを引き出すのに有効に機能しただろう。自作を優位に立たせようとした物語作者の所為であった。こうした傾向が先鋭化したのが、『逢坂越えぬ権中納言』や『浦風にまがふ琴の声』に見える〈賀の物語〉的性格である。

また、『源氏物語』等を彷彿とさせる物語世界に、頼通ら一族との接点を設けたことは、虚構の物語世界と現実の世界とを繋ぐ営みでもあった。『枕草子』を生んだ定子後宮、『源氏物語』を生んだ彰子後宮、そして「物語司」・「歌司」と呼ばれる役職が設けられ一つの文化圏を形成していた大斎院選子サロンが華やかであった一条朝の栄光に、半世紀後の人々は憧れ、それに連なりたいという思いを抱いていたのではないか。道長の達成した栄華のかたちを自らも実現したいと考えていた頼通は、外戚としての権力把握という観点からもその思いがひとしおであったろう。一条朝の象徴ともいうべき『源氏物語』の世界に、現実の世界を重ねようとする営みは、無意識の裡にその欲望を満たす所為でもあったのではないかと考える。

注

（1）久下晴康「『狭衣物語』の創作意識――六条斎院物語歌合に関連して――」（『平安後期物語の研究』新典社　一九八四年）、他。
（2）松尾聰『平安時代物語の研究』（武蔵野書院　一九五五年）、小木喬『散逸物語の研究　平安・鎌倉時代編』（笠間書院　一九七三年）、池田利夫訳注　対訳古典シリーズ『堤中納言物語』〔付録〕「天喜三年五月三日六条斎院禖子内親王家歌合」（旺文社　一九七九年）、鈴木一雄『堤中納言物語序説』（桜楓社　一九八〇年）、樋口芳麻呂『平安・鎌倉時代散逸物語の研究』（ひたく書房　一九八二年）、萩谷朴『平安朝歌合大成　増補新訂』第二巻（同朋舎出版　一九九五年）、神野藤昭夫『散逸した物語世界と物語史』（若草書房　一九九八年）、久下裕利「民部卿について――王朝物語官名形象論――」（古代中世文学論考刊行会編『古代中世文学論考』第二集　新典社　一九九九年）、稲賀敬二校注・訳　新編日本古典文学全集『堤中納言物語』〔付録〕「六条斎院禖子内親王物語合」（小学館　二〇〇〇年）、他。
（3）注（2）の神野藤前掲書、他。
（4）「物語歌合」の本文は、注（2）の新編日本古典文学全集に拠る。

（5）注（2）の萩谷前掲書、他。
（6）『源氏物語』の引用は、新編日本古典文学全集（小学館）に拠る。
（7）なお題号の「中務の宮」は、注（2）の樋口前掲書がすでに指摘しているように、人物そのものを指すのではなく、中務宮の住む邸宅を指しているのであろう。
（8）注（2）の小木前掲書、他。
（9）歌集の引用は、新編国歌大観（角川書店）に拠る。なお正保版歌仙家集本では、第二句「霞のまより」。また、『古今和歌集』巻第十一・恋歌一に、「山ざくら霞のまよりほのかにも見てし人こそこひしかりけれ」（四七九番）のかたちで載る。
（10）注（2）の小木前掲書、他。
（11）注（2）の小木前掲書・神野藤前掲書は、この嘆きのため左大将が世を去ったと推定し、逆に同じく注（2）の樋口前掲書は恋は成就したと推定する。
（12）注（2）の小木前掲書、他。
（13）注（2）の樋口前掲書、他。
（14）注（2）の樋口前掲書、他。
（15）注（2）の松尾前掲書も、両親が亡くなった可能性を指摘する。なお、稲賀敬二「物語の系列化集合論と「堤中納言物語」の段階的形成過程・仮設――道長の時代から頼通の時代へ――」（王朝物語研究会編『研究講座　堤中納言物語の視界』新典社　一九九八年）は、『かはほり』の「中務卿宮女」のモデルとして女流歌人中務を想定している。
（16）注（2）の神野藤前掲書の分類に拠る。
（17）『狭衣物語』の引用は、新編日本古典文学全集（小学館）に拠る。なお、流布本にも同様の記述がある。
（18）注（1）の久下前掲論文、注（2）の神野藤前掲書、他。なお神野藤前掲書は、『寝覚』や紹介した散逸物語の存在もすでに指摘している。
（19）注（2）の樋口前掲書は、主人公の「権大納言」時代の恋を描いた部分が提出されたと見、神野藤前掲書は題号からある程度の中・長編的構想が想定されるとする。筆者は、「物語合」当時は短編物語であったと考え（本書Ⅲ第三章参照）、その後書き継がれたと推定する。
(20) 注（2）の神野藤前掲書、他。
(21) 注（2）の神野藤前掲書・稲賀前掲書、他。
(22) 注（2）の稲賀前掲書が指摘する。
(23) 注（2）の樋口前掲書がすでに指摘する。
(24) 注（2）の神野藤前掲書がすでに指摘する。
(25) 『無名草子』の引用は、新潮日本古典集成（新潮社）に拠る。なお、表記は一部あらためた。
(26) 頼通歌の指摘は、注（2）の萩谷前掲書・樋口前掲書、他。
(27) 萩谷前掲書は頼通歌が「歌合」歌から影響を受けたと見、樋口前掲書は頼通歌から「歌合」歌への影響を説く。
(28) 注（2）の萩谷前掲書は「仮に長久末年の頃に位置せしめたに過ぎない」としていて、不明な点が多い。なお、『歌合』本文では、上の句が「ありあけの月をまつよの」（『平安朝歌合大成』）となっている。
(29) 『今鏡』の引用は、日本古典全書（朝日新聞社）に拠る。
(30) 官職に関する事柄は、『公卿補任』に拠る。
(31) 注（2）の樋口前掲書は、「（略）蓬の宮には末摘花とともに飛鳥井の姫君のイメージがある」とする。
(32) 流布本も同文。
(33) 注（1）の久下前掲書は、「蓬に囲まれて不遇な生活を強いられていた宮の存在が、狭衣物語の蓬が門の女として点描されたのかもしれないことは大いに考えられそうである」と述べている。
(34) 注（2）の松尾前掲書、他。
(35) 石川徹『古代小説史稿――源氏物語と其前後――』（刀江書院　一九五八年）、他。
(36) 注（2）の樋口前掲書、他。
(37) 注（2）の稲賀前掲書、他。

(38) 注(2)の稲賀前掲書。直後に紹介した稲賀氏の指摘も同書に拠る。
(39) 『栄花物語』巻第十一・つぼみ花は、新年に三条帝が娘禎子内親王を「抱き取りたてまつらせたまひて、餅鏡見せたてまつらせたまふとて、聞きにくきまで祈り祝ひつづけさせたまふ事」(新編日本古典文学全集②三八頁)があったと記す。
(40) 注(2)の樋口前掲書、他。
(41) 松村博司・石川徹校註　日本古典全書『狭衣物語』上(朝日新聞社　一九六五年)、他。
(42) 「姫宮の中宮」とあるが、『風葉和歌集』の諸本により「中納言」と解した。注(2)の久下前掲論文、稲賀前掲書の判断に従う。なお、以下に展開する物語の内容推定も基本的には両氏の意見に従う。
(43) 注(2)の久下前掲論文。
(44) ただしこの間、実資と通房は故人となっている。
(45) 『夜の寝覚』の引用は、新編日本古典文学全集(小学館)に拠る。
(46) 注(1)の久下前掲論文。
(47) 『浜松中納言物語』の引用は、新編日本古典文学全集(小学館)に拠る。
(48) 例えば、女君が小倉の地でひとり物思いに耽って当該歌を詠じていて、それをひそかに到着した男君が物陰から聞くことになった、等。しかし、想像の域を出ない。

第五章　『逢坂越えぬ権中納言』と歌合の空間

はじめに

天喜三年（一〇五五）の「六条斎院禖子内親王物語合」に提出された『逢坂越えぬ権中納言』には、物語の披露される場を強く意識した工夫がなされていることを、第三章において指摘した。物語前半部の記述には「物語合」を実質的に取り仕切っていた藤原頼通、及び彼を中心とする一族の栄華の歴史が反映されている。さらに、こうした発表の場を視野に入れた文学的営為は、ひとり当該物語だけでなく、「物語合」に提出された他のいくつかの作品にも見出されることを、第四章において指摘した。『逢坂越えぬ権中納言』は散逸をまぬがれたために、より詳細にその様相を検討することができるのである。

『逢坂越えぬ権中納言』と史的環境との関わりは、このように物語の特質を見極める上で看過できない問題である。平安後期は、父道長の栄華を受け継いだ頼通が、文化を牽引した時代であった。頼通の文化的活動は多岐に及び、とりわけ彼が実質的に営んだ大規模な歌合の世界は、平安後期の文化を特徴づける事象の一つである。[1]『逢坂越えぬ権中納言』前半の山場に位置する根合場面の作中歌は、こうした歌合の空間と密接に繋がりながら形象されたと論者は考えている。本章は、歌合の空間から『逢坂越えぬ権中納言』へ、さらには『逢坂越えぬ権中納言』から歌合の空間へと受け継がれ醸成されていった文学的伝統を追跡し考察するものである。加えて、『逢坂越えぬ権中納言』の性格とも通じると考えられる、頼通主催の歌合に見出される特質の一面についても言及したい。

一　「安積の沼」と予祝の文脈の接点

『逢坂越えぬ権中納言』の根合場面には、以下のように和歌が三首詠出されている。

根合はてて、歌の折になりぬ。左の講師左中弁、右のは四位少将、読みあぐるほど、小宰相の君など、いかに心つくすらむと見えたり。「四位少将、いかに、憶すや」と、あいなう、中納言後見たまふほど、ねたげなり。

左

君が代のながきためしにあやめ草千尋にあまる根をぞ引きつる

右

なべてのと誰か見るべきあやめ草安積の沼の根にこそありけれ

とのたまへば、少将、「さらに劣らじものを」とて、

いづれともいかがわくべきあやめ草おなじよどのにおふる根なれば

とのたまふほどに、上聞かせたまひて、ゆかしう思しめさるれば、忍びやかにて渡らせたまへり。

（『逢坂越えぬ権中納言』）

「左」の「君が代の」歌は、歌合において正式に披講された歌で[2]、中宮の長寿と繁栄とを予祝する。続く「なべてのと」歌は、「右」と前置きしてあること、「とのたまへば」と記されていること、及び歌の内容から、左方に圧倒された右方が左方を持ち上げた即興的な挨拶の歌で歌合の正式な歌ではないと考える[3]。当該歌は「とのたまへば」

から、右方の応援をしていた三位中将の歌である可能性が高い。最後の「いづれとも」歌は、「とのたまふ」が受けることから、右方の「少将」による、これも応援歌であり、右方も負けてはいないことを示し、同時に両方の根の優劣のつきがたい素晴らしさを唱える、場そのものへの祝意が込められた歌として捉えられる。(4)「なべてのと」歌と「いづれとも」歌に詠み込まれた、「安積の沼」と「よどの」とは晴儀の歌合の空間を眺めたとき、特色ある位置にある歌枕であるように思われる。以下、記述してみたい。(5)

まず、「なべてのと」歌の表現について、「安積の沼」を中心に眺める。根合当日、左方の権中納言は早々にやって来て、「心幼く取り寄せたまひしが心苦しさに、若々しき心地すれど、安積の沼をたづねてはべり。さりとも、負けたまはじ」と発言する。「安積の沼」は、『俊頼髄脳』に「かの国には、むかし、しやうぶのなかりけるとぞ、うけたまはりし」(6)と記され、『無名抄』等に藤原実方下向の折り五月五日の菖蒲がないので花がつみを用いたという説話が載せられていることから、菖蒲の無い沼としての伝承の存在が認められる。物語本文がこの伝承を下敷きにしているとすると、権中納言の発言は、菖蒲の無い沼まではるばる探してきました、という諧謔表現として捉えられる。(7)五月三日に根合への味方を頼まれた権中納言が翌々日の五日、根合当日に安積の沼まで出向き帰京することは不可能である。よって、これはあくまでポーズであり、無駄とも思われる懸命な努力をしました、という意味合いを込めたと読むことができる。この発言を受け、歌合では右方が「安積の沼」を詠み込んだ「なべてのと」歌を、左方への挨拶歌として詠出したと考えられる。並はずれて立派な左方の根を、本来は菖蒲のないはずの「安積の沼」から引いてきた貴重な根として捉えることにより、納得するという論理が認められよう。(8)権中納言の発言の中で諧謔の文脈を形成した「安積の沼」は、ここに至り賞賛の文脈をかたちづくる。

そもそも「安積の沼」は、「(心が)浅い」という意味を引き出す歌枕として機能していた側面が大きかった。(9)そうした発想とはいくらか異なる、晴儀の歌合の中で使用された例として、次の藤原孝善詠がある。

郁芳門院根合にあやめをよめる　　藤原孝善

あやめぐさひくてもたゆくながきねのいかであさかのぬまにおひけん

（『金葉和歌集』巻第二・夏部・二度本一二九番、三奏本一二八番）[10]

当該歌は、寛治七年（一〇九三）五月五日の「郁芳門院媞子内親王根合」において、関白藤原師実三男、経実の代作として詠作されている。「あさかのぬま」に「浅さ」を連想するのは同様であるが、「あやめぐさ」の「ながきね」と対比して用いることにより、晴の歌の文脈を形成している。この発想は、三年後の永長元年（一〇九六）五月三日の「中宮権大夫能実歌合」における斎院摂津君の以下の詠に引き継がれたらしい。

四番　（菖蒲）　左　　斎院摂津君

あやめ草浅香の沼に生ふれどもひく根は長きものにざりける

（永長元年五月三日「中宮権大夫能実歌合」[11]）

主催者の藤原能実は、師実の四男である。前掲の「郁芳門院媞子内親王根合」において、能実は右方の念人として、斎院摂津君は右方の歌人として関わっている[12]。当該歌は、根合の盛儀をも思い起こしつつ詠出されたであろう。

孝善詠と斎院摂津君詠とは、当時「安積の沼」が「菖蒲」の名所として圧倒的に認識されていたことを背景として成立しているのか、あるいは「浅さ」を連想させる「安積の沼」と「長い菖蒲の根」との取り合わせの妙に重点が置かれて生み出された表現なのか、微妙な位置にあると思われる。ただし、こうした晴儀の歌の出現は、「安積の沼」を「菖蒲」の名所と認める見方が存したことをうかがわせる。『散木奇歌集』には、「あさかのぬまのあやめといふことをよめる」という詞書のもと、二首の歌が所収されている（二九一、二九二番）。前掲の『俊頼髄脳』

では、続けて「このごろは、あさかの沼に、あやめをひかするは、ひが事とも申しつべし」とある。俊頼自身「ひが事」と言及しているにもかかわらず、「あさかのぬまのあやめ」と題する歌を詠じている。このことは、「安積の沼」の「菖蒲」が一般化してきたことを物語っていよう。

以上のように「安積の沼」は、表現の上で「菖蒲」と次第にその結びつきを強くし、「菖蒲」の名所としての性格もある時期有するに至った。その一つの契機となったのが、『逢坂越えぬ権中納言』の当該根合場面ではないかと考える。権中納言の諧謔表現を受け根合後の「歌の折」において、「安積の沼」は慶賀の空間と関わる歌枕として定位された。その発想が、「郁芳門院媞子内親王根合」の孝善詠や続く「中宮権大夫能実歌合」の斎院摂津君詠へと繋がっていったのではないか。孝善は、承暦二年（一〇七八）四月二十八日の「内裏歌合」においても師実の二男家忠の代作をしていて、[13] 師実家に親近していた人物と考えられる。[14] また、斎院摂津君も嘉保元年（一〇九四）八月十九日の「前関白師実歌合」に出詠した経歴を持つ。当該二首が、頼通男である師実の一族の周辺で生まれたことは注目される。『逢坂越えぬ権中納言』が制作された禖子内親王周辺から頼通一族周辺への文化の継承の相を、ささやかではあるが認めることができる。

二 「よどの」をめぐる予祝の空間

次に、「少将」が詠んだ「いづれとも」歌の「よどの」をめぐる史的背景について検討する。

当該歌は、藤原妍子が父道長へ贈った賀歌（後掲）を踏まえていて、歌中の「よどの」は賀の世界の形成のために寄与している。[15] その妍子歌を含め、歌枕「よどの」が予祝の主題と関わるようになった過程とその後の展開とを見ることにより、頼通時代の文化の継承の相が辿れるように思う。以下、眺めてみたい。

「菖蒲」の名所としての歌枕「よどの」は「夜殿」を掛け、もともと恋の歌の中で多く用いられていたようである。例えば、以下の歌のような詠み方である。(16)

五月五日をんなのもとにいきて、またのひるつかた

けふこそは君を見ぬまのあやめぐさよどのをこふるほどのはかなさ

（『兼澄集』五五番）

そうした中で、「よどの」の「菖蒲」を賀歌に用いた歌が出現する。恐らく寛弘七年（一〇一〇）から同八年にかけての頃の詠作ではないかと推定される、(17)妍子の歌である。

五月五日くすだまをつかはすとて　　枇杷皇太后宮

ながき世のためしにひけばあやめ草おなじよどのはわかれざりけり

返し　　法成寺入道前摂政太政大臣

おり立ちてひけるあやめのねをみてぞけふよりながきためしともしる

（『新後拾遺和歌集』巻第三・夏歌・二〇三、二〇四番）(18)

父道長の「ながき世のためし」として「あやめ草」を引くと、「おなじよどの」に生えているそれらは区別がつかぬほどどれも見事で素晴らしいものでした、という意であろう。道長の盤石な「世」を予祝した歌と解される。これに対し道長は、娘が骨を折って求めてくれた「あやめのね」を見てはじめて、自らの「世」の「ながきためし」として知ることができたとし、感謝の意を表している。

こうした「よどの」と「菖蒲」の賀の世界を形成する結びつきは、この後頼通の主催する晴儀の詠作の中で見出されるようになる。寛仁二年（一〇一八）正月に行われた摂政頼通家大饗の屏風歌として、以下の詠歌がある。

五月節、輔尹、

競ぶべき駒も菖蒲の草もみな美豆の御牧にひけるなりけり　（『栄花物語』巻第十三・ゆふしで　②一三〇頁）[19]

当該歌は、『新撰朗詠集』に以下のかたちで所収されている。

（端午）

くらぶべき駒もあやめの草も皆同じ淀野に引けるなりけり 輔尹　（『新撰朗詠集』上・夏・一四八番）

『新撰朗詠集』に載るこのかたちがいつ頃現れたのか判然としないが、「同じ淀野に引けるなりけり」という表現には注目される。「同じ淀野」から引いてきた「駒」も「あやめの草」も皆素晴らしく優劣がつかないという含みを持つと考えられる、この下の句を含めた一首の発想は、先に掲げた妍子詠と少なからず近い位置にあると言えるのではないか。また、頼通の主催した盛儀として著名な、長元八年（一〇三五）五月十六日の「関白左大臣頼通歌合」（高陽院水閣歌合）では、「菖蒲」題のもと以下の歌が詠まれている。

四番　菖蒲

左持　輔親

あやめ草たづねてぞひく真菰刈る淀のわたりのふかき沼まで

右　　　　　　　　　　　　　　　東宮大夫

むかしよりつきせぬものはあやめ草ふかき淀野にひけばなりけり

（長元八年五月十六日「関白左大臣頼通歌合」[20]）

「淀」あるいは「淀野」はその「ふかさ」が着目され、「あやめ草」の名所として賞揚されている。とりわけ、右の東宮大夫藤原頼宗詠では「むかしよりつきせぬものは」とあり、過去から現在そして未来へと続く世を寿ぐ賀の気分が読みとれるように思う。

以上、「菖蒲」の名所としての「よどの」をめぐる、妍子詠からはじまる賀の世界の形成の流れを追った。歌枕「よどの」には、道長から頼通へと受け継がれた栄華の記憶と結びつく側面が認められる。そうした賀歌としての性質は、「よどの」に「世」の意味合いが内包される可能性が存するためではないか[21]。このような伝統を背景に、『逢坂越えぬ権中納言』の「よどの」を詠み込んだ「いづれとも」歌は生まれてきたと考える。『逢坂越えぬ権中納言』の根合場面は、「物語合」の実質的主催者である頼通の存在を強く意識し、その栄華を寿ぐ工夫をも凝らしていると捉えることができる。

この「菖蒲」と「よどの」との取り合わせは、以後も少なからず歌合の世界で用いられていく。「物語合」の翌年、天喜四年（一〇五六）四月九日庚申の「或所歌合」には、「淀野」の「あやめ草」を詠じた歌と、それを讃える判とが記載されていて注目される。

五番　菖蒲　　左　　右

名残なくことしぞひけるあやめ草ふかき淀野のそこをたづねて

底ふかみおもひこそやれ筑摩江のひけるあやめのながき根を見て
判云
名残なく淀野にひけるあやめ草など筑摩江の根におとりけむ
（天喜四年四月九日庚申「或所歌合」）

同じく天喜四年の五月に行われた「頭中将顕房歌合」には「淀野」の「あやめ草」を詠んだ歌が二首存し、とりわけ左歌は前掲長元八年の「関白左大臣頼通歌合」の輔親歌の影響のもと詠作されたと考えられる。(22)

菖蒲　左《かつ》
年を経て来る今日ごとにあやめ草淀野わたりの沼にこそひけ
右　大輔
閨のうへに根ざしとどめよあやめ草たづねてひくもおなじ淀野を
（天喜四年五月「頭中将顕房歌合」）

主催者の源顕房は頼通の養子ともなった師房の男であり、当該歌合歌は頼通に親しい文化圏における継承として捉えられる。

また、治暦二年（一〇六六）五月五日「皇后宮寛子歌合」や、寛治七年（一〇九三）五月五日「郁芳門院媞子内親王根合」においても「よどの」あるいは「よど」の「あやめ草」の詠歌が見える。後者は、「あさかの沼」を詠み込んだ歌との番いで詠まれていて、とりわけ注目される。

（一番）　左持　二位宰相経実

あやめ草ひく手もたゆくながき根のいかであさかの沼に生ふらむ

右　　　　　　　　　　　　　　　　　　前典侍

君が代のながきためしにひけとてや淀の菖蒲の根ざしそふらむ

（寛治七年五月五日「郁芳門院媞子内親王根合」）

右歌は、『逢坂越えぬ権中納言』の歌合場面の左方の歌、「君が代のながきためしにあやめ草千尋にあまる根をぞ引きつる」を踏まえていると考えられる。(23) 当該物語の続く二首は、先に掲げたように「安積の沼」と「よどの」とをそれぞれ詠み込んでいて、前者については当該左歌（「あやめ草」歌）との関わりをすでに指摘した。以上の状況を勘案すると、『逢坂越えぬ権中納言』の歌合に関わる三首と「郁芳門院根合」の当該二首との間には、少なからず影響関係を認めることができよう。

道長及び頼通の栄華の周辺ではじまった「菖蒲」の名所としての「よどの」をめぐる賀の表現は、『逢坂越えぬ権中納言』に取り入れられ、さらに続く後世の晴儀の歌合の中でも賀の表現として定着していったのである。

三　長元八年「関白左大臣頼通歌合」に見る賀の空間の形成

『逢坂越えぬ権中納言』の根合に続く歌合場面に記された詠歌は、物語内で賀の世界を形成するだけでなく、当該物語が発表された場をも寿ぐ機能を備えている。実質的な主催者である頼通を非常に意識した作りようがなされているのである。文化的催しの中の文芸がもたらすこうした機能は、頼通が主催したいくつかの盛儀において同様に認められるように思う。以下、この点について述べてみたい。

頼通主催の最初の本格的歌合である、長元八年（一〇三五）の「関白左大臣頼通歌合」（高陽院水閣歌合）を見る。

頼通の高陽院で行われた法華三十講の余興として催された当該歌合は、天徳四年（九六〇）の「内裏歌合」にも匹敵する盛大なものであり、頼通の力の入れようがうかがえる。題の選定をめぐっても、頼通が積極的に関わったことが知られる。

「題はこと心求むべきならず。ただこの間近く見ゆることをこそは」とて、月、五月雨、池水、菖蒲、蛍火、瞿麦、郭公、照射、これのみやほかの思ひやることはあらめとて、祝、恋と書かせたまひて、

（『栄花物語』巻第三十二・謌合　③二四五頁）

『栄花物語』の記述では「間近に見えることを題に」とあり、身近な題材を採用した(24)。詠歌を見てみよう。

一番　月

左勝　　　　行経

夏の夜もすずしかりけり月影は庭しろたへの霜とみえつつ

右　　　　衛門

宿からぞ月のひかりはまさりける夜のくもりなく澄めばなりけり

（長元八年「関白左大臣頼通歌合(25)」）

左歌は、「月影」を「霜」に見立て「夏の夜もすずしかりけり」と詠むことで、高陽院の「庭」を称えている。一方右歌は、「宿からぞ」と高陽院に触れ、この場所であるからこそ「月のひかり」がまさるとする。さらに、「夜」

と「世」、「澄む」と「住む」の掛詞を用いた下の句により祝意が表出されている。開催場所である高陽院とそこに住む頼通を賞揚する、このようなあり方は、当歌合に詠出された歌に多く見出される。例えば、以下の通りである。

五月雨の空をながむるのどけさは千代をかねたるここちこそすれ　（二番・五月雨・右）
千代を経てすむてふ水をせきれつつ池のこころにまかせつるかな　（三番・池水・左・資業）
年を経てすむべき君が宿なれば池の水さへにごる世もなし　（三番・池水・右勝・四条中納言）
とこなつのにほへる庭は唐国に織れる錦もしかじとぞおもふ　（五番・瞿麦・左勝・四条中納言）

「五月雨」・「瞿麦」は開催期日五月十六日を意識した題であり、特に後者は行事の船や州浜の飾り、人々の衣裳などに活用されている。[26]「池水」は、高陽院の池を念頭に置いた題であろう。高陽院という舞台と、意匠を凝らした舞台装置、さらにはそれを讃える文芸とによって、頼通家賛美の賀の空間が演出されていると言えよう。歌と空間との融合のさまが、『栄花物語』では以下のように記されている。

夜やうやうふけて、月の澄み上りたるほど、池の心清さも、歌の題の心さへにかなひてをかし。
（『栄花物語』巻第三十二・謌合　③二四九頁）

また、次の三首に見える風景の賞揚もこうした祝意に通じる面を有するのではないか。

庭の面に唐の錦をおるものはなほとこ夏の花にぞありける　（五番・瞿麦・右・衛門）

沢水に空なる星のうつるかとみゆるは夜半の蛍なりけり　（七番・蛍火・左持）
名にたてる五月の闇もなかりけり沢の蛍のまがふ光に　（七番・蛍火・右）

もちろん「祝」題も用意されていて、頼通の長寿と繁栄を祈る歌が詠まれている。

九番　祝

左　　能因法師
君が代は白雲かかる筑波嶺の峯のつづきの海となるまで

右勝
おもひやる八十氏人[27]の君がため一つ心にいのるいのりを　（長元八年「関白左大臣頼通歌合」）

とりわけ後者は「八十氏人[28]」とあり、当時氏長者であった頼通の立場を強く意識した賀歌となっている。壮麗な高陽院において営まれた当該歌合は、氏長者としての頼通の栄華と権威とを印象づける役割も備えていよう。

頼通男である藤原通房は、当該歌合の約二ヶ月後、長元八年七月十三日に元服している。[29]十一歳であった。当該歌合においては、彼を左右どちらの方人とするかをめぐって激論が交わされ、勅定により彼は左方となった。[30]歌合の雰囲気を『栄花物語』は、

左右挑みて方分きけるほどに、殿の若君左によりたまひにければ、挑まんもなかなかなりとて、右はただおいらかなり。　（『栄花物語』巻第三十二・謌合　③二四八頁）

と伝えていて、頼通の後継者として通房がいかに当歌合において注目されていたか知られる。当該歌合は、これから元服し頼通の後を継ぐべく官途を歩んでいく息通房の存在を内外に示すといった意味合いも担っていたのではないか[31]。彼の存在により、当夜形成された頼通をめぐる予祝の空間はより盤石なものとなるのである。

四　後冷泉朝期の頼通後見の歌合の一性格

検討した「関白左大臣頼通歌合」の盛儀を後一条時代の終わりに催した頼通であったが、続く後朱雀朝時代には長久二年（一〇四一）五月十二日庚申の「祐子内親王名所歌合[32]」をのぞくと後見として深く関わるかたちで歌合を催したことが知られる資料に乏しい。頼通が後見として深く関与したと考えられる盛儀が度重なる、後冷泉朝の歌合について、次に眺めてみたい。

後冷泉朝に入り、花山院の内裏歌合以来六十三年ぶりに内裏歌合が復活した。永承四年（一〇四九）十一月九日の「内裏歌合」である。「内裏」という名称が冠せられているが、すでに指摘されているごとく[33]実質的には頼通主導の歌合であった。一番左が、

春日山岩根の松は君がため千歳のみかは万代ぞ経む　（永承四年「内裏歌合」一番・松・左勝・能因法師）

という、藤原氏の氏神を祀る「春日山」を詠み込み、藤原氏の支えのもと繁栄する御代を言祝ぐ詠歌であった点は注目される。「内裏歌合」であるにもかかわらず、一方で頼通への祝意が前面に押し出されている。もちろん頼通が自ら当該歌を要求したわけではないだろうが、一番左という位置にこうした歌を用意した周囲の配慮は見逃せな

いだろう。当「内裏歌合」は頼通を慶賀する側面も有しているのである。当該歌合の二年前、永承二年（一〇四七）十月十四日に藤原教通女歓子が後冷泉天皇のもとに入内した。[34] 同四年三月、懐妊した歓子が男子を出産、しかし、その皇子は即日夭折する。[35] この時点においていまだ子女を後冷泉後宮に入れていない頼通にとって、焦りのつのる期間であったろう。当歌合の盛儀の開催には、そうした状況下、氏長者である頼通の後冷泉朝における存在を誇示するねらいも存したのではないか。

この翌々年、永承六年（一〇五一）五月五日には頼通の後見のもと「内裏根合」が催されている。前年の十二月二十一日、頼通女寛子が後冷泉後宮へ待望の入内を果たし、[36] 翌年の二月には立后がかなう。[37] その三ヶ月後に行われた「根合」である。主催者である後冷泉天皇のみならず、中宮章子内親王、皇后寛子も出席した盛儀であった。先の「内裏歌合」と異なり、主催者の後冷泉天皇は準備段階から積極的に関与し、[38] 当日後宴において笛を演奏するほどであった。[39] 頼通の存在は、これまで彼が関わってきた歌合に較べると、かなり後退した印象を受ける。が、そのような中でも「祝」題に以下の歌が用意された点は注目される。

春日山枝さしそふる松の葉は君が千歳のかずにぞありける　（永承六年「内裏根合」祝・右）

前掲「内裏歌合」の一番左の歌と非常に類似した詠みぶりで、「春日山」に関係する、頼通あるいは寛子への祝意を表現している。このことは、天皇の御代が藤原氏の支えにより現出するという、この時代の政権のあり方をある面で象徴しているようで、興味深い。

最後に、天喜四年（一〇五六）四月三十日の「皇后宮寛子春秋歌合」を見る。先の「根合」が催されて後、しばらく大規模な歌合は挙行されていない。天喜三年に入り、新機軸の「六条斎院禖子内親王物語歌合」が、その翌年

「春秋歌合」が開催された。主催者は皇后寛子で、後見が頼通である。同年二月二十二日の新造一条院内裏への遷幸の、二ヶ月後の歌合であった。春を左、秋を右に配した、異題相番の特殊形式で、衣裳や装飾等にも工夫の凝らされた盛儀である。十番左の「祝」題に後冷泉天皇の御製があることから、天皇も積極的に関わった歌合であったと言える。仮名日記には、「殿の、心にことにもてなさせ給ふほど、見ざらむ人に聞かせまほし。」とあり、後見の頼通の活躍も推察される。[40]

着目したいのは、歌題の選定である。一番左に「臨時客」、二番左に「春日祭」という珍しい歌題が設定されている。いづれも、年中行事を歌題に取り入れた趣向である。が、この歌題を史的背景の中で捉える時、それ以上の意味合いを帯びてくるように思われる。まず、前者から取り上げる。

一番　左勝　臨時客　　小式部命婦

春立てばまづひき連れてもろ人も万づ代経べき宿にこそ来れ

（天喜四年「皇后宮寛子春秋歌合」）

「臨時客」は、正月二日に訪れる参賀の客を摂関や大臣家が供応する儀のことである。歌合題としては当該が唯一例で、屏風歌の題等で数首見えるのみである。以下が当該歌合以前に詠まれたと考えられる用例で、いずれも『後拾遺和歌集』に載る。

たかつかさどのの七十賀の月令の屏風に臨時客のところをよめる

赤染衛門

むらさきのそでをつらねてきたるかなはるたつことはこれぞうれしき

臨時客をよめる　　　　　　　　　　　　　　　小弁
むれてくるおほみや人ははるをへてかはらずながらめづらしきかな
入道前太政大臣大饗しはべりける屏風に臨時客のかたかきたるところをよめる
藤原輔尹朝臣
むらさきもあけもみどりもうれしきははるのはじめにきたるなりけり
（『後拾遺和歌集』第一・春上・一四、一五、一六番）

赤染衛門歌の「たかつかさどのの七十賀」は、長元六年（一〇三三）十一月二十八日に高陽院において行われた頼通の母倫子の七十賀である。[41]続く小弁歌は年次不明で、屏風歌なのか実景を詠んだものなのか判然としないが、出仕先から考えて頼通家への祝意を詠ったものとして解されよう。輔尹歌の「入道前太政大臣」の「大饗」は、道長の大饗（年次不詳）を指すと考えられる。[42]このように道長あるいは頼通といった摂関家の側で詠まれていた題が、「春秋歌合」においてはじめて歌題として取り入れられた点は注目してよいだろう。摂関家へ参賀にやって来る人を叙しそこに摂関家への祝意を込めるというこれらの歌のあり方を見ると、「臨時客」という歌題は摂関家慶賀という文脈を内包する歌題なのである。その歌題が一番左に置かれたことは、皇后寛子主催、頼通後見というこの歌合の性格の一面を如実に物語っているように思われる。加えて、小式部命婦が「もろ人」[43]を供応する摂関家を「万づ代経べき宿」と表した点も注目される。それは、新造成った里内裏一条院の長久と平穏な世をも祈念する表現となったのではないかと考える。

二番左の「春日祭」の採用もこれと同様の文脈を備えるものとして、解することができる。

二番　　左持　春日祭　　　　　　　　範永朝臣
今日祭る御蓋の山の神ませば天の下には君ぞ栄えむ
（天喜四年「皇后宮寛子春秋歌合」）

「春日祭」が歌合の歌題として登場したのは、以下の、永承五年（一〇五〇）二月三日庚申の「六条斎院禖子内親王歌合」においてであった。

春日祭　左　　　　　　　　　武蔵
御蓋山さしてぞたのむ今日祭る春日の神をあめのしたには
右　　　　　　　　　　　　式部
春日山神の心もゆくばかり八十氏人のあそぶ今日かな
（永承五年二月三日庚申「六条斎院禖子内親王歌合」）

範永詠は、当該歌合の武蔵歌の影響を受けて成立したものであろう。屏風歌として大中臣能宣歌が見えるものの、[44]歌合においては珍しい題であった「春日祭」を「春秋歌合」において取り入れたのは、やはり藤原氏の氏神を祀る春日大社の祭りである点が大きく関わっていよう。範永詠は皇后寛子への祝意を表したと考えられる。このような歌題を設定することによって、摂関家慶賀の空間が形作られているのである。

先に述べたように、永承六年（一〇五一）の「根合」開催以降、数年間頼通が関わる大規模な歌合は催されていない。永承六年の冬頃から疫病が蔓延し、翌同七年に入って猖獗を極めた。その災いを取り除くために、一月に大極殿において観音経の転読が、四月には賀茂社において大品般若経四部の供養が、さらに六月には大極殿において金剛寿命経の転読がそれぞれ執り行われた。[45]また、六月の終わりから後冷泉天皇も病悩の身となっている。[46]この年から世は末法に入ったとされる。翌永承八年は、正月十一日に天喜と改元された。五月に皇后寛子の母三条殿祇子が、翌六月には頼通の母倫子が逝去している。[47] 七月、病身の後冷泉天皇が頼通の高陽院へ遷御する。その病の因を冷泉院の邪気のゆえと判断したためである。[48] 八月には、大赦が行われた。このところの天変と天皇の病悩を鎮めるねらいがあった。[49] そのような中、翌天喜二年には二度の里内裏消失が起こった。正月早々の高陽院焼亡[50]と、十二月の土御門第焼亡[51]である。また、永承四年（一〇四九）の歓子による男子出産・夭折以来、後冷泉天皇にはいまだ御子が誕生していない。立て続けに出来する凶事により、世の中は騒然とし漠たる不安に包まれていたであろう。天喜四年の「春秋歌合」の開催は、こうした時代相と無縁ではないのではないか。先に触れたように、当該歌合の二ヶ月前、後冷泉天皇は冷泉院を移築した新造一条院内裏へ遷幸している。里内裏をめぐるこれまでのいきさつを考えると、新造一条院遷御には格別の思いがあったはずである。当該歌合をめぐり、摂関家慶賀の傾向、新造一条院への祝意が存することを指摘した。加えて、すでに引用した歌以外にも祝意の込められたとおぼしき歌が、以下のように多数見られる。

曇りなき空の鏡と見ゆるかな秋の夜長く照す月影　（一番・右・月・伊勢大輔）
万づ代に君ぞ見るべきたなばたのゆき合ひの空を雲の上にて　（二番・右・七夕・土佐）
いづれをか分きて引かまし春の野になべて千年の松の緑を　（五番・左勝・子日・顕房朝臣）
長浜の真砂の数もなにならず尽きせず見ゆる君が御代かな　（十番・左勝・祝・御製）
住の江に生ひそふ松の枝ごとに君が千歳の数ぞこもれる　（十番・右・祝・大輔）

不安な時勢の中にあって、頼通は盤石な摂関家の権威を文化的に演出し予祝の空間を現出させることによって、時代を覆う暗い空気を払拭し、将来にわたる摂関家としての頼通一族の繁栄、それに支えられた皇室の弥栄を祈念しようとしたのではないか。そうした営みとして、「春秋歌合」の一面を捉えてみたい。

おわりに

以上、『逢坂越えぬ権中納言』の根合場面における物語披露の場への視意を演出する文学的形象が歌合の空間の伝統を継承しながら形成されたものであること、さらにそれがさらなる伝統を紡ぎ歌合の空間を演出していったことを追跡した。加えて、頼通が主催あるいは後見した大規模歌合の盛儀には、『逢坂越えぬ権中納言』の演出に通じるような文芸による慶賀の空間の形成が見出されることを述べた。一連の事象は、平安後期の文化的営為のあり方の一側面として捉えることができるのではないか。

頼通による摂関家の権威を演出するあり方は、頼通の政権の内実と密接に関わっていると考える。父道長に摂政を譲られて以来、頼通は父の用意した盤石の布石を受け継ぎ長期政権の座にあり続けた。それは、自らのきょうだいたちの産んだ天皇の御代を補佐し続けるといったものだった。長らく女子に恵まれなかった頼通は、ようやく摂関政治の常道通り、後朱雀天皇に養女嫄子を、後冷泉天皇に寛子をそれぞれ入内させた。しかし、待望の皇子の誕生は叶わない。摂関という地位にありつつも、皇子誕生の実現を見ない現実は、頼通にとって焦慮の日々でもあったのではないかと思う。そこから、摂関という地位にある自らの権威、権力を、より一層誇示する必要性が生じたと推察される。歌合の盛儀の空間は、摂関頼通家の安泰を演出する恰好の場の一つであったのではないか。頼通が主催あるいは後見した大規模歌合は、文芸的にも優れていて頼通の文化的手腕が高く評価されるけれども、以上検討したような頼通の政治的な思惑という視点からもその性格が捉えられるのではないかと考える。

注

（1）頼通と歌合との関わりを考察した論として、和田律子「長久前後の藤原頼通――文芸との関連から――」（「緑聖文芸」（女子聖学院短期大学国語国文学会）二四号　一九九三年三月。のち『藤原頼通の文化世界と更級日記』新典社　二〇〇八年　所収）、他がある。

（2）当該歌については、「権中納言」が作者である可能性も存するけれども、物語本文の中に明示されていないので判然としない。「左」方の歌として捉えておきたい。

（3）稲賀敬二校注・訳　新編日本古典文学全集『堤中納言物語』（小学館　二〇〇〇年）は、「右方の三位中将が、安積の沼の根にはとてもかなわぬ、と左方に敬意を表してみせた儀礼の挨拶か。」とする。従いたい。

（4）本書Ⅲ第三章。なお、あとの二首を方人の応援歌と見る視点は、すでに片桐洋一「「逢坂越えぬ権中納言」の根合歌三首」（「文学」一九八八年二月。のち、王朝物語研究会編『研究講座　堤中納言物語の視界』新典社　一九九八年　再録）が、貞元二年（九七七）頃開催の「一条大納言為光石名取歌合」や寛和二年（九八六）七月七日開催の「皇太后詮子瞿麦合」の歌合本文を引きつつ、提示している。

（5）「安積の沼」と「淀野」については、本書Ⅱ第三章においても「逢坂越えぬ」という題号との関わりをめぐって考察した。本章では平安朝の歌合の世界との関連から考えてみたい。

（6）『俊頼髄脳』の引用は、新編日本古典文学全集（小学館）に拠る。一五六頁。

（7）稲賀敬二校注・訳　日本古典文学全集『堤中納言物語』（小学館　一九七二年）、三角洋一全訳注　講談社学術文庫『堤中納言物語』（講談社　一九八一年）、塚原鉄雄校注　新潮日本古典集成『堤中納言物語』（新潮社　一九八三年）、注（3）の稲賀前掲書、他。

（8）「「手に入れがたい安積の沼の菖蒲の根だったのですね」という気持ち。」（注（7）の三角前掲書）、「この菖蒲草は、きっと、生えていないと言われて、世間には知られずに育った浅香の沼の菖蒲だったんだなあ。」（注（7）の塚原前掲書）。

（9）本書Ⅱ第三章第二節参照。

（10）歌集の引用は、特に断らない限り新編国歌大観（角川書店）に拠る。なお、表記を一部私に改めた部分もある。
（11）歌合本文の引用は、特に断らない限り、『平安朝歌合大成 増補新訂』（同朋舎出版）に拠る。
（12）『中右記』寛治七年五月五日条「今日新女院女房之根合也、（略）公卿相分左右被候、（略）右方〈（略）三位侍従（能）〉」、同条「（一番）右／不読題／斎院女房〈云摂津君〉、／タツノキルイハカキヌマノアヤメ草チヨマテヒカムキミカタメシニ」（『増補 史料大成』臨川書店。なお、〈 〉内は割注）。
（13）『金葉和歌集』（二度本）巻第二・夏部・一一二番、『続詞花和歌集』巻第一・春上・二〇番。
（14）「同家（私注、師実家）ゆかりの者と考えられる」（有吉保編『和歌文学辞典』桜楓社 一九九一年）。
（15）本書Ⅲ第三章。
（16）他に、『兼澄集』九番、『和泉式部集』七三四番、『相模集』一二〇、四四五番、他。
（17）本書Ⅲ第三章。
（18）他に、『御堂関白集』（五七、五八番）、『新千載和歌集』（巻第二十慶賀・二三二〇、二三二一番）、『歌枕名寄』（巻第五・山城国・淀・野・一四七一番、妍子歌のみ）に所収されている。
（19）『栄花物語』の引用は、新編日本古典文学全集（小学館）に拠る。
（20）十巻本の本文を掲げている。なお、右歌の作者は廿巻本から補った。また右歌の第一句は、廿巻本及び『万代和歌集』（巻三六二五番）では「としをへて」となっている。
（21）はるか後代の例であるが、『沙玉集』（後崇光院）に「をさまれる君がよどののあやめ草ながきためしのねをやひかまし」（夏・菖蒲・二三七番）とあり、「よどの」に「世」が掛けられている。
（22）注（20）に掲げたように頼宗歌の第一句は、廿巻本及び『万代和歌集』では「としをへて」となっていて、もし本来のかたちがこちらであるとすると、「顕房歌合」の「年を経て」歌は頼宗歌との類似をも認められることになる。

(23) 注（7）の稲賀前掲書、土岐武治『堤中納言物語の注釈的研究』（風間書房　一九七六年）。なお土岐氏は、当該根合二首と物語の「君が代の」歌及び「なべてのと」歌との間に影響関係を見ている。

(24)『左経記』長元八年五月四日条には「太閤被聞彼此云、歌題可撰用当時可然事小事也歟、将可撰四季題歟、人々或被申云、不似先例、用四季題有興歟者、或不談旧跡、可用当時題者、人有数、仍書出当時小事、〈月、五月雨、池水、菖蒲、瞿麦、郭公、蛍、火昭射、祝、恋〉」（『増補　史料大成』臨川書店。なお、〈 〉内は割注）とある。

(25) 注（11）の萩谷前掲書に記載の十巻本に拠る。なお、左歌の作者は廿巻本から補った。

(26)「左の方の人々、色々のうす物を屋形にはりて、金の常夏の花押したる船二つに乗りて」（『栄花物語』巻第三十二・謌合　③二四六頁）、「金の州浜に沈の籬結ひたる、金の常夏の叢を書きたり」（二四七頁）、「殿の女房の装束は、薄物を撫子にて、色々にて捻り重ねたり」（二四九頁）。

(27)『後拾遺和歌集』（第七・賀・四五一番）及び『栄花物語』では、「おもひやれ」となっている。

(28) 犬養廉・平野由紀子・いさら会『後拾遺和歌集新釈』上巻（笠間書院　一九九六年）は、「八十氏人」について「（略）ここでは当時氏長者であった頼通に対する「氏人」、すなわち藤原氏一門の意が込められていよう」と注する。

(29)『公卿補任』長暦三年の藤原通房の項に、「長元八年七月十三日叙正五位下（元服日。〈略〉）。同年十月十六日任侍従（十一）。」（新訂増補国史大系）とある。

(30)「殿若君依勅被給左方了云々」（『左経記』長元八年五月九日条）。

(31) そうした観点から当歌合を眺めると、単に季節にふさわしい題材として選ばれただけかもしれないが、歌合の題「瞿麦」と船や州浜の飾り、装束に活用された「常夏」（撫子）の存在が注目される。

(32) 和田律子氏が当該歌合について、「宮廷を背景にした内親王の後見者という、頼通にとってより政治的色彩の強い立場での歌合である点で注意される」（「祐子内親王家のサロン形成――菅原孝標女物語作家説考究のために――」（「立教大学日本文学」三九号　一九七七年一二月。のち注（1）の和田前掲書所収）と述べ、その政治的意義に着目している。

(33) 注（11）の萩谷前掲書、他。

(34)『扶桑略記』永承二年十月十四日「右大臣藤原朝臣教通三女歓子始参二大内一」（新訂増補国史大系）。

(35)『扶桑略記』永承四年三月十四日「女御歓子誕㆓生皇子㆒。即刻皇子夭也」。
(36)『扶桑略記』永承五年十二月二十一日「関白左大臣藤原朝臣頼通息女寛子初入㆓内裡㆒。母中務卿具平親王女。贈従二位源朝臣祇子也」。
(37)『扶桑略記』永承六年二月十三日「関白左大臣息女女御従四位下藤原寛子冊以為㆓皇后㆒。年十六歳」。
(38)注(11)の萩谷前掲書、他。
(39)『袋草紙』下巻「次に御遊の事。（略）永承根合の時、主上御笛を吹かしめたまふ。この由、土記に見えたり。」（新日本古典文学大系〈岩波書店〉一八六頁）。
(40)『扶桑略記』天喜四年二月二十二日条「主上遷㆓幸一条院㆒」。
(41)「御産部類記」所引『小右記』長元六年十一月二十八日条「今日女院、母儀七旬賀於高陽院被行」（大日本古記録『小右記』十一）。なお、「月令の屏風」は「月次の屏風」の誤り。
(42)注(28)の前掲書、他。
(43)谷知子「「諸人」の景——『六百番歌合』「元日宴」を起点として——」（「フェリス女学院大学文学部紀要」三七号二〇〇二年三月）が、和歌における「諸人」の用例を検討し、「平安時代までの「諸人」は平穏な世を象徴するような、のどやかな遊宴に寄り集う群衆」であったと指摘している。
(44)『能宣集』三一四番「屏風に、春日のまつりのつかひのかへりはべるところ／やをとめのかすみもともにけふしこそかすがののべにたちわたるらし」。
(45)『扶桑略記』永承七年正月二十六日「屈㆓請千僧於大極殿㆒。令㆑転㆓読観音経㆒。自㆓去年冬㆒疾疫流行。改年已後。弥以熾盛。仍為㆑除㆓其災㆒也。今年始入㆓末法㆒」、四月七日「僧綱以下於㆓賀茂社㆒。為㆑禳㆓疾疫㆒。奉㆑供㆓養大品般若経四部㆒」、六月十七日「屈㆓千口僧於大極殿㆒。転㆓読金剛寿命経㆒。蓋祈㆓疾疫㆒也」。
(46)『扶桑略記』永承七年「自㆓同月（私注、六月）卅日㆒。天皇有㆓御薬事㆒」。
(47)『扶桑略記』天喜元年五月二十三日「皇后宮依㆓母氏喪㆒。出㆓禁中㆒」、六月十一日「従一位倫子薨。年九十歳。関白左大臣母氏也」。

(48)『扶桑略記』天喜元年七月二十日「天皇自二冷泉院一遷二幸関白左大臣賀陽院一。御薬之間。冷泉院不吉故也」、『栄花物語』巻第三十六・根あはせ「その年の七月に、内の御前わらはやみのやうにせさせたまひて、いといたくわづらはせたまふ。七月二つある年にて、暑ささへいとわりなし。御修法、御読経などあるべきかぎりなり。殿をはじめたてまつりて、まかでさせたまふこともなくておはします。御物の怪ども移りて、さまざま名のりし、左大臣殿、冷泉院など、うちつけ事する御物の怪あり。「石神とてかくてさぶらへば、さぶらひにくき」とて、つねに出で来ののしる。かくのみおはしませば、高陽院殿に渡らせたまひなんとすること、二十日と定まりぬ。十六七日よりよろしくならせたまひぬ。かやうの御有様は、いかでかはよりつき参らせんと思へど、まことにやありけん、よろしくならせたまひぬ」（③三七〇～三七一頁）。

(49)『扶桑略記』天喜元年八月十四日「天下大赦。依二天変頻示。聖体不予一也」。

(50)『扶桑略記』天喜二年正月八日「賀陽院焼亡。天皇移二幸冷泉院一」。

(51)『扶桑略記』天喜二年十二月八日「件院火災。遷二幸民部卿長家朝臣三条第一」。

第六章　天喜三年の「物語歌合」と「物語合」

はじめに

天喜三年（一〇五五）五月、六条斎院禖子内親王のもとで作り物語史上画期的な催しとして知られる「物語合」が開催された。廿巻本『類聚歌合』や『後拾遺和歌集』八七五番詞書、『栄花物語』巻第三十七「けぶりの後」等がその様子の一端を伝えていて、「物語合」の内実を考察するための貴重な手がかりとなっている。ただし周知のように、各文献の記述の間には少なからず齟齬が見られる。廿巻本『類聚歌合』本文の標題及び注記が「同斎院歌合　天喜三年五月三日庚申」[1]と記載されているのに対し、『後拾遺和歌集』詞書は「五月五日六条前斎院にものがたりあはせしはべりけるに」[2]、『栄花物語』も「物語合」[3]と記述されていて、開催日や名称が異なっている。また『類聚歌合』が九番・十八首の歌を伝えるのに対し、『栄花物語』は「二十人合」と記されていて、提出物語の数が異なっている。

当該の「物語合」をめぐり、これまで多くの論考が提出されている。[4]「物語合」の開催期日や行事内容、提出物語の復原、提出物語に共通する手法、提出物語と斎院空間・史的背景との関係性、物語と作者の関係等、考察は多岐にわたり、「物語合」の意義や史的位置の解明がすすめられている。資料間の記録の矛盾を大きく問題化するのか否かという点について、先学の立場はさまざまである。試みに、開催日と催しの内実をめぐる発言に着目し先学の見解を整理すると、概ね以下のように分かれる。

a『後拾遺集』の「五日」は「三日」の誤り。「物語合」も「歌合」も「三日」に開催。――堀部正二氏・松尾聰氏・鈴木一雄氏・井上眞弓氏
b当初「五日」の開催予定を「三日」に変更。――樋口芳麻呂氏・稲賀敬二氏・久下裕利氏
c「三日」に「歌合」を開催。それは同時に「物語合」と称せられるにふさわしい内実を伴っていた。――神野藤昭夫氏（注（4）の⑨b）
d「三日」に「歌合」を開催。――萩谷朴氏
e「歌合」を「三日」、「物語合」を「五日」に開催。――小木喬氏・中野幸一氏

近年、横溝博氏が、こうした理解の背景には「〈『廿巻本』至上主義〉とでもいうべき価値観が、ひそんではいないであろうか。」と疑義を呈している。[5] 当該歌合の記録を「紙上に再現された虚構の歌合空間」と捉える横溝氏の見解とは立場を異にするものの、筆者も、当該歌合の記録を廿巻本『類聚歌合』の記録一般の中で相対化する必要性を感じている。また、当該歌合提出歌に共通する傾向を探ることも、当該行事の内実を解明する一助となるのではないかと考えている。

本章は先学の考究の驥尾に付し、「物語合」の基本情報について考察するものである。『類聚歌合』の記録を見つめなおすことや、歌合提出歌に共通する傾向を探ることを通して、開催期日や行事内容といった「物語合」をめぐる基本情報を再検討し、私見を提示することを目指す。

一　廿巻本『類聚歌合』及び関連資料における当該行事をめぐる記録

まず、当該行事をめぐる『類聚歌合』の記録を確認する。以下にまとめて掲げた。

〈和歌合抄巻第六目録〉　同院歌合　題物語
〈古今歌合仮目録〉　一度〈天喜三年五月 題　物語〉
〈類聚歌合巻第八目録〉　同院歌合〈天喜三年五月〉
　　題〈物語〉
〈歌合本文・標題〉　同斎院歌合〈天喜三年五月三日庚申 九番〉
　　題　物語

廿巻本『類聚歌合』編纂以前の姿をとどめる『和歌合抄』目録や『古今歌合』仮目録では、おのおの「同院歌合　題物語」、「一度〈天喜三年五月　題　物語〉」と記載されている。こうした記録のあり方は『類聚歌合』目録の「同院歌合〈天喜三年五月〉題　物語」へと引き継がれている。堀部正二氏[6]や山本登朗氏[7]がすでに指摘するように、現在の『類聚歌合』巻第八斎院部の歌合本文は、一部の歌合を除き『和歌合抄』編集当時の姿をほぼ留めていると考えられる。その歌合本文の標題及び注記には「同斎院歌合〈天喜三年五月三日庚申　九番〉題　物語」と記載され、他の記録には未見の「三日庚申」「九番」の情報が見える。ただし、これもすでに指摘されているように、標題下の注記部分は後人の加筆である[8]ため、当該注記の加筆時期や情報の信頼性については留意すべきである。けれども、時期等は不明ながら、こうして記載された事実もまた尊重すべきであると考える。
当該行事をめぐる『類聚歌合』関連資料における記録では、このように「歌合」「題　物語」とあり、「物語合」の文言は一切使用されていない。もっとも「題　〇〇」という記述自体は、横溝博氏によってすでに指摘されているように、廿巻本に収載された歌合に共通する記載方法であるようだ。そのため、「題　物語」と書かれているからと言って、この催しが「物語合」ではなく「歌合」であったと判断することは早計である。しかしながら、廿巻本とその関連資料においてこの催しが一度も「物語合」と記載されていない点は、やはり注目されるのではないか。この催しそのものが「物語合」であったとすると、なぜそのことをうかがわせる記録がどこにも見られないのか、筆者は疑問を抱く。「物語合」を一種の物合と捉えるなら、物合そのもの、あるいは物合を伴う「歌合」を記録する場合、物合であることを明示しない、こうした記録のあり方は、廿巻本において果たして一般的であったのか。もし一般的でなかったのなら、この催しそのものを「物語合」と捉えることには無理があると考える。

二　廿巻本『類聚歌合』に収載された物合的要素を含む行事の記録のあり方

廿巻本『類聚歌合』は長い年月をかけて編纂され、多くの者が編集・書写に関わったと考えられている。近年、当該資料に関する新しい研究の成果が続々と発表されている。久保木秀夫氏が、書写された料紙の別が成立の問題を解く目安になることを指摘した(9)ことは、成立の問題に新たな見方を与えることになった。当該歌合はA罫紙に書写されている。このA罫紙に書写された歌合のグループの成立に関して、久保木氏は以下のように推論している。

こうした徴証からすると、B罫歌合集の場合と同様、やはりそもそもは『和歌合抄』という、ひとつの独立した歌合集の、目録と本文とが、A罫紙のみに一括して書写されていた――言い換えれば、『和歌合抄』と名付けられた、ひとまとまりの歌合集の伝本が、二十巻本成立以前に、すでに実在していたと考えるべきであり、それがのちに二十巻編纂の際に、解体吸収されたのだろう、と理解するのが適切であると思われる。

当該歌合の記載様式を検討する場合、このA罫紙に同じく書写された歌合の記載様式を比較参照することが重要となってくる。廿巻本『類聚歌合』全体の記録を統一的に把握することは、資料間のさまざまな事情の異なりから無理が伴う[10]。本論では大まかな傾向の把握のために試みに全体の様子を参照し、さらに、その中で、『和歌合抄』と命名された歌合集にまとめられていたと考えられる、当該歌合を含むA罫紙に書写された歌合を抽出して、その物合的要素を含む行事の記録のあり方を見つめてみたい。

以下の①から④の分類の項目は、堀部正二氏によってまとめられた[11]廿巻本『類聚歌合』所収の1から174の歌合の中で、物合的要素を含むと判断されるものをとりあげ、その記載様式を私に整理したものである。物合的要素の有無の判断には、萩谷朴『平安朝歌合大成　増補新訂』第五巻の第二章「平安朝歌合の分類」第五節「物合との係わり合いの度合いによる様式的分類」を参照した。①から④に該当すると判断した歌合番号を項目に続けて掲げた。算用数字は堀部氏が使用した番号、漢数字は『平安朝歌合大成』で萩谷氏が使用した番号である。番号に傍線を付したものが、A罫紙に書写されている歌合である。料紙の認定は萩谷氏の整理（萩谷前掲書）に拠った。例として後掲する歌合の名称は、『平安朝歌合大成』の命名を便宜上用いる。

①目録、本文の標題（及び注記）、日記部分のいずれかにより、物合的要素を含むことが明示されているもの（実際に記載されている物合の名称を「」内に掲げた）。

4（一四六）「内裏根合」／10（八九）「瞿麦合」／13（二二七）「扇合」／29（一一七）「貝合」／49（三三三）「前栽合」／50（一九）「前栽合」／52（七七）「前栽合」／79（114か）（七九）「なぞあはせ」／80（120か）（八〇）「なをのうたあはせ」／89（六三）「馬名合」／106（一二一）「賭弓歌合」／124（三）「菊合」／125（二五）「菊合」／126（三二一）「菊合」／127（四三）「菊合」／128（四四）「もみぢあはせ」／132（九）「女郎花合」／135（一一）「女郎花合」／137（一二二）「菊合」／143（四七）「瞿麦合」／148（二一九）「葉子合」／149（六二）「春秋歌合」／154（一五四）「障子和歌合」／（一三三の二）「根合」

②日記部分の記述から、物合的要素を含むことが類推されるもの。

11（一八四）／12（一六三）／15（一八〇）／19（一八六）／28（七二）／54（一二三）／70（一）／129（五五）／133（二一〇）／144（一三九）／145（二一八）／146（三六）／158（一二〇）／174（八六）

③目録や本文の標題（及び注記）・日記部分に物合的要素を含むことが明示されていず、わずかに「題　〇〇」と記述されているもの（〇〇にあたる部分を「」内に掲げた）。

42（一五〇）「比々名」／43（一六〇）「物語」／51（四八）「月　薄　萩　麦門冬　松　苅萱　檀　女郎花萱」／72（七六）「石名取」／77（一五五）「障子絵」／（一〇）「女郎花」

④標題（及び注記）もしくは日記部分が散逸していて、物合的要素を含むことを示す記述の有無が不明のもの。

3（一三六）／7（二〇三）／139（二二三）／140（二三〇）／141（二二一）／（二三）／（六五）

まず、①「目録、本文の標題（及び注記）、日記部分のいずれかにより、物合的要素を含むことが明示されているもの」を見る。以下がその例である。

ａ寛治三年八月廿三日庚申　太皇太后宮寛子扇歌合（13・二一七）

〔類聚歌合巻第五目録〕　同宮扇合　寛治三年八月廿三日　於宇治被行之

題　月　霧　萩　鹿　紅葉　雁

〔歌合本文・標題〕　四条宮扇合和歌　宇治殿合之 寛治三年八月廿三日　判者民部卿

ｂ長久元年五月六日庚申　斎宮良子内親王貝合（29・一一七）

〔類聚歌合巻第八目録〕　良子 斎宮歌合　長久元年五月十六日 貝合也 有仮名日記　後朱雀院一女 母陽明門院 号斎宮一品宮

題

〔歌合本文〕　斎宮貝合日記（以下、略）

ａでは、目録や本文の標題に「扇合」という名称が用いられている。ｂでは、目録の題は「歌合」であるものの、注記に「貝合也」と記載されている。歌合本文には「斎宮貝合日記」と記されている。この①に分類される歌合が廿巻本『類聚歌合』全体の約五割弱を占めている。Ａ罫紙の中で見た場合、全体の約五割ほどである。続いて②「日記部分の記述から、物合的要素を含むことが類推されるもの」を見る。以下がその例である。

・永承五年四月廿六日　前麗景殿女御延子歌絵合（144・一三九）

〔歌合本文〕　三月の十日あまりの夕暮に、（略）殿上人「挑みごと定め始むる日なるを、勝負は忌みあることになむ。」と侍りしかば、「実にこの絵どももおぼろげにては見定め難きことのさまなればとて、ただこなたかなたに見給ふ。（略）

当該の「歌絵合」は目録と冒頭標題が失われているにもかかわらず、歌合本文に「歌絵合」の詳細な記録が残されているため、「歌絵」を合わせた行事の模様を知ることができる。以上の①と②は、物合的要素を含み持つことが目録・標題・本文のいずれかにより何らかのかたちで示されているものである。この①と②をあわせたものの割合は、廿巻本『類聚歌合』全体においてもA罫紙の中においても、全体の約七割程度となっている。

一方で、物合的要素が記録にとどめられていないものも若干数存する。③と④である。まず、③「目録や本文の標題（及び注記）・日記部分に物合的要素を含むことが明示されていず、わずかに「題　○○」と記述されているもの」に分類した各歌合について、説明を加える。42（一五〇）[12]は、本文が散逸していて実体が不明である。③に分類したものの中では、この催しと後に触れる77（一五五）以外が、A罫線に記録されたものである。43（一六〇）は、当該の「物語歌合」あるいは「物語合」である。51（四八）は十巻本にも所収されていて、そちらには「おまへの前栽を題にてよめる」と記載されている。萩谷氏によって、「前栽を題とする歌合」であり「歌合を主にするもの」であったと解されている。[13] 72（七六）は萩谷氏によれば、物合に伴う歌合であるのか、物合に単に歌を添えたものであるのか、不明である。いずれにしろ、物合に付随する「歌」に着目し、本文が掲げられたものと言える。77（一五五）は、実は前掲①に分類した154（一五四）の証本の七分の五に相当する残欠本であることが、萩谷氏によって指摘されている。（一〇）は、萩谷氏によって「古歌をも採用した撰歌合であったらしい事と、亭子院女郎花合などに比較して考えれば、恐らく純粋歌合に近く、行事の規模も小さかったのではあるまいかということなどが推測せられるのみである」と評されている。③の諸事例を勘案すると、物合的要素が明記されていない理由として、催しの内実において歌合に比重が置かれていたため等が考えられるのではないか。

④「標題（及び注記）もしくは日記部分が散逸していて、物合的要素を含むことを示す記述の有無が不明のもの」も、僅かながら存する。3（一三六）は、廿巻本の目録には記載されているものの、本文自体は散逸している。目

録には「有殿上日記」と記載されていて、散逸した本文には日記部分が存したらしい。ちなみに、十巻本には詳細な日記が付されている。7（二〇三）も、廿巻本目録に「有殿上日記」と記載されていて、日記部分が存したらしい。現在発見されている記録切がその日記に相当するのではないかということを、萩谷氏が推論している。これら他資料も勘案すると、両者とも絵や州浜等にも趣向を凝らし、物合的な要素も具備した歌合であったようである。この二つの催し以外が、A罫紙に書写されているものである。139（二二二）は、標題（及び注記）の部分は散逸していて、一番の番から教首の歌が記された断簡である。『中右記』に当行事の詳しい記録が残されていて、「今日新女院女房之根合也」[14]という記載が確認される。140（二三〇）は、他資料で多く「前栽合」と呼称されている。廿巻本断簡で、標題（及び注記）部分は散逸し、二番以降の本文が残っている。その本文の末尾に「ろぎの人人虫を籠にいれて参らすとて」という情報が見える。141（二二一）も断簡で、記録の一部に「せざいうゑさ」という文字が見える。（二三二）は、二首の歌のみが伝えられる断簡で、その中の一首を所収する『続古今和歌集』[15]の詞書に、「藤つぼの女御の前栽合」という記載が見える。（六五）も二首のみが伝わる断簡で、その中の一首を所収する『新勅撰和歌集』[16]の詞書に「康保三年内裏菊合に」という記載が見える。④に分類したA罫紙に書写されたものの場合、現在はその記載部分が散逸していて確認できないものの、もともとは標題（及び注記）部分に物合であること、もしくは物合的要素を含む歌合であることが明記されていた可能性が高いと推定される。③④の事例からは、散逸等による記録の不備、行事記録における「歌合」の比重の重さ等が、物合的要素の確認できない原因として考えられる。

以上見てきた物合的要素を含む行事の記録のあり方を踏まえると、A罫紙に書写された歌合において（廿巻本『類聚歌合』全体においてもその傾向はおおよそ変わらない）物合的要素の含まれる催しの場合、何らかのかたちでそのことを記録にとどめる傾向が概ね存したと概観される。したがって、目録・標題・本文を備え、なおかつ歌合本文のあとに関連する歌のやり取りまでも記載する当該の「物語合」もしくは「物語歌合」の記録が、「物語合」と明記されていない事実からは、この催し自体は「物語合」ではなかったと解する方が自然ではないだろうか。天喜三年五月三日に六条斎院禖子内親王のもとで開催された催しは、物語を題にした「歌合」であった可能性が高いと、筆者は考える。

三　資料間の記述の整合性について

廿巻本『類聚歌合』の記録をこのように捉えるなら、『後拾遺和歌集』及び『栄花物語』の記述との整合性の問題が次に浮上する。以下、関係する本文を引用する。

①廿巻本『類聚歌合』

a 同斎院歌合　天喜三年五月三日庚申九番

題　物語

b 岩垣沼のがり　中宮の出羽弁

五月闇おぼつかなきに紛れぬは花たちばなの薫りなりけり

返し

橘の薫りすぐさず時鳥おとなふ声を聞くぞうれしき

又

ひきすぐし岩垣沼のあやめ草おもひ知らずも今日にあふかな

返し

君をこそ光と生ふにあやめ草ひきのこす根をかけずもあらなむ

②『後拾遺和歌集』第十五・雑一・八七五番

五月五日六条前斎院にものがたりあはせしはべりけるに、小弁おそくいだすとてかたの人人こめてつぎのものがたりをいだしはべりければ、うぢの前太政大臣かの弁がものがたりはみどころなどやあらむとてこともがたりをとどめてまちはべりければ、いはかきぬまといふものがたりをいだすとてよみ侍ける

ひきすつるいはかきぬまのあやめぐさ思ひしらずもけふにあふかな

③『栄花物語』巻第三十七・けぶりの後

先帝をば後朱雀院とぞ申すめる。その院の高倉殿の女四の宮をこそは斎院とは申すめれ。幼くおはしませど、歌をめでたく詠ませたまふ。さぶらふ人々も、題を出し歌合をし、朝夕に心をやりて過ぐさせたまふ。物語合とて、今新しく作りて、左右方わきて、二十人合などせさせたまひて、いとをかしかりけり。明暮御心地を悩ませたまひて、果は御心もたがはせたまひて、いと恐ろしきことを思し嘆かせたまふ。（③四〇二頁）

筆者は、『後拾遺集』における「五月五日」の「物語合」、及び『栄花物語』の「物語合」は、三日の「歌合」と関連しながらも、日にちを異にする別の催しであったと考える。『類聚歌合』には「歌合」本文の最後に、小弁の物語提出が遅れたことをめぐる、中宮の出羽の弁と小弁による著名な歌のやり取り（①b）が記されている。その中の一首「ひきすぐし岩垣沼のあやめ草おもひ知らずも今日にあふかな」は、『後拾遺集』の「ひきすつる」歌と若干の異同があるものの、同一歌である。当該歌において「あやめ草」が「今日にあふ」と詠まれたことは注目される。足立繭子氏が「あやめ草」関連の和歌を丹念に追跡し、「あやめ草の歌には、「今日」を中心に「昨日」「明日」など、五月五日という日付に関わる語を詠み込むことが多かった」とすでに指摘している。[17]「今日」の「五日」

を特別なものとして「あやめ草」を詠み込む発想は、例えば以下のように広く認められるものである。

屛風に　　　　　　　　　　　　　　大中臣能宣
昨日までよそに思ひしあやめ草けふわがやどのつまと見るかな
（『拾遺和歌集』巻第二・夏・一〇九番）

「あやめ草おもひ知らずも今日にあふかな」とする当該歌は、「五日」の「物語合」の折りの詠歌と解される[18]。「ひきすぐし」歌は「五日」の詠作と推定されるにもかかわらず、廿巻本『類聚歌合』では「三日」の「歌合」本文（①aに続く九番・十八首の和歌）のあとに記載されている。この齟齬をどう捉えるのかも問題である。筆者は、「三日」の「歌合」に関連して「五日」に「物語合」が行われ、その「物語合」の際に詠まれた歌が後日談的に付加されたものと解する。当日の「歌合」自体に提出された歌ではないものの、後日その「歌合」に関連して詠まれた歌が「歌合」本文に続いて記される事例は一般に見出すことができる[19]。そのような記録のあり方に準じるものとして当該例を解し、「五日」の「物語合」において詠まれた歌が「三日」の「歌合」本文のあとに付加されたと捉えておく。

廿巻本『類聚歌合』と他資料との整合性の問題として、もう一点付け加えておきたい。廿巻本『類聚歌合』では十八の物語名と歌が記されたのに対し、『栄花物語』では「二十人合」と記され、提出物語数が一致しない。この齟齬と、『類聚歌合』（①b）の「中宮の出羽弁」の「君をこそ」歌中の「ひきのこす根＝「物語合」で披露されなかった物語」を関わらせ解釈することを提案する。以下の通りである。計画段階では「二十人合」が予定されていた。しかし十九作品しか集まらなかったため、九番の催しとなってしまった。そのため、番に漏れてしまった作品が出た。小弁の物語提出が遅れた際、その番に漏れていた作品が披露される可能性が生じたものの、頼通の一言で小弁の物語の提出が促され、番に漏れていた作品は結局日の目を見なかった。このような経緯を想定し、「二十人合」は予定、「九番　十八の物語」は結果と解する。
「五日」の「物語合」に先行し、「三日」に「歌合」が開催されたと解すると、物合のあとに歌合が開催される歌合行事の常套にはずれることになる。この点はおそらく、「三日」の「歌合」、「五日」の「物語合」と解する先学が少なかった一因と思われる。しかしながら中野幸一氏が、一般の物合とは異なり物語の内容や表現が主要な対象となる「物語合」の特性に着目し、このような日取りになったのであろうと解していて、筆者も賛同する。二つの催しは同日に行われたわけではなく、一日置いて行われたことも、一般的行事次第とは異なる側面を伝えているように思われる。

四　「物語合」に先行し「物語歌合」を開催する意義、ねらい

それではなぜ、「物語合」に先行する「歌合」が開催されたのか、その意義、ねらいについて考える。「物語合」に先行して「歌合」が開催されたと解する立場をとる先学の見解を、以下に掲げた。

a 小木喬氏(20)
すなわち、題名・主人公名・歌を知ることによって、人々は、その物語の大部分の輪郭を察知することができる。松尾氏が、これらの物語の形態復原に試みられたと同じ方法でこの歌合せに臨んだ人々は、各々その内容推定を試みたに違いない。すなわち、この歌合によって、人々は来るべき物語合に先立って、提出されるすべての物語についての大体の概念を把握するという利益を得たと言える。そのことは、やがて本番において、味

方の作品を讃美し、相手方のを論難する場合に、大いに役立ったに違いない。

b中野幸一氏[21]

一座は目新しい物語名の歌が披講されるたびに、物語の内容を想像し合ったり、説明を求めたりして、楽しく夜を明かした。

小木氏（a）の言うように題号等から物語の情報が得られ、中野氏（b）が想定するように新作物語をめぐり楽しいひとときが過ごされたと推察される。そうした点で先学の見解から大きな示唆を受けるものの、一方で筆者は、それは果たして小木氏の述べたような「物語の大部分の輪郭を察知することができる」ものであったのか、疑問を抱く。加えて、「歌合」の時点で「五日」に披露される物語の「大部分の輪郭」を知ることができたなら、「物語合」当日の新作物語鑑賞の際の新鮮味、楽しみはかえって半減してしまわないかとも想像する。筆者は、「歌合」のねらいを知るには、「歌合」に提出された物語の歌に着目することが重要ではないかと考える。そこで、現存する資料から作中歌を複数知ることのできる提出物語に焦点をあて、どのような歌が「歌合」において選択されたのかを検討し、「歌合」のねらいについて仮説を提示したい。

複数の作中歌が知られる提出物語は、全部で七作品である。おのおのについて順に検討を加える。『霞へだつる中務の宮』（女別当）からは、以下の歌が選ばれている。

九重にいとど霞は隔てつつ山のふもとは春めきにけり（一番・左）

当該歌は、歌の内容や、『風葉和歌集』所収の同物語作中歌の一つが春の終わりを背景としていること等から、物

語の冒頭近くに収載されていたと推定されている。[22]『玉藻に遊ぶ権大納言』（宣旨）の提出歌、

有明の月待つ里はありやとてうきても空に出でにけるかな（一番・右）

も、忍び歩きに出かける男の姿が彷彿とするということで、冒頭近く、恋の発端部に置かれていたと推定されている。[23]『あらば逢ふよのと歎く民部卿』（出羽弁）から選ばれた、

つねよりも濡れそふ袖は時鳥なきわたる音のかかるなりけり（五番・左）

は、詠者が「姫宮の中納言[24]」という女房であり、主人公の歌ではない。『岩垣沼の中将』（宮の小弁）から選ばれたのは、以下の歌である。

ほととぎす花橘のかばかりもいま一声はいつか聞くべき（六番・左）

当該歌は、遠い所へ行ってしまうある女への主人公の未練の心を詠んだものである。[25]『風葉集』所収の他の歌を見ると、この女とは別に主人公の最も思慕する女性のいたことが知られるので、[26]提出歌は言わば傍流的なエピソードに関わる歌であると推定される。『浦風にまがふ琴の声』（武蔵）からは、

春の日にみがく鏡のくもらねばいはで千歳の影をこそ見め（六番・右）

が選ばれている。当該歌には『源氏物語』初音巻の影響が見られ、正月の詠歌であると推定される。[27] 他の『風葉集』所収歌の内容・季節を考慮し、「冒頭近くの歌」であると推定されている。[28] 『逢坂越えぬ権中納言』（小式部）の提出歌、

君が代のながきためしにあやめ草千尋にあまる根をぞ引きつる（八番・左）

は、『風葉集』には「よみ人しらず」として載る物語前半部に置かれた歌である。主人公の詠歌ではなく、「逢坂越えぬ」恋の主筋に関わるものでもない。『をかの山たづぬる民部卿』（小左門）の提出歌、

ながむるに物思ふことはなぐさまで心細さのまさる月かな（九番・左）

は、女房大納言の詠であった。[29]

見てきたように、複数の作中歌の知られる提出物語において「歌合」に選択された歌は、物語冒頭近くの歌や、主人公の詠ではない歌、物語の核心部分からははずれた歌であったと概観できる。これらは物語のクライマックスに置かれた、物語の核心に触れる歌ではない。「歌合」ではあえてそういった歌が選択されたのではないか、そのことが「歌合」の性格を物語っているのではないか、と筆者は考える。「歌合」は、明後日開催の「物語合」で披露される物語の一部を、物語の題と作中歌一首をもって先行公開したものであったと推定する。それは、現代の映画やテレビドラマの「予告編」のような機能を担っていたのではないか。先行して一部の情報をあかすことにより、本編への鑑賞者の興味をかき立てるねらいがあったと推定する。

このように「三日」の「歌合」の意義を捉えるなら、『後拾遺集』詞書に記された「物語合」の折の頼通の発言「かの弁がものがたりはみどころなどやあらむ」の「かの弁がものがたり」は、「かの」が「弁がものがたり」に掛かり、[30]「三日」の「物語歌合」においてその内容を一部紹介された物語を指す物言いとして解釈する可能性も出てくるのではないかと考える。[31]

おわりに

以上、天喜三年の「物語歌合」と「物語合」の基本情報について考察した。物合的要素を含むと判断される歌合の記録のあり方を参照することで、当該行事の記録のあり方を相対化することを試みた。当該行事が廿巻本『類聚歌合』の記録において「物語合」と記載されていない点を重視し、『類聚歌合』の記録は「物語歌合」であった可能性が高いと結論づけた。「三日」に「物語歌合」が、「五日」に「物語合」が開催されたと考える。さらに「物語歌合」に選択された歌の傾向を考察し、「物語合」に先行する「物語歌合」開催には、先行して一部の情報をあかし鑑賞者の興味をかき立てる「予告編」の役割が担わされていたのではないかという仮説を提示した。

当該催しについては、開催の季節や期日を意識した題材が選びとられていることがたびたび指摘されてきた。筆者もそうした傾向は濃厚であると考える。今回指摘した「物語歌合」提出歌の「予告編」としての機能は「物語歌合」の基本的性格をかたちづくるものであり、季節や開催期日への配慮は「物語歌合」や「物語合」をより盛り上げるために選びとられた趣向であると捉えておく。

注

（1）歌合本文及び歌合関連資料の引用は、特に断らない限り『平安朝歌合大成　増補新訂』（同朋舎出版）に拠る。陽明文庫所蔵のものに関しては、『陽明叢書』（思文閣）もあわせて参照した。なお、私に表記をあらためた箇所がある。

（2）和歌集の引用は、新編国歌大観（角川書店）に拠る。なお、私に表記をあらためた箇所がある。

（3）『栄花物語』の引用は、新編日本古典文学全集（小学館）に拠る。

（4）「物語合」をめぐる主な先行研究を以下に掲げる。

①堀部正二『中古日本文学の研究――資料と実証――』（教育図書　一九四三年）
②松尾聰『平安時代物語の研究』（武蔵野書院　一九五五年。改訂増補版　一九六三年）
③小木喬『散逸物語の研究　平安・鎌倉時代編』（笠間書院　一九七三年）
④鈴木一雄『堤中納言物語序説』（桜楓社　一九八〇年）
⑤樋口芳麻呂『平安・鎌倉時代散逸物語の研究』（ひたく書房　一九八二年）
⑥井上眞弓「六条斎院物語合」（『体系物語文学史』第三巻　有精堂　一九八三年）
⑦萩谷朴『平安朝歌合大成　増補新訂』第二巻（同朋舎出版　一九九五年）
⑧永井和子「『六条斎院物語歌合』――物語と作者の関係――」（和歌文学論集5『屏風歌と歌合』風間書房一九九五年）
⑨神野藤昭夫『散逸した物語世界と物語史』（若草書房　一九九八年）→a、『知られざる王朝物語の発見物語山脈を眺望する』（笠間書院　二〇〇八年）→b
⑩中野幸一「六条斎院禖子内親王家の「物語合」について――その発見時の成果の再吟味――」（「桜文論叢」（日本大学法学部）五一巻　二〇〇〇年八月）
⑪稲賀敬二「六条斎院禖子内親王物語合（天喜三年五月三日）」（新編日本古典文学全集『堤中納言物語』付録　小学館二〇〇〇年）

⑫横溝博「「物語合」虚構論――十九番目の物語――」（『平安後期物語の新研究――寝覚と浜松を考える』新典社二〇〇九年）
⑬久下裕利「民部卿について」（『王朝物語文学の研究』武蔵野書院　二〇一二年。初出は一九九九年）
開催日をめぐる諸説は、この①から⑬の論文から掲出した。
（5）注（4）の⑫横溝前掲論文。
（6）堀部正二『纂輯類聚歌合とその研究』（京都美術書院　一九四五年。復刻版　大学堂書店　一九六七年）。「古今歌合仮目録」は同書に拠る。
（7）山本登朗「類聚歌合巻第八斎院部の改編と禖子内親王物語歌合」（『陽明文庫王朝和歌集影』勉誠出版　二〇一二年）。
（8）注（6）の堀部前掲書。
（9）久保木秀夫「伝藤原公任筆歌集残簡と「廿巻本歌合巻の特殊な一群」――永延二年藤原実資後度歌合に関する古筆資料をめぐって――」（『和歌文学研究』一〇四号　二〇一二年六月）、「二十巻本類聚歌合成立試論」（『和歌文学研究』一〇八号　二〇一四年六月）。引用文は、後者の論文に拠る。
（10）舟見一哉「類聚歌合の筆跡――先行研究の整理と問題提起」（『陽明文庫王朝　和歌集影』勉誠出版　二〇一二年）が、分担書写や加筆の複雑な様態を注視すべきことを説く。
（11）注（6）の堀部前掲書。なお一部の歌合については、萩谷朴『平安朝歌合大成　増補新訂』により補った。
（12）当該の催しは、廿巻本『類聚歌合』巻第八の目録に「同院歌合　天喜元年　題比々名」と記載されているものである。「物語歌合」と同じく、「六条斎院歌合」の一つであるものの、目録にのみその存在が記され、本文は伝わっていない。「題比々名」とあることから、物合的要素の存したらしい点が気になるところであるが、残念ながらこれ以上の情報は未見である。なお、「物語歌合」の記録のあり方を相対化するためには、まず第一にはこの巻第八に同じく所収されている「六条斎院歌合」十五度（本文が伝わるのは十四度）の記録のあり方を見つめることが重要であろう。ただし、その中で物合的要素の存する可能性があるものとしては、本文の伝わらぬ42（一五〇）と「物語歌合」のみになってしまう（他に一四〇について、萩谷氏が「菖蒲根合」を伴うものであったことを推定しているものの、前掲の同氏による「物合との係わり合いの度合いによる様式的分類」の中では物合的要素を含むものとしては扱っていない。仮に「根合」を伴うものであったにしても、歌合の方に重点を置き記録されたものであったと推論される）ので、本論では、廿巻本『類聚歌合』全体、及びA野紙のまとまりに着目して、考察をすすめた。

(13) 以下の51（四八）、72（七六）、77（一五五）、（一〇）に関する萩谷氏の見解は、すべて『平安朝歌合大成　増補新訂』に拠る。

(14) 『中右記』寛治七年五月五日条。『中右記』の引用は、増補史料大成（臨川書院）に拠る。

(15) 『続古今和歌集』巻第四・秋歌上・三三二番。

(16) 『新勅撰和歌集』巻第五・秋歌下・三一三番。

(17) 足立繭子「『六条斎院物語歌合』の散逸物語覚書――『あやめうらやむ中納言』物語の「あやめ」歌の基層――」（「名古屋大学国語国文学」九〇号　二〇〇二年七月）。

(18) この点については、注（4）の③小木前掲書や⑩中野前掲論文がすでに指摘している。

(19) 歌合の後日に交わされた贈答が歌合本文に続けて記載された例として、天徳四年「内裏歌合」（十巻本）の「合はせてまたの朝に、（略）」等がある。

(20) 注（4）の③小木前掲書。

(21) 注（4）の⑩中野前掲論文。

(22) 注（4）の⑤樋口前掲書。『風葉集』には、当該歌をのぞく三首が入集している。その中の一つに、「幾かへり春の別れををしみきてうき身をかぎる暮にあふらん」（巻第十六・雑一・一一八二番・かすみへだつるの左大将）があり、その詞書は「春のくれつかた、ここちのたのもしげなくおぼえければ」となっている。

(23) 注（4）の⑨神野藤前掲書a。『風葉集』には、当該歌をのぞく作中歌十三首が入集している。

(24) 当該歌は、『風葉集』に入集している（巻第三・夏・一七三番）。詠者名は「あらばあふよの姫宮の中宮」となっていて、「中宮」は諸本により「中納言」と改められている。なお『風葉集』には、他に三首入集している。

(25) 当該歌は、『風葉集』に入集している（巻第三・夏・一五七番）。その詞書は「とほき所へ思ひたちける女にもの申していでけるあかつき、まぢかきたちばなにほととぎすのなくを聞きて」とあり、詠者名は「いはかきぬまの頭中将」となっている。

(26)『風葉集』には、当該「ほととぎす」歌の他に三首の作中歌が入集している。その中に、「我が恋はいはかきぬまの水よただ色には出でずもるかたもなし」（巻第十一・恋一・七七三番・だいしらず・いはかきぬまの頭中将）がある。この歌は、「とほき所へ思ひたちける女」とは別の女性に対して主人公が抱いた思慕の念を詠じたものと考えられる。

(27)『風葉集』には、当該歌をのぞく作中歌十二首が入集している。当該歌をめぐり、注（4）の⑪稲賀敬二前掲書が、「「近江のや鏡の山を立てたればかねてぞ見ゆる君が千歳は」（古今・大歌所御歌　大伴黒主）を本歌とし、「かねてぞ見ゆる」を「いはで」と転じた。「千歳の影にしるき年の内の祝ひ事どもして…かねてぞ見ゆるなどこそ、鏡の影にも語らひ侍りつれ」（源氏・初音）など例が多い。」と注している。初音巻との関わりも考慮すると、正月の詠歌ではないかと推定される。

(28)『風葉集』所収の作中歌には、春から秋にかけて「和歌の浦」において詠まれた歌が数首見られる。樋口芳麻呂「小弁が物語は見どころなどやあらむ」（『論叢狭衣物語2　歴史との往還』新典社　二〇〇一年）が、「春の日に」歌を「冒頭近くの歌」と推定している。

(29)当該の物語は、『風葉集』に二首入集する『小倉山たづぬる』と同一作品であると考えられている。「ながむるに」歌は、女院に仕える女房大納言が小倉にある折りの詠と推定されている（注（4）の②松尾前掲書、他）。

(30)注（28）の樋口前掲論文が、小弁不在の場の発言でもないらしいこと、頼通は小弁を熟知していたと考えられることを考慮し、「かの」という連体詞の使用に不審を示している。確かに、同座している旧知の人物を指す物言いとしては違和感を覚える。別の解釈の可能性を考えてみた。

(31)このように解すると、『後拾遺集』詞書において当該の文言を受けた「いはかきぬまといふものがたりをいだすとてよみ侍ける」の中の物語名「いはかきぬま」に続く「といふ」という、未知の物語であることを示唆するような言葉遣いが、やや気になるところである。筆者はこれを『後拾遺集』の詞書の執筆者の立場から発せられた物言いとして現在のところ解しておく。

補注　本章は、二〇一五年度中古文学会秋季大会（於県立広島大学）における口頭発表をもとに加筆修正したものである。席上及び発表後、貴重なご意見を賜った舟見一哉氏・久保木秀夫氏・勝亦志織氏・森田直美氏に深く御礼申し上げる。

Ⅳ

集としての『堤中納言物語』

第一章　「冬ごもる」断章の表現史的位置

はじめに

『堤中納言物語』は、十の短編物語と、所収作品の一つである『よしなしごと』のあとに「冬ごもる」ではじまる断章とを収録する。当該断章は、『堤中納言物語』もしくは『よしなしごと』の成立時から付されていたのか、あるいは後に付加されたのか、疑義がはさまれる。が、現存伝本中の多くが、さらには比較的善本と考えられる伝本の全てが収録する点等を考慮すると、前者と解する方が妥当であろう。[1] 断章は、『堤中納言物語』編集時に編者によって付加された可能性が高いと考える。

断章の生成をめぐり、未完のままに終わったもの、[2] 冒頭のみ残されあとは散逸したもの、[3] もしくは断簡のように見せかけたもの[4]等、種々の見解が提出されている。他の所収各編に冠される題号の不在、現存諸伝本の奥書の「堤中納言十巻」[5]等の記載、『枕草子』に見える当断章と同分量の物語風の書きさしとの共通性[6]等を勘案すると、未完あるいは冒頭を残しての散逸というよりも、むしろ元来この「断章」のかたちが全てであった可能性が高いと言えよう。

なぜこうした断章が付されたのか、あるいは『堤中納言物語』という集の中で断章はどのような意味を有するのか。この問いの追究は、『堤中納言物語』の特質を解明するためにも重要である。付加の理由として、春からほぼ四季の順にならべられる流布本の編次の終わりに冬の季を扱う断章が置かれたとする説、[7]『よしなしごと』の成立を王朝の頃に擬装し古典的価値の上昇を狙ったとする説[8]、王朝物語の作品形象の方法の標本として付されたとする説[9]がある。また断章と『源氏物語』との関係性に注目し、薫的な男の物語と規定した論[10]、藤壺を思慕する光源氏の物語の語られなかった源語世界の断片を詩的に形象化した作品として捉える論[11]がある。

先学の指摘は断章の性質を多方面から理解するのに役立つ。が、現在、断章を構成する個々の表現の文学的背景が十分に追跡されているとは言い難い状況であると思う。まずその検討を行うことが、『堤中納言物語』の「冬ごもる」断章論をすすめるために必要ではないか。よって、本章では断章を支える表現を史的に捉えることを目指す。この作業をふまえ、断章の表現上の特色の解明、さらには表現生成の場の想定へと考察をすすめてみたい。

一　「かき曇る袖の晴れ間」をめぐる先行説

「冬ごもる」断章は、以下がその全文である。

冬ごもる空のけしきに、しぐるるたびにかき曇る袖の晴れ間は、秋よりことに乾く間なきに、むら雲晴れ行く月の、ことに光さやけきは、木の葉がくれだになければにや。なほはしのばれぬなるべし、あくがれ出でたまひて、あるまじきことと思ひかへせば、ほかざまにと思ひ立たせたまふが、なほえひき過ぎぬなるべし。いと忍びやかに入りて、あまた人のけはひするかたに、うちとけ居たらむけしきもゆかしく、さりとも、みづからのありさまばかりこそあらめ、なにばかりのもてなしにもあらじを、おほかたのけはひにつけても。

(「冬ごもる」断章)

物語は、冬空のもとの、自然と男君の心情とが渾然一体となった景から語りおこされる。時雨が男君の「かき曇る袖」を導く。はやく松尾聰氏が傍線部について以下のように述べていて[12]、注目される。

「かきくもる袖」は、「曇る涙（目がぼうとかすんで流れる涙。時雨に空が曇るに、涙に目が曇るをかけた。）にぬれる袖」の意であろうか。「袖のはれまは、秋よりことに乾く間なきに」も整わない句である。「袖は秋よりことに乾く間なきに」又は「袖のはれまは秋よりことに稀なるに」とでもありたい。

松尾氏の指摘のように、傍線部の景は捉えにくい。「かき曇る袖」は「乾く間」がないと文脈をおさえる場合、「袖」に「晴れ間」が付加された意味合いがわかりづらい。また、「袖の晴れ間」は「乾く間」がないと読みとると、傍線部はやや説明不足の観がある。こうした点を文脈上無理のないようにするためか、先学の中には適宜説明を補いつつ傍線部を現代語訳するものも散見する。例えば以下の通りである（付加されたと思われる箇所に波線を付した）。

・（略）やるせない思で袖もかきくもり、濡れることであるが、その袖の晴間は、秋の空より晴間の少いこの冬空と同様に乾く間もないのである[13]。

・（略）かき曇り、涙に濡れる袖は、晴れ間とてなく、秋よりも今は別して乾く間もない[14]。

「かき曇る」は、空が急に暗くなることや[15]、涙で急に目の前がぼうっとなることを[16]表す語である。よって「かき曇る袖」は、空が急に暗くなるように涙で濡れ曇る袖を表すと[17]推測される。その「かき曇る袖」の「晴れ間」が「乾く間」がないとは一体どのような状態を言い、それが後文とどのように関係していくのか。「かき曇る袖」が和歌の中で形成する景を検討することは、この点の理解のために少なからず寄与すると考える。この作業は、主人公の暗鬱な気分とは裏腹に空中で照り輝くものとだけ考えられてきた後続の[18]「月」の形象についても、「かき曇る袖」との関わりをめぐりもう一つの解釈の可能性を導くと思量される。以下、「かき曇る袖」表現の検討を軸に断章の景の再検討を試みたい。なお、断章の成立については現在きちんと特定されているわけではないので、表現基盤の年代もあらかじめ設定できない。表現上参考となる用例の検討から、成立の年代をのちに想定するという方法をとりたい。

二　「かき曇る袖」と「袖の晴れ間」

「袖」を修飾する「(かき)曇る」の例としては、以下の土御門院の詠歌が管見に入る限り初出である。

明石方やまと島ねもみえざりきかきくもりにし袖の涙に

(『新千載和歌集』巻第八・羇旅歌・八〇六番　題しらず・土御門院御製)

当該歌は『土御門院御集』にも載り、承久の変ののちの院の土佐配流後に詠まれた、承久三年(一二二一)詠の百首歌の中の一首であることが知られる[19]。

『御集』の本文は第五句に異同がある。書陵部蔵智仁親王筆本[20]では「そらのまよひに」、日本大学総合図書館蔵本[21]では「そて《ら》のまよひに」、日大本系の抄出本と考えられる[22]書陵部蔵『土御門院御集』(五〇六・六四)やその親本と思われる[23]時雨亭文庫蔵『土御門院御製』では「袖のまよひに」となっている。山崎桂子氏によれば、日大本の祖本は藤原家隆所持の院の詠草の控えであるという。[24] その日大本の系譜に連なると考えられる書陵部蔵本（抄出本）や時雨亭文庫蔵本において、「袖のまよひに」という本文が確認されることは看過できない。加えて、日大本の書写年代は鎌倉中期、[25] 時雨亭文庫蔵本のそれは鎌倉後期頃と考えられ、[26] 当該歌の本文を伝える伝存資料の中では格段に古い。「ら」と「て」は誤写の発生しやすい関係であるが、[27]「そて」本文は、単純に「そら」から「そて」への誤写の結果生じたものとも言い切れないのではないかと考える。

「空のまよひ」は、管見に入る限り、次に掲げた『源氏物語』若紫巻の、若紫訪問の帰途に忍び所の女へ詠みかけた光源氏詠の中の一例を見出すのみである。

あさぼらけ霧立つそらのまよひにも行き過ぎがたき妹が門かな　（『源氏物語』若紫巻　①二四六頁）

霧の立ちこめた空に立ち迷う様を表す。一方「袖のまよひ」も管見に入る限り、宝治二年（一二四八）の百首和歌[28]中の藤原家良歌を見出すのみである。

恋衣袖のまよひのよなよなをまちのみまちてなほやうらみん　（『宝治百首』三一二二番〈寄衣恋〉・家良）

ただし、これより先行する家隆歌に、

敷嶋や山とみことの道しあれはまよひし袖も春の光に　（『源家長日記』二六一頁）[29]

という表現が見える。家隆歌は、建永元年（一二〇六）(30)に自身の宮内卿昇進の喜びを詠じたものである。こうした例を参考にすると、「袖のまよひ」は袖の物思いであり、思い迷う様等、心の鬱々とした状態を表す表現として解することができる。土御門院歌の第五句を「袖のまよひに」あるいは「袖の涙に」とする場合、上の「かきくもりにし」は涙で曇った状態を表すと考えられる。ところで、涙で濡れた「袖」が空までも曇らせるとする発想は平安和歌以来散見する。

あかでこし袖のしづくは秋のよの月さへくもる物にぞ有りける

（『公任集』三九三番　ぬれてかへり給ふとて、うちよりつとめて）

院の歌が、「かきくもりにし袖のまよひ（涙）」のために眼前の景が見えなくなったと論理を展開するのも肯けよう。土御門院歌においては「空」・「袖」ともに意が通じると思われるものの、院の心の乱れにより焦点をあてた物言いになっているのは、むしろ「袖」の方ではないか。先に紹介した諸伝本の異同の状況から、少なくとも家隆所持の院の詠草の控えの段階においては「袖」本文であった可能性が高く(31)、「袖」本文も世に流布していたと考えたい。

一首は、『万葉集』巻第三の「柿本朝臣人麻呂羇旅歌八首」中の、

天離《あまざかる》　夷之長道従《ひなのながちゆ》　戀来者《こひくれば》　自二明門一《あかしのとより》　倭嶋所レ見《やまとしまみゆ》〈一本云家門當見由《やどのあたりみゆ》〉

（『万葉集』巻第三・二五五番(32)）

を本歌とする。人麻呂と同じく明石海峡から大和の山々を遠望しながらもその景が見えぬとすることで、離京の悲しみを表出した。「かきくもりにし袖」は、涙に濡れ暗く沈んだ袖を表す。そこには、院の心の暗さ、それと連動

する空模様の暗さが暗示されていよう。

次に現れる「袖」を修飾する「（かき）曇る」の例は、以下の藤原隆祐歌である。隆祐は家隆男であるので、あるいは家隆所持の院の詠草を隆祐が目にしていて、ことばの用い方において影響を受けたかとも推測される。

おのづから思ひ出ではながむともくもらぬ袖に月や待つらん

（『洞院摂政家百首』一三六七番〈遇不逢恋・侍従隆祐〉）

貞永元年（一二三二）の『洞院摂政家百首』に出詠された歌で、『隆祐集』（二〇六番）にも載る。「遇不逢恋」の一首であり、下の句は女のつれない態度をかたどったものであろう。「くもらぬ袖」は土御門院歌と同様の方向で解釈され、流す涙のために暗くくもらない袖、逢えぬつらさゆえに暗く沈んではいない女の心をも暗示するのではないか。女が絶えず泣き悲しんではいない状況、女の冷淡さを表していよう。隆祐歌は、そうした「袖」に「月」を「待つ」とする。断章と同様、「月」が取り合わせられていて注目される。

隆祐歌や断章のように、「袖」・「くもる」・「月」の組み合わせが詠み込まれた歌は、新古今時代さらにはそれ以降に多数見られる。

・ながめつついくたび袖にくもるらむ時雨にふくる有明の月

（『新古今和歌集』巻第六・冬歌・五九五番　和歌所にて、六首の歌たてまつりしに、冬歌・藤原家隆朝臣）

・まちかねていまはと思ふ袖のおもに月さへくもる有明の空

（『拾玉集』四九五〇番　暁）

・なきこふる袖にはいかがやどすべきくもりならはぬ秋のよの月

・故郷にとめてもみせんと思ひしを袖にも月ぞかきくもりにし

（『壬二集』二〇一一番〈西園寺三十首、恋六首〉）

（『後鳥羽院御集』一〇五八番〈詠五百首和歌、雑百首〉）

例えば『新古今和歌集』の家隆歌（建仁二年〈一二〇二〉「三体和歌」）は、時雨にあい幾度となく曇る「月」が涙に濡れた「袖」に映るさまを詠む。時雨はまたこぼれる涙をも暗示していて、(33)「袖にくもるらむ」は時折の激しい落涙によって「袖」の「月」が曇るさまをも連想させる。以下の例も同様に、涙で濡れた「袖」に「月」が宿る、その「月」が涙の雨により「くもる」という発想の枠組みを用いている。こうした発想の淵源は恐らく次の伊勢の歌であろう。

あひにあひて物思ふころのわが袖にやどる月さへぬるるかほなる

（『古今和歌集』巻第十五・恋歌五・七五六番〈題しらず〉・伊勢）

伊勢歌においては、「袖」に宿る「月」までも自身同様涙に濡れた様をしているとする。「ぬるるかほ」が「くもる」へと展開していったのであろう。「袖」に「月」を待つとする隆祐歌の発想は、一連の「袖」に宿る「月」をめぐる和歌表現の伝統の上に成立しているのではないか。勿論、前掲の用例において「くもる」のは「月」であり、隆祐歌の「くもらぬ袖」とはいささか異なりが存する。が、引用した用例に見られる、「袖」の状況により宿る「月」のさまが変化するという枠組みからながめると、大きくは同一の伝統的発想の中から詠出されたことが認められると思う。そして、語彙の共通性から、断章もこうした発想の枠組みを背景に読み解くべきなのではないかと考える。

断章の文言は「かき曇る袖の晴れ間」と続く。「袖の晴れ間」は「かき曇る袖」と対照をなす景と考えられる。「袖の晴れ間」という表現は管見に入る限り見出しえていない。が、「袖」をめぐり「晴れ間」を問題にする発想は、例えば以下の歌に見出すことができる。

はれまなき袖のしぐれをかたしきていく夜ねぬらん宇治のはし姫

（『後鳥羽院御集』八六三番〈詠五百首和歌、冬五十首〉）

もろともに見しを涙のはれまにてこぬよはくもる袖の月かげ

（『続千載和歌集』巻第十三・恋歌三・一四〇六番〈題しらず〉・法印円勇）

秋をへてなみだおちそふ袖の月いつをはれまとみる夜半もなし

（『風雅和歌集』巻第六・秋歌中・六一〇番　百首歌たてまつりし時、秋歌・民部卿為定）

後鳥羽院歌の「袖のしぐれ」は涙を暗示するので、[34]「はれま」は涙の途切れる間を指す。あとの二首は十三世紀後半から十四世紀中程の作で[35]後鳥羽院歌からはかなり降る例であるけれども、「袖」と「月」、「晴れ間」と「曇る」の関係をよく伝える用例と思われる。円勇歌では来ぬ人を待ち涙で濡れ曇る袖に宿る月を「くもる袖の月かげ」とし、その涙が止むひとときを「涙のはれま」とする。「くもる」と「はれま」は「袖」の涙の雨の有無を対照的に象徴する言葉で、「袖」に宿る「月」のさまを左右するものとしてある。為定歌の「はれま」も円勇歌と同様の「はれま」の例として捉えられる。

以上の和歌の伝統を念頭に置くと、断章傍線部の表現は「袖」に宿る「月」の発想をもとに成り立っているのではないかと推定される。断章の「晴れ間」は、直前の「かき曇る」とともに「袖」の涙の雨の有無を表す語として解される。「かき曇る袖の晴れ間」とは、涙ゆえに濡れ曇る袖の、涙が一時止む状態を指す。それが「秋よりことに乾く間なきに」と続くのは、一時的に涙が止んでも袖がなかなか乾かない様をいう。冬の季のせいでもあり、また涙の状態が度重なるせいでもあろう。続く「月」の描写は、こうした「袖」に宿る月のさまをかたどったものと解される。「乾く間」がないゆえ、「月」が「袖」に宿るのである。「袖」をめぐり「かき曇る」、「晴れ間」、そして「乾く間なき」とその状態がこまかく問題にされ形象されたのは、「月」をそこに宿すためではなかったか。時雨がちな冬空のもと、時雨ならぬ涙で湿りがちな男君の袖に月が宿る。涙の雨の晴れ間に見るその月は、月を隠す村雲や木葉隠れもないので、一際さやかに光り輝く。それが男君の恋心をかきたてる。そのような景として断章を捉えたい。

三　『狭衣物語』の影響

断章の景を「袖」に宿る「月」のさまを形象したものとして解すると、『狭衣物語』の表現との類似性が注目されてくる。問題にしたいのは、巻四末尾近くの以下の箇所である。

A　明らかならぬ空のけしきも、なほ心づくしに見まゐらせたまへるを、(略)厚げにたち曇りたりつる村雲も晴れて、月の影華やかにさし出でたるに、(略)月の顔をのみ眺めさせたまへり。

めぐりあはん限りだになき別れかな空行く月の果てを知らねば

とて、押し当てたまへる袖のけしき、限りある世の命ならぬには、げに、さ思しめさるらん。(略)やをら入

らせたまふ紛らはしに、

　月だにもよその村雲へだてずは夜な夜な袖にうつしても見ん

と、なほざりに言ひ捨てさせたまふ（略）。　（『狭衣物語』巻四　②三四七～三四八頁）[36]

B　月いと明き夜、端つ方におはしますに、隈なうさし入りたるを御覧ずるにも、かの、「夜な夜な袖に」と、のたまはせし御けはひ、まづ思ひ出でられさせたまひて、いみじう恋しうおぼえさせたまふに、さやかなりつる月影も、やがてかき曇る心地せさせたまひて、いとど心も空になりぬ。

「恋ひて泣く涙にくもる月影は宿る袖もや濡るる顔なる

村雲晴れ果つめるを、いかやうにてか、只今、かく御覧ずらむと、ゆかしう」などやうにて、近う候ふ殿上童を、たてまつらせたまへれば、（略）今は、人づてに聞こえさせたまはんもあるまじき事なれば、

　あはれ添ふ秋の月影袖馴れておほかたとのみながめやはする

とばかりほのかなり。　（『狭衣物語』巻四　②三五五～三五六頁）

Aは、斎院である源氏宮との対面が即位後ますます困難になることを予想した狭衣の絶望的な嘆きの贈歌と、源氏の宮の返歌とを語る場面である。源氏の宮の返歌には「袖」に宿る「月」の発想が見られる。物語の中でこの発想をもとにした歌を核に場面を形成するものは、以下の『源氏物語』の他、数例を数えるのみである。[37]

女君の濃き御衣に映りて、げに濡るる顔なれば、

　月影のやどれる袖はせばくともとめても見ばやあかぬ光を

いみじと思いたるが心苦しければ、かつは慰めきこえたまふ。

「行きめぐりつひにすむべき月影のしばし曇らむ空なながめそ　（『源氏物語』須磨巻　②一七五頁）

また、断章にも共通する、「月」を隠す「村雲」が晴れゆくさまをあわせて語るのは、管見に入る限り『狭衣物語』の例のみである。ちなみに、和歌における「村雲」と「月」の取り合わせは、

むらくもや月のくまをばのごふらんはれゆくままにてりまさるかな
（『金葉和歌集』二度本巻第三・秋部・二〇六番[38]〈顕季卿家にて九月十三夜人人月の歌よみけるに〉・源俊頼朝臣）

という源俊頼歌が初出らしく、『古今和歌集』以来の古い伝統に基づくものではない。個々の文言はとりわけ珍しいものではないにせよ、『狭衣物語』本文に見える断章との素材の取り合わせや文言の類似（傍線部）は、両者の関係の深さを物語るものと考える。

Bは A の贈答を受けた場面である。帝となった狭衣は、無聊をかこつ宮中で源氏の宮を恋しく思い起こす。狭衣の流す涙で「さやかなりつる月影」も「かき曇る」ようである。狭衣はその詠歌で先の源氏の宮の歌を踏まえ、彼女の「袖」に宿る「月」もまた涙で濡れた顔をしているだろうかと思い遣り、さらに晴れきった「村雲」に言及した。狭衣の源氏の宮への消息には、断章と共通する文言が散見し注目される（傍線部）。この文への返歌として、源氏の宮も日常化した自らの「袖」に宿る「月」のさまを詠じ応えた。

このABの場面の記述、とりわけBの源氏の宮を思慕する狭衣をかたどる一連の表現は、断章の場面形成に少なからず影響を与えたと考える。何らかの理由で恋の成就が困難な女を慕い続けるという男君のありようを、秋と冬の季節の異なりは存するものの、共通した語彙や発想を多く含む文言により形象している点は重要ではないか。も

ちろん、断章の男君が何故自らの恋を「あるまじきこと」（狭衣の源氏の宮への恋も作中「あるまじきこと」と再三狭衣自身により認識されていた）と捉えるのか、その理由はわからない。登場人物の置かれた具体的状況が一致するといったレベルではなく、報われぬ恋心を抱き続け憂いに沈む男君の姿を、共通の語を多く含む表現によって形象化したという点において、両者の世界は通底していよう。断章の表現世界は、『狭衣物語』の影響を少なからず受けて成立したと考える。

断章の表現はこうした物語世界との結びつきだけでなく、和歌世界との関わりもまた濃密に持っている。すでに指摘した点以外について、和歌の表現との交渉の様相を次に見ておきたい。

四　断章の和歌的表現と和歌史

まず、「むら雲晴れ行く月」について。前述したように、「むら雲」と「月」の取り合わせは「顕季卿家」にて詠まれた源俊頼歌（『金葉和歌集』二度本二〇六番、前掲）が初出らしい。以後、六条藤家の顕輔（『顕輔集』一三五番）、清輔（『清輔集』一五九番）、重家（『重家集』五五七番）の歌に見出される。また、俊頼の子、俊恵の詠にも多い（『林葉集』四三七、四四八、四五九、四七六番）。断章では、これらと「時雨」とが密接な関連のもと配されている。この、「月」・「むら雲」・「時雨」が同時に詠み込まれた例は、以下の藤原良経歌あたりが早い例であろう。

むらくものしぐれてすぐるこずゑよりあらしにはるるやまのはの月　（『秋篠月清集』九六番〈花月百首、月五十首〉）

以後、この取り合わせは新古今歌人たちによって多く用いられた。

続く、「木の葉がくれだになければにや」について。「木の葉がくれ」と「月」の取り合わせは、『古今和歌六帖』の、

いもがめの見まくほしけくゆふやみのこのはがくれの月まつがごと
（『古今和歌六帖』三六九番　ゆふやみ）

にすでに見える。が、平安の中頃までの例は管見に入る限りこの一例のみで、院政期以降また用例が現れてくる。例えば俊恵の、

いづるより木葉がくれの夕づくよかくてや終に雲に消えなん
（『林葉和歌集』四四四番　法性寺摂政家月の歌、あまた歌よみを撰びて五人によめと侍りしに、まゐりて）

がある。断章のように、「木の葉がくれ」を「なし」とし、冬の季の「月」を詠むものは、新古今歌人たちの詠に現れる。

・冬の夜は木の葉がくれもなき月のにはかにくもる初時雨かな
（『式子内親王集』一五八番　〈冬〉）
・ちりはてて木葉がくれもなかりけりのこるあらしにやどる月かげ
（『正治初度百首』六六四番　冬・前大僧正慈円）
・いまよりはこのはがくれもなけれどもしぐれにのこるむら雲の月
（『千五百番歌合』一七六六番、八百八十四番・左・冬一・具親）

特に源具親歌は「しぐれ」・「むら雲」も配されていて、断章の表現との類似が甚だしい。[39] ただ具親歌の場合「しぐ

れにのこるむら雲の月」とあり、断章の「むら雲晴れ行く月」とはかたどられた景に差異も認められる。
以上、和歌史の中でながめると、断章の文言は新古今時代の表現と重なる点が多いことに気付かされる。前掲の具親歌は『新古今和歌集』にも入集していて、具親歌のみならず、『新古今和歌集』の具親歌の前後に配された一連の歌の表現と断章のそれとが非常に近似していることは注目される。

和歌所にて、六首の歌たてまつりしに、冬歌　　藤原家隆朝臣
ながめつついくたび袖にくもるらむ時雨にふくる有明の月
だいしらず　　源泰光
さだめなく時雨るる空のむら雲にいくたびおなじ月を待つらむ
千五百番歌合に　　源具親
いまよりは木のはがくれもなけれども時雨に残るむら雲の月
題しらず
はれくもるかげをみやこにさきだてて時雨とつぐる山のはの月
五十首歌たてまつりし時　　寂連法師
たえだえに里わく月のひかりかな時雨をかくる夜はのむら雲
（『新古今和歌集』巻第六・冬歌・五九五〜五九九番）

断章の表現形成に大きな影響を与えたものとして、先に指摘した『狭衣物語』とともに、こうした『新古今和歌集』に結晶したような冬の季をめぐる和歌表現と美意識とが挙げられよう。

五　断章の特質と表現生成の場

報われぬ恋心を鬱々と抱く男主人公の、ある冬の日の一情景を語る「冬ごもる」断章の世界は、主に『狭衣物語』の文言や新古今時代前後にとりわけ用いられた冬の季に関わる和歌表現等に拠り形成されていることが知られた。これにより断章は、詩的で暗示的な、享受者の想像を誘発するイメージの世界を構築している。断章が物語の中途で恐らくは故意に途切れていて物語の書きさしのような形態となっていることも、物語でありながら「詩」に近い印象を享受者に与える一因となっていると思う。物語の冒頭を先行の文学世界の表現を取り込みながら印象的に演出したものとして、すでに『堤中納言物語』の一編『逢坂越えぬ権中納言』や『狭衣物語』等があり、それらの淵源は『源氏物語』の巻頭表現に見出せる。[40] 断章の表現の形態は、このような物語の冒頭表現の伝統の中から生まれてきたものと捉えられるが、その表現形成の際に『狭衣物語』や前掲の和歌表現を活用したところに、断章の特質と、断章が生成されたと推定される時代の場とが如実に現れていると言えるのではないか。

新古今時代の和歌が、和歌・漢詩のみならず、『源氏物語』や『伊勢物語』、『狭衣物語』といった物語の表現世界までも詠歌の中に取り入れ、より重層的な象徴の世界を創出していったことは周知の通りである。[41] 今まで見てきた断章の表現の傾向は、こうした時代の文化的志向の中から生まれてきた可能性が高いのではないかと考える。もちろん短絡的に結び付けるのは早計であろうが、新古今時代の和歌表現との類似の問題もあわせて考慮すると、断章の制作年代を新古今時代前後の数十年を隔たらない時期に想定することはあながち無理なことではないように思われる。

『堤中納言物語』の編者として、稲賀敬二氏は藤原定家を推す。[42]『源氏物語』書写本の作成をはじめ、『松浦宮物語』の執筆や『物語二百番歌合』の編、定家筆『更級日記』奥書の中の孝標女作の物語名の記載[43]及び『僻案抄』における『狭衣物語』の作者についての記載等[44]により、定家が物語に親近し物語創作にも関わっていたこと、『狭衣物語』に関心を寄せていたことは容易にうかがい知られる。『堤中納言物語』の編と断章の執筆がその定家の手になるとすると、以上見てきた表現上の特質は肯ける面が多々見られるように思われる。定家編者説は明確な根拠となる直接的資料が現在のところ見出しえないため推論の域を出ないが、今後も検証が積み重ねられなければならないだろう。

先に断章と『逢坂越えぬ権中納言』との冒頭表現の類似について触れた。『逢坂越えぬ権中納言』の冒頭、

　五月待ちつけたる花橘の香も、昔の人恋しう、秋の夕べにも劣らぬ風に、うち匂ひたるは、をかしうもあはれにも思ひ知らるるを、山ほととぎすも里なれて語らふに、三日月のかげほのかなるは、折りから忍びがたくて、

（略）

（『逢坂越えぬ権中納言』）

は、『古今和歌集』の「さつきまつ花橘のかをかげば昔の人の袖のかぞする」（巻第三・夏歌・一三九番）や『拾遺和歌集』の「あしひきの山郭公さとなれてたそかれ時になのりすらしも」（巻第十六・雑春・一〇七六番）等を引き、折からの景によって男主人公の恋心が高められていくさまを情趣深く語る。これと断章の表現とを比較すると、周囲の景が男主人公の思慕の情を高めていくという構図は同じながら、断章の方がより一層景と男主人公の心とが渾然一体となり象徴的暗示的表現となっているように思われる。断章は、『狭衣物語』の表現世界をも取り込みながら、複雑な陰影を持ったイメージの世界を構築していると言えよう。こうした断章の表現のありようは、先行の和歌や物語の世界を多様に取り込み、ことばの想像力を駆使し複雑なイメージの世界を構築する、新古今時代の和歌の世

界とも通じる性質を備えていると考える。

おわりに

「冬ごもる」断章の表現を史的に捉え返し、断章の表現の特質の解明、さらには生成の場の想定を目指した。その結果、『狭衣物語』や新古今時代の和歌との表現の共通性から、表現生成の場として新古今時代に眼を向けることとなった。

断章は、短編物語集である『堤中納言物語』の編纂の際に恐らく付されたものと考えられる。これまで見てきたような表現上の特質を備えた断章と、『堤中納言物語』全体との関係性の問題についても、考察をすすめねばならない。次章に譲りたい。

注

（1）土岐武治氏は『堤中納言物語の研究』（風間書房　一九六七年。五五九～五六〇頁）において、「1現存諸本中「よしなしごと」の末文（私注、「冬ごもる」断章を指す）を有する伝本は大部分である。2誤写・脱文及び改竄の僅かな伝本には総て末文がある。3現存諸本の古写系統本は総て末文をもつてゐる。」とし、『堤中納言物語』原本に当該断章が付されていたと結論づける。従いたい。

（2）上田年夫『堤中納言物語新釈』（白楊社　一九五四年）、三谷榮一「つつみの物語」（山岸徳平編 日本古典鑑賞講座第十巻『堤中納言物語・大鏡』角川書店　一九五九年）、山岸徳平『堤中納言物語全註解』（有精堂　一九六二年）。

（3）久松潜一『校註堤中納言物語』（明治書院　一九二八年）、佐伯梅友・藤森朋夫『堤中納言物語新釈』（明治書院　一九五六年）。

（4）清水泰『堤中納言物語評釋』（文献書院　一九二九年）、注（1）の土岐前掲書。他に「自立し独立した作品」（塚原鉄雄校注 新潮日本古典集成『堤中納言物語』新潮社　一九八三年）、「未完・散逸・断簡のように見せた技巧なのか」（稲賀敬二校注・訳 新編日本古典文学全集『堤中納言物語』小学館　二〇〇〇年）、等。
（5）上賀茂神社所蔵三手文庫本、他。
（6）稲賀敬二校注・訳 完訳日本の古典『堤中納言物語』（小学館　一九八七年）。
（7）注（2）の上田前掲書・三谷論文、注（4）の清水前掲書、他。
（8）注（1）の土岐前掲書。
（9）保科恵『堤中納言物語の形成』（新典社　一九九六年）。
（10）高橋亨「堤中納言物語の世界――短編性について――」（三谷榮一編 鑑賞日本古典文学『堤中納言物語』角川書店　一九七六年）。
（11）注（4）の塚原前掲書。
（12）松尾聰『堤中納言物語全釈』（笠間書院　一九七一年）。
（13）注（4）の清水前掲書。
（14）注（4）の稲賀前掲書。
（15）「月よにはこぬ人またるかきくもり雨もふらなむわびつつもねむ」（『古今和歌集』巻第十五・恋歌五・七七五番〈題しらず・よみ人しらず〉）。なお、以下特に断らない限り、和歌の引用は『新編国歌大観』（角川書店）に拠る。
（16）「（略）心憂くも過ぎにける日数かな、と思すに、またかき曇り、もの見えぬ心地したまへば」（『源氏物語』椎本巻 ⑤一九三頁）。『源氏物語』の引用は、新編日本古典文学全集（小学館）に拠る。
（17）先行説の大勢を占める。また「かき曇る」にさらに、「心もかき曇る」を掛ける説（注（2）の上田前掲書）、「目もくもり」を掛ける説（寺本直彦校注 日本古典文学大系『堤中納言物語』〈岩波書店　一九五七年〉、注（12）の松尾前掲書、伊藤博編『堤中納言物語』〈おうふう　一九七六年〉）がある。
（18）「乾く間なきに」の「に」を逆説の接続助詞として訳す解が大勢を占める。ただし、土岐武治『堤中納言物語の注釈的研究』（風間書房　一九七六年）は「「…その上さらに」との意を示す接続助詞」とする。
(19)『土御門院御集』一〇一番、「詠百首和歌承久三年、雑、海路」。
(20)『私家集大成』・『新編国歌大観』の底本。本文は『新編国歌大観』に拠る。
(21)日大本の本文は、山崎桂子「書陵部蔵『土御門院御集』（抄出本）について」（『国文学攷』一三一号　一九九一年九月）において、山崎氏が当該箇所の日大本の本文異同を紹介した箇所に拠る。
(22)注(21)の山崎前掲論文。なお、書陵部蔵本（抄出本）の本文は山崎前掲論文の翻刻に拠る。
(23)冷泉家時雨亭叢書『中世私家集六』（朝日新聞社　二〇〇二年）所収、井上宗雄・浅田徹執筆『土御門院御製』の解題に拠る。なお、『土御門院御製』の本文は同書の影印に拠った。
(24)山崎桂子「『土御門院御集』の成立――日本大学総合図書館蔵本を中心に――」（『国語国文』六二巻五号　七〇五号　一九九三年五月）。
(25)注(24)の山崎前掲論文。
(26)注(23)の井上・浅田解題。
(27)注(21)の山崎前掲論文では、「そら」本文の優位を説き、「日大本と抄出本の親本にあたる本が、「そて」か「そら」か紛らわしい書き方になっていたのであろう」と推定する。
(28)『和歌大辞典』（明治書院　一九八六年）に拠る。
(29)石田吉貞・佐津川修二『源家長日記全註解』（有精堂　一九六八年）に拠る。なお、同書の底本である宮内庁書陵部蔵綴葉装本（一五一・一五、江戸初期写）の「祖本もしくは直系の祖本」と考えられ、「現在知られる最善本」で鎌倉後期書写の時雨亭文庫蔵本（冷泉家時雨亭叢書『源家長日記　いはでしのぶ　撰集抄』〈朝日新聞社　一九九七年〉所収、福田秀一執筆『源家長日記』の解題に拠る）の本文とも漢字仮名の別以外の異同はない。
(30)注(29)の石田・佐津川前掲書に拠る。
(31)「空のまよひに」・「袖の涙に」という本文は、家隆による評詞が付けられたあと院へ返却された詠草に再度院自身が推敲を加えたためか、あるいはその後の伝流の過程において生じたのではないか。日大本の「て」の右の「ら」

表記は、流布本を参照した異文注記の可能性は考えられないか。

(32)『万葉集』の引用は、『萬葉集　本文篇』（塙書房　一九六三年）に拠る。〈〉内は小字。

(33)「袖に曇る有明の月は、袖の涙に映る時雨空の月を暗示し、時雨は、幾度となくこぼれる涙を暗示している」（峯村文人校注・訳 新編日本古典文学全集『新古今和歌集』小学館　一九九五年）。

(34)寺島恒世　和歌文学大系『後鳥羽院御集』（明治書院　一九九七年）。

(35)円勇は「宗尊親王在世前後の鎌倉歌壇において活躍した歌人達のひとり」（注(28)の前掲書）であり、為定（一二九三～一三六〇）は「南北朝期の歌壇の重鎮」（同前）である。なお、本章の第一節において断章の成立は特定できないとしたが、先行説の指摘（注(4)の稲賀前掲書、他）や今回参考となった用例の存在等から概ね十三世紀前半頃ではないかと考えている。そう仮定する場合、円勇歌と為定歌は明らかに後世の用例ということになる。

(36)『狭衣物語』の引用は、新編日本古典文学全集（小学館）に拠る。なお、岩波大系・新潮集成とも、注目した表現に関して論旨に関わる異同は見られない。

(37)野坂家蔵『住吉物語』の「古郷をしのぶ泪に宿り来て袖にくもれる有明の月」（新日本古典文学大系　三七五頁）、『兵部卿物語』の「月のみはむかしながらのあきなれどやどれる袖のいろぞかはれる」（『鎌倉時代物語集成』第五巻笠間書院。四二頁）、他。

(38)三奏本では、一九九番。第三・四句「はらふらんはれ行くたびに」。

(39)具親歌を引歌と認める説（注(18)の土岐前掲書、注(4)の稲賀前掲書）、否定する説（注(17)の寺本前掲書、注(12)の松尾前掲書）ともにある。

(40)鈴木一雄氏は「堤中納言物語の作風とその成因をめぐって」（「東京教育大学文学部紀要」一九五六年二月。のち、『堤中納言物語序説』所収）において、引歌・引詩の問題を含め、物語の冒頭が場面描写から書き起こされる点に着目し、『逢坂越えぬ権中納言』その他に見られる冒頭表現の淵源として『源氏物語』の巻頭表現があることを述べている。

(41)寺本直彦『源氏物語受容史論考』（風間書房　一九七〇年）、久保田淳校注　新潮日本古典集成『新古今和歌集』

上（新潮社　一九七九年）「解説」、後藤康文「『狭衣物語』作中歌と中世和歌」（「文献研究」一六号　一九八五年九月。のち、『狭衣物語論考　本文・和歌・物語史』笠間書院　所収）、他。

(42)　注（4）の稲賀前掲書、他。

(43)　「夜半の寝覚、御津の浜松、みづからくゆる、あさくらなどは、この日記の人のつくられたるとぞ」（新潮日本古典集成『更級日記』新潮社　一九八〇年。一六七頁）。

(44)　「此物語。禖子内親王。〈前斎院。〉宣旨つくりたりときこゆ。」（『群書類従』第一六輯・巻第二八八。二一七頁。〈　〉内は割り注）。

第二章　「冬ごもる」断章と『堤中納言物語』——四季の「月」と『狭衣物語』の影——

はじめに

『堤中納言物語』に付された「冬ごもる」断章は、いつ誰が何のために制作したものであるのか、明らかではない。この「謎」を解明する一階梯として、前章では当該断章の表現史的位置を探った。(1)その結果、断章の表現が、『狭衣物語』巻四の狭衣と源氏の宮による和歌の贈答場面を形成する表現や、新古今時代の和歌表現と、共通する部分が少なくないことが認められた。断章は恐らく、『狭衣物語』の影響を受けつつ、中世和歌の空間の中から生成されたと推定される。本章は、そうした断章と『堤中納言物語』所収作品とがいかなる関係性を有するのか、その一端を記述するものである。

一　「月」に恋情を慕らせる男君

まず、「冬ごもる」断章を見る。

冬ごもる空のけしきに、しぐるるたびにかき曇る袖の晴れ間は、秋よりことに乾く間なきに、むら雲晴れ行く月の、ことに光さやけきは、木の葉がくれだになければにや。なほはしのばれぬなるべし、あくがれ出でたまひて、あるまじきことと思ひかへせば、ほかざまにと思ひ立たせたまふが、なほえひき過ぎぬなるべし。いと忍びやかに入りて、あまた人のけはひするかたに、うちとけ居たらむけしきもゆかしく、さりとも、みづからのありさまばかりこそあらめ、なにばかりのもてなしにもあらじを、おほかたのけはひにつけても。

（「冬ごもる」断章）

断章では、さやかな「月」をながめ恋しい女を思い、出かけていく男君の姿が語られている。こうした設定は、所収作品中の『逢坂越えぬ権中納言』冒頭のそれと共通する部分が少なくない。

五月待ちつけたる花橘の香も、昔の人恋しう、秋の夕べにも劣らぬ風に、うち匂ひたるは、をかしうもあはれにも思ひ知らるるを、山ほととぎすも里なれて語らふに、三日月のかげほのかなるは、折りから忍びがたくて、例の宮わたりにおとなはまほしう思さるれど、かひあらじとうちなげかれて、あるわたりの、なほ情けあまりなるまでと思せど、そなたはもの憂きなるべし。

（『逢坂越えぬ権中納言』）

「花橘」や「山ほととぎす」という夏を彩る景物とともに、「三日月」が登場する。それら周囲の情景に姫宮への思慕を一層募らせ、訪問の念に駆られる男君である。しかし、こちらは躊躇している間に宮中から迎えの使者があり、姫宮を訪問することはかなわない。

どちらも恋の対象の女性は男君につれなく、男君の一方的な苦しい恋が設定されている。また、思いの遂げられぬ意中の女性の他に、その女性と比較するように気軽な通い所の存在があわせて語られている。断章の「冬」の「さやけき」・「月」に対して、『逢坂越えぬ権中納言』は夏の「ほのか」な「三日月」である。両作品ともその冒頭において、異なる季節の異なる「月」が設定されつつも、その「月」に触発され高まる男君の女性への恋心が形象化されていて、注目される。

二　「月」に新しい恋を求める男君

このように「月」と男君の恋情とを密接に関わらせつつ冒頭表現を形成する物語が、『堤中納言物語』中には他にも見出せる。『花桜折る少将』と『貝合』である。前者をながめる。

月にはかられて、夜深く起きにけるも、思ふらむところいとほしけれど、たち帰らむも遠きほどなれば、やうやう行くに、小家などに例おとなふものも聞こえず、くまなき月に、ところどころの花の木どもも、ひとへにまがひぬべく霞みたり。いま少し、過ぎて見つるところよりも、おもしろく、過ぎがたき心地して、
そなたへと行きもやられず花桜にほふこかげにたびだたれつつ
と、うち誦じて、（略）　（『花桜折る少将』）

「月」に導かれるように早々に女性の許を立った、男君の朝帰りの姿をかたどっている。「月」と「桜」の美しさに惹かれ歩を止めた男君は、そこで可憐な姫君を発見した。新しい恋の展開を予感させる垣間見である。が、物語結末部において、その姫君ならぬ老尼君略奪の失敗が語られている。

一方、『貝合』冒頭は以下の通りである。

長月の有明の月にさそはれて、蔵人少将、指貫つきづきしく引きあげて、ただ一人、小舎人童ばかり具して、やがて朝霧もよく立ち隠しつべく、ひまなげなるに、「をかしからむところの、あきたらむもがな」と言ひて歩み行くに、木立をかしき家に、琴の声ほのかに聞ゆるに、いみじううれしくなりて、めぐる。

(『貝合』)

「長月の有明の月」に誘われて、男君は新しい女性との出会いを求め忍んで行く。明け方の情景である。大人の恋を希求した男君であったけれども、その後遭遇したのは子供たちの世界であった。新しい恋人を探すという本来の男君の目的からすると、こちらも失敗に終わる。

両物語とも、新しい恋を求め彷徨う男君の姿を、「月」が照らしている。『花桜折る少将』は春の「くまなき月」であり、一方『貝合』は秋の「有明の月」であった。

三　四季の「月」の配置と『狭衣物語』の影

以上の四編の冒頭表現は、「月」とこれに照らし出される男君の恋情とが語られているという点で共通する。新しい恋人を求める『花桜折る少将』と『貝合』、叶わぬ意中の人を思う『逢坂越えぬ権中納言』と断章とが、それぞれ対になっている。これに「月」の描写を加えてながめると、「春の月」と「秋の月」、「夏の月」と「冬の月」とが一対になっていると捉えることができる。おのおのの「月」は、異なる時間帯の「月」である。『花桜折る少将』は「夜深」い「くまなき月」、『貝合』は「有明の月」、『逢坂越えぬ権中納言』は「夕べ」の「三日月」、断章は文脈から恐らく宵の「光さやけき・月」であろう。この時間帯をめぐっても大きく、『花桜折る少将』と『貝合』の夜中から明け方の「月」、『逢坂越えぬ権中納言』と断章の夕方から宵の時分の「月」という、二つの対に分けられる。このような四編の対応関係に注目すると、断章には、所収作品三編の冒頭表現を意識し、これらに「冬の月」から触発される恋物語を加えるために付加されたという一面が存すると考えられる。『堤中納言物語』という集へ断章が付された趣向には、集に四季の「月」を配することを目論んだ意図がうかがえることをおさえておきたい。

ところで、「春の月」を描出する『花桜折る少将』については、『狭衣物語』巻四の狭衣による齋院訪問から故式部卿宮の姫君垣間見へと続く一連の場面との類似が注目されている。土岐武治氏は両者の場面群を比較し、『花桜折る少将』から『狭衣物語』への影響を指摘した。(2) これに対し、川端春枝氏は逆の影響関係を想定し、「『花桜折る』は狭衣物語巻四の、巧みに仕組まれたパロディ」と位置づけた。(3) 筆者も、姫君ならぬ老尼君略奪という『花桜折る少将』の結末は、狭衣が美しい母娘を垣間見し母に特に心惹かれたという『狭衣物語』の設定を踏まえ、これを更に転じたパロディである可能性の方が高いと考える。加えて断章に、やはり『狭衣物語』巻四末尾近くの狭衣と源氏の宮との「月」をめぐる和歌の贈答場面の表現の影響が見られることについては、すでに指摘した。(4) このように、「春の月」の『花桜折る少将』と「冬の月」の断章の両方に、『狭衣物語』の影が認められることは注目される。

また筆者はかつて、『逢坂越えぬ権中納言』と『狭衣物語』巻一の五月五日前後の時期を背景として展開される一連の物語の叙述とが、構成や表現面において類似することから、前者から後者への影響の可能性について言及した。(5) こうした『狭衣物語』との共通性という目でながめると、『貝合』の蔵人少将が子供たちを垣間見る場面は、『狭衣物語』巻三の狭衣が飛鳥井の君の遺児を求めて子供たちの様子を覗く場面と、作品世界の醸し出すユーモラスな雰囲気ともども類似するように思われる。この例などは影響関係も微妙な問題であり、ましてや両者の前後関係にいたっては不明という他ない。しかし、『狭衣物語』との類似性がこれら一連の『堤中納言物語』所収作品にうかがわれることは注目すべきであろう。

断章は、『狭衣物語』の影響を受けたと考えられる所収作品、及び『狭衣物語』へ影響を与えたために『狭衣物語』と類似する性質を有すると考えられる所収作品の存在に引かれつつ、『狭衣物語』を少なからず意識した表現により形象されたのではないかと考える。とりわけ、「春の月」の『花桜折る少将』と「冬の月」の断章とは、『狭衣物語』との密接な関わりによって互いに呼応しあう表現となっていると言えよう。

おわりに

断章と『堤中納言物語』所収作品との関係性の一端を、断章の「冬の月」と所収作品三編冒頭の「春の月」・「夏の月」・「秋の月」との対応、『狭衣物語』の影という観点から記述した。言及しなかった他所収作品と断章との関係性は、現段階では不明である。しかし断章の表現が、集としての『堤中納言物語』を少なからず意識し、形成されたものであることは確認し得たのではないかと思う。春夏秋冬の「月」に照らされる男君の風貌は、新たな恋を求める姿であったり、叶わぬ恋の対象を思い続ける姿であったりと、王朝物語の男君たちの典型的な姿であった。断章が、『源氏物語』は言うまでもなく、『狭衣物語』をも少なからず連想させる表現によって形象されていることは、それが形成されたと考えられる新古今時代の和歌の動向とも無縁ではなかろう。『無名草子』の『狭衣物語』へ言及した周知の文言や、藤原定家の一連の営み、歌人たちの実際の和歌の作例等をながめても、中世期以降『狭衣物語』の影響が様々なかたちで散見される。こうした環境的要因との関わりだけでなく、このようなかたちで『狭衣物語』の影が認められることの主題的意味合いについても、さらに追究していかねばならない。今後の課題としたい。

注

（1）本書Ⅳ第一章。
（2）土岐武治『堤中納言物語の研究』（風間書房　一九六七年）第四編第五章第1節「『花桜折る少将』の狭衣物語への影響」。
（3）川端春枝「月に紛う花――花桜折る中将考――」（「国語国文」六二巻七号　七〇七号　一九九三年七月。のち、王朝物語研究会編『研究講座　堤中納言物語の視界』新典社　一九九八年　再録）。
（4）本書Ⅳ第一章参照。
（5）拙稿「『狭衣物語』における〈挨拶〉としての引用表現」（「国文学攷」一四四号　一九九四年一二月）。

第三章　『堤中納言物語』所収作品の享受

はじめに

十編の短編物語を収める『堤中納言物語』の集としての成立をめぐっては、確実な論拠となる資料が現在のところ見出されていない。わずかに、天喜三年（一〇五五）開催の「物語歌合」に所収作品の一編である『逢坂越えぬ権中納言』の名が見えることから、この一編のみ成立が判明している。くだって、文永八年（一二七一）成立の『風葉和歌集』に所収作品中五編（『花桜折る少将』・『逢坂越えぬ権中納言』・『はいずみ』・『ほどほどの懸想』・『貝合』）の作中歌がとられていて、これら五編が『風葉集』成立時に流布していたことが知られる。ただし、当該の五編が『堤中納言物語』という集に収められていたのか、あるいは各編が別々に流布していたのか、その詳細は不明である。このため、『堤中納言物語』の編者や成立時期について諸説が提出されているものの、いまだ定説を見るに至っていない。所収作品の享受の痕跡を辿ることは、こうした成立の問題を解明するささやかな一助となると考える。

すでに、所収作品の享受をめぐりいくつかの考究がなされている。主に散文作品への影響を指摘したものとして、以下の論がある。清水泰氏[1]は『花桜折る少将』の中世王朝物語『苔の衣』への影響を、市古貞次氏[2]は『よしなしごと』のお伽草紙『常磐の媼』への影響を、土岐武治氏[3]は『花桜折る少将』の『狭衣物語』への影響を、そして寺本直彦氏[4]は『はいずみ』の『はいずみ物語絵巻』（南北朝期成立）への影響をそれぞれ指摘する。集としての成立時期を左右する鎌倉時代前後における享受が指摘されたという点で、清水氏と土岐氏の論がとりわけ注目される。前者は、『花桜折る少将』の人違いによる姫君略奪失敗の場面が『苔の衣』の同様の場面に取り入れられたとする。文言の類似等からも影響の可能性は高いと筆者も考える。後者の、『花桜折る少将』と『狭衣物語』との関係をめぐっては、逆に『狭衣』から『花桜折る少将』へという先後関係も想定できるので、なお今後も検討を加えていく必要があろう。和歌への影響を考察したものとして、寺本直彦氏(5)・稲賀敬二氏(6)の論がある。作中歌の中世和歌への影響の事例を指摘し、おのおの別の角度から藤原定家を編者とする可能性を探っている。本章の検討と重なる部分が存するので、関連する箇所はその都度本論の中で触れる。また筆者もすでに、『逢坂越えぬ権中納言』が頼通文化圏の中で影響を与えた様態を記述した(7)。

これら先学の成果を踏まえ、本章では、所収作品の享受の痕跡を平安時代から鎌倉時代にかけての和歌と物語の中に探り、享受の様相を考察する。『逢坂越えぬ権中納言』をのぞく各編の成立を正確に把握しえぬ現状にあるものの、各編はおおよそ平安後期から院政期、くだっても鎌倉時代はじめあたりまでに制作されたと現在のところ考えられている(8)。よって、その立場に立脚し、他用例の有無等を一つの指標としつつ、所収作品の表現と他作品の表現との関連性を探り、影響の可能性が考えられる事例を取り上げる。以下、時代を追って記述する。行文の都合上、本書においてすでに論述したことと重複する箇所が一部存する。ご容赦願いたい。

一　院政期における『逢坂越えぬ権中納言』の享受

はじめに院政期における享受のあとを辿る。この期には、『逢坂越えぬ権中納言』の影響を受けたと思われる和歌が見出せる。

まず注目されるのは、寛治七年（一〇九三）五月五日に開催された「郁芳門院媞子内親王根合(9)」に詠出された和歌である。

一番　左ぢ　　　　左少将忠教

ながき根ぞはるかにみゆるあやめ草ひくべき数を千年とおもへば

右　　　　右中弁師頼朝臣

田鶴のゐる岩垣沼のあやめ草千代までひかむ君がためには

左持　　　　二位宰相経実

あやめ草ひく手もたゆくながき根のいかであさかの沼に生ふらむ

右　　　　前典侍

君が代のながきためしにひけとてや淀の菖蒲の根ざしそふらむ

すでに注目し論じたように、実線傍線部は『逢坂越えぬ権中納言』前半の根合場面に置かれた三首から影響を受けた表現であると考えられる。(10) また、「田鶴のゐる」歌には点線部「岩垣沼のあやめ草」が詠み込まれている。これは、「物語歌合」の折りに詠まれた「ひきすぐし岩垣沼のあやめ草おもひ知らずも今日にあふかな」の第二・三句を取り入れた表現ではないかと考えられる。「田鶴のゐる」歌以前の、「岩垣沼」の「菖蒲草」を詠む先行例は、管見に入る限りこの「ひきすぐし」歌が唯一である。『後拾遺和歌集』にも載る(11)「物語歌合」の際の著名な逸話を残すこの小弁の歌の表現を、晴の場の歌に活用したものと捉えることができる。「郁芳門院根合」の「菖蒲」を詠む詠歌には、このように『逢坂越えぬ権中納言』や「物語歌合」の歌が多分に意識され取り込まれている。こうした営為には、かつて斎院禖子内親王・頼通のもとで行われた文化的催しの栄光を仰ぎ見る意識もはたらいていたのではないかと思われる。

これらの歌は実は代作であったらしく、「田鶴のゐる」歌は斎院女房摂津君の作、「あやめ草」歌は藤原孝善の作、「君が代の」歌は二条太皇太后宮大弐の作であったことが知られる。摂津君と大弐はともに白河天皇皇女令子内親王の女房である。「郁芳門院根合」の三年後に開催された、永長元年（一〇九六）五月三日「中宮権大夫能実歌合」における斎院摂津君の詠歌「あやめ草浅香の沼に生ふれどもひく根は長きものにざりける」（四番・菖蒲・左・斎院摂津君）も、傍線部の表現からこれまで見てきた『逢坂越えぬ権中納言』にはじまる「安積の沼の菖蒲の根」の伝統を引き継いだ歌として捉えることができる。

次に、『逢坂越えぬ権中納言』をめぐるもう一つの享受の姿を見ておく。以下の当該物語冒頭は、季節の風物とともにそれに触発され高まっていく主人公の恋の思いをかたどる。

五月待ちつけたる花橘の香も、昔の人恋しう、秋の夕べにも劣らぬ風に、うち匂ひたるは、をかしうもあはれにも思ひ知らるるを、山ほととぎすも里なれて語らふに、三日月のかげほのかなるは、折から忍びがたくて、（略）

（『逢坂越えぬ権中納言』）

「山ほととぎすも里なれて語らふに、三日月のかげほのかなるは」に注目する。傍線部のように、「月」について「かげほのか」とする表現は、当該物語以前のものでは永承五年（一〇五〇）二月三日庚申「禖子内親王歌合」の宣旨の歌、「ゆく月も影ほのかなる春の夜のふかきあはれを誰かまたみる」[12]（月・右・宣旨）に見られるのみである。これは「物語合」の五年前に催された歌合であるので、恐らく『逢坂越えぬ権中納言』当該表現はこの宣旨歌の傍線部を参考にしたものではないかと考えられる。『逢坂越えぬ権中納言』傍線部の影響を受けた可能性のある歌とし

て、以下の式部君詠、

郭公雲の絶え間に洩る月の影ほのかにも鳴きわたるかな

（『天治元年（一一二四）春』「権僧正永縁花林院歌合」郭公・七番・右勝・式部君[13]）

があげられる。「郭公」の声と「月の影」とを「ほのか」として重ねて表現した点が、一首の趣向である。「月」を「影ほのか」と形容する歌としては、『逢坂越えぬ権中納言』以降この式部君の歌が続く。また、式部君の歌は「郭公」と「月」を取り合わせていて（この取り合わせは珍しいものではないので、この点のみで両者の共通性を主張するわけにはいかないが）、その点でも『逢坂越えぬ権中納言』の表現と類似する。こうした表現の近さは、式部君歌が『逢坂越えぬ権中納言』の表現を摂取し詠作された歌である可能性を高めると考える。式部は『金葉和歌集』では「皇后宮式部」と記されていて[14]、彼女もまた令子内親王に仕えた女房であった。

令子内親王サロンについては著名な『今鏡』の記述[15]から、『源氏物語』の巻の批評が行われたことやその風雅なさまが知られている。この『源氏』享受の実際は、寺本直彦氏が和歌への影響という視点から記述している[16]。また、享受だけでなく物語の制作についても、三角洋一氏や山田和則氏がその可能性を指摘している[17]。『逢坂越えぬ権中納言』と同じく「物語歌合」に提出された作品『蓬の垣根』の作中歌を踏まえた歌が、令子内親王サロンの女房の一人肥後によって詠作された可能性も見出せる。

見し人もあれ行く宿の女郎花ひとり露けき秋の夕暮

（『堀河百首』（長治二、三年〈一一〇五、一一〇六〉頃）六二二番・秋廿首・女郎花・肥後）

傍線部は、「物語歌合」の、

見し人も荒れ果てぬめる故里に霞のみこそたちかはりけれ　（七番・蓬の垣根・右・少納言）

から影響を受けた表現ではないか。両者の傍線部の「あれ（荒れ）」には、「見し人が離れる」と「荒れる」とが掛けられている。ちなみに、この「見し人もあれ〜」という表現は、管見に入る限り当該二首以外見出せない。このことは、両者の関係の深さを示唆するのではないか。令子内親王サロンに集う女房たちによって、『逢坂越えぬ権中納言』をはじめとする「物語合」に提出された物語が享受されていたことがうかがえる。物語を活発に楽しんだ場がそこに想定される。

二　中世和歌における『堤中納言物語』所収作品の享受（一）

次に、平安最末期から鎌倉初期の和歌に見られる享受の痕跡を辿る。すでに先学によりその類似が注目されているが、[18]以下の藤原定家の「初学百首」（養和元年（一一八一）四月）中の一首、

中中にをしみもとめじ我ならでみる人もなき宿の桜は　（『拾遺愚草』「初学百首」春廿首・一五番）

は、次の『花桜折る少将』の作中歌を踏まえていると考えられる。

散る花を惜しみとめても君なくは誰にか見せむ宿の桜を　（『花桜折る少将』）

「惜しみとめても」と「をしみもとめじ」、「君なくは誰にか見せむ宿の桜を」と「我ならでみる人もなき宿の桜は」とが、おのおの対応している。定家歌は、『花桜折る少将』の「散る花を」歌の表現の一つ一つに密着し、個々の文言を巧妙に作りかえることにより成立したと言えよう。

同じく『花桜折る少将』中の一首と類似する表現が、殷富門院大輔の歌の中に見出される。次の歌は、『花桜折る少将』冒頭において、桜に魅せられた主人公が立ち去りがたい思いを表出したものである。

そなたへと行きもやられず花桜にほふこかげにたびだたれつつ　（『花桜折る少将』）

傍線部[19]を活用したのが、次の「民部卿家歌合」（建久六年〈一一九五〉）の大輔詠の上の句ではなかろうか。

時鳥うの花かげにたび立ちてかたらひ初むる声きこゆなり　（一番・初郭公・右勝・大輔）

当該歌合の判詞「うのはなかげにたびだちて、など偏に近来の体あしからず聞ゆ」からは、こうした表現が最近出現したものであることがうかがわれる。ちなみに「旅立つ」という語を和歌表現の中で探すと、清輔の「鶯は花のみやこに旅だちてふるす恋しきねをやなくらん」（『清輔集』一五番）あたりが初出であろうと思われ、西行の歌等にも見られる。一方、「〜かげに旅立つ」という表現は、当該の『花桜折る少将』所収歌・大輔歌以外には管見に入る限り未見である。このことは大輔が、『花桜折る少将』に見られる、和歌表現としては新奇な当該表現を取り入れ一首を構成し趣向を凝らした可能性を高めるのではなかろうか。

続いて注目したいのは、先に式部君の詠歌への影響でとりあげた『逢坂越えぬ権中納言』の冒頭表現と藤原公衡詠との関わりである。「勒一句詠百首和歌」（建久元年〈一一九〇〉）中の、

みか月のかげほのかなる夕暮に山ほととぎすこゑきこゆなり　（『公衡集』一三四番・「勒一句詠百首和歌」夏廿）

がそれである。まず上の句の傍線部「みか月のかげほのかなる」について検討する。当該表現は『逢坂越えぬ権中納言』の「山ほととぎすも里なれて語らふに、三日月のかげほのかなるは、折から忍びがたくて」の二つめの傍線部と共通していて、享受の可能性が考えられる。「三日月」と「かげ」と「ほのか」という語の結びつきは、当該歌以前、『金葉集』に載る藤原為忠歌「よひのまにほのかに人を三日月のあかで入りにし影ぞ恋しき」（二度本異本歌・六九二番）にも見える。ただし、これは「かげほのか」というかたちではない。その後『為忠朝臣家後度百首』（長承三年〈一一三四〉～保延二年〈一一三六〉成立）中の藤原為盛の詠歌「さらぬだにかげほのかなるみかづきのこころぼそくもこのまもるかな」（秋月廿首・三日月・二八五番）に「かげほのかなるみかづき」という表現が現れる。これは、『逢坂越えぬ権中納言』の「三日月のかげほのかなる」とも類似していて注目される。為盛が為忠の息子であることを勘案すると、『逢坂越えぬ権中納言』と為忠歌、両方からの影響の可能性が考えられるのではないか。なお、後藤康文氏[20]は当該の為盛歌や『千五百番歌合』の源通光の歌「くれはてんそらをばしばしみかづきのかげほのかなる名ごりをぞおもふ」（二七三九番）を掲出し、『逢坂越えぬ権中納言』の表現を受容した可能性も否定できないとしながらも、為盛歌や通光歌に共通する古歌の存在を推定している。筆者はこうした古歌の存在の可能性も否定できないと思うが、一方で『逢坂越えぬ権中納言』の表現の享受の可能性も捨てがたいと考える。為盛歌や公衡歌

が『逢坂越えぬ権中納言』の表現を自らの詠歌に取り込み、その後公衡歌から通光歌へ「みか月のかげほのかなる」という表現が受け継がれた、そのように影響関係を想定しておきたい。公衡歌と『逢坂越えぬ権中納言』傍線部とは、「山ほととぎす」も共通していて、文言が非常に類似している。果たしてこのようにあからさまにことばを取り込み一首を仕立てることがあるのだろうかという疑問も抱くが、両者の表現の緊密性に注目し享受の可能性を見ておく。ところで、公衡は当該詠と同じ百首しかも同じ夏歌の中で以下の歌も詠んでいる。

夏ごろもたちへだてぬる春の色となべてみゆるもうらめしきかな　（『公衡集』一三一番・「勒一句詠百首和歌」夏廿）

この「夏ごろも」歌の語彙は、『逢坂越えぬ権中納言』末尾に置かれた主人公の詠歌、

うらむべきかたこそなけれ夏衣うすきへだてのつれなきやなぞ　（『逢坂越えぬ権中納言』）

と共通する点が多いことに気づかされる。「うらむべき」歌の「夏衣」の「へだて」は恋の障壁であり、「夏ごろも」歌の「夏ごろも」が「へだて」るのは春の季節ということで、恋の歌と四季歌という違いは存するが、それはむしろ公衡が『逢坂越えぬ権中納言』のことばを取り込みつつ変換させた結果として捉え得るのではないかと考える。これら公衡の歌二首に、『逢坂越えぬ権中納言』を享受した可能性を指摘しておきたい。

この『逢坂越えぬ権中納言』末尾の歌は、公衡だけでなく寂蓮にも享受された痕跡がうかがえる。『六百番歌合』（建久四年〈一一九三〉）の「寄傀儡恋」に詠まれた歌、

うらむべきかたこそなけれあづまぢののがみのいほのくれがたのそら

（一一六〇番・恋部下・寄傀儡恋・十番・右・寂蓮）

の初句・第二句は、『逢坂越えぬ権中納言』「うらむべき」歌のそれと共通している。この「うらむべきかたこそなけれ」という表現は、管見に入る限り『逢坂越えぬ権中納言』が初出で、その後見出されるのがこの寂蓮歌である。以後少し時代がくだって、あとで紹介する西園寺公経や実材母の歌に見出される。こうした用例の分布を勘案すると、寂蓮歌と『逢坂越えぬ権中納言』歌との近さが浮上するように思われる。以下、寂蓮歌について傍線部を中心に検討を試みる。当該歌を、半田公平氏[21]は「遊女に宿を貸すと思えば恨むこともないことよ。東国の野上の庵の夕暮の空であることよ。」と解し、一方、久保田淳氏[22]は「どちらへ向いて恨んだらいいか、その方角もわからない。東国への道筋にある野上の旅の仮小屋で暮れようとしている空を見ても。」と解し、「まだ旅客を取れない傀儡女の心」と捉えている。「うらむべきかたこそなけれ」の意味合いをめぐって、いささか解釈が揺れている。一方、『逢坂越えぬ権中納言』の「うらむべき」歌は、例えば「誰を恨みもいたしませんが、この夏衣のような薄い隔てでありながら、心を通わすすべもないとは、いったいどうしたことでしょうか」と訳され、「うらむべきかたこそなけれ」について「みずから求めた恋だから」という注が付されている。[23]寂蓮歌の「うらむべきかたこそなけれ」もこの『逢坂越えぬ権中納言』と同様の文脈で、誰を恨もうにも恨みようがない行き場のない思いを表出した表現として解することができると考える。『六百番歌合』で寂蓮歌と番えられた定家の歌（「ひとよかすのがみのさとのくさまくらむすびすてける人のちぎりを」）からも知られるように、一夜の契りを常とする「傀儡」ゆえ「くれがた」に思い人の訪れを期待し、思い人が訪れてはくれぬことを「うらむ」ことは叶わないのである（「暮」の「うらみ」については、例えば『千載和歌集』の「なにせんにそらだのめとてうらみけんおもひたえたる暮もありけり」〈巻第十五・恋歌五・九四四番・上西門院兵衛〉が参考となる）。そうした意味合いでの「傀儡」という境涯のせつなさが、「うらむべきかたこそなけれ」に表出されたのではないか。寂蓮歌は、『逢坂越えぬ権中納言』歌の印象的な表現を取り込み、独自の「うらむべきかたこそなけれ」の恋の世界を形成したと言えよう。同じ『六百番歌合』の中に、『浜松中納言物語』の作中歌を踏まえたとおぼしき寂蓮歌が見出せる。(24) 寂蓮が同様に後期物語を受容した可能性の存する事例であり、注目される。

以上、『新古今和歌集』成立以前の頃の中世和歌における享受の痕跡を検討した。周知のように、定家と寂蓮・公衡はいとこ同士であり、また彼らと殷富門院大輔との間には親しい交流があった。こうした間柄にある人々の中で享受された可能性が存することは注目される。(25)

三　中世和歌における『堤中納言物語』所収作品の享受（二）

続いて、『新古今集』成立後の和歌における享受の痕跡をながめる。まず注目されるのは、建保四年（一二一六）の『内裏百番歌合』に詠まれた西園寺公経の歌、

うらむべきかたこそなけれ春風のやどりさだめぬ花の故郷　（一二五番・十三番・春・左勝・権大納言公経(26)）

である。先に寂蓮詠への影響でもとりあげた『逢坂越えぬ権中納言』作中歌「うらむべきかたこそなけれ夏衣うすきへだてのつれなきやなぞ」の第一・二句と同様の表現が用いられていて、当該物語の享受の可能性が考えられる。『逢坂越えぬ権中納言』の恋を背景にした「うらむべきかたこそなけれ」を、公経歌は自然・季節をめぐるそれへ

と変換し、一首を構成したと言えよう。周知のように、公経は定家と姻戚関係にあり親交のあった人物で、物語の享受の面でも深い関わりを持っていた。

この公経の晩年に寵を受けた実材母もまた、『逢坂越えぬ権中納言』当該歌を享受したと思われる歌を残している。[27]

うらむべきかたこそなけれあふことのたえてつれなき人の契りは　（『実材母集』三六七番）

当該歌は、さきほど同様に『逢坂越えぬ権中納言』歌を享受した可能性を考えた寂蓮歌・公経歌にくらべると、より『逢坂越えぬ権中納言』の世界に寄り添った詠まれ方をしている。使用語彙や、相手の冷淡さと自らのやるせない恋の思いとを詠じた内容等が類似する。『堤中納言物語』所収作品の享受という点では、実材母にはもう一首気にかかる歌が存する。

（題をさぐりて人人よみはべりしをりをりの歌）女郎花
をみなへしあかぬにほひをうたてなどうつろふ秋のならひなるらん　（『実材母集』七五二番）

の傍線部は、以下の『はなだの女御』作中歌の上の句を取り込んでいるのではないか。

みな人もあかぬにほひを女郎花よそにていとどなげかるるかな　（『はなだの女御』）

「女郎花」を「あかぬにほひ」と形容した歌を、この当該二首の他に管見に入る限り見出していない。実材母は

『はなだの女御』を享受した可能性が存すると考える。また、実材母には、「物語歌合」提出物語の作中歌を踏まえたとおぼしき詠歌もある。

・あま人のつりする袖もにほふなり花のなみよるしがのうらかぜ　（『実材母集』五〇三番）

・いくかへり今日をかぎりと行く春のおなじ別をなげききつらん　（『実材母集』五一五番）

前者は『浦風にまがふ琴の声』作中歌「咲きにほふきしのさくらはうら風にちりても花の浪とこそなれ」（『風葉集』巻第二・春歌下・一一七番）から、後者は『霞へだつる中務の宮』作中歌「幾かへり春の別ををしみきてうき身をかぎる暮にあふらん」（『風葉集』巻第十六・雑一・一一八二番）から、それぞれ影響を受けたと考えられる。実材母については『源氏』・『伊勢』・『大和』・『狭衣』・『浜松』・『風につれなき』を踏まえた歌を詠んだことが、すでに寺本直彦氏により指摘されている。(28) それらの物語享受に、今回見出した『はなだの女御』等も加えることができるのではないかと考える。

先に触れた公経歌が詠まれた十数年後の『洞院摂政家百首』（貞永元年〈一二三二〉）には『浦風にまがふ琴の声』を踏まえたとおぼしき定家の一首が見出される。(29) この物語は先に述べたように「物語歌合」提出物語の一つで、実材母も享受したのではないかと考えられた。『逢坂越えぬ権中納言』と同じ場で披露された物語の中世における享受の痕跡として、参考となろう。

以上、『新古今集』成立以降の十二世紀頃の享受の痕跡を検討した。定家と親しい公経や、その妻となった実材母に、所収作品を享受した痕跡が認められることは、『堤中納言物語』の成立と享受の問題を考える上でも留意すべき事象と言えよう。

四　中世王朝物語における『堤中納言物語』所収作品の享受

所収作品の享受の痕跡として、最後に物語への影響を見ておく。

まず、『思はぬ方にとまりする少将』と『松浦宮物語』とに見られる共通表現をとりあげる。影響関係の検討に入る前に、その前提となる『思はぬ方にとまりする少将』の成立時期についていささか述べておきたい。当該物語の成立をめぐっては平安期とする説が大勢を占めるが、近年、新美哲彦氏により嘉元元年（一三〇三）以降の成立とする説が提出されている。(30) 新美氏が根拠とするのは、引歌と「車寄せ」の問題である。まず、引歌について検討する。

（略）日ごろも、いとにほひやかに、見まほしき御さまの、おのづから聞きたまふ折もありければ、いかで、「思ふとだにも」など、人知れず思ひわたりたまひけることなれば、

（『思はぬ方にとまりする少将』）

傍線部の引歌として新美氏が指摘したのは、『新後撰和歌集』の「人しれず思ふとだにもいはぬまの心のうちをいかでみせまし」（八三〇番・巻第十一・恋歌一・右近大将道平）である。「人しれず」・「いかで」という語句が重なる点からも、両者の類似は大いに注目される。しかしながら、すでに指摘されているように、物語の文脈に合致すると思われる詠歌を平安時代の歌の中にも見出せないことはない。

（むかしものなどいひはべりしをんなの、なくなりにしが、あか月がたにゆめにみえはべりしかば）

わがたまをきみがこころにいれかへておもふとだにもしらせてしかな　（『忠岑集』四二一番）

当該歌は『玉葉和歌集』（巻第十一・恋歌三・一五八一番）にも所収されていて、こちらは第五句を「いはせてしかな」とする。引用した『忠岑集』本文（新編国歌大観Ⅰ所収『忠岑集』）の底本は書陵部蔵御所本丙類忠岑集（五〇一・一二三）であり、時雨亭文庫蔵枡形本忠岑集がその親本であると報告されている。(31)この「枡形本」の書写年代は「鎌倉時代中期あたりまでは遡ることが可能」とされ、当該歌の第五句は「しらせてしかな」となっている。一方、これらとは別系統の西本願寺本においては『玉葉集』と同じく「いはせてしかな」となっている。前掲の「枡形本」の本文もあわせて勘案すると、平安から鎌倉時代において「しらせてしかな」・「いはせてしかな」両様の本文が流通していた可能性も否定できないと思われる。そして「しらせてしかな」という本文の場合、『思はぬ方にとまりする少将』当該箇所の引歌としてふさわしくなることは注目される。つまり、相手を思っているということだけでもせめて知らせたいという下の句の内容は、物語における少将の思いと符合するのである。この第五句を「しらせてしかな」とする忠岑歌を引歌として認めれば、当該物語の成立を嘉元元年以降まで引き下げる必要はなかろう。また「思ふとだにも」という表現は、以下のように嘉元元年（一三〇三）より以前の鎌倉期に詠作された和歌に散見する。

・いまはまたおもふとだにもしらせまし人のこころのなさけありせば　（『為家千首』七一六番）
・いかでかはおもふとだにもしらせましつつむぞ恋はくるしかりける　（『竹園抄』五八番・藤原忠輔）
・なにごとをおもふとだにもいわぬ身にいかにおちつる袖の涙ぞ　（『沙弥蓮愉集』四二二番・幼恋）

いずれも勅撰集に所収された歌ではないものの、「思ふとだにも」は下に続く「知らせる」・「言ふ」とともに、鎌倉時代中頃にはすでにある程度一般化した表現となっていた可能性が考えられるのではないか。

次に、中世成立説を支えるもう一つの根拠、「車寄せ」の件を検討する。新美氏は禁中の「車寄せ」をのぞく『思はぬ方にとまりする少将』に見られるような「車寄せ」の用例は中世以後出現するとする。[32] しかし、『忠盛集』詞書に「車寄せ」の語が見られる。

暁、女をおくるとて、くるまよせにて

くればまたあひみるべしとおもへどもきみをくるまはわびしかりけり

（『忠盛集』一六七番）

また、鎌倉期成立ではあるものの、『古今著聞集』中において藤原敦兼・源義家という院政期を生きた人物の言動を語る一節[33]に、「車寄せ」が出てくる。こうした用例は、「車寄せ」が院政期にはすでに出現していた可能性を示唆するのではないか。よって、「車寄せ」の語を根拠に、『思はぬ方にとまりする少将』の成立を中世以降に引き下げる必要は存しないと考える。以上の点から、『思はぬ方にとまりする少将』の成立を院政期と推定して、以下考察をすすめる。

注目したいのは、以下の表現である。

・何事もいと心憂く、人目稀なる御住まひに、人の御心もいとたのみがたく、いつまでとのみながめられたまふに、四、五日いぶせくて積もりぬるを、「思ひしことかな」と心細きに、御袖ただならぬを、われながら、いつ習ひけるぞと思ひ知られたまふ。

（『思はぬ方にとまりする少将』）

・（略）うらなう待ち喜びつる心のうちの、少し恥づかしううち背かれて、涙の落ちぬるこそ、「我ながら、いつ慣らひける心ぞ」と、思ひ知らるれ。

（『松浦宮物語』三　一三七頁）[34]

『松浦宮物語』は、物語末尾近く、華陽公主が自らの恋ゆえの物思いに気づき「思ひ知」るくだりである。これと非常に類似した言い回しが、『思はぬ方にとまりする少将』にもある。傍線部は、男君と関係を持った当初とは異なり次第になびき、ついには訪れのないのを歎くまでになった、自らの恋ゆえの物思いに気づいた姫君の心理を語る一節である。直前に落涙の事実が語られる点も共通していて、両者は表現・文脈両面の類似が甚だしい。もちろん、こうした文脈を綴る先行物語の表現としては、以下の『源氏物語』における紫の上の発言、

「あやしう、常にかやうなる筋のたまひつくる心のほどこそ、我ながら疎ましけれ。もの憎みはいつならふべきにか」と怨じたまへば、

（『源氏物語』澪標巻　②二九一頁）[35]

があげられるが、これと比較しても『思はぬ方にとまりする少将』と『松浦宮物語』の表現の近さは納得されよう。『松浦宮物語』は定家作と考えられるので、定家が『思はぬ方にとまりする少将』を享受し、物語制作の際、その表現を取り込んだ可能性が浮上する。定家による『思はぬ方にとまりする少将』享受の痕跡を伝える用例としての可能性を見ておきたい。

続いて『石清水物語』への影響の痕跡を検討する。先に、清水泰氏が『花桜折る少将』の『苔の衣』への影響を指摘したことを紹介した。[36]この『苔の衣』とほぼ同時代、『風葉集』以前に制作されたと考えられる[37]『石清水物語』にも享受の痕跡をうかがわせる場面が数カ所見出される。まず、『花桜折る少将』との関係がうかがえる箇所を検討する。

・（略）くまなき月に、ところどころの花の木どもも、ひとへにまがひぬべく[A]霞みたり。[B]いま少し、過ぎて見つるところよりも、おもしろく、過ぎがたき心地して、

そなたへと行きもやられず[C]花桜にほふこかげにたびだたれつつ

と、うち誦じて、「はやくここに、物言ひし人あり」と思ひ出でて、立ちやすらふに、[D]築地のくづれより、[E]白きものの、いたくしはぶきつつ出づめり。あはれげに荒れ、[F]人けなきところなれば、ここかしこのぞけど、とがむる人なし。このありつるものの返る呼びて、[G]「ここに住みたまひし人は、いまだおはすや。（略）」と言へば、「その御方は、ここにもおはしまさず。（略）」と聞こえつれば、（略）妻戸をやはらかい放つ音すなり。（略）透垣のつらなる群すすきの繁き下に隠れて見れば、「少納言の君こそ。明けやしぬらむ。出でて見たまへ」と言ふ。[H]よきほどなる童の、やうだいをかしげなる、いたう萎えすぎて、宿直姿なる、蘇芳にやあらむ、つややかなる袙に、うちすきたる髪のすそ、小袿に映えて、なまめかし。月の明きかたに、扇をさしかくして、「月と花とを」と口ずさみて、花のかたへ歩み来るに、おどろかさまほしけれど、しばし見れば、[I]おとなしき人の、（略）「ものぐるほしや」など言ふ。（略）「これぞ主なるらむ」と見ゆるを、よく見れば、[J]衣ぬぎかけたるやうだい、ささやかに、いみじう児めいたり。物言ひたるも、らうたきものの、ゆうゆうしく聞こゆ。

（『花桜折る少将』）

・（略）山ぎは、[a]かすみわたりて、行さきもみえずたえ〴〵なるに、[d]ついぢところ〴〵くづれて木だちくらく、ときは木などあまたみゆる中に、[c]八重桜の、[b]いみじく盛におもしろき木ずゑばかり見やらるゝに御めとまりて、「いづくならん」と御とものものに問給へば、（略）「扨は、つゝましきわたりにはあらざりけり。入てみむ」との給て、馬よりおりて入給へど、[f]人あるかたとをくて、心やすく、こゝかしこのぞきありき給へば、（略）

[h]ちいさきわらはのおかしげなる、山ぶきのあこめにふたあゐのかざみきて、花ちるかたへさし出て、「さばかり吹つる夜の風に、残りなくやと思ひつるに、ちらざりけるよ」とてゐみたるけしき、ゐなかびたるさまならず、いとめやすし。たてじとみのもとに、たゞひとりたちて聞給へば、ありつるわらはの声にて、「花こそけさは盛に、おもしろく侍れ。このみすをあげて御らんぜよかし」といふなれば、[i]をとなしき声のよしづきたるに、（略）とてみすをあぐれば、うれしくて猶よくかくれて見給へば、（略）ゐざり出たる人をみれば、[j]廿に二、三やたらざらんとみえたるが、さくらのほそながに、ゑびぞめのこうちきゝて、ようだい、かしらつきよりはじめて、めもかゝやくばかりあれば、めでたの人やとみえて、らうたくうつくしき事限なし。（略）[e]年七十ばかりなるおきなの、かしらのゆきしろきが、はゝきといふ物して庭をきよむるあり。（略）[g]「爰には、いかなる人のすみ給ふぞ」ととひ給へば、（略）

（『石清水物語』上　一六〜一八頁）[38]

『石清水物語』の引用部分は、秋の中将が桜の美しさに惹かれ姫君を垣間見る場面である。『花桜折る少将』における主人公少将による姫君垣間見場面と、場面をかたちづくるいくつかの部分・要素・表現が非常に似通うことに気づかされる。共通すると思われる箇所については傍線を付し、アルファベット記号で対応させた。つまり、『花桜折る少将』のAに『石清水物語』のaが対応するといった具合である。とりわけ語自体が共通する部分には網掛けを施している。なお、『花桜折る少将』の場合は傍線にA・B・Cとアルファベットの順に記号を付したので、『石清水物語』の方でこの順になっていない部分は『花桜折る少将』と叙述の順番が異なることを意味する。『石清水物語』の叙述を追う。一面に霞みがかかっている（a）。築地が所々崩れている所がある（d）。盛りの桜の美しい梢に眼がとまる（cb）。人のいる所は遠いので「ここかしこのぞき」歩いた（f）。そこへ、童が花の方へ近寄って発言する。その姿は見苦しくない（h）。今度は大人びた声の主の発言（i）。それらの一部始終を秋の中将は物陰から見ている。そしてついにかわいらしい姫君を垣間見る（j）。その後、白髪の翁に出会い（e）、姫君の素性について尋ねる（g）。ここで用いられた個々の語彙や設定は、それほど特徴的なものではないかもしれない。ただし、それらがまとまって現れ両者に共通点が多く見出せることは、やはり注目すべきではないか。『石清水物語』当該場面は、『花桜折る少将』引用箇所を一部の構成要素の前後関係を入れ替えつつ場面形成に活用したと考えることができる。

こうしたかたちの享受が別の箇所にも見られる。続いて『逢坂越えぬ権中納言』と類似する箇所を検討する。

・地さへ割れて照る日にも、袖ほす世なく思しくづほるる。[A]十日余日の月くまなきに、宮にいと忍びておはしたり。[B]宰相の君に消息したまへれば、「恥づかしげなる御ありさまに、いかで聞こえさせむ」と言へど、「さりとて、もののほど知らぬやうにや」とて、[C]妻戸おしあけ、対面したり。[D]うち匂ひたまへるに、よそながらうつる心地ぞする。なまめかしう、心深げに聞こえつづけたまふことどもは、奥のえびすも思ひ知りぬべし。[E]「例の、かひなくとも、かくと聞きつばかりの御ことのはをだに」とせめたまへば、「いさや」とうちなげきて[F]入るに、やをらつづきて入りぬ。[G]「時々は、端つ方にても涼ませたまへかし。あまり埋れ居たるも」とて、「例の、わりなきことこそ。えも言ひ知らぬ御気色、常よりもいとほしうこそ見たてまつりはべれ。『ただひとこと聞こえ知らせまほしくてなむ。野にも山にも』と、かこたせたまふこそ。わりなく侍る」と聞こゆれば、「いかなるにか、心地の例ならずおぼゆる」とのたまふ。「いかが」と聞こゆれば、「例は、宮に教ふる」とて、動きたまふべうもあらねば、[H]「かくなむ聞こえむ」とて立ちぬるを、[I]声をしるべにて、たづねおはしたり。思し惑ひたるさま心苦しければ、「身のほど知らず、なめげには、よも御覧ぜられじ。ただ一声を」と言ひもやらず、涙のこぼるるさまぞ、さまよき人もなかりける。[J]宰相の君、出でて見れど、人もなし。（略）「なかなか、かひなきことは聞かじなど思して、[K]出でたまひにけるなめり。（略）」とや思ふらむ、あぢきなくうちながめて、うちをば思ひ寄らぬぞ、心おくれたりける。（略）

（『逢坂越えぬ権中納言』）

・七月に成て、すこし涼しき夕風まちえては、（略）[a]廿日よひ《日》に、忍てかしこに思ひたち給ふ。（略）えんなる程の夕すゞみにおはして、[b]せうそこ聞え給へば、うはのそらなる心ちしながら、[c]けどをからぬかたひきつくろひて、入たてまつる。さし入給より、[d]匂みちて、けはひことにはづかしげに、うちこはづくりておはすれば、宰相とて（略）くちをしからぬをいだして、あひしらせ《はカ》たてまつる。「（略）[e]こよひだに人づてならで申さんことばかりも聞給へかし」との給へば、「いとあまりなるまで御ものづゝみをせさせ給ふて、かつみたてまつる人にだに、まをにもみえさせ給はず。（略）」など聞ゆるけはひ、ゆへありよしづきたる。おとこ君の御けはひぞ、又かぎりなくけだかく、心はづかしげなるや。とかくきこへ返すべきことのはもおぼえで、入て、しかくとあま君に聞れば、「（略）」など聞え給ふ。「[e]猶こゝ許にいざり出させ給へ。（略）」との給へば、入て聞えむとするに、（略）[f]宰相が入たるしりにつきて、やをらつゞきておはするも知ず。ひめ君は、よのけしきむつかしく覚して、丁のうちに入ふし給へれば、（略）丁のうちに入て、の給へることゞも聞えて、「[g]今少し出させ給へかし。御いらへなどはなくとも、おほせられんことはりをきかせ給はんは、何かくるしう」とそゝのかすめれば、「あまうへに聞えよ。こゝには聞べきこともなし」とのたまふ声、けはひのらうたく、きかまほし。「[h]さは」とて、あまうへがたへと覚しくて、出るにちがひて、[i]丁のかたびらひきあげて入給て、かたはらにそひふし給に、思ひよらぬ程のことなれば、浅ましうおそろしともおろかなるに、君は、思ひがけずみそめてしより、しづ心なきよしをいひつゞけ給へど、何のかひ有べきけしきにもあらず、（略）きえいりたるやうにみゆる物から、やはらかにたをくと、いはんかたなくらうたげ也。[j]宰相は、物聞えむとて出たれば、人もおはせず、[k]出給ひぬるかといで、みれど、さりげもなければ、入てきけば、忍びやかに物の給けしきするに、（略）

（『石清水物語』上　二七〜二九頁）

『石清水物語』引用部分は、秋の中将が異母妹と知らず姫君に迫る場面である。姫君に接近するものの、事情を知る尼君から異母兄妹であることを告げられたために、すんでのところで秋の中将は逢坂を越え得なかった。その緊迫した状況推移の語り口が、『逢坂越えぬ権中納言』引用部分と似通っている。こちらは、権中納言が姫宮に接近するものの、やはり一線を越えられないという場面である。『石清水物語』の叙述を追う。秋の中将は人目を忍んで姫君の所を訪問することを思い立ち実行に移す（a）。女房に取り次ぎを頼む（b）。女房たちが中へといざなう（c）。秋の中将は、薫物の匂いがあたりに満ちて（d）、対面する方が恥ずかしくなるほど立派な様子である。今日こそは姫君との間柄が一歩進展することを願い、訴える（e）。その言葉を姫君に伝えようと奥へ入っていく宰相の君の後から、秋の中将もそっと続いて入って行った（f）。宰相の君はもう少し縁近くにお出ましになるようにと、姫君を促す（g）。しかし、姫君はこれに応じない。頑なな姫君の態度に、宰相の君は尼君に報告しようとその場を後にする（h）。その直後、秋の中将が姫君の傍らに接近した（i）。外に出た宰相の君は、秋の中将がその場にいないことに気づき（j）、もうお帰りになってしまったのかと想像する（k）。この後、『逢坂越えぬ権中納言』の宰相の君は権中納言が姫君の所へ忍びこんでいることに気づかずぼんやりとたたずむ。一方、『石清水物語』の宰相の君はもう一度姫君の所へ参り秋の中将の侵入に気づく。このようにその後の展開は対照的な様相を呈するが、ここまでの男君による姫君接近の顛末は共通点が少なくないのではないか。当該場面の形成にあたっての『逢坂越えぬ権中納言』の影響の可能性を指摘したい。

次に、『貝合』との影響関係がうかがわれる箇所を検討する。

・いみじく繁き薄の中に立てるに、[A]八、九ばかりなる女子の、（略）あわただしげなるを、をかしと見たまふに、（略）さへづりかけて、往ぬべく見ゆめり。をかしければ、「何事の、さ忙しくは思さるるぞ。[B]まろをだに思さむとあらば、いみじうをかしきことも、人は得てむかし」と言へば、名残なく立ちどまりて、（略）「[C]その姫君たちの、うちとけたまひたらむ、格子のはさまなどにて見せたまへ」と言へば、「人に語りたまはば。母もこそのたまへ」とおづれば、「ものぐるほし。まろはさらに物言はぬ人ぞよ。（略）」とのたまへば、よろづおぼえで、「さらば帰りたまふなよ、[D]かくれ作りて据ゑたてまつらむ。人の起きぬさきに、いざ給へ」とて、西の妻戸に、[E]屏風押し畳み寄せたるところに据ゑ置くを、「ひがひがしく、やうやうなり行くを、[F]をさなき子をたのみて、見もつけられたらば、よしなかるべきわざぞかし」など思ひ思ひ、[G]はさまよりのぞけば、（略）

（『貝合』）

・のどや《かカ》なるひるつかた、いよのかみ、あまうへのかたへ行たるに、みえ給はねば、「いづくにおはするにか」といへば、[a]十ばかりなるわらはひとりゐたるが、「ひめ君の御かたへ参給ひぬる。このゐ御らん《ずカ》とて、爰にもまかさせ給」といひて、まきよせたるをみれば、いみじきゐのさま也。（略）「かゝらん人をみつけばや」といへば、「是をだに、さの給か。ひめ君のおまへは、こよなくまさりたる物を、みたてまつり給へりや」といふに、みゝとゞまりて、「見まくほしくは思ひきこゆれど、えみず。[c]見えぬべき所あらば、みちびき給へかし」といへば、「（略）[d]いざ給へ、みせきこえん」といふがおかしくて、「さは、道びき給へ。[b]人にしらせでみせたらば、ひいなもおほくたてまつらん」といふを、うれしと思ひたるけしきにて、（略）さきにたちてゆく。[f]おさなきもの、いふにしたがひて、あぶなけれど、ゆかしき心はすゝみて、やをらあゆみよれば、（置物の調度立て、あそびの具ども置たる所に、）[e]びやうぶをたてふたぎたるうちへいれて、中のさうじに、むしくひとをしたるあなの有をおしへおきて、われはありつるゐまきはて、もちて参りぬ。よりて、[g]のぞけば、（略）

（『石清水物語』上　四二一〜四二三頁）

『石清水物語』は、伊予守が姫君を垣間見るために童に導かれる場面である。『貝合』の、蔵人少将が童に姫君垣間見の手引きを頼む場面と似通う。『石清水物語』では、伊予守の前へ童が現れる（a）。その童に姫君垣間見を頼む（c）。「いざ給へ」と童は承諾する（d）。童へのご褒美を約束する（b）。導かれながらも、幼い子が言うのにしたがってさすがにあぶなっかしいと危惧する（f）。屏風の陰に導かれて隠された（e）伊予守は、そこから覗いた（g）、という展開になっている。この場合も一部構成要素の順番を入れ替えつつ、『貝合』の趣向を積極的に活用しながら場面が形成されたと言えよう。『堤中納言物語』に所収された作品数編の場面描写は精彩を放っており、『堤中納言物語』の特色の一つとなっている。『石清水物語』は、そうした場面形成の巧みさを自らの物語に取り込み活用したのではないか。これらの事例から、『堤中納言物語』所収作品が『石清水物語』へ影響を及ぼしたのではないかということを提示したい。

おわりに

以上、『堤中納言物語』所収作品の享受の痕跡を、平安から鎌倉期の和歌及び物語の中から拾い集め検討を加えた。最後に、見てきた享受の様相について簡単にまとめておく。

1、『逢坂越えぬ権中納言』は二条太皇太后宮令子内親王サロンの女房たちによって享受されたことが確認される。その享受の内実は、当該物語において形成された〈賀の表現〉の継承や物語の地の文の表現の和歌への取り込みといったものであった。

2、藤原定家は、『花桜折る少将』・『思はぬ方にとまりする少将』を享受した可能性が存する。

3、定家周辺もしくは定家の縁に繋がる中世の歌人たち（殷富門院大輔・藤原公衡・寂蓮・西園寺公経・実材母）により、『花桜折る少将』・『逢坂越えぬ権中納言』・『はなだの女御』が享受された可能性が存する。和歌の表現への取り込みは、新奇な表現の借用から一首の世界の踏襲まで、詠者により様々なレベルでなされた。

4、『風葉集』以前の成立の『石清水物語』に『花桜折る少将』・『逢坂越えぬ権中納言』・『貝合』からの影響が、同じく『苔の衣』に『花桜折る少将』からの影響が見てとれる。所収作品がこれら中世王朝物語の場面形成に少なからず関与した事例として、捉えることができる。

これらの状況をふまえると、『堤中納言物語』の「集」としての成立と享受をめぐる問題についてもささやかながら推論の糸口が与えられる。『風葉集』に五作品が所収されている点、及び前掲の1～4の享受の痕跡（その時期や範囲）等を勘案すると、定家及び定家の周辺が当該物語の成立あるいは享受の問題に深く関与したことが推定される。また、『風葉集』に入集しない『思はぬ方にとまりする少将』の定家による享受の可能性（2）、及び『石清水物語』への複数の所収作品からの影響は、『堤中納言物語』が『風葉集』以前にはすでに「集」のかたちにまとめられていた可能性が少なくないことを示唆するのではないだろうか[39]。

注

（1）清水泰「堤中納言物語——花桜折る少将について——」（『国語国文』二一巻九号　一九五二年一〇月）。

（2）市古貞次『中世小説の研究』（東京大学出版会　一九五五年）第四章二「笑話・寓話」。

（3）土岐武治『堤中納言物語の研究』（風間書房　一九六七年）第四編第五章第一節「『花桜折る少将』の狭衣物語への影響」。
（4）寺本直彦「徳川美術館蔵『はいずみ物語絵巻』の詞書について」（『青山学院大学一般教育部会『論集』八号　一九六七年一一月。のち、同『物語文学論考』風間書房　一九九一年　所収）。
（5）寺本直彦「権中納言実材卿母集――その物語享受をめぐって――」（『国語国文学研究』五号　一九六九年一一月。のち、同『源氏物語受容史論考　続編』風間書房、一九八三年　所収）、同「堤中納言物語成立試論――定家と堤中納言物語――」（『国語と国文学』五七巻一一号　一九八〇年一一月。のち、同『物語文学論考』、所収）。なお、前者を寺本論文①、後者を寺本論文②とする。
（6）稲賀敬二「解説――十編の集合とその完成まで――」（同校注・訳　新編日本古典文学全集『堤中納言物語』小学館二〇〇〇年）。
（7）本書Ⅲ第五章参照。
（8）のちに触れるように、個々の物語をめぐってはその成立を引き下げる説も一部提出されている。が、筆者はそうした見解とは立場を異にする。
（9）本文は、『平安朝歌合大成　増補新訂』（同朋舎出版）より引用。以下、平安期の歌合本文は同書に拠る。
（10）本書Ⅲ第五章参照。
（11）『後拾遺和歌集』第十五・雑一・八七五番。作者は小弁。初句は「ひきすつる」。なお、歌集・定数歌及び鎌倉期の歌合本文の引用は、新編国歌大観（角川書店）に拠る。
（12）原本では第五句の「みる」の「み」の右に「し」と記されている。『夫木和歌抄』第一・春歌上・一四一番、第五句は「たれかまたしる」。
（13）『金葉和歌集』二度本巻第二・夏部・一二三番。作者は「皇后宮式部」。なお、三奏本も一二三番。
（14）注（13）参照。
（15）『今鏡』「村上の源氏第七・有栖川」（日本古典全書『今鏡』朝日新聞社　一九五〇年、二九六～二九七頁）。

(16) 注(5)の寺本前掲書(『源氏物語受容史論考 続編』)。

(17) 三角洋一「『おやこの中』と二条太皇太后宮式部」(紫式部学会編『古代文学論叢』七輯 武蔵野書院 一九七九年。のち、三角洋一『物語の変貌』若草書房 一九九六年 所収)、山田和則「二条太皇太后宮令子サロンの物語制作――散逸物語『すまひ(相撲)』の成立を中心に――」(『日本文学』五一巻一二号 二〇〇二年一二月)、山田和則「『苔の衣』成立論――改作仮説と二条太皇太后宮令子サロン――」(『国語と国文学』八一巻一〇号 二〇〇四年一〇月)。

(18) 注(5)の寺本前掲論文②、注(6)の稲賀前掲解説。なお、当該詠の直前に「都べはなべてにしきと成りにけり桜ををらぬ人しなければ」があり、稲賀氏が「花桜折る」という表現との関連を指摘する。

(19) 第五句「たびだたれつつ」は、諸本中一部異同がある。注(3)の土岐前掲書中の「校本」に拠ると、「たちよられつつ」が五本、「と丶められつつ」が一本、その他の本が「たびだたれつつ」とする。異文をとる伝本が少ないこと、善本とおぼしき本に「たびだたれつつ」とする本が圧倒的に多いこと等から、当該本文をもとに影響関係を想定してみた。

(20) 後藤康文「『逢坂越えぬ権中納言』覚書」(『北海道大学文学部紀要』四五巻二号 一九九七年一月)。

(21) 半田公平「『六百番歌合』について――寂蓮歌・恋部下を中心として――」(『二松学舎大学論集』三六号 一九九三年三月)。

(22) 久保田淳・山口明穂校注 新日本古典文学大系『六百番歌合』岩波書店 一九九八年)。当該歌の担当は久保田氏。

(23) 注(6)の稲賀前掲書。

(24) 『六百番歌合』七八二番・恋部上・一番・暁恋・右の寂蓮歌「あひみてはうきをりふしもとりのねにおもひいづればこひしかりけり」は、『浜松中納言物語』巻二の中納言詠「立ち寄りてなどか月をも見ざりけむ思ひ出づれば恋しかりけり」(新編日本古典文学全集)の影響を受けていると考えられる(半田公平「『六百番歌合』について――寂蓮歌・恋部上を中心として――」「古典論叢」二四号 一九九四年五月)。

(25) なお、この時期に、『逢坂越えぬ権中納言』と同様「物語歌合」提出作品の一つであった『霞へだつる中務の宮』

の作中歌（「幾かへり春の別ををしみきてうき身をかぎる暮にあふらん」〈『風葉和歌集』巻第十六・雑一・一一八二番〉）を踏まえたとおぼしき歌（「幾かへり春のわかれもをしみきぬみどりの空もあはれとは見よ」〈『正治初度百首』（正治二年〈一二〇〇〉・一一二三番・春）が俊成によって詠じられてもいる。参考となろう。

(26)『新勅撰和歌集』巻第二・春歌下・一一六番。なお、『逢坂越えぬ権中納言』作中歌と当該公経歌との類似については、すでに注（6）の稲賀前掲解説が指摘。井上宗雄「権中納言実材卿母集について」（『國學院雑誌』九〇巻五号一九八九年五月）は、一連の引用した実材母の詠歌を建治・弘安頃の詠作と推定する。

(27)この影響については、すでに注（5）の寺本前掲論文①、注（6）の稲賀前掲解説が指摘する。

(28)注（5）の寺本前掲論文①。

(29)手なれつる閨の扇を置きしより床も枕も露こぼれつつ（『洞院摂政家百首』五二九番・早秋五首・権中納言定家）、手なれつるあふぎも今は夏過ぎて露よりさきにおかれつるかな（『風葉集』巻第三・夏・二一〇番・まよふきんのねの東宮）。

(30)新美哲彦「『堤中納言物語』の編纂時期――「思はぬ方にとまりする少将」の成立から――」（田中隆昭編『日本古代文学と東アジア』勉誠出版　二〇〇四年）。以下、新美氏の説は同論文に拠る。

(31)冷泉家時雨亭叢書『中古私家集九』（朝日新聞社　二〇〇二年）所収　田中登執筆『枡形本忠岑集』の解題に拠る。

(32)はやく「車寄せ」に着目し当該物語の成立を考える一根拠としたのは、土岐武治氏である（注（3）の土岐前掲書）。

(33)巻第八好色・三二九「刑部卿敦兼の北の方、夫の朗詠に感じ契を深うする事」、巻第九武勇・三三八「源義家、安倍宗任を近侍せしむる事」。

(34)『松浦宮物語』の引用は、新編日本古典文学全集（小学館）に拠る。なお当該箇所の類似に関しては、すでに注（5）の寺本前掲論文②に指摘がある。『松浦宮物語』の成立をめぐっては、『無名草子』の「定家少将の作りたるとて」という記述を一つの柱とし、諸事情を勘案して推定がなされている。最近では樋口芳麻呂氏が「『松浦宮物語』は文治五年かその翌年の建久元年のころが、物語の成立時期としては、もっともふさわしいように思われる」

と述べている（樋口芳麻呂「解説」新編日本古典文学全集『松浦宮物語』小学館　一九九九年）。

(35)『源氏物語』の引用は、新編日本古典文学全集（小学館）に拠る。

(36)注（1）の清水前掲論文。

(37)『石清水物語』の成立の下限は作中歌が『風葉集』に所収されていることから『風葉集』成立の文永八年（一二七一）とされ、上限は本文中の三ヶ月の大番役の記載から当制度に改められた宝治元年（一二四七）と考えられている（平出鏗二郎『近古小説解題』大日本図書　一九〇九年）。その後いくつかの疑問点が提出されているけれども、『風葉集』以前の鎌倉時代に制作された物語である点は動かないと考えられている（妹尾好信「『石清水物語』概観」「古代中世国文学」一九号　二〇〇三年六月、他）。

(38)『石清水物語』の引用は、鎌倉時代物語集成（笠間書院）に拠る。

(39)『風葉集』の詠者名表記は、例えば「かひあはせの蔵人少将」と記され、「堤中納言」の名は冠せられていない。この点も考慮しなければならないけれども、これをもって『風葉集』成立当時『堤中納言物語』が成立していなかった根拠とするのは不十分であろう。『源氏』や『狭衣』等を構成する巻は、全体を貫くストーリーの「部分」の役割を担う。これに対し『堤中納言物語』の各所収作品はおのおの個別の物語としてある。こうした『堤中納言物語』の集としての特性を考慮した『風葉集』の撰者が、詠者名表記にあたり「堤中納言」という物語名を記さなかったという場合も想定できるのではないか。

おわりに

『堤中納言物語』の各編の特質の解明、「集」をめぐる問題の考察を行った。各章ごとに結論を記してきたので、ここでは繰り返さない。所収各編の特質については、個々の物語の考察を重視して論述したため、「集」を覆う傾向に触れることが少なかった。ここでは、これまでの考察をふまえ、三つの観点から『堤中納言物語』に収められた作品の多くに共通する性格についての私見を述べ、結びにかえたい。

一　平安後期短編物語と和歌　――方法の接近――

本書において、物語の題号と内容との関わりの検討を軸に、歌ことばの発想を物語がいかに活用し散文世界を形成しているのかについて論述した。『花桜折る少将』、『逢坂越えぬ権中納言』、『思はぬ方にとまりする少将』をめぐる各論である。(1)歌ことばの発想を正統に取り込むだけでなく、時には意識的に読みかえ換骨奪胎し、物語世界を構築していること、題号は多義的で物語内容と密接に連関していることを指摘し、各物語の形成の具体相を見つめた。こうした物語の形成のあり方について、『思はぬ方にとまりする少将』を論じた際に特に〈題詠的手法〉と命名した。(2)『堤中納言物語』所収各編をながめると、このような個々の歌ことばの活用といったありようだけでなく、題号に歌ことばを冠せずとも、物語の形成の根本に和歌的な発想、方法が作用していると考えられる事例が散見する。

『このついで』は、薫物を契機として后妃の前で三つの話が語られる、その語りの場を物語化した作品であった。題号「このついで」の「こ」に、薫物をたく火取の「籠」と「子」の両義を読みとり、第一話だけでなく第二話、第三話まで「子を契機として展開する物語」として読みうることを指摘した後藤康文氏の論がある。(3)題号は、はじめ享受者の前に謎として提示される。「このついで」という言葉だけでは、「こ」の指示内容が漠然としていて、物語の内容が推測し難いためである。物語本文を読みすすめると、「籠」であり「子」でもあったことが徐々に明らかになり、はじめに投げ出された題号の謎が享受者に了解される。『このついで』は、題号と物語本文との間にそのような謎の仕掛けを用意した物語として理解することができる。

『貝合』は、貝合の準備に奔走する子供たちの世界へ、好色者である蔵人少将が迷い込み、観音になりかわって援助をするという物語であった。題号の「貝合」は、貝合の準備段階に焦点をあてたこの物語の内容や作中の語句「貝合」にのみ依拠したものではなかろうと、筆者は考えた。(4)物語において、蔵人少将は新しい恋への期待を、子供たちは御利益への期待をそれぞれ抱きつつ、互いにはたらきかけを行っている。題号はそうした物語の構図を象徴するものでもあったのではないか。題号には、両者ともに「かひ(甲斐)」あることを願った、蔵人少将と子供たちとの「かひあはせ」という意味合いも込められていると考える。この物語においても、題号は多義的で、そのおのが物語の結構と深く結びついている。

『はいずみ』は、二人妻説話の系譜につらなる物語であり、古妻と男の復縁を語る前半と、今妻への男の愛想づかしを語る後半とから成る。題号「はいずみ」の「すみ」には、「住み」・「墨」の両義が響かせてあると考えた。(5)前半の古妻の危機は「住み」をめぐる問題であり、後半の今妻の危機は間違って「(はい)墨」を顔に塗ってしまったことに起因するものであった。「住み」と「墨」は、二人の女を形象化する際の重要な要素であった。物語における前半と後半の対照と、題号に響く「住み」と「墨」とは、密接に対応しつつ物語を構成している。

これらの物語と先に掲げた『花桜折る少将』や『逢坂越えぬ権中納言』、『思はぬ方にとまりする少将』とは、題号と物語本文との関係性という点で共通する性格を備えている。題号の文言に掛詞的に多義性が託され、その託された意味のおのおのが物語の結構に深く関与していくという仕掛けが見いだされるのである。こうした現象は、物語の形成の根本に和歌の発想そのものが深く作用しているために現れたのではないかと考える。掛詞や縁語を駆使し一首の中に複線的な意味の層を形成する和歌の技法と、題号に込められた掛詞が散文の文脈形成におのおの不可分に結びついていく物語の叙述のあり方とは、言葉による創造の根底の部分で、共通する発想、仕組みを備えていよう。もちろん、両者の間には和歌と物語という厳然たる隔たりがある。しかし、和歌における表現形成の方法が、短編物語を構成する一つの重要な契機として作用したことは見逃せない。

平安期の作り物語の書き手たちを囲繞する文化の中枢には和歌があり、歌人が同時に物語の作者でもあった。和歌が物語を創作する者たちの発想の深いところに浸透していたことは、疑いがない。短編物語はサロンに集う人々の娯楽のため、複数の人数で同時に楽しむことが少なくなかっただろう。その享受の環境や場の要請から、短編物語は長編物語よりも格段に一編の機知や趣向が重視される作りになっていたと推測される。長編物語とはまた別のかたちの、作品形成の論理が作用することになったのではないか。指摘した物語の方法の和歌の方法への接近は、享受の場と密接に関わりながら生まれてきた平安後期短編物語の一特質であったと捉えたい。

和歌がジャンルを越えてさまざまな文化の生成に影響を及ぼし続け、文化的営為の原動力となったことは想像に難くない。十一世紀から十二世紀頃の制作と推定されている五島美術館蔵「観普賢経冊子」の第五開には、第六開に記された和歌「ふゆこもりおもひかけぬにこのまよりはなとみるまてゆきそふりける」（『古今和歌集』巻第六・冬歌・三三一番）にちなんだ「歌絵」が描かれている。(6) こうした歌のこころを絵にした「歌絵」(7) の営為と、見てきた短編物語の営為とは、和歌を核にした創作活動という点で共通する性格を備えていよう。[8]当該作品は、右側に室内で囲炉裏を囲む男と三人の女を、左側に雪の降る中に咲く梅の木を配する。右側は、初句「ふゆこもり」から連想した冬の日の一情景を表したものと解される。左側は、下の句「はなとみるまてゆきそふりける」を表すために、実景の梅花と雪とを描き、雪を花と幻視するさまを視覚化しようとしたのであろう。[9]室内の情景は何気ない生活の一場面を描いただけのものとも解されるが、「ふゆこもり」歌との対応を見るとき、掛詞の連想を駆使した言語遊戯的な趣向が凝らされた図としても捉えられる。室内に描かれる、女性に抱かれた「赤子」と火取の「籠」の存在に注目したい。これらは、第三句「このまより」の「こ」から「子」と「籠」の掛詞が連想され、配されたものではないだろうか。[10]もちろん、「ふゆこもり」歌のもともとの文脈の中ではそのような掛詞を読みとることはできない。当該歌を絵画化する際に、言葉遊び的な連想がはたらき、それが視覚化されたものとして捉えてみたい。そのような絵の解釈が成立するなら、当該の「歌絵」は、和歌世界を忠実に再現するのみならず、原典の歌から自在に言葉遊び的な連想をはたらかせ、それらの機知的要素をも含めて画面を構成したものと解される。こうした「歌絵」の営為は、和歌の発想や方法を取り込み自在に変形することで物語を形成した、平安後期短編物語の営為とも通じているのではないか。両者とも、〈機知的読みかえ〉の産物と言えよう。

平安後期短編物語における和歌との交渉の問題は、和歌を核にした平安文化全体の営みの中でも相対化する必要がある。

二　〈女〉もしくは〈女房〉の視点による批評性

所収作品は、その多くが先行作品のモチーフや場面を切りとり取り込むことによって自作を構成し、新たな作品世界を創出している。各編における先行文学の対象化の営みには、〈女〉[11]もしくは〈女房〉の視点による先行文学への批評性が見出される。

いくつかの作品に、多くの女性と恋の遍歴を繰り返す、またはそのことが暗示される男君が登場する。先行文学の世界を彷彿とさせつつ好色者としての男君が造型されるものの、期待される新たな恋は成就しない。そうした言わば「好色者の失敗」を語るのが、『花桜折る少将』や『貝合』であった。前者は姫君略奪譚の伝統を、後者は継子いじめ譚の伝統をおのおの変容させたものである。こうした物語展開が導かれたことと、〈女〉の視点の介在とは少なからず関わりが存しよう。〈女〉が好色者に翻弄される存在であることへの厳しい認識が、「好色者の失敗」の物語を生み出したのではないか。

好色者たちと彼らに運命を握られる姉妹という構図をやや冷めた視線で浮き上がらせたのが、『思はぬ方にとまりする少将』である。当該物語は、人間の心の不可思議さやあやにくな運命を描いている。取り違えという事態を受け入れる男君の性格を「色なる御心」と形容し、好色者の存在が批判的に対象化されている。

こうした好色者への批判的まなざしと理想の男君の具象化とは、表裏の関係にある。『逢坂越えぬ権中納言』における、颯爽とした完全無欠の貴公子が叶わぬ恋の相手を一途に思慕し続ける姿は、〈女〉にとっての物語の男君の一つの理想像であったろう。と同時に、叶わぬ恋の相手から理不尽に拒絶される姿は、〈女〉たちにある種のカタルシスをもたらすものであったのではないか。

哀れな〈女〉の運命の岐路を抽出した物語も見られた。『このついで』は、先行文学における〈女〉の生をめぐる典型的な「あはれ」の場面を切りとり、映像のカタログのごとく並べた作品である。現在は恵まれた環境に身を置く后妃の前で、彼女とは正反対の生を生きる三人の零落の女性たちの話が語られる。表現上の呼応によって、対極にあるはずの后妃と話中の女たちの映像が重なる仕掛けも用意されている。[12]当該物語は、変転する〈女〉の運命を焦点化した物語と言えよう。こうした〈女〉の生の歩みから完全に背を向ける姫君の物語が、『虫めづる姫君』であった。物語における結婚拒否の女君たちの極北に位置するこの女主人公は、平安貴族女性の生を相対化する存在でもある。時代の制度や伝統、固定観念に縛られた〈女〉のありようを炙り出し、〈女〉を生き難くしている枠組みに疑義を呈することによって、新たな地平を拓いた[13]。

二人妻説話を〈女〉(古妻)の運命と心に寄り添いながら作品化したのが、『はいずみ』であった。従来、二人の女の間を行き来する男の視点で語られていた愛と風流の美しい物語を、〈女〉(古妻)の直面する厳しい現実を注視し彼女の本音を掬いとる物語へと変質させている[14]。史上の〈女〉たちの運命に興味を寄せた物語が、『はなだの女御』である。ある屋敷に集う女たちの語らいを好色者が垣間見るという虚構の設定の中に史実を盛る当該作品は、『栄花物語』や『大鏡』とは異なるかたちで歴史を物語化している。貴人をめぐる噂になみなみならぬ好奇心を持ち、日常の談話の話題とするような〈女房〉たちの関心が反映された作品でもある。物語に展開される比喩からは、権力闘争の犠牲となった側にシンパシーを寄せ、世を席巻する一族の側を皮肉る、敗者に寄り添うまなざしが読みとられる[15]。

同じく〈女房〉たちの視点が導入された物語として、『ほどほどの懸想』があげられる。貴公子と姫君の恋物語を支える使用人たちの世界をむしろいきいきと語るこの物語のあり方は、正統の王朝物語の世界を転倒させた趣きがある。その表現形成のありようと相俟って[16]、伝統的な恋物語の世界に新たな風を吹かせている。

以上見てきた作品の批評性の根底には、〈女〉〈女房〉のまなざし、感覚を見いだすことができる。その中にあって、残る『よしなしごと』の異質性は注目される。「故だつ僧」と密かに通じる娘へ宛てた、娘の師僧が書いた無心の書簡が中心をなすこの物語は、他所収作品の物語世界と大きく隔たっている。ただし、他の作品が多く〈女〉の運命を何らかのかたちで見つめてきたことを思うと、それら各編の世界に『よしなしごと』の世界を対置することによって、ある意味性が生まれてくるようにも思う。『よしなしごと』は、「故だつ僧」と娘の人目を忍ぶ関係や、欲望にあふれる師僧の借用文を提示する。この師僧の書簡は、末尾の師僧の弁明によって娘への諫めという側面を有することが示されるものの、その意味合いは両義的である。(17)所収各編では、〈女〉の生き難さがさまざまなかたちで示されてきた。その生の救済の最終的手段が出家であることも、各編のそこここでほのめかされている。『よしなしごと』の揶揄と諧謔に満ちた世界は、〈女〉の救済の宛先としての仏教世界を相対化してしまうのではないか。そうした点に、一筋縄では行かぬ〈女〉の救済の問題が示唆されているように思う。

そもそも所収各編は、成立と作者を異にする物語群である。したがって、これらを統一的に把握することには無理がともなう。しかしながら、こうして十の物語を見わたすと、〈女〉の運命の普遍（好色者の批判的形象と表裏をなす）と、その〈女〉の生の救済の予断を許さぬ状況とが、冷めた知性によって捉えられ、『堤中納言物語』という集を貫く一つの基調になっているように思う。(18)

三　『堤中納言物語』の世界

各編は、物や事柄を類聚する意識、陳列し対比・対照する意識に貫かれている。(19)その対比・対照されるものどうしの間に関係性を構築した点に、『堤中納言物語』の世界の特色の一端が見出されるように思う。最後にこの点に触れておきたい。

作品内部の対照性を支える両極の間には、題号と物語内部の表現が緊密に連関し、ある関係性が保障されている。『このついで』の場の后妃と話中の三人の女たちは、対照的存在でありながら、周到に配された表現の呼応によりその姿が二重写しになる仕掛けがほどこされている。『はいずみ』の古妻と今妻も、題号に集約される仕掛けによって、対照性と互換性が担保されている。『花桜折る少将』の結末における若い姫君と老尼君の取り違えは、作中に鏤められた「桜」の形象と相俟って、生の時間の不可逆性を物語っていよう。「蝶めづる」生き方に背を向ける「虫めづる姫君」でさえも、慌てるあまり一瞬「蝶」のごとくに振る舞うさまが語りとられている。これらの物語とは位相を異にするものの、『はなだの女御』で最も賞揚された「右大臣殿の中の君」のモデルとおぼしき藤原延子は、栄華から一転政治的に翻弄され悲劇の半生を送った人であった。[20] おのおのの物語において、さまざまな〈女〉の形象に表現上繋がりが仕組まれたことは、対比・対照される〈女〉の生の連続性をも示唆しているのではないか。

『逢坂越えぬ権中納言』の前半と後半には、公の場における活躍と私の場における恋の不如意という、権中納言の対照的姿が刻まれ、題号もこのことと密接に関係している。『貝合』の蔵人少将は、「好色者」として物語に登場するも、子供たちから「観音」と拝まれるようになった。受け取る側による意味の転換が仕組まれている。『思はぬ方にとまりする少将』の前半と後半には、対照的な「思はぬ方にとまりする」世界が繰り広げられた。前半とは一転好色性を露わにする二人の少将たちも、そうした意味で二面性を保持していよう。『ほどほどの懸想』の末尾の頭中将は、姫君へ恋情を抱きつつも、厭世の心を深める人物となっている。『よしなしごと』の師僧の書簡は、娘への揶揄・挑発といった俗性と、諭し・訓戒といった聖性という、両義性を湛えている。これらの物語に見える対照は、さまざまなかたちで男性の二面性を伝えている。

こうした所収作品の物語世界の形成のさまからは、各編に共通する世界認識のありようがうかがえるように思う。絶対的な存在や立場、意味づけといったものはなく、それらは状況や見方によって絶えず変化し続けると言った認識、あらゆる物事を相対的に捉える精神を、『堤中納言物語』の世界の根底に見いだすことができよう。運命を俯瞰する態度によって、立場も意味も変転し続ける人の世の縮図をさしだした『堤中納言物語』。そこには、アイロニーの翳りを帯びた巧緻な言語空間が広がっている。

注

（1）おのおの、本書Ⅱ第二章、第三章、第四章参照。
（2）本書Ⅱ第四章参照。
（3）後藤康文「『このついで』試論――第二話の読解を手がかりとして――」（『国語と国文学』六九巻八号　一九九二年八月）、「『このついで』篇名由来考」（『講座　平安文学論究　第十六輯』風間書房　二〇〇二年）。
（4）本書Ⅰ第五章参照。
（5）本書Ⅰ第一章及び第二章参照。
（6）『特別展　国宝寝覚物語絵巻――文芸と仏教信仰が織りなす美――』（大和文華館　二〇〇一年）中の「観普賢経冊子」の作品解説（増記隆介氏執筆）において、「第六開には「ふゆこもりおもひかけぬにこのまよりはなとみるまでゆきそふりける」との和歌が記され、この図はこれにちなんだ一種の「歌絵」とみられる。」と説明されている。
（7）伊井春樹「歌絵について」（橋本不美男編『王朝文学　資料と論考』笠間書院　一九九二年）が、「歌絵」の性質について、「歌絵は、このように歌意を絵画化したもので、歌とセットになっている必要もなく、またそこに文字が組み合わされているわけでもなかった。しかもその絵は、屏風絵や下絵などとは異なり、謎解きの要素を多分に持っていたはずである。歌絵の原典とも呼ぶべき歌を復元して言い当てることもあっただろうが、そこからさらに発展し、その絵を新たに解釈して歌を詠み添えることもあった。」と説明している。
（8）歌ことばが題号に冠されている場合はもちろん、『このついで』や『貝合』、『はいずみ』のような和歌的発想によって物語の骨格が構成されているものも含めて考える。
（9）本書Ⅱ第四章の注（41）においても言及している。
（10）「こ」に「子」と「籠」が掛けられた例として、『このついで』の作中歌「こだにかくあくがれ出でば薫物のひとりやいとど思ひこがれむ」他がある。

(11) この場合の〈女〉は、単なる性別としての女とは一線を画す。平安朝の社会的慣習の中で男性の劣位に置かれ、暗黙の束縛のただ中に生きる存在としての〈女〉、あるいはそうした〈女〉の立場を理解し同様の視線でものごとを見つめる存在を想定し、〈女〉と記述した。

(12) 本書Ⅰ第三章参照。

(13) 本書Ⅰ第七章参照。

(14) 本書Ⅰ第二章参照。

(15) 本書Ⅲ第一章参照。

(16) 本書Ⅱ第一章参照。

(17) 本書Ⅱ第五章参照

(18) 〈女〉の運命の普遍を見つめる物語は、もちろん当該物語だけではない。むしろ『源氏物語』や『夜の寝覚』の方が、まず第一に思い浮かべられるだろう。こうした中・長編物語における〈女〉の運命とその折々の心理とを丹念に追跡するあり方とは、当該物語は一線を画している。短編物語の構図の中に〈女〉の運命を俯瞰するようなかたちで切りとり示したところに、『堤中納言物語』所収作品の特色の一つを見いだすことができよう。

(19) すでに、三谷邦明「堤中納言物語の方法——〈短篇性〉あるいは〈前本文《プレテクスト》〉の解体化——」(『物語文学の方法Ⅱ』有精堂　一九八九年。初出は一九八〇年)が、「堤中納言物語という作品集は〈合せ〉〈くらべ〉という主題において一貫している」と指摘し、「〈合せ〉〈くらべ〉あるいはそれを場とした〈をかし〉という批評精神は、対象を相対的に把握する意識だと言ってよいはずである」と述べている。同論ではさらに、『源氏物語』における絶対的なものを描くための〈くらべ〉〈合せ〉とは異なる、「〈をかし〉的な相対化の論理」に着目している。筆者は三谷論に導かれつつも、対比しながらその中に関係性が暗示されている点に注目し、論じた。

(20) 題号「はなだの女御」の「はなだ」は、「はなだ(の帯)」の連想から「中絶え」の暗喩としても解されよう。当該物語において最も賞揚される「右大臣殿の中の君」のモデルであるとおぼしき藤原延子は、のちに東宮敦明親王妃となり、「堀河の女御」と呼ばれた。敦明親王の東宮退下にともない、寵愛から一転彼の訪れが絶えてしまうという悲劇を体験した人物である（本書Ⅲ第一章参照）。彼女は、「中絶え」の「女御」と呼ばれるにふさわしい体験をした女性ではなかったか。題号「はなだの女御」は、延子の後半生を象徴する謎掛けの言葉として解しておきたい。

あとがき

大学時代、古典文学を研究することの魅力に触れた。文学を楽しむことは昔から好きだったが、「研究」の世界があることを知り新鮮に感じた。熊本大学教育学部国語科の恩師中本環先生の、古典文学を御講義なさる語り口がとても魅力的だった。

広島大学大学院に進学し、稲賀敬二先生からお教えを賜った。私の卒業論文は『源氏物語』夕顔巻の花の喩えを扱ったものだったので、その考察の延長として、先生は『はなだの女御』の考察をおすすめくださった。これが、私と『堤中納言物語』との出会いである。「他力本願」的にはじまった『堤中納言物語』とのつき合いが、以後こんなに長く続くとは当初は思いも寄らなかった。稲賀先生はその後広島大学を御退官になり、指導教官としてご指導いただいたのは一年間だけであった。しかし幸運なことに、その後も放送大学のお仕事で広島大学の敷地内にいらっしゃった。あまりにも拙く未熟なために行き詰まることの多かった私は、いよいよ困り果てると、稲賀先生のお部屋をお訪ねしてはお教えを賜った。パイプを燻らせながら穏やかにお話しになる先生を拝すると、不思議に視界が拓けていくように感じた。

指導教官であった位藤邦生先生は普段はお優しいお人柄であったが、研究に関してはとても厳しい方だった。こまかい問題を御指摘になるというよりは、根本的な問題を率直にお示しになった。自力で研究に向き合う大切さをお教えくださった。また大学院の授業で、増田欣先生のお教えも賜った。私自身、実践できているのか甚だ心許ないけれども、本文と丁寧に向き合うことをあらためてお教えくださった。大学院時代、個性の大きく異なる先生方からご指導を賜ることができたのは、とても貴重でありがたかったと思う。

好きなだけでは続けていけない難しさを痛切に感じ、日々自己嫌悪に苛まれつつも、なんとか研究を続けてこられたのは、これまで関わってくださった多くの方々のお導きのおかげである。気にかけてくださる広島大学大学院の諸先輩方のありがたさは、ひとしおである。同期や後輩の存在もかけがえのないものであった。学会等でお声をかけてくださる先生方のお言葉も励みになった。ややもすると『堤中納言物語』に閉じこもってしまいがちだった私にとって、狭衣物語研究会の皆様方の存在は実にありがたかった。狭衣物語研究会でさまざまな刺激を受け、関心が広がっていったことは、大きな糧になったと思う。

平成十八年に広島大学に学位論文を提出したものの、出版にはこぎつけていなかった。その後、数年間『堤中納言物語』から遠ざかった時期もあった。本書をなすにあたり、年月の経過の中で、考えの改まったところなどは手を入れ、学位論文提出以降に執筆した論文も加えた。あらためてまとめ直し、一書とした。

なかなか出版まで辿り着けなかった私を導いてくださったのが、井上眞弓氏と鈴木泰恵氏である。本書の出版のきっかけを作ってくださったのみならず、出版にあたり、出版社をご紹介いただいた。本書をまとめる具体的な作業の中で、ご多忙の折にもかかわらず、さまざまにお気遣いをいただいた。また、多くの貴重なご助言を賜った。ここにあらためて深く御礼を申し上げたい。

最後になったが、この厳しい時期に、本書の出版を快くお引き受けくださり、温かいご配慮をいただいた翰林書房の今井肇氏、今井静江氏に心より御礼を申し上げる。

平成二十八年三月

井上新子

初出一覧

収めた小論には、既発表のものに現時点でできる限りの手を加えた。各章の間の整合性や重複を勘案し、大幅に削除または加筆した部分も存する。初出の形態は以下の通りである。

I　物語文学史の変容

第一章　「人に『すみつく』かほのけしきは」——平中の妻と『はいずみ』の女——
（同題「国文学攷」一四二号　一九九四年四月）

第二章　『はいずみ』の散文世界——二人妻説話の変質——
（「『はいずみ』追考——二人妻説の系譜の中の小さな反乱——」「古代中世国文学」九号　一九九七年三月）

第三章　『このついで』の美的世界——部分映像の交錯と重層化——
（「堤中納言物語『このついで』の方法——部分映像の交錯、重層化による美的世界の創出——」「国語国文　研究と教育」二八号　一九九三年一一月）

第四章　『花桜折る少将』の語りと引用——物語にみる〈幻想〉——
（同題「国文学攷」一四七号　一九九五年九月）

第五章　『貝合』の〈メルヘン〉——〈無化〉される好色性——
（「『貝合』のメルヘン——〝無化〟される好色性——」「古代中世国文学」八号　一九九六年五月）

第六章　「虫めづる姫君」と女人罪障観
（「『虫めづる姫君』の地平」「国文学攷」一五八号　一九九八年六月）

第七章　「虫めづる姫君」の変貌――抑制される女の言論と羞恥の伝統をめぐって――
（同題「中古文学」九六号　二〇一五年一二月）

Ⅱ　物語の形象と詩歌

第一章　『ほどほどの懸想』と「摽有梅」
（同題　王朝物語研究会編『研究講座　堤中納言物語の視界』新典社　一九九八年）

第二章　『花桜折る少将』の「桜」――詩歌の発想と物語の結構――
（「『花桜折る少将』の「少将」――連歌場面の詠者と読みをめぐって――」「国語国文　研究と教育」四一号　二〇〇三年一二月）

第三章　『逢坂越えぬ権中納言』題号考――「安積の沼」と「淀野」をめぐって――
（「『逢坂越えぬ権中納言』題名考――「安積の沼」と「淀野」をめぐって――」「古代中世国文学」七号　一九九五年八月）

第四章　場の文学としての『思はぬ方にとまりする少将』――平安後期短編物語論――
（同題「国語と国文学」八〇巻二号　二〇〇三年二月）

第五章　『よしなしごと』の〈聖〉と〈俗〉
（同題「国文学攷」一七〇号　二〇〇一年六月）

Ⅲ　歴史と物語の往還

第一章　『はなだの女御』の執筆意図――敗者へのまなざし――

（「堤中納言物語『はなだの女御』の執筆意図――モデル探求及び草花による比喩の検討を通して――」「国文学攷」一三四号　一九九二年六月）

第二章　『はなだの女御』と一条朝――花の喩えとモデルとの連関――（「堤中納言物語『はなだの女御』の象徴世界」「国文学攷」一三八号　一九九三年六月）

第三章　〈賀の物語〉の出現――『逢坂越えぬ権中納言』と藤原頼通の周辺――（同題「国語と国文学」七六巻八号　一九九九年八月）

第四章　天喜三年「物語合」提出作品の一傾向――頼朝の時代の反映――（「天喜三年六条斎院禖子内親王物語歌合について――物語の形成と史的空間の反映――」王朝物語研究会編『論叢　狭衣物語2　歴史との往還』新典社　二〇〇一年）

第五章　『逢坂越えぬ権中納言』と歌合の空間（「『逢坂越えぬ権中納言』と歌合の史的空間」久下裕利編『狭衣物語の新研究――頼通の時代を考える』新典社　二〇〇三年）

第六章　天喜三年の「物語歌合」と「物語合」（二〇一五年度中古文学会秋季大会における同題の口頭発表をもとに書き下ろし）

Ⅳ　集としての『堤中納言物語』

第一章　「冬ごもる」断章の表現史的位置（「堤中納言物語「冬ごもる」断章考」「国語国文　研究と教育」四四号　二〇〇六年三月）

第二章　「冬ごもる」断章と『堤中納言物語』――四季の「月」と『狭衣物語』の影――

（「「冬ごもる」断章と『堤中納言物語』――四季の「月」の配置と『狭衣物語』の影をめぐって――」「古代中世国文学」二三号　二〇〇七年三月）

第三章　『堤中納言物語』所収作品の享受

（同題　古代中世文学論考刊行会編『古代中世文学論考』第十八集　新典社　二〇〇六年）

索　引

事　項

あ行

か行

さ行

た行

な行

は行

ま行

や行

ら行

書名（近世以前。なお、『堤中納言物語』及び所収作品をのぞく）

あ行

か行

さ行

た行

な行

は行

ま行

や行

ら行

人名（実在の人物）

あ行

か行

さ行

た行

な行

は行

ら行

わ行

【著者略歴】
井上新子（いのうえ・しんこ）
1966年　熊本県生まれ
1989年　熊本大学教育学部卒業
1994年　広島大学大学院文学研究科博士課程後期国語学国文学
専攻単位取得
1995年　日本学術振興会特別研究員（ＰＤ）（1998年3月まで）
現　在　大阪大谷大学・甲南大学他非常勤講師
博士（文学）

堤中納言物語の言語空間
——織りなされる言葉と時代——

発行日	2016年５月20日　初版第一刷
著　者	井上新子
発行人	今井　肇
発行所	翰林書房
	〒151-0071 東京都渋谷区本町1-4-16
	電 話　(03) 6276-0633
	FAX　(03) 6276-0634
	http://www.kanrin.co.jp/
	Eメール●Kanrin@nifty.com
装　釘	須藤康子＋島津デザイン事務所
印刷・製本	メデューム

落丁・乱丁本はお取替えいたします
Printed in Japan. © Shinko Inoue 2016.
ISBN978-4-87737-396-2